Günther Bentele

Schwarzer Valentinstag

Thienemann

Für Moritz Herrmann aus Freudental
und seine Familie
Ermordet am 29. 5. 1944
in Auschwitz
Er wollte nichts sein als
ein jüdischer schwäbischer Bauer

Das Urteil

Ganz in der Frühe war zuerst nur ein Klappern auf der Gasse, ein hölzernes Klappern, das von den Wänden der Häuser widerhallte. Es war eine Aussätzige in einer schwarzen Kutte. In der einen Hand, die sie verdeckt hielt, hatte sie einen Holznapf, in der anderen die Klapper. An jeder Enge, an jeder Biegung klapperte sie mit dem Holzklöppel, der auf das Brett schlug. Am Eingang einer breiteren Gasse blieb die Aussätzige stehen. Vom Marktplatz herauf knallten die Tritte einer Wache. Vor einem Haus, das besonders hoch aufragte, standen die Soldaten still. Sie schlugen mit den Spießen gegen die Türe. Die Aussätzige reckte den Hals. Die Türe ging auf, ein schmächtiger, langer Junge trat heraus. Er mochte fünfzehn oder sechzehn Jahre alt sein und war gut gekleidet. Sein Gesicht war mager und bleich unter den schwarzen Haaren, seine Augen waren weit geöffnet. Die Soldaten umringten ihn wie einen Gefangenen, berührten ihn aber nicht. Dann marschierte der Trupp die Gasse hinauf durch ein wachsendes Gedränge zu dem dreieckigen Platz, auf dem die Gerichtstage der Stadt Stuttgart gehalten wurden.

Von Spießen umringt ging der Junge wie in einem Käfig. Einen winzigen Augenblick stand über den Dächern am Ende der Gasse eine dunstige Höhe, die den Blick begrenzte.

Heute war Gerichtstag. So war es gestern verkündet worden. Der Junge ging mit gesenktem Kopf.

Das Gedränge und Geschiebe der Menge wuchs. Die Schergen bahnten sich unerbittlich den Weg und öffneten dem Jungen das letzte Wegstück durch eine johlende Masse von Menschen mit den Schäften ihrer Spieße. Ein gleichaltriger Junge spuckte ihn an.

Er wurde vor die ernst blickenden Richter gestellt.

Ein Mann mit glatt rasiertem Gesicht, in roter und schwarzer Kleidung, stellte sich auf, die Beine gespreizt, die Arme verschränkt, zwei Knechte rechts und links. Die Zuschauer stießen sich an und wichen zurück: »Der Henker!«

Das Gemurmel schwoll an. Ein Mann wurde hereingeführt mit verwildertem Bart, die Haare ungekämmt; sein Hemd, dem man seine gute Herkunft ansah, war schmutzig, die Ärmel zerfetzt, seinen Umhang hielt er frierend zusammen. Er war nicht gefesselt.

Der Stabhalter trat ein, den weißen Stab aufrecht in der Hand. Die Richter erhoben sich. Feierlich wurde die Wahrheit gesprochen über Johann Heinrich Christoph Schimmelfeldt, Gewürzkaufmann in der Stadt Stuttgart. Die Wahrheit stand längst fest an diesem trüben Morgen des Jahres 1347: Seine Gewichte waren überprüft worden vom Waagemeister der Stadt, der hatte sie für falsch befunden. Der Übeltäter habe lange geleugnet, wie der Stabhalter mit lauter Stimme sagte, habe aber schließlich für das Heil seiner Seele und zur Ehre Gottes doch gestanden. Das Geständnis stand fest, der Mann musste es langsam wiederholen.

Er sprach sehr leise, aus der Menge rief einer: »Lauter!«

Und das Urteil stand fest.

Laut wurde es vom Stabhalter verkündet: »Der Johann Heinrich Christoph Schimmelfeldt, Gewürzkaufmann in Stuttgart, wird mit dem Schwert vom Leben zum Tode gebracht.«

Der Junge schaute zitternd zu dem Mann, der unbeweglich stand, aber gebeugt wie unter einer fürchterlichen Last. Ein scharfes Knacken: Der Stab war gebrochen.

Da herrschte eine der Gerichtspersonen den Jungen an: »Vortreten!«

Dann war da der schwarz und rot gekleidete Mann, der mit einem plötzlichen Schritt wuchtig auf die beiden zutrat und ihnen die Hände auf die Schulter legte und da liegen ließ.

»Der weint ja.«

Sie standen lange, die Hand des Henkers auf der Schulter.

Wie eine Mauer standen die Bürger, Unruhe verbreitete sich. Wann sollte das Urteil vollstreckt werden? Was geschah mit dem Sohn? Von dem hatte der Henker auch Besitz ergriffen. Würde man gar eine Doppelhinrichtung zu sehen bekommen? Das hatte es schon lange nicht mehr gegeben. Und heute noch? Worauf wartete man? Wolken zogen auf, bald würde es regnen.

»Gewichte fälschen, damit man um sein gutes Geld betrogen wird. Das geschieht denen gerade recht.«

»Das prächtigste Haus in der Stadt!«

»Aber Gott hat sie schon lange bestraft.«

»Ja, die Frau gestorben vor zwei Jahren, dann nacheinander der älteste Sohn und die kleine Tochter. Jetzt also das schreckliche Ende. Gottes Mühlen mahlen langsam, aber sicher.« Der Mann bekreuzigte sich.

»Wie auch immer, das Söhnlein ist jedenfalls auch unehrlich gemacht. Dem darf keiner mehr die Hand geben.«

Die Richter wirkten unsicher, wie sie da miteinander flüsterten. Was hatte der gräfliche Vogt so Wichtiges zu verhandeln?

Endlich, der Stabhalter trat vor. Auf dem Platz wurde es still: »Aus übergroßer Gnade hat der Graf von Wirtemberg die Strafe umgewandelt: Du, Johann Heinrich Christoph Schimmelfeldt, und du, Christoph Schimmelfeldt, sein Sohn, ihr werdet beide hinausgeführt vor die Stadt auf die Richtstätte, genannt die Hauptstatt, dort werdet ihr kniend um Gnade bitten, dann werdet ihr auf Befehl des Grafen auf ewige Zeiten aus der Stadt gewiesen, dass ihr sie bei hoher Strafe nie mehr betretet. Und all euer Hab und Gut, liegendes und fahrendes, verfällt dem gräflichen Haus. Gegeben am Freitag nach Mauritius 1347!«

»Das hat sich gelohnt für den Grafen«, meinte einer der Bürger enttäuscht.

»Zwei Hinrichtungen, da hätten sie geschaut in Sielmingen. Da hätte man Jahre zu erzählen gehabt.«

»Kommt, wir müssen uns beeilen. Das sieht man auch nicht jeden Tag, wie ein so reicher Bürger um Gnade bitten muss.«

»Seht mal, was macht denn der?«

Der verurteilte Kaufmann war mit einem raschen Schritt, wobei er sich unter der Hand des Henkers wegduckte, nach vorne getreten, das Gesicht schmerzverzerrt. Man sah, wie er den Herren etwas zurief. Dann hatte ihn der Henker schon gepackt und grob nach hinten gerissen. Ein Knäuel aus drei, vier Richtern bildete sich, sie steckten die Köpfe zusammen. In einer augenscheinlichen Aufregung, die nicht recht zu seiner feierlichen Kleidung passen wollte, versuchte einer der Richter hinter den Verurteilten herzurennen, die auf den Platz hinausgeführt wurden. Aber ein anderer hielt ihn zurück und redete auf ihn ein.

»Wenn man wüsste, was der zu denen gesagt hat!«

»Bedankt wird er sich nicht haben!«

»Dabei hat er allen Grund dazu. Nicht einmal am Pranger muss er stehen, wie es doch jeder Lump muss, der aus der Stadt gewiesen wird.«

»Und nicht einmal mit der Rute werden sie gestrichen!«

»Und nicht einmal gebrandmarkt.«

Die Aussätzige sah eine Flut von Menschen hinausdrängen vor das Tor. Scheu wich man ihr aus, als sie durch eine kleine Pforte hinaus zu der Hinrichtungsstätte kam. Winzig waren die beiden Verurteilten auf dem runden Hügel vor der Mauer. Sie sah, wie sich die Verurteilten neigten und niederknieten, wie der Henker ihnen mit einer Rute den Rücken berührte. Dann ging sie zurück zu der elenden Behausung der Aussätzigen weit vor den Toren der Stadt.

Ein kalter Wind war aufgekommen, als die beiden Ausgewiesenen die endlose Steige bei der Burg Kaltental hinaufstiegen. Der Vater keuchte. Es ging langsam, langsam.

Christoph war betäubt und zitterte am ganzen Leib. Sein Atem ging stoßweise und schien immer wieder aussetzen zu wollen. Er weinte nicht mehr, aber das Schluchzen, das in der Kehle lauerte, war nur schwer zu unterdrücken. Es war ihm, als müsse er laut und ununterbrochen schreien.

An einer Biegung stieg über den Baumwipfeln plötzlich fast überdeutlich die Stadt Stuttgart auf – die Türme der Stiftskirche, der Block des Wasserschlosses, Dächer, Mauertürme. Dann zog sich Dunst in das Tal und Bäume versperrten die Sicht.

Sehr langsam kamen die Gedanken. Wohin? Es war aus mit ihnen! Keine Stadt nahm sie auf! Weit und breit war kein Bauer, bei dem sie als Knecht unterkommen konnten. Es sprach sich rasch herum, wenn jemand aus einer Stadt ausgewiesen wurde. Es war verboten, sich mit einem solchen einzulassen. Berührte man ihn, wurde man unehrlich, denn die Hand des Henkers lag unsichtbar immer auf ihm. Man konnte sie nicht abschütteln und nicht abwaschen. Die Hand des Henkers war lang und folgte mit jedem Fuhrwerk. Sie war ein Makel wie ein Brandmal. Sie war wie eine ansteckende Krankheit. Er spürte noch immer diese schwere Hand auf seiner Schulter.

Er fühlte sich unsäglich schmutzig.

Verstohlen und von der Seite schaute er den Vater an. Kreidebleich war der unter den wilden Bartstoppeln. Beängstigend weiß waren seine Lippen. Stier geradeaus gerichtet war der Blick. Er murmelte. Als der Vater einmal stolperte, griff er nach Christophs Arm, aber der Griff war seltsam unsicher. Christoph konnte das Schweigen nicht brechen. Irgendwie tat es aber gut, den Vater zu stützen.

Seine Gedanken gingen zurück.

Vor nicht einmal zwei Wochen hatte es sehr früh am Morgen, als sie noch in den Betten lagen, an die Haustüre geknallt wie heute, Soldaten kamen hereingepoltert und nahmen den Vater mit, kaum dass er sich an dem kühlen Septembermorgen einen Umhang überwerfen konnte. Christoph kam bei Nachbarn unter. Als er nach einigen Tagen in das Haus zurückkehrte, waren ihre Knechte und Mägde verschwunden.

Christoph biss sich auf die Lippen. Wenige Tage vor seiner Verhaftung war der Vater im Kontor morgens schmunzelnd zu ihm an das Stehpult getreten. Er hatte den Vater seit dem Tod der Mutter nicht mehr so gesehen. »Willst du mit nach Italien? Im Frühjahr geht's ab. Du darfst mit. Ein Kaufmann muss hinaus in die Welt, dort lernt er am meisten. Was sollst du zu Hause herumsitzen! In ein paar Jahren können wir für dich schon ein Kontor in Mailand oder Venedig einrichten. Dann wird sich unser Handel erst richtig ausdehnen.«

Italien! Christoph war sprachlos gewesen vor Glück. Und das sollte erst der Anfang sein: »Wir gehen später auch zusammen in den Orient, zum Kaiser von Konstantinopel und vielleicht noch weiter nach Osten. Wir kaufen die Gewürze möglichst nahe an der Quelle ein, wir beide!«

Schon im Frühjahr würde es nach Italien gehen! Über die Alpen! Genua, Mailand, Venedig, wo es Kirchen gab, fast ganz aus Gold. Und bald sollte er ein eigenes Kontor in Italien, vielleicht sogar im Orient bekommen. Er würde zu den Kaufleuten gehören, die am Tisch des Grafen von Wirtemberg von fremden Ländern berichteten, die einen Bisamapfel aus Elfenbein aus der Tasche zogen, als wäre es nichts. Er würde die Straßen des Gewürzhandels erforschen und die Verbindungen zu den großen Handelsgesellschaften erweitern. Noch war niemand dort gewesen, wo die Gewürze herkamen oder die kostbare Seide, in den geheimnisvollen Ländern Indien und China.

So hatten sie an den folgenden Tagen geredet. Wie schön das Leben war. Man konnte es kaum erwarten.

Er presste die Nägel in die Handballen – dann – am frühen Morgen – die Schläge gegen die Türe –

Der Vater war angeklagt, peinlich angeklagt, weil er Gewichte gefälscht habe. Auf dieses Verbrechen stand die Todesstrafe. Christoph hatte bis heute nichts mehr von seinem Vater gehört, auch besuchen durfte er ihn nicht im Turm, in den man ihn wie einen Mörder gelegt hatte. Er war einige Male barsch abgewiesen worden, nicht einmal Essen durfte er dem Vater bringen lassen.

Er hatte versucht zum Grafen vorzudringen. Aber der habe keine Zeit für einen kleinen Jungen, hatte es geheißen – kleinen Jungen! Zweimal wäre es ihm fast geglückt, den Grafen auf dem

Marktplatz anzusprechen, über den er geritten war. Aber einige Bauern mit Bittschriften hatten ihre Ellbogen und Fäuste eingesetzt. Er hatte um sich geschlagen, geschrien, gedrückt, gebissen, gekrallt, aber die Bauern waren vierschrötige Klötze, die ihn weggedrückt hatten wie einen mageren Sperling.

Christoph ging mit gesenktem Kopf.

War der Vater wirklich schuldig? Es war ganz unmöglich, sich das vorzustellen. Sein Vater: ein grauhaariger, nüchterner Mann, der sich mit Härte und Mut zum führenden Gewürzkaufmann der ganzen Grafschaft Wirtemberg gemacht hatte, der als erster der Stuttgarter Kaufleute nach Italien gegangen war. Gewichte fälschen! Das passte nicht zu ihm, er war immer ein rechtlich denkender Mann gewesen, immer hatte er Christoph gesagt, dass man zwar hart sein müsse im Geschäft: »Sonst machen es andere! Aber mach es so, dass jeder, dem du einmal etwas verkauft hast, wieder zu dir kommt.«

Er konnte es nicht getan haben!

Welchen Sinn sollte es auch haben! Der Vater bestimmte weit und breit, über die Grafschaft Wirtemberg hinaus, die Preise der Gewürze. Was sollte es ihm nützen, Gewichte zu fälschen?

Es war aber auch unmöglich, sich vorzustellen, dass das Gericht sich geirrt und ein Fehlurteil gesprochen hatte. Zwar hörte man Geschichten von Menschen, die unschuldig verurteilt worden waren. Aber das waren Märchen oder die Urteile waren vor sehr langer Zeit gefällt worden. Heute gab es solche Fehlurteile nicht mehr.

Tagelang war er ruhelos durch das leere Haus gegangen: die leere Stube, die einsamen Kammern, die lauten Schritte, die Truhen, Tische und Stühle, die immer fremder wurden.

Immer war man am Abend nach Hause gegangen, einfach nach Hause. Das gab es nicht mehr! Nie mehr! Nicht mehr den vertrauten Türklopfer, die Haustüre mit ihren kunstvollen Beschlägen, die Stube mit den Holzwänden und der geschnitzten Holzdecke und den Dielen, die so vertraut geknarrt hatten. Das warme Bett, in das ihn früher die Mutter – die Mutter –

Der Wind trug erste Regenspritzer vom Wald herunter.

Der Vater murmelte. Wenn man es nur verstehen könnte! Waren es nicht Zahlen, immer dieselben Zahlen?

»Fünfundsiebzig – fünfzehn – zehn – fünfundsiebzig – fünfzehn – zehn – fünfundsiebzig – fünfzehn –«

Was war das? Rechnete der Vater? Christoph erinnerte sich, dass sich der Vater, als sie aus dem Gericht geführt worden waren, plötzlich umgedreht und den Richtern Zahlen zugerufen hatte.

Was war mit diesen Zahlen? Fünfundsiebzig – fünfzehn – zehn. Christoph begann zu rechnen, als könne ihn das von seinem Unglück ablenken: Gut, das ergab, wenn man sie zusammenzählte, genau hundert. Zog man von hundert die zehn ab, so erhielt man neunzig, zog man weitere fünfzehn ab, so ergaben sich, Christoph musste sehr lange nachdenken und die Hände zu Hilfe nehmen, es ergaben sich wieder fünfundsiebzig. Das war überraschend. Aber was konnte es bedeuten? Christoph konnte mehr nicht rechnen, er hätte sein Rechenbrett haben müssen.

War der Vater ein Zauberer? Einer, der mit Zahlen zauberte?

Er nahm allen Mut zusammen: »Was rechnest du da? Ich glaube, wir müssen Wichtigeres bereden.«

Es war, als hätte der Vater nur darauf gewartet, dass ihn der Sohn anredete. Christoph hörte einen heftigen Atemzug. »Es gibt nichts Wichtigeres als diese drei Zahlen!« Der Vater blieb stehen, keuchend, er griff nach der Hand seines Sohnes.

Christophs Stimme zitterte: »Vater, was ist mit diesen Zahlen?« Dann brach es aus ihm heraus: »Vater, sag doch, dass du nicht schuldig bist, sag es doch!«

»Die Zahlen, weißt du, beweisen es«, flüsterte der Verurteilte. »Diese Zahlen haben uns ins Unglück gestürzt, aber sie können uns auch wieder heraushelfen.«

Christoph stand atemlos. Hoffnung – ein winziger Spalt am Regenhimmel. Er starrte den Vater an.

»Ich habe sie ihnen gesagt, ins Gesicht gesagt. Ihnen diese Zahlen ins Gesicht gesagt.«

»Was sind das für Zahlen? Wem hast du was ins Gesicht gesagt?

Was haben diese Zahlen mit unserem Unglück zu tun?« Christoph schluckte, seine Stimme ging in Schluchzen über.

Wenn das wahr würde, wenn sie zurückkehren könnten, wenn alles wieder so werden würde, wie es noch vor wenigen Tagen gewesen war! Wieder ehrlich! Stuttgart! Italien!

Der Vater murmelte und wurde immer unverständlicher: »Den Richtern, den Kaufleuten, denen, die mich verfolgen, habe ich sie gesagt. Es sind zwei in Stuttgart, vielleicht auch vier, drei in Straßburg, wenigstens drei. Hast du gesehen, wie sie erschrocken sind: Fünfundsiebzig – fünfzehn – zehn – fünfundsiebzig – fünfzehn –«

Der Vater taumelte, Schweißperlen standen auf seiner Stirn, er stolperte. Christoph fing ihn auf. Es regnete.

Über die Wälder um die Glems rauschte der Regen, als es dunkel wurde. Die beiden Schafhirten, die vor einer Lehmhütte Feuer gemacht hatten und sich die Hände wärmten, sahen durch den Regen im letzten Dämmerlicht zwei Gestalten aus dem Wald kommen, eine größere und eine kleinere. Der Ältere musste gestützt werden, er wankte hin und her; der Kleinere hatte Mühe ihn vor dem Fallen zu bewahren. Die Hunde, die sie umschnoberten, beachteten sie nicht. Der Ältere ging in Lumpen, der Junge hatte eine seltsam reiche Kleidung an. Beide waren vollkommen durchnässt.

»Lasst uns die Nacht am Feuer verbringen, wir erfrieren sonst. Bitte!« Der Junge hatte eine auffallend helle Stimme.

Die Männer rührten sich nicht.

»Und vielleicht habt ihr ein Stück Brot für meinen Vater und auch für mich.«

»Wie ein Bettler siehst du nicht aus.«

»Bitte. Wir haben Hunger und wir frieren. Um Jesu Christi willen!«

Der jüngere Schafhirt, den der andere Hetz nannte, trat rasch heran, blieb aber in einem gewissen Abstand stehen. »Du«, sagte er zu dem Alten, »du, zieh deinen Umhang aus und lass uns deine Arme sehen.«

»Lass uns an das Feuer«, sagte der Junge.

»Hörst du nicht!«

Der alte Mann richtete sich auf, wobei sich sein Gesicht schmerzhaft verzog. Er sagte nichts, hielt aber die Enden seines Umhangs krampfhaft auf der Brust zusammen.

Der Regen rauschte, das Feuer qualmte.

»Heute haben sie zwei aus der Stadt gewiesen«, sagte Hetz. »Zeig deine Arme!«

»Lass sie, sie haben Hunger und sind nass und frieren«, brummte der ältere Hirte.

»Und dann kommen wir in etwas hinein. Die haben Gewichte gefälscht! Der Matze hat es gesagt, der ist heute aus der Stadt heraufgekommen. Zeig deine Arme!«

Johann Heinrich Christoph Schimmelfeldt trat an das Feuer, krumm, hinkend und so langsam, dass es fast feierlich aussah. Umständlich öffnete er seinen Umhang, zog den Strick, der sein Hemd zusammenhielt, auseinander, dass es herabfiel und den Blick auf den Oberkörper freigab. Er hob die Arme sehr sehr langsam ein kleines Stück an.

Christoph schrie laut auf, die beiden Hirten hatten die Augen aufgerissen: Im Schein des Feuers waren Achseln und Schultern unförmig blaurot verschwollen, schwarz und dick stand es in den Achselhöhlen, eine braune Blutbahn zog sich zum Bauch hinunter.

Schweigen.

»Aufgezogen haben sie dich«, sagte Hetz langsam, »die Arme auf den Rücken gebunden und dann hochgezogen, erster Grad, dann ein Gewicht an die Füße gehängt, zweiter Grad, dann schwereres Gewicht, dritter Grad –«

Christoph stand und starrte noch immer.

Der ältere Hirte sagte mit unsicherer Stimme: »Setzt euch an das Feuer. Hier unter das Vordach, da kann der Wind den Regen nicht so hinwehen.«

Hetz stand auf: »Aber das sage ich euch, was ihr esst, wird bezahlt! Dass das klar ist.«

»Lass sie zufrieden. Die haben doch kein Geld!«

Die beiden bekamen zu essen und zu trinken. Aber keiner der beiden Hirten berührte sie.

Der Regen rauschte in den Bäumen.

Die Kerzen flackerten in dem kostbaren Zimmer. Man hörte, wie der Regen von den Dächern tropfte. Ein kühler Luftzug war im Raum. Einer der beiden Kaufleute schloss das Fenster.

»Er weiß alles und er lebt!«

»Er lebt als Gerichteter, als Geächteter. Er kann uns nicht mehr schaden als ein Toter.«

»In diesem Fall habe ich auch Angst vor Toten.«

»Mach dich nicht lächerlich.«

»Der Graf.«

»Der weiß nicht, was er tut.«

»Er ist ihm dankbar, weil er ihm vor drei Jahren Geld geliehen hat.«

»Hör zu. Er lebt und wir haben versprochen, dass er sterben wird.«

Ganz nah hörte man eine Glocke von der Stuttgarter Stiftskirche läuten.

»Du wirst doch nicht –«

»Wir haben versprochen, dass er stirbt. Und als wir das versprochen haben, wussten wir noch nicht einmal, was er wirklich wusste.«

»Wir hatten nur den Verdacht.«

»Jetzt wissen wir es genau, er hat die Zahlen gesagt, er hat sie uns zugerufen. Unser Schlag muss überraschend erfolgen. Also?«

»Ja, wenn es nicht anders geht.«

»Es geht nicht anders.«

»Du weißt, wovon du redest?«

»Du weißt, dass du es nicht selbst machen musst.«

»Ja dann – und wo? Wo sind sie hingegangen?«

»Du weißt es.«

Stille.

»Wo würdest du hingehen? Er kennt die Zahlen.«
»Ja, du hast Recht.«
»Halt! Wir müssen alle beide –!«
»Er ist doch aber noch ein Kind.«
»Aber er weiß. Der Vater sagt es ihm.«
»Also beide.«

Der Nebel hing in den silbernen Spinnennetzen und in den gelben Bäumen.

Der Alte schien sich in der Nacht etwas erholt zu haben, er wirkte lebendiger als am Abend. Dennoch war jede Bewegung sehr mühsam. Aber sein Gesicht war nicht mehr so bleich und steinern. »Könnt ihr uns etwas mitgeben für den Tag, etwas Brot und vielleicht auch etwas Käse?« Die Stimme zitterte.

Nur Hetz war da. »Wie wär's denn mit einer gebratenen Gans für die Herren oder mit einer Bratwurst? Darf es auch ein Schluck Wein sein? Oder wie wär's mit einer Pastete? Das seid ihr Herren doch gewohnt.«

»Man soll Unglück nicht verhöhnen!«

»Des einen Unglück ist des anderen Glück: Ihr werdet bezahlen für Speis und Trank, für jeden Brotkrümel, meine Herren.«

»Wir können nicht bezahlen.«

»Aber sicher doch. Was hat denn das Söhnchen da für ein hübsches Wämschen an. So eines wollte ich schon lange haben.«

Der Alte richtete sich auf. Christoph, dem das Blut ins Gesicht geschossen war, und der bereits abschätzte, ob er mit dem Hirten fertig werden konnte, staunte: Es war fast so, als wäre der Vater heil und unversehrt.

»Gut, dann machen wir einen Handel«, sagte der mit fester Stimme und ging auf den Hirten zu, wobei sich sein Gesicht etwas verzog, »das Wams wird dir kaum passen!« Der zottige Hund knurrte.

»Passen oder nicht, meinst du, ich hüte darin die Schafe? Das wird so schnell wie möglich verkauft und läuft durch die Gurgel. Her damit! Er kann mein altes Zeug dafür haben.«

Immerhin schlug der alte Kaufmann noch einen Laib Brot, ein Stück Käse und ein Säckchen mit Hafer heraus. Und als Hetz verschwunden war, stellte Christoph fest, dass er die Schuhe behalten hatte.

»Jetzt sind wir wirkliche Bettler«, sagte der Vater.

Wieder ging er nur sehr langsam weiter.

»Wohin gehen wir eigentlich?«, fragte Christoph zögernd, der in der Nacht am Feuer sehr unruhig geschlafen hatte. Einmal hatte er sich aufgerichtet und die vom Feuer beleuchteten Bäume gesehen. Er hatte sich lange nicht zurechtgefunden. Noch nie in seinem Leben war er in der Nacht im Freien gewesen. Nachts sollten die bösen Geister unterwegs sein. Der Regen hatte aufgehört, er sah über sich den Sternenhimmel. Die Glut des Feuers wärmte, seine Kleider waren fast trocken.

Dann hatte er den Vater sitzen sehen. Unbeweglich, den Blick hinaufgerichtet zu den Sternen. Seine Lippen bewegten sich. Aber es gab doch Hoffnung! Er hatte sich vorgenommen den Vater gründlich auszufragen. Wenn der nur nicht wieder so seltsam war.

Auch jetzt schien der Vater irgendwie entrückt: »Die Zahlen, wir folgen einfach den Zahlen.«

Christoph wurde es unheimlich. War der Vater krank? Hatte die Folter ihm den Verstand genommen? Er hatte schon davon gehört, dass Leute unter der Folter den Verstand verloren hatten. Was sollten diese Zahlen? Fünfundsiebzig – fünfzehn – zehn. Die Hoffnung von gestern erschien ihm auf einmal fern und sinnlos.

»Man kann doch keinen Zahlen folgen!«

»Man kann, ich kann.«

Der Vater sah Christoph an. Es war, als würde er ihn seit ihrer Ausweisung aus Stuttgart zum ersten Mal wirklich sehen, sein Blick schien zurückzukehren wie aus sehr weiter Ferne. Dann sagte er nach langer Stille: »Christoph, glaubst wenigstens du mir, dass ich unschuldig bin, dass ich die Gewichte nicht gefälscht habe?«

»Ja, aber warum sind wir dann hier, Vater? Warum hat man dich zum Tode verurteilt? Und warum hat man uns ausgewiesen?« Er konnte ein Schluchzen nur schwer unterdrücken.

Der Vater fasste ihn am Arm, wobei er fast nur den Unterarm gebrauchte – die Schulter schien seltsam steif – eine Bewegung, die sehr schmerzhaft sein musste, wie Christoph merken konnte. »Ich weiß es nicht und ich weiß es. Aber ich kann dir nichts Sicheres sagen. Eines weiß ich gewiss, wir sind beide keine Verbrecher. Nicht jeder, den sie verurteilen, ist ein Verbrecher.«

»Aber die Gewichte! Der Waagemeister hat sie doch geprüft – sie waren doch falsch!« Es fiel ihm schwer, den Satz auszusprechen.

»Kind«, der Vater keuchte und drückte die Hand auf die Brust, aber auch das schien mit großen Schmerzen verbunden, »man kann falsche Gewichte unterschieben. Man kann nachts in mein Warengewölbe einsteigen, man kann die Kästen mit den Gewichtssätzen öffnen und kann die Gewichte vertauschen. Das alles kann man.« Die Stimme des Vaters klang gepresst, als bereite ihm auch das Sprechen große Qualen.

»Und dann zuschauen, wie sie einem alles wegnehmen, wie sie dich zum Tode verurteilen, wie sie uns aus der Stadt ausweisen, wer kann das?« Christoph schüttelte es.

Der Vater ging immer langsamer.

Christoph sah, dass seine Arme eigenartig steif an den Körper gelegt waren. »Hat man das alles mit dir gemacht, was der Hetz gesagt hat?«

Der Vater atmete sehr hart beim Gehen, wieder stand ihm Schweiß auf der Stirn. »Es ist wie die Hölle. Man kann sich nicht vorstellen, was die Menschen für Teufel sein können. Damit meine ich nicht den Henker. Der tut seine Pflicht und hat es schwer genug. Ich meine die, welche daneben stehen und sagen: ›Weiter! Noch einen Grad, ein schwereres Gewicht! Noch einen Grad! Gesteh endlich, du Schwein!‹«

Lange Zeit war Stille. Christoph konnte nicht sprechen. Er hatte die Hand vorsichtig auf den Arm des Vaters gelegt, aber der war selbst bei der leichten Berührung zusammengezuckt.

»Sie müssen mir die Gewichte vertauscht haben, als ich noch in Pforzheim war vor ein paar Wochen, nachts, ohne dass es jemand gemerkt hat. Wer konnte sich das auch vorstellen!«

»Aber warum? Warum? Was haben sie davon? Und wer?«

»Ich weiß wenig, fast gar nichts. Aber ich weiß die Zahlen, und weiß sicher, dass ich wegen ihnen verfolgt werde. Ich habe die Gewissheit erhalten, als ich gestern diese Zahlen gerufen habe, bevor wir zum Richtplatz geführt worden sind. – Ich habe große Schmerzen. Lass uns dort auf den Steinriegel sitzen.«

Christoph musste den Vater wie am Abend stützen, als er sich umständlich und steif und sehr langsam an den Steinhaufen mehr lehnte als setzte.

»Als ich vor zehn Wochen in Straßburg war – mein Gott, das ist ja schon ein ganzes Menschenleben her –, da kam abends ein Bürger, ein einfacher Mann, vielleicht ein Schmied, er hatte rußige Hände, in meine Herberge und wollte mich unter vier Augen sprechen. Ich war aber nicht allein. Ich trank mit einigen Straßburger Geschäftsfreunden Wein und wir redeten über den Handel. Du weißt, dass man in einer solchen Runde die besten Geschäfte machen kann.«

Christoph sah den Vater vor sich, wie er ihn oft gesehen hatte: den stattlichen Kaufmann, den jedermann grüßte in seinem reichen Gewand. Er erinnerte sich noch, wie der Vater damals weggeritten war, begleitet von zwei Knechten, und wie eine Nachbarin gesagt hatte: »Du kannst stolz sein auf deinen Vater, ein prächtiger Mann, er sitzt zu Pferde wie ein Ritter.« Und jetzt –

»Nun, ich wies den Mann ab.«

Der Vater hustete, wobei er die Hand zum Mund führen wollte, es aber vor Schmerz nicht konnte. Auch das Husten musste schrecklich sein. Er war bleich geworden und die Stirn war bedeckt von Schweißtropfen.

»Es war schwer, ihn abzuweisen: Es sei ganz außerordentlich

wichtig, wenn ich ihn nicht anhöre, geschehe ein schreckliches Unglück. Er kam mir wirklich sehr ungelegen, ein größeres Geschäft stand unmittelbar vor dem Abschluss – weshalb ich ihn nun mit deutlichen Worten abwies, man kann fast sagen, hinauswarf. Weshalb sollte ich mich stören lassen? Er beschwor mich geradezu, ich solle ihn doch um des Himmels willen anhören, alles Glück der Welt stehe auf dem Spiel. Es hätte nicht viel gefehlt und er hätte sich auf die Knie geworfen.«

Er hielt erschöpft inne und atmete schwer.

»Und weiter? Was wollte der Mann sagen?«

»Ich weiß es nicht. Aber die Kaufleute in meiner Kammer waren aufmerksam geworden. Als jetzt einer herauskam mit offenem Mund – wie es mir schien, zu Tode erschrocken –, wandte sich der Mann rasch zur Türe. Aber der Kaufmann sprang blitzschnell auf ihn zu und wollte ihm einen Pergamentstreifen, den ich gar nicht bemerkt hatte, aus der Hand reißen. Der fiel zu Boden und ich habe ihn aufgehoben. Sofort wurde er mir aus der Hand gerissen.

Meine Gäste waren wie verwandelt: Das Geschäft, das kurz vor dem Abschluss stand, kam nicht zustande und sie verabschiedeten sich schnell.

Am anderen Tag war ein Essen in der Straßburger Kaufmannsgilde, wo ich schon oft zu Gast war. Ich sage dir: Schlechter ist noch kein Gast behandelt worden. Nun, sie waren höflich. Daran fehlte es nicht. Aber es war eine kalte Höflichkeit, die einem den Atem benahm und den Appetit verdarb. Es ging von wenigen führenden Kaufleuten aus, drei waren aus Straßburg. Zwei waren aus Stuttgart. Und beide haben mich gestern als Richter zum Tode verurteilt.«

»Aber warum das alles? Was war das für ein Schmied? Was war das für ein Pergament, stand etwas darauf?«

»Den Schmied habe ich nicht mehr gesehen. Man drängte auf meine Abreise. Ich habe es zuerst gar nicht bemerkt. Ein Geschäft wurde mir empfohlen auf dem Heimweg in Pforzheim abzuschließen, das sei sehr lohnend, aber eilig. Überflüssig zu sagen, dass da nichts war in Pforzheim.«

»Und der Pergamentstreifen?«

»Den konnte ich lesen, als ich ihn vom Boden aufhob. Ich habe ein sehr gutes Gedächtnis für Zahlen, wie jeder Kaufmann, deshalb habe ich mir die Zahlen gemerkt. Es standen auch Wörter dabei, aber ich habe nur auf die Zahlen geachtet.«

»Fünfundsiebzig – fünfzehn – zehn.«

»Ja.«

Der Vater atmete schwer.

»Und was bedeuten diese Zahlen?«

»Wenn ich das wüsste. Schade, dass ich die Wörter, die bei den Zahlen standen, nicht gelesen habe, es war eine flüchtige, schwer lesbare Schrift – ich konnte ja nur einen winzigen Blick auf das Pergament werfen. Aber offenbar ist es etwas sehr, sehr Wichtiges und etwas sehr Geheimes, wenn sie dafür nachts gefälschte Gewichte austauschen und Menschen hinrichten lassen.«

»Kann es so etwas überhaupt geben?«

Langes Schweigen.

»Du kannst mir glauben, ich habe mir im Gefängnis den Kopf zermartert, dass ich schier wahnsinnig geworden bin. Aber ich bin keinen Schritt weitergekommen.«

»Zauberei?«

»Weißt du, ich kann nicht so recht glauben an Zauberei. Was könnte es sonst sein? – Fünfundsiebzig – fünfzehn – zehn.«

Er schwieg wieder lange.

»Mit Zahlen soll man ja zaubern können –«

»Es wird gesagt. Aber ich habe noch nie jemanden getroffen, der wirklich zaubern konnte.«

»Werden Zauberer nicht verbrannt? Es heißt, dass die Templer in Frankreich, die sie vor vierzig Jahren verbrannt haben, hätten zaubern können«, sagte Christoph.

»So heißt es. Andere aber sagen, dass die Templer sehr reich gewesen seien und dass sie dem König von Frankreich zu gefährlich geworden seien. Deshalb habe er mit dem Papst zusammen eine Anklage erfunden, eben Zauberei, und sie seien dann wegen ihres Reichtums und ihrer Macht hingerichtet worden.«

Die beiden schwiegen und sahen einem Schwarm Krähen nach, der über die Stoppeläcker flog. Man hörte die Krähen schreien. Im dürren Gras in der Nähe raschelte der Wind.

Dann begann der Vater wieder: »Eines ist aber doch sehr seltsam gewesen mit den Templern. Der Oberste des Ordens hat auf dem Scheiterhaufen, als das Feuer schon brannte, mit lauter Stimme geredet. Er hat den König von Frankreich und den Papst angeklagt wegen Betrugs, Verleumdung und Mord: ›Ich rufe euch, König und Papst, vor Gottes Gericht, der soll richten zwischen euch und mir. Ich rufe euch, wie es der Brauch ist, binnen vierzehn Tagen vor den Richterstuhl Gottes!‹«

Der Vater presste die Lippen so hart zusammen, dass sie dünn wurden wie ein Messer und fast schneeweiß.

»Und dann?«, fragte Christoph atemlos.

»Beide, der Papst und der König von Frankreich, sind innerhalb von vierzehn Tagen gestorben! Es hat, als ich so alt war wie du, ein Kaufmann bei uns daheim erzählt. Der war selbst dabei, als sie den Ordensmeister verbrannt haben, und er hat die Forderung mit eigenen Ohren gehört.«

»Dann hat der Ordensmeister doch zaubern können.«

»Kind, ich weiß es nicht.«

Der Nebel hatte sich aufgelöst, der Himmel hatte sich weiß bezogen, ein kühler Wind war aufgekommen. Sie sahen Felder und Wälder bis zum Horizont. Ab und zu stach ein Kirchturm aus den Mulden. Irgendwo läutete eine Glocke. Zwischen langen Steinriegeln an den Abhängen wuchsen Hecken. Eine Schlehenhecke, schon kahl, stand an ihrem Kopf, und Christoph sah einen dicken, schwarzen Käfer, aufgespießt an einem langen Dorn.

»Das macht der Neuntöter«, sagte der Vater, der dem Blick des Jungen gefolgt war, »so komme ich mir auch vor.«

Dann stand er auf: »Wir müssen nach Straßburg, wir müssen den Zahlen nach.«

»Was heißt das?«

»Wir wollen unser Haus wiederbekommen und du sollst später mein Geschäft fortsetzen.«

»Wir sind ausgewiesen«, sagte Christoph leise, »wir können nie mehr zurück nach Stuttgart.«

»Doch, ich weiß es und du musst es mir glauben: Wir werden die Täter überführen, dann wird das Urteil aufgehoben, und wir können in unser Haus zurück und in das Geschäft.«

Christoph biss sich auf die Lippen. »Wenn du nur Recht hättest – sie sind stärker als wir. Wir dürfen die Stadt Straßburg nicht einmal betreten. Wenn sie uns erwischen, werden wir hinausgepeitscht.«

Der Vater sah ihm ins Gesicht. »Die Stadt Straßburg ist groß. Die Schwachen können auch die Starken sein. Wenn ein Starker in die Stadt kommt, dann merkt man es, einen Schwachen übersieht man leicht. Und merk dir, die Schwachen halten eher zusammen, die Starken bekämpfen sich, weil jeder der Stärkste sein will. Freilich, wenn es um das nackte Leben geht, werden auch die Schwachen zu Mördern.«

Nur die Tatsachen zählen, hatte der Vater immer gesagt, lass die anderen spekulieren, wie sie wollen, zähl immer nur zwei und zwei zusammen, lass nichts sonst gelten. Das und Mut, das sind die Geheimnisse des Erfolgs. Christoph blickte hinauf zum Gesicht des Vaters. Wenn der Vater es wusste, dass sie gerettet werden konnten –

Welche Kraft ging von ihm aus! Er konnte kaum noch gehen, aber er redete trotz seiner schwachen Stimme so sicher wie zu Hause im Kontor, wenn er mit anderen Kaufleuten verhandelt hatte: »Ich kenne diese Männer, die mir ans Leben gehen wollen, ich weiß, wie ich sie anpacken kann.« Die Augen des Vaters schienen wieder Glanz zu bekommen.

Nach langer Zeit sagte der Vater: »Lass uns zusammenzählen, was wir wissen – alles, was uns irgendwie nützen kann.«

»Da sind die drei Zahlen, mit denen offenbar alles angefangen hat.«

Der Vater nickte.

»Wenn wir auch nicht wissen, was sie bedeuten.«

»Aber wir wissen, dass sie unvorstellbar wichtig sein müssen – so wichtig, dass man dafür Menschen umbringt.« Der Vater stolperte, Christoph konnte ihn gerade noch an einem Arm auffangen und der Vater stöhnte laut.

Der Vater fuhr mit bebender Stimme fort: »Wir wissen auch, wer die Täter sind, wenigstens einige von ihnen: Drei Straßburger Kaufleute kenne ich namentlich. Dazu kommen die zwei Stuttgarter Richter von gestern. Sie alle waren beteiligt. Mindestens fünf Täter.«

»Wie heißen sie?«

»Ich sage dir die Namen erst, wenn wir in Straßburg sind.«

»Warum?«

»Damit du sie nicht weißt, wenn du gefragt wirst.«

»Ich sage sie niemandem.«

»Sicher, aber du weißt nicht, wie sie fragen können!«

»Wir wissen nicht, was sie über uns wissen. Wir müssen es herausfinden.«

»Sie wissen, dass wir die Zahlen kennen. Sie wissen nicht, ob wir noch mehr wissen. Der Schmied hätte am Tag meiner Abreise bei mir sein können, ohne dass sie das gemerkt hätten.«

Christoph war stehen geblieben, sein Mund war plötzlich trocken: »Vater, wenn sie dich schon wegen der Zahlen und auf Verdacht hin, dass du mehr weißt, umgebracht hätten, dich schon zum Tode verurteilen ließen, uns beide aus der Stadt ausgewiesen haben und wir leben – aber dann – dann –«

Der Vater lehnte sich an einen dürren Baum: »Ich wollte dich schonen, aber du musst es aushalten. Unser Leben ist immer noch in allergrößter Gefahr.«

Die großen Handelsstraßen führten über Pforzheim oder Horb in das Rheintal und dort nach Straßburg. Beide waren zu gefährlich. Sie mussten auf heimlichen Pfaden über den Schwarzwald gehen.

Er merkte, wie die Schultern langsam steif wurden. Beide Schultern waren bei der Folter ausgerenkt worden, zwar hatte sie ihm einer der Henkersknechte mit groben Griffen wieder eingerenkt, aber er konnte die Arme kaum bewegen. Und das wurde von Tag zu Tag schlimmer, bald würde er nur noch die Unterarme bewegen können.

Schon beim sechsten Grad hatte er gestanden. Die Last, die sie ihm an die Füße gehängt hatten, war entsetzlich. Er war ohnmächtig geworden, und als er wieder zu sich kam, mit Höllenqualen in den Schultern, nass und frierend auf dem Steinboden liegend – offenbar hatte man einen Eimer mit kaltem Wasser über ihn gegossen –, und der siebte Grad angekündigt wurde, da hatte er gestanden.

Es war von vornherein sinnlos gewesen, nicht zu gestehen. Sie hatten die Gewichte bei ihm gefunden! Es war der Waagemeister selbst, der gegen ihn aussagte. Der Waagemeister war ein Mann von untadeligem Ruf. Zudem wusste in Stuttgart jeder, dass er der Familie Schimmelfeldt viel zu verdanken hatte: Wenn gerade der Waagemeister gegen ihn aussagte, so musste jeder Heinrich Schimmelfeldt für schuldig halten. Der Betrug war mit großer List angelegt worden.

Nach Tagen einer Betäubung, die ihn eingehüllt hatte wie eine Binde, schien er langsam zu erwachen. Er erinnerte sich kaum an den ersten Tag nach der Verurteilung. Es war wie eine lange und grauenvolle Nacht gewesen. Jetzt war er erwacht. Da war sein Sohn, der ebenfalls zum Bettler geworden war. Aber sein Sohn war der einzige Mensch, der ihm glaubte, dass er unschuldig war. Er sah ihn an: einen aufgeschossenen Jungen, mager und sehnig. Das Gesicht schien eher zart, aber er wusste, dass er kräftiger und zäher sein konnte, als es den Anschein hatte. Er sah seiner Mutter sehr ähnlich. Er hatte die üppigen, dicken schwarzen Haare seiner Mutter und ihre blauen Augen. Sie waren bei ihm etwas wässeriger als bei ihr, aber es waren die Augen von Heinrich Schimmelfeldts Frau, die ihn ansahen, wenn der Junge zu ihm aufblickte.

Er hatte den Blick des Jungen noch vor Augen, als er ihm von der Möglichkeit einer Rückkehr nach Stuttgart gesagt hatte – voller Vertrauen und gleichzeitig voller Angst! Christoph war etwas verwöhnt, das wusste er. Vor allem nach dem Tod der Mutter hatte er dem Jungen zu oft nachgegeben. Er hatte nicht unbedingt den starken Willen des Vaters, aber der glaubte zu wissen, dass Christoph durchhalten konnte, wenn es darauf ankam. Der Junge sollte wieder lachen können. Und sie würden gemeinsam das Geschäft wieder aufbauen, wie es vorher gewesen war!

Nur als Bettler hatten sie eine Chance. Als Bettler erkannte ihn vielleicht niemand, er konnte sich umhören: Er kannte die Namen, nach denen er fragen musste. Er konnte seine Gegner heimlich beobachten.

Die drei Zahlen sagten ihm nichts und im Gegensatz zu Christoph hielt er es für völlig sinnlos, über ihre Bedeutung zu grübeln. Christoph war voller Hoffnung, es herauszufinden, und sprach fast über nichts anderes. Er war so eifrig, wenn er darüber sprach. Seine Augen glänzten dann. Es war schön zu hören und zugleich schmerzlich.

Was für Motive konnten die Kaufleute haben, einen Konkurrenten umzubringen? Es ging hart zu im Geschäftsleben. Aber es gab unter Kaufleuten eine Grenze, die niemand überschritt. Ja, es war üblich, dass Kaufleute einander halfen, und Kaufleute aus einer anderen Stadt galten den Einheimischen als Gäste. Jeder Trick war recht dem anderen ein Geschäft wegzunehmen, ja, ihn sogar geschäftlich zu ruinieren, wenn er dumm genug war. Aber ihn körperlich zu vernichten, das vertrug sich nicht mit der Ehre des Kaufmannstandes. Das war ganz undenkbar.

Dennoch war es hier geschehen.

So reichte das Streben nach Gewinn nicht als Erklärung aus. Es war auch kein Geschäft zu erkennen, das sie damals auf seine Kosten hätten machen können, indem sie ihn ausschalteten. Er überschaute alle wichtigen Geschäfte, die es damals gab, aber keines würde ein solches Verbrechen erklären. Sein geschäftlicher Tod schaffte vielen Kaufleuten einen gefährlichen Konkurrenten vom Hals, viele schuldeten ihm Geld. Dennoch musste noch sehr viel dazukommen, bis ein derartiges Verbrechen geschah.

Was war das Hauptmotiv des Verbrechens? Da konnte er sich nur Macht denken! Nach Reichtum streben durfte jeder Mensch, wenn auch nicht auf verbrecherische Weise. Auch nach Macht durfte man streben, vor allem wenn man ein Fürst oder ein hoher Kleriker war. Aber Streben nach Macht, um Reichtum zu erlangen, oder Reichtum, um Macht zu erlangen – das sah er deutlich: Das konnte jeden zum Verbrecher machen. Ein solches Streben nach Macht musste hinter den drei Zahlen stecken.

Es musste eine gewaltige, eine riesengroße Macht sein, wenn solche Verbrechen dafür begangen wurden.

Das Wort Schwarzwald klang gefährlich. Christoph kannte selbst die Wälder um Stuttgart kaum. Es sollte dort tiefe, geheimnisvolle Stellen geben, die man besser mied. Kinder seien dort am hellen Tag einfach verschwunden, erzählte man sich. Schlief man ein im Wald, so kamen Libellen und nähten einem Lippen und Nase zu, dass man ersticken musste. Auch in den Feldern um Stuttgart konnte es gefährlich sein. In den Ährenfeldern lauerte die Kornmuhme und zog einen unter die Erde. Die Regenfrau sang in den Wiesen am Neckar und verwirrte die Wanderer.

Viel wurde vom Schwarzwald erzählt. In den großen Waldschluchten lebten gefährliche Tiere, wie Wölfe, Bären, Luchse, Füchse und Wildschweine, die Menschen fraßen. In solchen Wäldern hausten böse Geister. Zwerge saßen an den Wurzeln der Bäume und führten Wanderer in die Irre, ebenso wie die Irrlichter, die bei nächtlichen Gewittern in den Mooren tanzten. Riesen brachen nachts Bäume und stürzten sie auf Menschen. In den Klüften hausten Dämonen, die Kinder einfach mitnahmen, durch die Lüfte entführten und sie in einem fernen Land zu Sklaven machten. Nachts brannten in diesem riesigen Wald geheimnisvolle Feuer, von denen niemand wusste, wer sie angezündet hatte und wozu. Er wusste vom Mummelsee, einem pechschwarzen See, unter dessen Wasseroberfläche man am hellen Tag die Hände von Geistern rudern sehen konnte. Warf man einen Stein in diesen See, so brachen fürchterliche Unwetter los.

Er war kein Kind mehr und er wusste, dass nicht alles stimmte, was in den Märchen und Geschichten zu hören war. Aber sicher war vieles richtig.

So war es auch mit diesen rätselhaften Zahlen. Es konnte sich ja nur um Zauberei handeln – was der Vater unbegreiflicherweise bezweifelte. Aber wer zaubern konnte, der hatte Macht über Geister und Menschen. Wenn er, Christoph Schimmelfeldt, zaubern könnte! Zuerst würde er den Vater gesundzaubern, dann würde er schlimme Krankheiten auf die Menschen hetzen, die sie zu Bettlern gemacht hatten und die sie umbringen wollten und vielleicht auch jetzt noch umzubringen versuchten. Wenn man doch nur schon in Straßburg wäre!

»Vater, wann sehen wir denn die ersten Berge, die zum Schwarzwald gehören?«

»Wenn wir von Straßburg aus kommen würden, dann stünden sie längst wie eine mächtige Wand vor uns. Aber von dieser Seite hier gehen wir in den Schwarzwald eigentlich zuerst hinunter, weil wir höher sind als die Täler des Schwarzwalds.«

»Müssen wir durch den ganzen Schwarzwald?«

»Ein großes Stück, weil wir uns verstecken müssen.«

»Ist es im Schwarzwald wie in der Via Mala, von der du uns so oft erzählt hast?«

»Es gibt auch im Schwarzwald Schluchten. Aber sonst ist der Schwarzwald ganz anders als die Alpen und die Via Mala. Die Berge im Schwarzwald sind anders, nicht spitz, sondern lang gestreckt wie Särge. Felsen gibt es kaum.«

»Und Räuber?«

»Alle Menschen meinen seltsamerweise, dass die bösen Menschen in den Wäldern seien. Ich möchte nicht sagen, dass es im Schwarzwald ganz ungefährlich ist, aber ich habe die schlimmsten Menschen in Städten getroffen.«

»Ich war noch nie allein im Wald!«

»Du wirst auch jetzt nicht allein sein.«

Der Ausblick war gewaltig. Unter einem düsteren Himmel stiegen Rauchsäulen über Waldschluchten und Tälern in die graue Luft. Der Rauch hockte zwischen den Bäumen und lastete auf den Lungen. Der Blick war trotz des Dunstes und der rauchigen Luft weit. Hintereinander lagerten sich fahle Höhenzüge. Am äußersten Rand war ein gelber Streifen.

Tagelang waren sie im Nebel gewandert. Zuerst ging es endlos hinab, Christoph musste den Vater stützen, dann kam ein furchtbarer Anstieg, der den Vater fast alle Kraft gekostet hatte. Zwei ganze Tage waren sie anschließend auf schmalen Pfaden durch endlose Wälder und große Moore gegangen. Christoph glaubte, sie hätten damit den Schwarzwald überwunden. Aber der Vater sagte, die höchsten Bergkämme lägen noch weit vor ihnen.

Immerhin hatten sie zum ersten Mal freien Blick.

Wo sie standen, war Viehweide mit schwarzen Pfützen und verwelkten Stauden und Kräutern. Am Abhang, über den sie hinunterschauten, wuchs ein schütterer Wald mit Dickicht von Büschen. Noch weiter unten ragten breite Kronen von dunklen Tannen. Wo die Rauchsäulen aufstiegen, war ab und zu Licht von Feuern.

Christoph fragte atemlos: »Die vielen Feuer, was ist das?«

Er erinnerte sich an die Bäche, die ihnen hangaufwärts entgegengeströmt waren: Ihr Wasser war nicht hell wie das des Neckars. Es hatte eine ungesunde schwarzbraune Farbe, die eher an Jauche erinnerte. Christoph hatte sich fest vorgenommen, von diesem Wasser um keinen Preis zu trinken.

Der Vater war wie so oft ganz abwesend: »Die Feuer, da brauchst du keine Angst zu haben, das sind Köhler, die brennen Kohle. Du kennst ja die schwarzen Kohlenstücke, die auf dem Stuttgarter Markt verkauft werden. Man macht sie aus Holz. Weiter im Süden machen sie auch Glas, auch da gibt es viele Feuer. Fast der ganze Schwarzwald ist voller Rauch.«

»Und das dunkelbraune Wasser, kommt das auch von den Köhlern?«

»Ja, man könnte meinen, es sei Ruß darin. Aber es läuft so aus dem Boden.«

»Ich trinke keinen Schluck davon.«

»Dann musst du verdursten. Es gibt im Schwarzwald kein anderes Wasser, das kommt von den vielen Mooren.«

Christoph erinnerte sich an die gefährlichen Wanderungen über die Moore auf den Höhen. Düster war es gewesen, keinen Schritt durfte man von einem Weg aus Knüppeln abweichen, sonst wurde man vom Moor verschluckt. Weißlicher Dunst stand zwischen den Bäumen. An vielen Stellen war offenes Wasser, schwarz, dazwischen schimmerten die Skelette abgestorbener Bäume. Manchmal flatterte plötzlich ein Wasservogel auf.

Ein Kerl, von Kopf bis Fuß rabenschwarz, kam den Hang heraufgestiegen. Das Gesicht war so schwarz, dass die Augen darin weiß leuchteten, ein schrecklicher Anblick. Christoph blieb stehen.

»Keine Angst, das ist nur ein Köhler.«

Auch der Köhler war stehen geblieben und blickte ihnen unsicher entgegen. Offenbar erwartete er nicht, dass jemand hier von der Höhe herabstieg.

»Ist es weit bis Forbach?«, fragte der Vater.

Der Köhler hatte sich ganz an die Seite des Wegs gedrückt und musterte die beiden von oben bis unten. »Eine gute Stunde, wenn ihr rasch ausschreitet.«

»Und wenn wir nicht nach Forbach hineinwollen?« Die Stimme des Vaters klang belegt.

»In einer Stunde ist es Nacht. Wo wollt ihr denn hin?« Man sah ihm an, dass seine Angst gestiegen war. »Ihr seid Bettler, aber du redest nicht wie ein Bettler.«

»Wir sind friedliche Leute und vertrauen dir. Wir brauchen deine Hilfe.«

Der Köhler schwieg unsicher.

»Hat jemand nach uns gefragt? Nach einem Alten und einem Jungen? Es ist sehr wichtig.«

Der Köhler schien mit sich zu kämpfen, dabei schaute er dem Alten gerade ins Gesicht: »Kommt mit, ihr beiden. Ja, es wurde nach einem Alten und einem Jungen gefragt, schon vor ein paar Tagen.«

Wieder zögerte er, dann sagte er entschlossen: »Ich heiße Lukas.«

Die Köhlerhütte war aus Holz, Schindeln und Moos. Sie stand neben einem eigenartigen Holzberg, von dem eine Rauchsäule aufstieg.

Schon beim Abstieg hatte der Köhler bemerkt, dass der Vater nur sehr langsam vorankam und sich an dem steilen Hang nicht halten konnte.

»Bist du krank? Hast du die Gicht?«, fragte er und setzte dann sehr leise hinzu: »Oder seid Ihr gefoltert worden?«

»Sag ruhig weiter du zu mir. Ich bin nur ein Bettler.«

Im Köhlerhaus gab es eine schwarze Köhlerfrau und drei ebenso schwarze Köhlerkinder. Die Köhlerfrau gab den Gästen Milch, Brot und etwas Käse, später brachte sie noch einen Brei, der fast schwarz aussah und aus Haferschrot gekocht war. Dazu gab es für jeden einige getrocknete Heidelbeeren. Gegessen wurde von schwarzen Holztellern mit Holzlöffeln. Niemand sprach ein Wort.

Die Kinder starrten die Gäste mit großen Augen an. Als Christoph zu einem etwa sechsjährigen Mädchen etwas sagen wollte, steckte es den Finger in den Mund und schaute auf den Boden. Beim Essen überlegte er sich, ob die Kinder und auch ihre Eltern jemals wieder sauber werden würden. War die dicke Rußschicht schon angewachsen?

Nach dem Essen wurden die Frau und die Kinder hinausgeschickt.

»Ich weiß nur Schlechtes über euch«, sagte Lukas, »aber die, welche nach euch gefragt haben, sahen schlimmer aus als ihr. Ich meine, euch kann man eher vertrauen, ihr könnt einem gerade und ehrlich in die Augen schauen. Die anderen habe ich nicht einmal in mein Haus gelassen.«

»Wie viele waren es? Was haben sie gesagt?«

»Es waren drei Männer. Sie haben gesagt, dass ihr beide in Stuttgart Gewichte gefälscht habt und zum Tode durch das Schwert verurteilt worden seid. Am Tage vor euerer Hinrichtung seid ihr aus dem Gefängnis ausgebrochen. Und jetzt lässt die Stadt euch überall suchen, vor allem im Schwarzwald, weil eure Spur hierher führt.«

Der alte Kaufmann erzählte ihre ganze Geschichte, verschwieg aber die Zahlen. »Ich möchte dich bitten, Lukas, uns vielleicht mit Freunden zusammen durch den Schwarzwald bis zum Rhein zu führen. Du kennst doch bestimmt Wege, wo sie uns nicht finden.«

Der Köhler überlegte. Er ging in der Hütte auf und ab.

Endlich gab er sich einen Ruck: »Es ist Christenpflicht. Ich helfe euch.« Schließlich setzte er entschlossen hinzu: »Ich rede heute noch mit meinem Schwager und mit noch zwei anderen zuverlässigen Männern, Köhler wie ich.«

»Ich kann euch erst bezahlen, wenn wir wieder im Recht sind. Ihr müsst es zunächst für Gottes Lohn machen. Aber ihr helft der Gerechtigkeit.«

Der Alte streckte mühsam seine Hand vor, aber Lukas übersah sie. Die Hand des Henkers wirkte auch hier.

Es gab einen Schweinestall neben der Hütte des Köhlers, in dem sie schlafen durften. Wohlig grub sich Christoph in das Stroh ein, das man ihnen aufgeschüttet hatte. Die Tage zuvor hatten sie in Feldscheunen geschlafen, kein Bauer hatte sie aufgenommen. Jetzt bekamen sie Hilfe. Christoph fühlte sich schon halb gerettet.

Der Alte wusste, dass der Köhler das Stroh am anderen Tag verbrennen würde.

Lukas, sein Schwager und ein Nachbar, alle Köhler wie er, beratschlagten.

»Bald wird es schneien, der Weg über die Grinde zum Kniebis ist dann unmöglich zu gehen.«

»Der Schnee liegt da oben dann meterhoch, meist ist er verweht, dazu stürmt es gerade jetzt vor Weihnachten besonders oft. Da kommt kein Gefolterter durch.«

»Noch hat es keinen Schnee. Der Schnee, der letzte Woche weit oben gefallen ist, ist wieder getaut.«

»Mein Hieronymus ist krank, er ist vier. Ich kann nicht den ganzen Weg mitgehen.«

Es stellte sich heraus, dass das niemand konnte, den sie fragten: Bei einem war die Frau im Wochenbett, beim anderen war ein Kind krank. Die Meiler mussten beschickt werden, eine sehr schwere Arbeit, die man den Frauen nicht alleine zumuten konnte.

»Ihr könnt uns den Weg genau beschreiben und wir gehen alleine.« Aber der Alte wusste selbst, dass das nicht möglich war.

Jetzt im Winter musste man sich sehr gut auskennen, um über das höchste Gebirge zu wandern. Und wenn der Alte zu schwach wurde und nicht mehr weiterkonnte –

»Die Gegend da oben, vor allem um die Grinde, da gehen wir nicht gerne hin: Da ist der Mummelsee mit den Geistern, die das Wetter machen. Kein Mensch geht freiwillig zum Mummelsee.«

Christoph war es heiß: Es stimmte also.

Schließlich fanden sich doch zwei Männer, die dazu bereit waren, ihre Kohle so spät im Jahr noch und zwar über das Gebirge zu tragen und die beiden Verfolgten mitzunehmen.

Die beiden Männer kamen am Nachmittag, als der Himmel dunkel wurde und in den Tannen vor der Hütte ein Wind zu sausen begann. Es war aber ein warmer Wind, der an den Bäumen rüttelte.

»Hoffentlich wird kein Föhnsturm daraus, der die Bäume herausreißt.«

Die beiden Männer, Florian und Melchior, schwarz wie die anderen, hatten große Tragkörbe voller Kohlenstücke auf dem Rücken.

Christoph hatte in der Zwischenzeit von den Kindern herausgebracht, dass sie zu Weihnachten gewaschen wurden und eine helle Haut hatten wie er.

»Der Fridolin hat sogar ganz helle Haare, fast weiß«, wurde ihm mitgeteilt, bevor die Mutter die Kinder wegzerrte mit einem schiefen Blick auf den Jungen, auf dessen Schultern die Hand des Henkers geruht hatte.

Florian hatte die anderen auf die Seite gezogen: »Da waren Männer. Sie haben Geld geboten, viel Geld, drei Gulden!«

»Das sind dreißig Schillinge, dreißig Silberlinge wie beim Judas«, sagte Lukas mit rotem Kopf. »Es sind meine Gäste – wehe, es wird ihnen auch nur ein Haar gekrümmt!«

»Man redet ja nur, ist ja schon gut!«

Dem Vater gefiel nicht, wie die Männer zusammen tuschelten, er trat zu ihnen: »Es ist Geld auf unseren Kopf ausgesetzt worden, nicht wahr? Wie viel ist es denn? Sind wir ihnen eines oder zwei Goldstücke wert?«

»Drei!«, sagte Lukas. »Aber du bist bei uns sicher. Es ist viel Geld, aber es gibt hier keinen Judas.«

Noch bei Dunkelheit brachen sie am nächsten Morgen auf. Die schwarze Frau hatte für alle einen heißen Brei gekocht und zeichnete auf die Stirn von Lukas das Kreuz. Dann zögerte sie etwas und schlug das Kreuz über die beiden Gäste, die in Lebensgefahr schwebten. Sie schaute dabei auf die Seite und achtete sorgsam darauf, sie nicht zu berühren.

Die drei Begleiter trugen zu ihren Kohlelasten Leinenbündel mit Brotlaiben und Käse. Alle hatten dicke Stöcke und hatten auch den beiden Stöcke gebracht. Aber es zeigte sich, dass der Alte sich nicht aufstützen konnte.

Christoph trug ebenfalls einen Leinensack mit Nahrung. Er war das Wandern schon besser gewohnt als in den ersten Tagen, aber jetzt sollte es sehr hoch hinaufgehen.

Wie schwach, alt und zittrig der Vater in den letzten Wochen geworden war!

Es ging stetig bergauf, manchmal unter riesigen Tannen einen Bach mit dunklem Wasser entlang, der Schwarzenbach hieß. Es gab keinen richtigen Weg, meist nur einen Saumpfad, wie ihn Händler benutzten, die ihre Last auf dem Rücken über das Gebirge trugen. Vor allem Vieh wurde auf diesem Weg getrieben, denn oben auf den Hochflächen waren Viehweiden. Die Hufe der Tiere hatten den Pfad festgetreten, so konnte man ihm gut folgen. Zwischen mächtigen Steinblöcken wand er sich hoch.

An manchen Stellen wurde der Weg so steil, dass die Männer ihre Lasten absetzten und den alten Kaufmann trugen. Das geschah auch, wenn ein umgestürzter Baum den Weg versperrte. Zwei der Männer hielten dann eine grobe Pferdedecke zwischen sich, auf die sich der Alte setzte. Sein Gesicht war dann verbissen, bleich und voller Schweiß. Die Köhler bemühten sich den Gefolterten nicht zu berühren. Sie brauchten lange, lange.

Die Männer wussten Hütten für die Hirten auf der Sommerweide. Da schliefen sie.

Abends wurden Geschichten erzählt.

Melchior erzählte vom Nebelriesen, der oben auf den höchsten Kämmen des Schwarzwalds haust. »Ich bin ihm selbst schon begegnet. Ich war auf dem Rückweg von Straßburg, wo ich Kohle auf dem Markt verkauft habe, oft gehe ich im Sommer über das Gebirge. Es ist näher, aber unheimlich.«

Die Männer bekreuzigten sich.

»Ich ging über den Kniebis und die Grinde so wie wir jetzt, nur in umgekehrter Richtung. Ich kam nicht so schnell vorwärts, wie ich wollte. In der Richtung der Ebene war es hell und die Sonne schickte sich an, so gelb unterzugehen, wie ich es noch nie gesehen habe. Nach Morgen hin, wo sonst endlose Wälder sind, war eine einzige Nebelwand. Gnade mir Gott, wenn ich in diesen Nebel komme, denke ich. Ihr müsst wissen, dass gerade im letzten Jahr ein Händler, ein Jude, sich im Nebel verirrt hat. Der Nebel hat Wochen gedauert und man hat ihn erst viel später gefunden – tot und von wilden Tieren halb aufgefressen. Wie ich da so stehe und in den Nebel starre, steht drüben einer am anderen Hang. Ich rühre kein Glied. Der Kerl ist riesengroß. Das Seltsame ist, dass er einen Schein um den Kopf hat, als sei er ein Heiliger. Er ist wie ein Schatten mit regenbogenfarbenen Strahlen um das Haupt, turmhoch, aber er hat kein Gesicht! Ich wage kaum zu schnaufen. Der Kerl mit der Strahlenkrone steht genauso unbeweglich und steif und schaut mich an. Schließlich, voller Grausen, fasse ich Mut und hebe den Arm – der Kerl hebt auch den Arm! Ich winke – der Kerl winkt! Da renne ich weg, im Umdrehen sehe ich, dass er mir nachrennt. Ich laufe und laufe, ohne zu wissen wohin. Als ich schließlich keine Luft mehr bekomme, rauscht ein riesiger schwarzer Auerhahn aus dem Gebüsch vor mir.«

»Das war er. Das sagen viele, dass sich die Riesen in Auerhähne verwandeln.«

»Mancher hat ihn schon gesehen«, sagte Florian, »immer wieder wird davon erzählt.«

»Und wir wissen nicht, wer ihn schon alles gesehen hat und nicht mehr davon erzählen kann.«

Oft waren die Hänge, unter denen sie höher zogen, kahl gefressen vom Sommervieh. Dann ging es immer wieder hinein in schwarze Tannendurchgänge. Den Wind spürte man hier unten in der Schlucht wenig, sie sahen ihn, wie er hoch über ihnen die Bäume beugte und bog, und man hörte ihn tosen wie große Wasserfälle.

»Föhnsturm«, sagte Melchior.

»Dort hinten ist der Mummelsee.« Lukas flüsterte und nickte bedeutungsvoll mit dem Kopf.

»Der See ist am Fuß der Grinde, über die wir gehen müssen, weil wir seitlich nicht daran vorbeikommen. Vorne ist der Wald zu dicht und hinten am Mummelsee bringen mich keine zehn Pferde vorbei«, sagte Melchior.

Der alte Kaufmann veränderte sein Aussehen. Sein Bart, der immer wilder wurde, und zwei scharfe Falten, die sich tief von seinen Mundwinkeln abwärts eingruben, gaben ihm ein fremdartiges Aussehen. Er ging schwerer, sein Schritt wurde langsamer, aber sein Kopf war aufrecht, geradeaus gerichtet. Die Augen, die in ihren Höhlen zu versinken drohten, waren in die Ferne gerichtet. Manchmal, wenn er stolperte oder jemand an ihn stieß, ging sein Atem heftiger. Aber man hörte keinen Seufzer.

Nach mehreren Tagen gelangten sie gegen Abend endlich auf die Hochfläche. Es war kahl, wohin man sah: Nur braunes Gras und gelblicher Farn standen schütter zwischen Steinblöcken, die aussahen, als hätten Riesenkinder mit ihnen gespielt und sie über die ganze Fläche verstreut. Dazwischen krochen wie Bettler verkrüppelte Sträucher.

Der Blick von der Gipfelfläche der Grinde, für die sie noch einmal einen ganzen Tag brauchten, ging hinaus in ein grellgelb beleuchtetes, dunstiges Land, eine Ebene, die in der äußersten Ferne grau begrenzt wurde.

»Das Elsass, da hinten sind die Vogesen. Wenn ihr genau hinschaut, seht ihr gerade in der Mitte hinter dem dunklen Streifen die Stadt Straßburg. Der dunkle Block, das ist das Münster. Der schwarze Streifen davor, das sind die Wälder um den Rhein, und es wäre besser, wenn der schon zugefroren wäre.«

Einfach hinfliegen!

Es war übertrieben warm, die Luft stand völlig still.

»Das Wetter gefällt mir nicht«, sagte Lukas.

»Es könnte doch nicht besser sein – kein Schnee, kein Sturm, wir kommen über den Schwarzwald ganz ungeschoren«, meinte Christoph.

»Das Wetter wird sich nicht lange halten – so oder so.« Wie dünn die Stimme des Vaters geworden war.

Auf den fragenden Blick von Christoph erwiderte Lukas: »Dein Vater hat Recht. Das warme, windstille Wetter bedeutet, dass es bald recht kalt werden wird, so ist es immer hier im Gebirge. Und vergiss nicht, für unsere Feinde ist auch gutes Wetter. Solange es warm bleibt, müssen wir auch hier oben mit ihnen rechnen.«

Tief unter ihnen, als sie den Abhang hinunterstiegen, lauerte ein schwarzes Auge, lang gezogen und halb versteckt unter Tannenwipfeln.

»Der Mummelsee.«

Am anderen Morgen war Florian verschwunden.

»Wenn Schnee wäre, könnten wir seiner Spur nachgehen«, stellte Christoph fest.

Der Vater stand verloren am Rand eines Abgrunds, die Lippen zu einem messerscharfen Grat zusammengepresst: »Das würden wir schön bleiben lassen.«

Lukas nickte.

»Die, die er sucht, können weit weg sein.«

»Ja, aber wir wissen nicht, wann er weggegangen ist. Oder hat ihn heute Nacht noch jemand gesehen?« Die Stimme des Vaters hatte fast keinen Ton.

»Den Weg, den wir gehen, kennt seit dem Abstieg von der Grinde kaum jemand.«

»Florian kennt ihn, der Lump. Sie können überall auf uns lauern.« Melchior hatte die Fäuste geballt.

Als die beiden den Vater an einer sehr steilen Stelle tragen mussten, sah Christoph mit Erstaunen, wie erst Lukas, dann Melchior, als gebe es ein geheimes Einverständnis, den Arm um die Schulter des Gefolterten legten. Als der Vater zu rutschen drohte, ergriff Lukas seine Hand. Als der Alte bei einer harten Bewegung stöhnte, legte ihm Lukas die Hand an die Wange.

Ein Kopf erschien über den Baumwipfeln, rot beleuchtet von der untergehenden Sonne über den schwarzen Tannen. Er wandelte durch die Lüfte wie ein Vogel, aber langsam, fast feierlich.

Gaukler hatten ihr Seil hoch über die Baumwipfel gespannt von der einen Schluchtwand zu einem Felsen an der anderen. Sie übten.

Philo hieß der Seiltänzer. Er verzögerte plötzlich den Schritt, dann ging er rascher weiter und stieg am Steilhang der Schlucht vom Seil. Auf dem Hosenboden, der aus Leder war, rutschte er mit Bewegungen den Hang hinunter, die zum Lachen reizen konnten.

»He, Balthas, da sind Leute oben im Wald, am Grunde der Schlucht. Ich glaube, sie kommen hierher.«

»Lass sie kommen«, brummte ein sehr dicker Mann mit einem prächtigen Prophetenbart und einem seltsam geflickten Wams, »lass sie kommen, dann sehen wir, wer sie sind. Kein Grund vom Seil herabzusteigen. Du hast den Purzelbaum noch nicht geübt, wie ich dir gesagt habe.«

»Dabei bricht man sich so leicht den Hals!«

»Eben deshalb muss man ihn üben«, behauptete Balthas ungerührt.

»Wo kommen Leute und was wollen die im Winter in dieser Wildnis?« Ein sehr dickes Frauengesicht schaute aus einem Zelt.

»Die Leute kommen da oben die Schlucht herab, Regine, ich habe sie vom Seil aus gesehen und bin gleich herabgestiegen, um euch zu warnen. Es sind drei Männer und ein Junge. Einer der Männer wird getragen.«

»Ist ein Wolf dabei, dass du uns warnen willst?«, fragte der dicke Balthas und zog an seinem Bart und rollte die Augen so grässlich, dass Philo halb lachend, halb ernst aufschrie.

»Der Wolf ist hier! Wahrscheinlich gibt es auf der ganzen Welt keinen Schlimmeren als dich, der arme Gaukler auf das Seil und in den Tod treibt!«

»Wölfe tragen einander nicht, also sind das keine Wölfe. Und ich ertrage dich, also bin ich auch kein Wolf.«

Regine trat aus dem Zelt: »Dann schürt das Feuer und setzt Essen auf; die werden Hunger haben, wenn sie von da oben kommen.«

»Ja, Regine, und sie werden in Schwierigkeiten sein und Hilfe brauchen – wer kommt sonst auf solchen Wegen vom Gebirge herab!«

Ein Wind war aufgekommen. Man hörte ihn oben, außerhalb der Schlucht in den Wipfeln rauschen, und man spürte ihn jetzt auch unten am Grunde der Schlucht, sodass das Feuer, das Frau Regine in einem eisernen Gefäß aufbewahrte, in Funken davonstob, als es an das Stroh unter einem kleinen Holzstoß gehalten wurde. Dann aber mit einem Prasseln wurden Stroh und Reisig von den Flammen ergriffen, die der Wind mit sich fortriss.

»Na, Philo, wo bleiben denn die Wandersleute, die du gesehen haben willst von deinem Seil aus, anstatt Purzelbäume zu schlagen?« Der dicke Balthas stieg mit überraschender Beweglichkeit in die Schlucht hinein: »Ich kann mir schon denken, was los sein wird, komm mit!«

Tatsächlich hörten sie bald das Krachen von Zweigen, Scharren von Stiefeln und das Keuchen mehrerer Männer, die aus der engen Schlucht hangaufwärts hinausstrebten, nachdem sie die Menschen weiter unten in der Schlucht bemerkt hatten.

Schon war Philo seitwärts aus der Schlucht aufwärts gestiegen und hatte die Fremden überholt. Dann ließ er sich wie vorher auf dem Hosenboden zu den Ankömmlingen hinabgleiten und schnitt solche Grimassen, dass Christoph laut lachen musste, obwohl sein Herz hämmerte.

Lukas und Melchior, die den Vater trugen, waren stehen geblieben, als der dünne Mensch, dessen Gesicht sie von weiter oben plötzlich über den Baumwipfeln gesehen hatten, schließlich mit lauter Purzelbäumen vor sie hinrollte. Der dünne Mann war barfuß und trug eine verwaschene, graue Kleidung, die sich kaum von der eines Bauern unterschied, in seinem Gürtel steckte eine Flöte.

»Bist du ein Bewohner der Luft?«, fragte Melchior, dem immer noch der Atem wegblieb vor Eile am Hang und vor Schreck, als da offenbar einer der Geister über der Schlucht in den Lüften schwebte.

»So halb und halb, meines Namens Philo, dem Namen nach also ein Mensch«, sagte der dünne Mann beim Abstieg, »wenn auch nicht immer behandelt wie ein Mensch von Balthas, den ich euch hiermit vorstelle, dem Anführer unserer Gauklertruppe: ein Mann, eine Frau, ein Junge, das bin ich, wenn auch eigentlich schon zu alt für diese Rolle.«

»Halt's Maul, du Nichtsnutz«, antwortete Balthas mit einer ruhigen Bassstimme. »Kümmert euch nicht um ihn. Sein Mundwerk ist rascher fertig als sein Hirn. Es muss auch solche Leute geben. Was ist mit euch? Aber kommt erst ans Feuer.«

Aber bald brach der Sturm los und stieß gegen sie wie eine Wand, dass man am Feuer nicht mehr sitzen konnte. Sie mussten in das Zelt.

»Und wenn es nicht am Grunde der Schlucht stehen würde, so würde es der Sturm glatt umreißen«, sagte Balthas, der mit seiner Leibesfülle jedem Sturm zu trotzen schien.

Bald war alles erzählt, auch die Zahlen. Draußen tobte der Sturm, dass die Zeltwände flatterten, er blies, als der Eingang bei einem besonders heftigen Stoß aufklaffte, mit einem Schwall kalter Luft eine Wolke von Schneeflocken herein.

Balthas löschte die Laterne.

»Fünfundsiebzig – fünfzehn – zehn – ich meine, ich hätte die Zahlen schon einmal gehört. Es hatte etwas mit Feuer zu tun, glaube ich«, sagte Balthas in das Dunkel hinein. Die Zeltwand knallte.

»Gnade uns Gott, wenn uns das Unwetter auf der Grinde erwischt hätte«, sagte Lukas leise.

»Jedenfalls hätte dann der Florian nicht abhauen können«, vernahm man die Stimme von Melchior.

»Brusthoch schmeißt das heute Nacht den Schnee hin, dass kein Mensch mehr durchkommt.«

»Hört ihr, der Philo ist der Schlauste, der schnarcht schon.« Regines Stimme klang müde.

»Du hast die Zahlen schon einmal gehört?« Die Stimme des Gefolterten zitterte.

»Wie es draußen heult! Morgen früh ist es so kalt, dass die Bären erfrieren, wenn du sie aus ihrer Höhle gräbst.« Melchior gähnte.

»Fünfundsiebzig – fünfzehn – zehn«, sagte Balthas mit abwesender Stimme.

»Es kann tagelang weiterstürmen. Und je länger es stürmt und schneit, desto kälter wird es.« Melchior ließ sich nicht abbringen.

Balthas fuhr fort: »Man zaubert damit. Es hat mit Feuer zu tun. Es ist wie ein Feuer, mit dem man zaubert.«

Christoph klammerte sich an den Ärmel des Vaters.

»Es ist Zauberei. Irgendwann habe ich von diesen Zahlen gehört, aber ich weiß nicht, wann und wo.« Eine Bö drückte die Zeltwand weit nach innen, sie knatterte, dass man Balthas kaum verstand.

»Was kann man denn damit zaubern?«, fragte Christoph atemlos.

»Gaukelei – nichts als Gaukelei.« Die Stimme des Vaters war angestrengt und gepresst, er hatte schon lange nicht mehr so laut gesprochen. Es lag Ungeduld in ihr: »Verzeihung, aber diese Gauklergeschichten bringen uns keine Handbreit weiter.«

Ein Gaukler in der Einöde hat schon von diesen Zahlen gehört!, dachte Christoph überrascht. Warum verfolgt man dann gerade uns so schrecklich?

»Sie haben es auf den Marktplätzen gebraucht, aber ich weiß nicht, wie und wo. Es muss sehr erfolgreich gewesen sein: Wer es wusste, hat das Geheimnis nicht weitergegeben. Irgendeine Zauberei!«

»Die Kaufleute von Straßburg machen keine Gauklervorstellungen auf Jahrmärkten!« Die Stimme des Vaters, so dünn sie geworden war, klang grob, fast höhnisch, begleitet von diesem Keuchen und diesem seltsamen Pfeifen, das in den letzten Tagen immer schlimmer geworden war.

Christoph starrte in das Dunkel. Draußen heulte der Sturm. Durch die Ritzen herein stieß immer wieder ein schneidend kalter Luftzug. Aber sonst war es hier behaglich. Die sieben Menschen machten den Raum angenehm warm. Er lag eng an den Arm seines Vaters geschmiegt.

Der Vater hatte nicht geantwortet, als er ihn gefragt hatte, ob das wehtun würde. Er hörte seinen keuchenden Atem neben sich.

Christoph hatte sich oft gefragt, ob es nicht besser gewesen wäre, wenn man sie hingerichtet hätte: Das Elend, die tägliche Angst, die Demütigungen, wenn einem die Leute aus dem Weg gingen. Oft war es ihm, als wolle etwas in ihm losweinen. Aber der Vater weinte nicht, nie. Er lachte auch nicht mehr.

Wie war früher das Leben schön gewesen! Christoph hatte alles gehabt, was er nur brauchte und haben wollte. Gutes Essen, nie Hunger, nie Kälte, schöne Kleider, ein eigenes Pferd. Die Mutter hatte viel gelacht. Jetzt war sie schon so lange tot.

Der Vater war oft auf Reisen gewesen, aber er hatte ihm immer etwas mitgebracht, der Mutter, ihm und den Geschwistern, seltene und kostbare Dinge, die von sehr weit her kamen. Der Mutter hatte er einmal eine kunstvoll durchbrochene elfenbeinerne Kugel geschenkt mit einem fremdartigen Muster, die alle bewundert hatten. In ihr war wieder eine durchbrochene Kugel mit demselben Muster und darin wieder eine und so fort, und alle Kugeln ließen sich bewegen.

Christoph ging über den Schwarzwald, er schritt von Wipfel zu Wipfel. Tief unter ihm lag das schwarze Auge des Mummelsees. In den Wäldern ringsum brannten Feuer, feierlich stiegen Rauchsäulen auf in den weißen Himmel. Er wusste, dass er tief hinabtauchen musste in den schwarzen See. Dann würde er die Zukunft erfahren. Er konnte aber nicht schwimmen. Da flatterten wirre Schwärme von Krähen auf, heiser krächzend flogen sie über den Wald in das Land hinaus. Sie verdunkelten den Himmel. Sie krächzten so laut, dass man es auf der ganzen Welt hören musste. Etwas Kaltes presste gegen sein Gesicht.

Davon wachte er auf.

Er kam nur sehr langsam zu sich. Es war noch fast dunkel. Irgendwo von oben kam ein fahles Licht. Die Zeltwände waren weit nach innen gedrückt und glitzerten vor Reif. Der Vater schlief. Alle schliefen noch, man hörte sie schnarchen oder gleichmäßig atmen. Die Luft war schwer. Der Vater neben ihm war eigenartig steif und unbeweglich. Christoph stieß ihn leise an. Der Vater rührte sich nicht.

Christoph wurde es heiß. »Vater!«, flüsterte er zuerst, dann wurde seine Stimme lauter und begann zu zittern. Jetzt sah er das Gesicht des Vaters.

Der Vater war tot.

Allein

Der Schmerz war so groß gewesen, dass Christoph zuerst zu einem Stein geworden war. Es war wie in Stuttgart, als das Todesurteil verkündet wurde und der Henker die Hand auf sie gelegt hatte.

Lukas und Melchior waren weitergegangen. Hatte er ihnen überhaupt gedankt?

Er erinnerte sich kaum mehr an die Tage nach dem Tod des Vaters, wie sie zum Pfarrer nach Griesbach gegangen waren und der dem Vater als verurteiltem Verbrecher die christliche Beerdigung verweigert hatte.

Der Trost der Gaukler. Die Hand der dicken Regine auf seinem Kopf, das hatte gut getan, er hatte nach einem Tag endlich weinen können. Dann hatte ihm Philo den Arm um die Schultern gelegt, alles ohne Scheu, als hätte es den Henker nie gegeben. Balthas sprach ihm Mut zu und bot ihm an bei ihnen zu bleiben.

Bei ihnen bleiben? Gaukler werden? Er konnte ja gar nichts!

»Alles kann man lernen«, hatte Balthas gesagt. »Sogar als Kind eines reichen Kaufmanns kann man lernen. Wir finden schon etwas.«

Aber dann nach drei, vier Tagen, in denen er sich besonders jämmerlich verlassen vorkam, war der Gedanke immer stärker geworden: Ich bringe das zu Ende, was mein Vater angefangen hat!

Christoph Schimmelfeldt wusste die Namen der Straßburger Kaufleute nicht, die seinen Vater in den Tod getrieben und ihn selbst zum Bettler gemacht hatten. Zwei der Stuttgarter Kaufleute kannte er, er hatte sie zumindest bei der Gerichtsverhandlung gesehen. Einer war dem Vater nachgelaufen. Aber das nützte nichts. Wichtiger waren die Namen der Straßburger Kaufleute. Der Vater hatte sie gewusst.

Er musste nach Straßburg. War er auch allein gefährdet? Kannten sie ihn? Wie sollten sie ihn finden?

»Ich bleibe gerne bei euch, wenn ich darf. Aber nur bis zum Frühjahr. Dann will ich nach Straßburg und meinen Vater rächen. Wenn er mir nur den Namen der Straßburger Kaufleute gesagt hätte, die er im Verdacht hatte.«

»Wir gehen auch nach Straßburg, du kannst ruhig bei uns bleiben«, meinte Philo. »Und Namen finden wir.«

»Aber nicht als Gaukler.«

»Was denn sonst, ein besseres Versteck kann es nicht geben«, sagte Balthas bestimmt.

»Nicht erwischt! Noch immer nicht erwischt!« Der Straßburger Kaufmann, ein breiter Mann, zerrte an seinem kostbaren Pelz. Der Schnee am Ufer der Ill knirschte unter den Füßen.

»Aber es ist sicher, dass der alte Schimmelfeldt tot ist.« Ein anderer Straßburger Kaufmann legte ihm begütigend die Hand auf den Arm.

»Hätte man auf mich gehört, so hätte man ihn einfach mitmachen lassen, als der Schmied ihm alles gesagt hat«, antwortete der Zweite leise, »es ist noch nicht einmal sicher, dass er ihm alles gesagt hat.«

»Er wusste die Zahlen, das genügt!«

Jetzt mischte sich der Dritte ein: »Er hätte nie mitgemacht. Ich habe es immer gesagt. Er ist zu ehrlich und zu altmodisch, er begreift nichts von der neuen Zeit. Er hätte alles auffliegen lassen.«

»Ja, so sieht es in der Tat aus, deshalb war es wohl richtig, was wir gemacht haben«, gab der Zweite klein bei.

»Es geht jetzt nicht um die Frage, was richtig oder falsch war«, sagte der Erste mit Nachdruck, »sondern allein darum, ob er tot ist oder nicht.«

Drüben über der Eisfläche der Ill, auf deren Ufer Fischer ihre Boote hinaufgezogen hatten, erhob sich der Riesenbau des Münsters. Ein kalter messerdünner Wind kam herüber und trieb den drei Herren das Wasser in die Augen.

»Meine Spitzel sind vorgestern mit der Meldung gekommen, er sei tot«, sagte der Dritte, »der Alte und der Junge samt diesen verdammten Köhlern, die sie über die Grinde geführt haben, fanden wohl Zuflucht bei einer Gauklertruppe. Einer der Köhler hatte sich abgesetzt und wollte sich die Belohnung verdienen, aber leider kam der Sturm dazwischen, der auch hier diese Kälte gebracht hat. Bei den Gauklern in der Sturmnacht muss der Alte gestorben sein.«

»Muss gestorben sein. Ich höre wohl schlecht! Und der Beweis?«

»Der Pfarrer von Griesbach ist der Beweis. Die Gaukler sind mit dem Jungen zu ihm gekommen, um den Kerl in geweihter Erde begraben zu lassen. Die Köhler sind wohl wieder nach Hause gegangen.«

»Einen Mann, der dem Henker verfallen ist – er wird doch nicht …?«

»Nein, als er erfahren hat, dass der Mann an den Folgen einer Folterung gestorben ist, hat er es abgelehnt, wie es recht ist.«

»Ihr habt die Männer doch nicht ausbezahlt.«

»Keinen Heller!«

»Gut.«

»Bleibt der Junge.«

»Was kann der schon schaden?«, fragte der Zweite.

»Was kann der schon schaden! Was kann der schon schaden! Der Alte hat es ihm erzählt. Kannst du Gift darauf nehmen – der weiß alles, unsere Namen, alles!«

Ein Schwarm Krähen flog über die Ill.

»Dazu kommt, dass er jetzt den Tod des Vaters rächen will. Ich bitte Euch! Es ist alles auf Überraschung aufgebaut, ein falsches Wörtlein kann alles gefährden. Wenn der in Straßburg auftaucht, dann ist höchste Gefahr. Er muss weg. Ich nehme die Sache selbst in die Hand. Ihr könnt ja eine Kapelle stiften, wenn Ihr ein schlechtes Gewissen habt!«

Die Gaukler packten im Schnee das Zelt zusammen und zogen in eine leer stehende Hütte.

Christoph musste sich erst daran gewöhnen, mit Gauklern zusammenzuleben. Der Vater hatte gesagt, dass man bei Gauklern und Bettlern in Straßburg am meisten erfahren könne. Aber Christoph hatte noch nie mit Gauklern geredet. Er hatte ihnen gelegentlich auf dem Marktplatz in Stuttgart zugeschaut. Es war ihm aber nie eingefallen, ein Wort mit ihnen zu wechseln. Wer sich mit ihnen einließ, wurde von den anderen Bürgern gemieden.

Jetzt stemmte Balthas seine Hände in die Hüften: »Wer hätte das gedacht, wie unbegabt Kaufleute in unserem Handwerk sind! Du kannst weder jonglieren noch auf den Händen gehen oder ein brauchbares Rad schlagen. Du kannst nicht Feuer schlucken und du kannst nicht seiltanzen. Vom Zaubern ganz zu schweigen.«

»Da schau mich an«, sagte Philo gönnerhaft. »Ich kann das alles: Ich kann sogar auf den Händen seiltanzen und dabei Feuer schlucken –«

»Und wenn man dir einen Löffel in den Hintern steckt, kannst du noch essen dabei, du Angeber!«

»Aber ich kann es lernen. Du hast es gesagt. Das ist schon viel.«

Das musste Balthas zugeben.

Von Anfang an hatte es Christoph das Zaubern angetan: »Kannst du wirklich Zaubern? Das möchte ich lernen. Ich will ein Zauberer werden, kannst du mir das beibringen?«

Balthas wehrte ab: »Weißt du, mit dem Zaubern – du verstehst das falsch.« Dann griff er blitzschnell Christoph an das Ohr, das unter seinem dick verfilzten Haarschopf kaum zu finden war, und hatte einen Heller in der Hand.

»Was der Bursche alles in den Ohren hat!«, lachte Philo. »Kein Wunder, hat er nichts im Kopf.«

»Du bist hier derjenige, der nichts im Kopf hat als Blödsinn.«

»Aua! Du musst mich doch deshalb nicht gleich an den Haaren ziehen.«

Christoph war fasziniert. Wie war der Heller in sein Ohr gekommen? Er hatte nichts gespürt. Wenn die zaubern konnten – dann konnten sie doch – in Straßburg –

Balthas öffnete seinen weiten Ärmel und holte verschiedenste Dinge heraus: kleine Geldstücke, Glasperlen, Spielkarten, einen kleinen Holzlöffel und anderen Krimskrams.

»Leider haben wir keine Juwelen bei uns«, jammerte Philo. »Ach, ist das schade! Aua!«

»Solche Kleinigkeiten kann man immer brauchen, um die Leute zu verblüffen auf den Jahrmärkten und Marktplätzen.«

Und Philo sagte: »Will der Herr den Inhalt meines Gewandes wissen? – Hereinspaziert! Hereinspaziert! Eintritt gegen Bezahlung, ganz billig, nur einen Dukaten pro Nase. Bedenken Sie, meine verkehrten, äh, verehrten Bürger und Bürgerinnen, hier erleben Sie noch echte Schwarzwaldkunst, äh, Schwarzkunst!«

»Halt jetzt dein Maul!«, sagte Balthas lachend.

Aber Christoph war still. Das also war Zaubern!

»Es ist alles nur Täuschung. Ich werde dir einige Dinge zeigen, da wird jeder Bürger schwören, dass es sich um wirkliches Zaubern handelt –«

Täuschung war alles.

Regine kochte. Regine sorgte dafür, dass genügend Holz da war. Regine tröstete Balthas, wenn er sich über Philo aufregte. Regine tröstete Philo, wenn er sich schlecht behandelt fühlte von Balthas. Das alles war schnell wieder vergessen. Aber Regine tröstete auch Christoph, und das war oft notwendig.

Niemand wusste, wer ihr Vater war. Zuerst hatte sie mit der Mutter in einem kleinen Häuschen gewohnt, einer Hütte am Rande des Dorfs. Die Mutter hatte als Magd bei einem Bauern gearbeitet und auch bei ihm gewohnt, aber als Regine gekommen war, hatte er sie hinausgeworfen. Sie richtete die baufällige Hütte her, zog Regine dort auf und arbeitete bei den Bauern im Tagelohn.

Die Leute sagten, der Bauer sei ihr Vater.

Aber die Mutter hatte das nie bestätigt: »Kind, es ist sicher, dass du einen Vater hast, weil jeder einen hat, aber genauso sicher ist es, dass du nicht wissen musst, wer das ist. Niemand ist geholfen, wenn du das weißt. Ich weiß, wer dein Vater ist. Aber habe ich etwas davon?«

Die anderen Kinder freilich dachten nicht so. Wer keinen Vater hatte, war in ihren Augen kein richtiger Mensch, denn man wusste im Dorf von jedem Kalb, wer sein Vater war!

»Du bist aber kein Kalb«, hatte die Mutter geantwortet.

»Du bist noch weniger als ein Kalb«, hatten die Kinder gerufen.

Manche Leute meinten, der Ritter sei ihr Vater, die Mutter sei in ihrer Jugend eine Schönheit gewesen, wenn auch bettelarm. Der Bauer habe sie aus Eifersucht hinausgeworfen. Der Ritter aber war in einer Fehde umgekommen. Regine hatte ihn oft gesehen, wie er von seiner Burg zur Jagd ritt und seine Knechte herumscheuchte. Sie musste sich selbst sagen, wenn der ihr Vater war, so hätte sie wirklich nichts davon gehabt.

Als Regine ein sehr schönes Mädchen wurde, hatte sie am ersten Tag im Mai, nach der Walpurgisnacht, oft einen Strohbuschen an die Türe des Häuschens angenagelt gefunden und keine Brezel auf das Scheunentor gemalt wie andere Mädchen, die einen Bräutigam in Aussicht hatten. Sie hatte weder einen Bräutigam in Aussicht noch besaß sie eine Scheune mit einem Tor, auf das ein künftiger Bräutigam eine Brezel hätte malen können. Und die Strohbuschen bedeuteten ganz andere Angebote, die ein Mädchen besser ausschlug.

Niemand wollte das arme Mädchen heiraten, das nicht einmal einen Vater hatte.

Schließlich, als Regine siebzehn Jahre alt war, starb die Mutter. Sie war froh, als sie mit der ersten Gauklertruppe, die durch das Dorf gezogen war, mitgehen konnte.

Sie war viel herumgekommen und nun war sie alt und grau und fett und lebte zufrieden, wie sie immer sagte.

Balthas war der Sohn eines Gauklers und dessen Vater war auch ein Gaukler gewesen.

Wer Philo war, wusste niemand. Er selbst meinte: »Ich bin einfach vom Himmel gefallen wie der Tau am Morgen«, und spielte mit seinen bunten Bällen.

»Oder der Esel hat dich im Galopp verloren«, vermutete Balthas.

Er sei ein Findelkind, etwa sechzehn Jahre alt, und sie hätten ihn seit etwa zwölf Jahren bei sich, da sie keine Kinder bekamen.

»Er ist unglaublich begabt im Gauklerhandwerk, aber du musst es ihm nicht sagen«, sagte Balthas einmal zu Christoph.

Sie gingen zu dritt auf die Jahrmärkte und konnten alles: seiltanzen, mit bunten Bällen jonglieren, Feuer schlucken, zaubern, wahrsagen, Karten legen. Balthas war schon als Bärenführer und als Bänkelsänger aufgetreten. Aber Bären seien zu teuer und der Gesang – da reiche seine Stimme heute nicht mehr.

Zum Seiltanzen war er jetzt zu fett, wie er sagte.

»Du kannst vor die Leute nur mit erstklassigen Darbietungen hintreten.«

»Man verdient gut in unserem Gewerbe, wenn man wirklich gut ist«, sagte Balthas und legte den Arm um die fette Regine, »und man ist frei wie ein Vogel.«

»Ja«, lachte Regine, »vogelfrei! Niemand beschützt uns!«

Balthas sprach von seinem Beruf immer nur als Handwerk. Als wäre er ein richtiger Bürger, dachte Christoph. Aber er selbst war ja auch kein Bürger mehr und er konnte nicht einmal irgendetwas vom Handwerk des alten Balthas. Dafür konnte Balthas lesen und schreiben und hatte es Regine und Philo beigebracht.

Am besten ging noch das Seiltanzen. Sie hatten von den Obstwiesen an den Abhängen des Schwarzwalds eine lange Stange geholt und sie auf Pflöcken befestigt, die im Schnee steckten.

»Es ist zwar kein Seil, das wackelt ganz anders«, meinte Philo, »aber zum Lernen ist es sehr gut. Ich habe auch so angefangen.«

Schritt für Schritt ging Christoph über die Stange, begleitet von den Beifallrufen Regines und von Philos Flötenspiel.

Oft musste er herunterspringen in den Schnee, aber er machte

Fortschritte. Philo rüttelte an der Stange und versetzte sie in Schwingungen und immer seltener musste Christoph abspringen.

»Wart nur, bis wir dir das Seil über die Schlucht binden und du mit der Balancierstange üben musst.« Philo konnte es kaum erwarten, aber dafür lag zu viel Schnee. Christoph war froh, denn Balthas ließ niemand mit Schuhen auf das Seil. Da würde ich schön frieren, dachte er, und schaute voll Schrecken nach den bloßen Füßen von Balthas und Philo, denen der Schnee nichts ausmachte, wie sie sagten.

»Wir sollten die Schlucht auch meiden. Denn sie suchen dich bestimmt immer noch.« Balthas legte den Arm um Christoph.

»Nach meiner Flöte solltest du deine Schritte richten«, sagte Philo und Balthas nickte. »Dann werden sie ruhiger und regelmäßiger.«

Aber wenn Christoph das versuchte, musste er sofort abspringen.

Philo konnte es, wenn Balthas oder Regine spielten. Vor – zurück – vor – zurück – Drehung, als wäre die Stange ein Tanzboden.

»Das ist Seiltanzen«, sagte er, »was du machst, ist höchstens Seilgehen, zurzeit Stangengehen!«

Philo konnte sogar auf der Stange tanzen und dabei selbst auf der Flöte spielen: vor – zurück – Drehung.

Balthas ließ es ihn aber nicht auf dem Seil machen, weil er dabei keine Balancierstange halten konnte.

Mit Mühe und riesigem Zeitaufwand schaffte Christoph es, auf der Stange niederzuknien und wieder aufzustehen, aber einen Purzelbaum, der einfach dazugehörte, wie alle sagten, brachte er nicht zustande. An Radschlagen war nicht zu denken, und auf dem Seil sollte alles noch viel schwerer sein.

Was soll es auch, dachte er, im Sommer bin ich sowieso kein Gaukler mehr.

Es war ja ganz nett, Gaukler zu sein. Aber er war in Wirklichkeit keiner. Das merkten sie doch!

Er wusste aber, dass sie das, was er vorhatte, für zu gefährlich hielten.

Aus dem Süden kam eine Krankheit, schrecklich, wie man noch keine kannte. Regine brachte die Nachricht mit. Es wurde auf den Höfen erzählt und die Bauern wussten es aus den Städten. Mit den Kaufleuten sei die Nachricht über die Alpen gekommen. Sie heiße das große Sterben oder der schwarze Tod oder einfach Pest. Es sei eine Seuche ansteckender als die schwarzen Pocken. Beulen seien es, Beulen an den Armen und in den Leisten. Fieber bekämen die Menschen. Man sterbe unter grausigen Qualen. Ganze Landstriche seien bereits menschenleer. Das sei der Weltuntergang. Ein schwarzweißer Mönch habe es in Freiburg auf dem Münsterplatz verkündet.

Einige Wochen später kam Philo in die Hütte gerannt: »Sie suchen nach Christoph!« Er schaute sich um, Christoph war nicht da. Dennoch flüsterte er und nahm die beiden Alten zur Seite. »Ich war heute ganz unten in der Herberge bei Offenburg, um meine neuesten Zaubertricks auszuprobieren.«

»Das solltest du nicht tun. Du weißt, wie gefährlich es ist. Es ist schon gefährlich genug, dass wir auf die Bauernhöfe müssen, aber in Gasthäuser und Herbergen laufen!«

»Da war ein Mann in der Herberge, ein unsympathischer Wicht – klein, dicklich, mit tückischen Knopfaugen wie ein Frosch, und die Lüge stand ihm ins Gesicht geschrieben. Wie ich das mache, fragte der Frosch. Welcher Gaukler verrät schon seine Tricks? Ich kann euch sagen, die Leute tobten vor Begeisterung. Einer Frau zog ich, als ob es nichts wäre, einen Goldring aus ihrem Schlüsselbund – es war ihr eigener –«

»Das sollst du nicht machen – wenn sie dich erwischen, bevor du den Ring zurückgegeben hast, hängen sie dich auf!«

»Ich lasse mich nicht so schnell aufhängen. Hat mir nicht Regine einmal aus der Hand gelesen, dass ich nicht aufgehängt werde, sondern in einem Bett sterbe? Woher ich wohl einmal ein Bett zum Sterben nehme? Das Beste ist, ich lege mich nie in eines hinein.«

Philo warf drei Bälle in die Luft und ließ sie dort kreisen.

»Weiter!«

»Also, dieser giftige Mensch fragt mich nach meinen Tricks und zieht mich dabei auf die Seite, dass es niemand hören kann. Das ist doch sehr mühsam, auf diese Weise Geld zu verdienen, sagt er. Er mache es ganz anders und habe immer Geld genug. Er zieht eine Hand voll Heller aus der Tasche und hält sie mir unter die Nase. Da sei mein Glück im Nu gemacht, meint er, und das sei noch gar nichts: Gold könne man damit verdienen, ehe man auf drei gezählt habe. Ich stelle mich neugierig. Wo es so viel Geld zu verdienen gibt, bin ich dabei, sage ich.

Was er denn macht, frage ich. Mörder, Diebe und Betrüger fangen!, antwortet dieser Frosch. Ja, da bin ich auch dabei, sage ich, Halunken muss man einfangen und dann muss man sie aufhängen. Und wo gibt es das viele Geld? Kopfgeld, sagt er. Man muss nur wissen, auf wessen Kopf die Obrigkeit Geld ausgesetzt hat. Und dann muss man den finden: Schwuppdich, hängt der am Galgen und du bist ein reicher Mann. Ja, sage ich, dazu muss man aber auch wissen, wo der Gesuchte ist! Er schaut mich seltsam an, stellt sich auf die Zehenspitzen und bringt seine Knopfaugen ganz nah an mein Gesicht: Ich glaube, du weißt es. Seine Augen fallen ihm beinahe aus dem Kopf – es war beängstigend.«

Regine und Balthas wurden unruhig.

Christoph kam zurück: »Was habt ihr denn da so heimlich zu flüstern?«

»Er muss es ja doch erfahren!«

Christoph war es, als würde ihm der Boden unter den Füßen weggezogen. Alles war wieder da, woran er fast gewaltsam nicht mehr gedacht hatte, und war nun Gewissheit: Sie suchten ihn, auf seinem Kopf stand ein Preis, sie hetzten ihn wie den Vater. Er biss die Zähne zusammen und presste die Lippen aufeinander.

»Wenn ich es wirklich weiß, will ich mir das Geld schon verdienen, sage ich zu ihm. Er lauert und schaut mich von der Seite an. Du gehörst doch zum alten Balthas und der dicken Regine! Wer einen Verbrecher versteckt, wird auch aufgehängt. Der Frosch ist sich sicher, dass ich das nicht will. Jetzt hättet ihr mich sehen sollen, eine wirklich große Leistung, wie ich in Angst gerate.«

Er spielte wieder mit den Bällen.

»Ich werde bleich wie ein Mehlsack, ich zittere wie eine Pappel, ich fange an zu schwitzen wie ein Schweinebraten. Ich umklammere seinen Arm und beiße mir in die Finger. Ja, ich habe da so einen Verdacht, sage ich mit wackeliger Stimme. Da ist ein Junge zu uns gekommen schon vor Wochen, der ist so eigenartig. Wenn er den meint, den kann er gerne haben, der frisst sowieso so viel, dass einem selbst nichts mehr bleibt. Ich weiß nicht, sage ich, was die beiden Alten für einen Narren an ihm gefressen haben.«

Christoph sprang auf –

Balthas hielt ihn mit festem Griff: »Ruhig, hör gut zu.«

»Es hat großen Spaß gemacht«, fuhr Philo fort. »Ist er allein gekommen, will er wissen, oder war da nicht noch ein Alter dabei, der krank war? Ich überlege gar nicht: So war es. Aber wer hätte denken können, dass das Verbrecher sind? Der Alte ist dann gleich gestorben. Die sahen gar nicht aus wie Verbrecher! Das kann ich jederzeit beschwören. Ich heule, die Tränen laufen mir die Backen hinunter. Das kann ich, wann ich will.«

Er grinste.

»Wir können doch nichts dafür, jammere ich. Wir sind doch nur ehrliche Gaukler! Er darf uns nicht anzeigen! Das will er ja auch nicht, sagt der Frosch, er will ja nur mein Bestes. Du wirst natürlich nicht angezeigt, im Gegenteil, wenn du alles sagst, bekommst du viel Geld, so wie ich es dir versprochen habe. Der Mann war nicht ungeschickt.«

»Aber du warst schlauer«, sagte Balthas lächelnd und Regine tätschelte ihm den Rücken.

»Eben. Er will mir zwei Dukaten geben, wenn der Mörder, wie er sagt, ausgeliefert und gefangen ist. Ich will keinen Vorschuss von ihm annehmen, weil ich froh bin, dass alles so gut ausgeht. Er drängt mir den Vorschuss geradezu auf.«

Er griff in die Tasche und holte drei Schillinge heraus.

»Das sind Straßburger Silberlinge, drei, statt dreißig.« Balthas rieb sich die Hände und reichte sie Christoph: »Die bekommt Christoph.«

»Ja«, sagte Philo und hüpfte im Kreis herum, »man erlebt sicher nur selten, dass einer das Kopfgeld bekommt, das auf seinen eigenen Kopf ausgesetzt ist.«

»Und wie ging es weiter?«

»Na ja, der Rest ist klar. Ich habe ihm unser Versteck so genau beschrieben, dass er jedes Wort glauben muss. Wir sind nach meiner Beschreibung mindestens zehn Meilen von hier entfernt in einem hoch gelegenen Tal, wohin sie sich erst einen Weg durch den Schnee bahnen müssen.« Er jonglierte jetzt mit sechs Bällen und hatte die Zunge zwischen den Zähnen.

»Bist du sicher, dass er dir nicht gefolgt ist?« Balthas beugte sich vor.

»Ganz sicher. Nämlich – ich bin ihm gefolgt. Er war auf einmal sehr ungeduldig und wollte Hilfe holen, um das Nest auszuheben, wie er sich ausgedrückt hat. Schon morgen Nacht will er uns auffliegen lassen. Er ist Richtung Achern abgezogen.«

»Er wird uns anderen doch nichts tun?«, spielte Regine die Besorgte und lachte.

»Ich habe für euch, den Meister und die Meisterin freien Abzug zugesichert bekommen, weil ich sonst kein Wort verraten hätte.«

»Es wird dennoch gut sein, wenn wir von hier verschwinden. Ich weiß noch mehr Schlupflöcher.« Balthas legte Philo die Hand auf die Schulter: »Gut gemacht. Ich hätte es nicht besser machen können.«

Philo strahlte über das ganze Gesicht: »Und habt ihr gesehen, wie ich zum Schluss mit acht Bällen jongliert habe? Einfach so nebenbei!«

Dann wurde Balthas ernst: »Christoph, das heißt für dich, du musst gehen. Sie wissen, dass du bei uns bist. Über kurz oder lang finden sie uns, da können wir uns so gut verstecken, wie wir wollen. Wir selbst können uns herausreden, du hast es ja gesehen.«

Und Regine ergänzte: »Das Alleinsein, so schwer es auch fällt, ist für dich jetzt das beste Versteck.«

Seit Tagen regnete es. Der Regen trommelte auf die alte Pferdedecke, die sich Christoph über sein kurz geschorenes Haar gezogen hatte. Es war schon über eine Woche her, seit er die Gaukler hatte verlassen müssen.

Die Haare hatte ihm Regine noch geschoren: »Sonst haben sie dich gleich mit deinem auffälligen schwarzen Haarbusch auf dem Kopf und deinen blauen Augen.«

Kaum hatte er die Gaukler verlassen, als Tauwetter einsetzte. Und jetzt dieser Regen! Braune Bäche schossen die Hänge hinunter, überall gurgelte und gluckste das Wasser. Der Rhein stieg und stieg und stand schon brusthoch in den Auwäldern. Gut, dass Hetz damals Christophs Schuhe übersehen hatte. Sie hielten dicht und warm. Und unter dem speckigen Lederhut, den er aufhatte, und dem Lederumhang, der zwar schon schwer war vor Nässe, konnte er es aushalten.

Würde er die Gaukler wieder sehen? Sie hatten fest versprochen im Frühjahr nach Straßburg zu kommen, um ihm zu helfen.

Es schien wirklich unmöglich, was er vorhatte: Ein Junge von fünfzehn Jahren sollte die angesehensten Kaufleute der mächtigen Stadt Straßburg eines Verbrechens überführen, und er wusste nicht, wer diese Kaufleute waren unter den hunderten, die es in Straßburg geben musste. Ja, er kannte nicht einmal das Verbrechen selbst.

Um ihn dehnten sich die endlosen Ackerflächen, die das Wasser nicht mehr aufnahmen.

Der Rhein sei unpassierbar, hatte er schon gestern in der Herberge gehört.

Ja, er hatte Geld und konnte in Herbergen übernachten. Das sei für ihn erst einmal das Beste, hatte der alte Balthas gesagt und ihm alles Geld gegeben, das sie hatten!

»Sie suchen nach einem Betteljungen, also werden sie dich nicht in Herbergen vermuten.«

»Wir werden schon wieder Geld bekommen. Wir sparen eine Unmenge Essen jeden Tag«, hatte Philo gesagt, und Balthas hatte ihn am Ohr gezogen.

Das Geld wurde bereits knapp, er würde bald betteln müssen. Aber das Hochwasser ließ niemand passieren.

»Halte dich an die Bettler in Straßburg«, hatte Regine gesagt, »es sind oft recht umgängliche Leute. Schau, dass du noch ein wenig Geld hast, wenn du nach Straßburg kommst, dann kannst du leichter an sie herankommen.«

Und nun ging das Geld aus und er kam nicht über den Rhein.

Der Mann war klein, dicklich, mit Knopfaugen und einem zerschlissenen Lederrock. Es war sinnlos, in die Herbergen zu gehen, um einen Betteljungen ausfindig zu machen. Aber es war jedenfalls trocken und er hatte genug von diesem ständigen Regen. Wie viele Meilen war er nicht abgelaufen, erst in Schnee, Kälte und Wind, dann bei diesem Matsch und diesem Regen, der nicht aufhören wollte. Wenigstens war es nicht mehr so kalt wie damals, als sie im Schwarzwald die Schluchten durchkämmt hatten. Zwei Personen sollten sie finden – einen Mann, der halb tot sein musste nach der Folter, und einen Jungen mit auffälligem dickem schwarzem Haarbusch und blauen Augen darunter. Der Alte sollte in der Zwischenzeit verreckt sein.

Diese Kaufleute hatten ihn in Straßburg aus dem Turm geholt: Wegelagerei! Es war ein Glücksfall gewesen, dass sie ihn brauchten, sonst hätten ihn schon längst die Krähen gefressen am Galgen oder auf dem Rad. Stattdessen konnte er viel Geld verdienen und vielleicht sogar einen kleinen Handel aufmachen und ehrlich leben, er hatte ja nichts lernen können.

Er musste diesen Christoph Schimmelfeldt finden.

Es wurde früh dunkel. Einige Fackeln qualmten im Regen. Ein milchiges, rötliches Licht füllte den engen Hof der Herberge mit seinen umlaufenden Holzgalerien. In Bächen und dicken Rinnsalen schoss das Wasser von den Dächern herab. Klappern drang aus der Wirtsstube, daneben stampften und schnaubten in den Stallungen die Pferde. Es roch nach Rauch, Essen und Mist. Die steilen Stiegen, die vom Hof aus zu der Galerie führten, lagen in undurchdringlicher Schwärze. Von dieser Galerie aus gingen Türen in die Kammern, in denen die Gäste schliefen.

Oft über zwanzig Gäste lagen immer zu viert oder zu fünft unter einer groben Pferdedecke auf langen Strohschütten. Meist behielt man über Nacht die Kleider an, nur die Schuhe wurden in Griffweite vor den Strohschütten auf Brettern aufgereiht.

Christophs Mahlzeit in der Wirtsstube war bescheiden wie das schwarz verkrustete Holzgeschirr, das ihm der Wirt vorsetzte.

Er war spät angekommen, es war schon fast dunkel, als er vom Innenhof aus zu der Schlafkammer hinaufstieg, die ihm der Wirt bezeichnet hatte. Auf der Stiege stieß er auf einen dicken kleineren Mann, den er nur umrissartig wahrnahm und der ihm schwer schnaufend entgegenkam.

Im selben Augenblick spürte Christoph im Gesicht den Schein von einer der Fackeln unten im Hof. Er achtete nicht sonderlich darauf; er war müde, aber es fiel ihm auf, dass der Mann stehen blieb und ihm nachschaute.

In der Kammer war schon lautes Schnarchen und der muffige Geruch nach Schlaf. Er suchte in dem Raum, in den kaum etwas Licht vom Hof drang, seine Lücke zwischen den Schläfern. Das ging nur mit Tasten, wobei er mehrmals böses Knurren auslöste. Endlich hatte er seinen Platz gefunden, den ihm der Wirt beschrieben hatte, und versuchte noch etwas von der Decke zu bekommen, denn von den offenen Fensterlöchern her zog es schlimm herein, dennoch war der Geruch der vielen Schläfer fast unerträglich. Die beiden Männer rechts und links von ihm schliefen offenbar fest, denn es war nur ein Brummen zu hören, als er sich zwischen sie zwängte.

Er schreckte schon bald wieder hoch – ein weiterer Gast suchte mit einem Talglicht seinen Platz zum Schlafen. Das war offenbar nicht leicht. Christoph nahm im Halbschlaf war, wie er überall herumtappte auf dem unangenehm quietschenden Bretterboden und wie er den Leuten ins Gesicht leuchtete.

Ins Gesicht leuchtete!

Mit einem Schlag war Christoph hellwach. Der Mann auf der Stiege, der ihn so genau gemustert hatte – war er wieder heraufgekommen? Hatte er den Wirt unten nach ihm gefragt? Christoph vergrub das Gesicht, so gut es ging, unter der Decke und stellte sich schlafend.

»Hat der Kerl endlich seinen Platz gefunden!«, hörte man eine tiefe Stimme knurren. »Sonst helf ich ihm in den Schlaf, dass er nicht mehr so schnell aufsteht!«

Die Haare, er wird mich an den Haaren erkennen!

Die Haare konnte er nicht auch noch zudecken, sonst wäre er erstickt. Sie waren ja vor nicht langer Zeit geschoren worden. Wie lang waren sie seither gewachsen?

Verstohlen blinzelte er unter der Decke hervor. Der Lichtschein wanderte im Raum herum, Schatten glitten an den Wänden auf und ab. Es war keine Frage: Der Mann suchte etwas. Da kam das Licht auf ihn zu – er grub sich tief in die Decke ein, wobei er den Schläfer neben sich aufdeckte. Der brummte und zog mit einem Ruck die Decke wieder fort. Auch der Mann auf der anderen Seite zog an der Decke. Der Schein des Lichtes auf den Augenlidern war so hell, dass Christoph unwillkürlich blinzelte: Vor seinen Augen schwebte groß ein rundes Gesicht mit breitem Mund und fast unnatürlich hervorquellenden Augen, die etwas nach den Seiten gerichtet zu sein schienen.

Der Mann murmelte etwas, dann verschwand das Gesicht. Christoph konnte schemenhaft die kurzbeinige massive Gestalt vor der Strohschütte stehen sehen. Er schien etwas zu überlegen. Christoph rührte kein Glied und wagte nicht zu atmen, obwohl ihm das Herz bis zum Hals schlug.

An seinem Gürtel hing ein Dolch!

Da! Der Mann beugte sich herab. Er zog seine Stiefel aus und stellte sie in die Reihe. Er brauchte endlos lange dazu – was musterte er die Schuhe so genau? Dann löschte er das Licht – die plötzliche Dunkelheit war entsetzlich – und kroch, wie Christoph deutlich hören und spüren konnte, auf allen vieren zu ihm hin und versuchte sich zwischen ihn und den linken Schläfer hineinzuzwängen, obwohl hier kein Fingerbreit Platz war. Wollte der ihn im Schlaf erstechen? Oder jetzt gleich?

Er lag hilflos eingeklemmt.

Er wich dem plumpen Gewicht, das sich da hereindrängte, aus, so gut es ging, und stieß den Schläfer auf der anderen Seite an. Gleichzeitig zog er beide Beine an den Leib. Vielleicht konnte er den Frosch wegstoßen.

Da wurde es neben ihm laut: »Was für ein unverschämter Kerl drückt sich denn da noch herein?«

Der Frosch lag mit seinem ganzen Gewicht auf ihm, Christoph war völlig eingeklemmt. Er spürte, wie eine Hand nach ihm tastete. Er fühlte, wie er steif wurde, wie das Herz raste. Das Gewicht auf ihm verlagerte sich nach links. Er hielt den Atem an – der Stich – der Stich –

Plötzlich konnte er sich wieder rühren, er stieß mit den Beinen nach vorne, traf aber nichts. Dann fühlte er schnell zur Seite nach den Haaren des Schläfers rechts von ihm und zog daran aus Leibeskräften.

Ein Gebrüll war die Antwort. Christoph wurde zur Seite gestoßen und der andere schrie nun ebenfalls. Es wurde laut im Raum. Stimmen riefen durcheinander.

Christoph tastete nach seinen Schuhen. Nichts wie weg!

Da wurde es hell. Der Wirt stand unter der Türe und leuchtete mit einem Kienspan: »Muss man die Scharwache rufen?«

Sofort war der Frosch aufgestanden und entschuldigte sich höflich, es sei alles seine Schuld, er habe in der Dunkelheit seinen Platz nicht gefunden, weil er sein Talglicht zu früh gelöscht habe. Seine Stimme klang seifig. Christoph steckte verstohlen seine Schuhe zu sich unter die Decke.

Der Frosch hielt den Dolch in der Hand!

Der Wirt wies ihm einen Platz am anderen Ende des Raumes.

Dann war wieder Nacht.

So weit war alles gut. Noch einen Angriff konnte der Frosch in dieser Nacht nicht wagen. Aber Christoph musste vor dem Frosch aus der Herberge sein, am besten noch in der Dunkelheit.

Warten, warten! Todmüde liegen mit klopfendem Herzen und angehaltenem Atem. Undurchdringliche Schwärze vor den Augen. Je länger er wartete, desto sicherer war der Frosch eingeschlafen. Wie viel Zeit war vergangen? Lag er schon lange wach? Er versuchte zu zählen, aber dabei fielen ihm die Augen zu. Einer redete im Schlaf, aber man verstand kein Wort, es klang, als hätte er Wolle im Mund. Schnarchen ringsum, Schnaufen, Aufstöhnen der Träumer. Üble Luft. Draußen plätscherte der Regen immer gleich.

War es nicht besser zu bleiben – in der Wärme und im Trockenen? Morgen früh wäre er ja nicht allein mit dem Frosch. Was konnte ihm geschehen unter den vielen Menschen der Herberge? Aber der Frosch würde ihm folgen! Er sah ihn, er ließ ihn nicht aus den Augen. Stand Christoph jetzt auf und ging, konnte er den Frosch vielleicht abschütteln. Das Schlimmste war, wenn er jetzt aufstand, und der andere war wach –

Langsam, langsam schälte er sich aus der Decke, die Schuhe hatte er schon angezogen – der Mann links von ihm wälzte sich herum. Schlief der Frosch? Oder lauerte er irgendwo, wach wie er, und würde ihm nachschleichen und ihn mit seinem Dolch unten im Hof anfallen?

Behutsam das linke Bein herausziehen, jetzt das rechte. Beide Beine anziehen. Vorsichtig aufrichten, niemand anstoßen, niemand aufwecken. Jemand redete im Schlaf und schluckte dann sehr schnell mehrfach hintereinander. Dort drüben drehte sich einer um, was eigentlich verboten war und auch sofort halblaut das übliche Geschimpfe auslöste. Um Himmels willen niemand berühren!

Schnell jetzt hinaus auf den Gang zwischen den Strohschütten.

Der knarrende Bretterboden! Wenn der Frosch keinen festen

Schlaf hatte! Er hätte die Schuhe auf der Galerie oder auf der Stiege anziehen sollen.

In welcher Richtung war die Stiege? Ja, dort drüben das helle Viereck.

Er konnte die Holzständer der Galerie nur schemenhaft wahrnehmen, die Fackeln waren längst erloschen. Der Regen und das von den Dächern rinnende Wasser schienen alle Geräusche zu verdecken. Christoph tastete sich die Stiege hinunter und durch den glitschigen Hof. Es war viel kälter als am Abend. Oder fror er, weil er Angst hatte?

Das große Hoftor war verschlossen. Aber die Türen zu den Ställen waren offen. Wie warm es hier war! Er bezwang die Versuchung, hier im Stroh zu schlafen, und ging durch die Vordertüre des Stalls aufatmend in die Nacht hinaus.

So nah, so nah! Er hatte schon den Dolch aus dem Gürtel gezogen. Der Junge war weg am Morgen, fortgeschlichen, und mit ihm das Kopfgeld. Nur weil er schließlich doch eingeschlafen war. Aber das war kein Wunder nach der Lauferei der letzten Tage. Jetzt würde die leidige Sucherei wieder angehen. Wer konnte damit rechnen, dass der plötzlich in einer Herberge auftauchte?

Und die Schuhe! Die besten Schuhe von allen, die in der Schlafkammer aufgereiht standen! Davon verstand er etwas. Und sie hätten ihm gepasst! Er hatte einen Blick für gute Kleidung. Würde mir zukommen! Bessere Kleider, feines Leder, Samt, Seide, schöne Farben! Ich verstehe mehr davon als so ein reicher Fettkloß, der sie sich von seinem Diener anziehen lässt.

Das Leben war ungerecht!

Die ganze Nacht hindurch war Christoph gewandert. Zuerst hatte er gezittert und sich beinahe übergeben.

Der Regen hatte aufgehört. Die Sonne schien, aber es war kalt.

Wo sollte er hin? Der Rhein war nicht passierbar, auf seiner Spur war der Verfolger.

Er zog die nasse Pferdedecke fester um sich: Ein Wind kam in der Ebene auf. Der Schwarzwald stand hinter ihm wie eine dunkle Mauer. Ganz oben waren lang gestreckte weiße Flecken. Um ihn waren niederes Gestrüpp und weite Senken, die alle unter Wasser standen. An den Rändern lagen noch Streifen von schmutzigem Schnee. Hinter dem Wall aus Bäumen, der den Blick nach Westen versperrte, musste der Rhein sein mit seinen vielen Armen, von denen es hieß, dass es jetzt ein einziger sei.

Hü! und hott!, hört er hinter sich. Mehrere große Planwagen schwankten auf ihn zu, als er sich umdrehte. Zwei Soldaten, fürstliches Geleit, ritten voraus. Er betrachtete die Planwagen mit Kennerblicken. Das mussten sehr reiche Kaufleute sein, die mit so aufwändigem Gespann und Geleit reisten. Die Jahreszeit war ungewöhnlich. Bis Ostern waren es noch einige Wochen und Kaufleute begannen so große Unternehmungen eigentlich zu den Messezeiten.

Es geht mich nichts an. Christoph trat traurig zur Seite.

Im Hof einer Herberge vor Kehl sah er die Wagen wieder. Die Gespanne wurden abgeschirrt, Knechte führten die Pferde in die Ställe. Die Reiter standen dabei, man hörte ihr Gelächter. Kinder, Neugierige und Bettler standen und hatten die Münder offen. Aus der Herberge trat ein vornehmer Herr, offenbar einer der Kaufleute. Seine Kleidung war kostbar, aber nicht auffällig. Er war noch nicht sehr alt, kaum dreißig. Sofort war er von den Bettlern umringt, man hörte sie jammern und bitten.

Christoph gab es einen Ruck. Eigentlich müsste ich mich zu den Bettlern stellen. Der Herr hatte ein Ledersäckchen in der Hand und gab jedem Bettler offenbar eine kleine Münze. Christoph fiel auf, wie sorgsam er darauf achtete, dass alle dasselbe erhielten. Drei Bettler, die sich zum zweiten Mal anstellen wollten, wies er zurück. Einem, der offenbar betrunken war, gab er kein Geld, sondern wies einen der Knechte an, ihm Brot zu geben.

Dann fiel sein Blick auf Christoph: »He du, warum kommst du nicht her?« Seine Sprache klang etwas gebrochen.

Christoph wurde es heiß. »Ich bin kein Bettler«, sagte er und wunderte sich über sich selbst. War es der vertraute Anblick des Kaufmannszuges und die Erinnerung an den Vater? Er spürte, wie er rot wurde.

Der Herr hielt seinen Blick auf ihn gerichtet: »Du hast Hunger, das sehe ich. Aber wenn du zu gut zum Betteln bist –«

»Herr«, sagte Christoph und seine Stimme zitterte und die Tränen stiegen ihm auf, ohne dass er es merkte. »Ich brauche Hilfe!« Die Stimme überschlug sich. »Ich brauche Hilfe, dringend!«

Als sich die Bettler verlaufen hatten, stand der Herr groß und aufrecht vor ihm und betrachtete ihn langsam von Kopf bis Fuß. »Du siehst verhungert aus wie ein Bettler, deine Kleidung ist die eines Betteljungen, aber du trägst Stiefel wie ein Herr! Was ist los mit dir?«

»Mein Vater war ein Kaufmann wie Ihr«, begann Christoph ungeschickt. Dann konnte er nicht mehr weiterreden.

»Komm mit mir in die Herberge, dann werden wir weitersehen.« Der Herr hatte ihm die Hand auf die Schulter gelegt.

Es brach aus Christoph nur so heraus: die falschen Gewichte, die Folter und das Todesurteil, die Hand des Henkers, die auf ihm und seinem Vater geruht hatte. Hier schaute er Herrn Elieser, wie der Herr hieß, besorgt an. Aber der verzog keine Miene. Von dem Stadt- und Landverweis aus Gnade erzählte er, von ihrer Verfolgung und dem Preis, der auf ihren Kopf ausgesetzt war, auch von den drei Zahlen. Er erzählte mit brüchiger Stimme vom Tod seines Vaters und der Aufgabe, die er, Christoph Schimmelfeldt, vom Vater übernommen habe. Die Nacht in der Herberge saß ihm noch im Genick.

Zuerst durfte er sich satt essen. Später führte ihn Herr Elieser in eine Kammer zu einem sehr alten Mann mit einem schlohweißen Bart und einem sehr ehrwürdigen Gesicht, das ihn seltsamerweise an Balthas erinnerte, obwohl der doch so fett und dieser Herr eher hager und viel älter war. Der Herr trug eine weite Kleidung aus dunklem Samt. Sie nannten ihn Abraham. Herr Elieser, der ihn aufgenommen hatte, trug jetzt ein weites rotes Unterkleid aus sehr kostbarem Stoff und ein Oberkleid aus blauem Samt, das rot gefüttert war.

Beide trugen mit Gold bestickte Käppchen aus Samt.

Christoph wusste schon, dass es keine Kaufleute unterwegs zu einer Messe waren. Es waren Juden aus Spanien, der zu Verwandten nach Straßburg wollten.

»Wir können nicht weiter. Nicht nur wegen des Hochwassers, sondern weil wir uns erst einen Pass für Straßburg ausstellen lassen müssen. Das braucht seine Zeit«, erklärte Elieser.

Dann stützte sich der alte Abraham auf: »Ich habe deine Geschichte gehört und möchte dir glauben, Christoph. Viel helfen werden wir dir nicht können; wir wissen aber besser als andere, was Verfolgung ist, denn wir wurden selbst verfolgt und sind Vertriebene.«

Elieser fuhr fort: »Du hast Glück gehabt: Heute ist das Purimfest, ein Freudenfest für uns Juden. Und weil wir selbst als Vertriebene wenig Anlass zur Freude haben, sind wir uns einig gewesen, anderen eine Freude zu machen. So haben wir besonders viele Bettler beschenkt und dich getroffen. Wir können dir ein wenig helfen, aber es kann nicht viel sein, auch wir sind hier Fremde.«

»Wir werden dir helfen, dass du sicher über den Rhein kommst«, bestimmte der alte Abraham.

Zunächst war das sehr viel.

Es gab auch zwei Frauen. Christoph lernte sie gegen Abend kennen. Die eine war Esther, die Frau des alten Abraham, eine Dame mir weißen Haaren und einem stillen Gesicht, die andere war ihre Schwiegertochter Hannah, also die Frau des Herrn Elieser. Sie hatte ein bräunliches Gesicht und schwarze Haare. Sie war kleiner und rundlicher.

Als sie am Abend in einer Kammer beim Essen saßen, fasste Christoph Mut: »Ihr gebt mir Rätsel auf.«

Herr Elieser lachte: »Das will ich gerne glauben, dass wir dir Rätsel aufgeben, aber sag.«

»Ihr kommt aus Spanien«, fuhr Christoph fort, »aber Ihr sprecht deutsch, dass man kaum einen Unterschied hört. Ihr wollt zu Verwandten nach Straßburg und habt Wagen dabei wie für eine Messe.«

»Das erste Rätsel ist gleich gelöst. Wir sind Kaufleute auf allen Märkten Europas, da müssen wir auch alle Sprachen kennen. Dazu kommt, dass die Mutter von Esther aus Deutschland, eben aus Straßburg war. Deshalb spricht die ganze Familie Deutsch besonders gut. Wir können auch andere Sprachen, Portugiesisch, Französisch, Englisch, Italienisch, Arabisch, wenn auch nicht so gut wie Deutsch.«

Der alte Abraham sagte lächelnd: »Lachen und Weinen sind in allen Sprachen gleich.«

Christoph konnte Latein und sein Vater hatte ihm schon eine Menge Französisch beigebracht. Er konnte auch ein paar Brocken Italienisch. Der Vater hatte immer gesagt: Sprachen sind das wichtigste Kapital für Kaufleute. Du wirst sie am besten lernen, wenn ich dich nach und nach in alle Länder Europas schicke. Wie lange war das her!

»Auch das zweite Rätsel«, redete Elieser weiter, »ist gleich gelöst: Wir wollen unsere Verwandten nicht besuchen. Wir kommen als vertriebene Flüchtlinge hierher. Straßburg soll unsere neue Heimat werden, wir wollen dort unseren Handel weiterführen. Dazu brauchen wir einen Schutzbrief des Kaisers, den wir in Basel und Freiburg bezahlt haben. Ich werde wohl auch nach Prag reisen müssen.«

»Warum hat man Euch vertrieben?«

»Uns geht es wie dir. Man hat uns falsch beschuldigt und so mussten wir die Heimat verlassen wie du.«

»Was haben sie Euch denn vorgeworfen?« Christoph ließ seinen Blick über die Menschen gehen, die vor ihm saßen. In welchen Verdacht konnten die gekommen sein?

»Wir sollen Massenmörder sein, tausende von Menschen sollen wir umgebracht haben!«, begann Elieser. »Und nicht nur wir, sondern alle unsere Glaubensbrüder und Schwestern! Sie beschuldigen im Königreich Aragon die Juden, dass sie die Brunnen vergiftet haben.«

»Die Brunnen vergiftet?«

»Ja, es gibt in Spanien und im ganzen Süden seit dem letzten Jahr eine entsetzliche Krankheit, den schwarzen Tod oder die Pest, wie die Gelehrten sie nennen«, fuhr Elieser fort.

»Ich habe davon gehört«, sagte Christoph beklommen.

»Dann weißt du auch, dass fast jeder, der die Krankheit bekommt, in wenigen Tagen stirbt.«

»Niemand weiß, wie die Krankheit entsteht«, fuhr der alte Abraham fort, »der eine sagt dies, der andere das. Aber das Sterben wird immer gewaltiger und die Menschen meinen, dass es erst aufhört, wenn sie einen Schuldigen bestrafen.«

»Und da haben sie uns Juden dafür verantwortlich gemacht«, setzte Elieser hinzu, »wir hätten die Brunnen vergiftet, um die Christenheit auszurotten. Aber es sterben Juden wie Christen. Ich kenne einige jüdische Familien, die ganz ausgestorben sind.«

»So haben sie viele Juden ermordet, unsere Häuser verbrannt«, sagte Esther leise, »die Ärmeren waren ihnen fast hilflos ausgeliefert. Wir haben Schreckliches gesehen. Aber wir selbst konnten mit viel Geld vom König von Aragon einen Schutzbrief für die ganze Familie lösen, mussten aber das Land, unsere Heimat, verlassen. So sind wir hier. Wir hoffen natürlich auch, dass die Pest nicht hierher kommt.«

Im Raum war langes bedrücktes Schweigen.

Christoph blieb bei den Juden und machte sich nützlich. Er half die Pferde zu versorgen, die Ladung neu zu ordnen und festzubinden. Er half die Kammern sauber zu machen, auszukehren und die Böden zu schrubben. Ein Außenstehender hätte ihn für einen Knecht gehalten.

Er stellte sich vor, wie der Frosch sich wunderte, wo er geblieben war.

Die Sonne zeigte sich wieder, ein lauer Wind strich rheinabwärts. Die Auwälder zeigten ein zartes Grün, die ersten Blüten standen auf den Wiesen und die Vögel begannen zu singen.

Es hieß, der Rhein sei wieder passierbar.

Gegen Abend ertönte ein eigenartiger Singsang von der Straße her. Es war ein Zug von vielleicht dreißig Menschen, die unter Singen einem Kreuz folgten. Mönche in braunen Kutten gingen voraus. Weihrauchfässer wurden geschwungen. Sie betraten den Hof der Herberge und stellten sich um das Kreuz.

Dann richtete sich einer der Mönche auf und lud alle Leute in der Herberge ein zu beten gegen die Pest!

Den Hof füllten immer mehr Menschen, die sich auf die Knie warfen, an den Fenstern der Herberge standen viele, auch auf der Holzgalerie knieten Menschen mit gefalteten Händen.

Die Mönche begannen eine Litanei zu singen, das Volk antwortete. Der Gesang ging hin und her.

Da richtete sich ein Junge aus der knienden Haltung auf, den Blick starr auf die andere Seite des Hofes gerichtet. Auch dort war ein Mann aufgestanden, ein dicklicher, untersetzter Mann in einer auffälligen Kleidung, der sich durch die kniende Menge auf ihn zuarbeitete.

Dann war Christoph, den die Juden bis zum Rhein beschützen wollten, verschwunden.

Christoph rannte und keuchte – nasse Wiesen, Wasser, ein Wäldchen. Zweige schlugen ihm ins Gesicht. Gegen das Abendlicht stand hell der Rhein. Zwei Fähren brauchte man, um über seine beiden Arme auf die Straßburger Seite zu kommen. Auf welcher Seite waren sie gerade?

Er hatte Glück, die erste Fähre war auf seiner Seite. Aber er war der Einzige, der jetzt am Abend noch hinüberwollte. So war das Übersetzen teuer, es verschlang fast sein ganzes Geld, der Rest würde gerade für die zweite Fähre reichen. Er würde als Bettler ohne einen Heller in Straßburg ankommen.

Nachdenklich schaute er in das ziehende strudelnde Wasser, über das die Fähre gleichmäßig und fast geräuschlos glitt.

Juden. In Stuttgart gab es Juden. Sie hatten aber keinen guten Ruf. Sie hatten Jesus Christus ans Kreuz geschlagen und hassten die Christen, wie es hieß. Sie konnten kein Handwerk, waren auch keine Bauern, sondern verliehen Geld gegen Zinsen, was Christen nicht durften. Wucherer, sagten viele. Ihr Ziel war es, die Christen zu verderben.

Andererseits hatte er seinen Vater einmal sagen hören: Ich habe nichts gegen Juden. Das sind rechtliche Leute, wenn auch nicht jedermanns Sache. Aber mit ihnen mache ich gerne Geschäfte. Sie bezahlen pünktlich und zuverlässig. Sie sind als Geschäftsleute hart und auf ihren Vorteil bedacht, aber das bin ich auch, jeder christliche Kaufmann ist es und muss es zugeben, wenn er ehrlich ist.

Diese Juden hatten ihm helfen wollen, obwohl er ein Christ war. Gerade weil sie in derselben Lage waren wie er, hatten sie gesagt.

Als er ausgestiegen war, fuhr die Fähre wieder zurück. Christoph sah es ungern, aber der Fährmann hatte seine Hütte auf der anderen Seite des Rheins.

Der Fährmann der zweiten Fähre weigerte sich, so spät am Abend wegen eines einzigen Gastes noch überzusetzen. Christoph bat und beschwor ihn.

»Etwas ausgefressen?«, fragte der Fährmann, ein langer Kerl mit einem schiefen Gesicht, das aussah, als lache er, wenn er sprach. »Bürschlein, ich könnte dir viel erzählen von Leuten, die dringend noch hinübermussten, spät am Abend, ja, mitten in der Nacht. Aber ich mache das nicht.«

Christoph überlegte – die Wahrheit erzählen?

»Du brauchst nichts zu sagen. Weißt du, alle haben eine Geschichte, warum sie gerade heute noch hinübermüssen.«

Ein Schwarm Vögel flog über sie hinweg über den Rhein.

»Du kannst die Leute immer in zwei Gruppen einteilen. Diejenigen, die nichts zu verbergen haben, und diejenigen, die etwas verbergen müssen. Wer nichts verbergen muss, hat es meist auch nicht sehr eilig.«

Christoph nahm allen Mut zusammen. Der Frosch war jetzt vielleicht schon auf der anderen Seite des ersten Rheinarms und redete mit dem Fährmann wie er. »Ich kann es dir erzählen. Ich werde –«

Stieß da drüben nicht ein Boot ab? Ja, ein Mann war eingestiegen. Christoph krallte die Finger ineinander.

»Zweiter Fall: Du wirst verfolgt. Deshalb schaust du auch immer zum anderen Ufer. Aber wer verfolgt dich? Weiß ich es? Wer ist der Gute, wer ist der Böse? Ich lehne jede Verantwortung ab: Ich bin kein Richter, sondern ein Fährmann. Im Übrigen kann ich dich beruhigen: Das Boot, das dort drüben gerade ablegt, kommt nicht hierher. Es ist nur ein Fischer, der nach seinen Reusen sehen will. Für heute wünsche ich angenehme Ruhe. Hier ist eine Pferdedecke, die hält warm. Du kannst auch in meine Hütte kommen, wenn du willst.«

Christoph beschloss draußen im Boot zu bleiben. Wenn der Frosch früh am Morgen zu sehen war, konnte er in den Auwäldern verschwinden, bevor der ihn hatte.

Und wenn der Frosch am Abend doch irgendwie über den Fluss gekommen war und ihn am Landeplatz erwartete?

Strassburg

Am selben Vormittag ging er vorbei an den blutigen Tierhäuten, die vor dem Schlachthaus ausgebreitet waren, über die Schindbrücke hinüber in die Innenstadt von Straßburg.

Den Frosch hatte er nicht mehr gesehen.

Der Vater hatte ihm von der Stadt erzählt, wie sie da mächtig an der Ill lag, die von den Straßburgern auch Breusch genannt wurde, wie die Dächer vom Bau des Münsters überragt wurden, wie sie schon seit über hundertfünfzig Jahren an dem gewaltigen Bau arbeiteten, der noch lange nicht beendet war.

Zunächst ließ er sich von der Menge treiben. Aber er hatte Hunger, und das Stück Brot, das ihm die mitleidige Bauersfrau am Morgen gegeben hatte, würde nicht weit reichen. Er würde betteln müssen. Er hatte noch nie richtig gebettelt.

Zwischen der Ill und dem Münster kam er an stattlichen Häusern vorbei. Hier wohnen vielleicht meine Feinde! Die Menschen, die meinen Vater getötet haben und die auch mich töten wollen. Es war aber nichts Auffälliges zu sehen.

Verstohlen hielt er Ausschau nach den Juden, die ihm hatten helfen wollen. Und er schaute in dem Gewimmel nach den Gauklern Philo, der dicken Regine und dem breiten Balthas mit seinem großen Bart, aber er sah niemand, den er kannte.

Das Münster wuchs vor ihm auf wie ein Gebirge. Er sah das riesige Auge der Rosette, von der ihm der Vater erzählt hatte. Was war die Stiftskirche in Stuttgart neben diesem halb fertigen, rötlichen Riesenfelsen, der seinen gewaltigen Schatten über Häuser und Gassen legte! Er sah die beiden Turmstümpfe, die viel höher waren als die Türme der Stiftskirche, die doch bereits ihre Spitze hatten. Schwindel erregende Gerüste kletterten an ihnen hoch. Er konnte aber nicht erkennen, dass gearbeitet wurde, als er durch eines der Portale hineinging.

Lange stand er stumm im farbigen Dämmerlicht der Glasfenster. Es war, als hätten in dem gewaltigen Raum Engel die schwarzen Mauern in glühend buntes Licht verwandelt, als könne man durch die Wände hindurch in eine andere Welt sehen.

Auf der Südseite des Münsters bei den Gerichtsschranken fielen ihm links und rechts im Portal zwei große Steinfiguren auf. Es waren zwei Frauengestalten, von denen sich die eine hoch aufreckte und ein hageres, hochmütiges Gesicht hatte. Sie hielt ein Kreuz in der Hand, an dem eine Fahne befestigt war, und schaute herausfordernd wartend, fast schadenfroh zu der anderen hinüber.

Die andere war zur Seite geneigt wie abgeknickt und hielt einen zerbrochenen Speer in der Hand, der die Biegungen ihres Körpers nachzeichnete. Aus der anderen Hand schienen ihr zwei Steintafeln zu gleiten. Der Steinmetz hatte den Körper unter dem Gewand so dargestellt, dass es aussah, als sei sie jeder Kälte und allen Blicken schutzlos ausgeliefert. Es war ein schlankes, biegsames Mädchen mit sehr traurigem Gesicht, das sein Unglück, was es auch immer war, offenbar mit großer Anmut trug.

Ihr war ein Tuch um die Augen gebunden, als würde sie zur Hinrichtung geführt, aber die Augäpfel zeichneten sich unter dem Tuch so natürlich ab, dass man glauben konnte, sie schaue einen an.

Endloses gellendes Geschrei: Die Stufen der Kirche waren belagert von Bettlern. Da gab es Krüppel aller Art, ohne Arme, ohne Beine, schief gewachsene Männer oder Frauen, deren Körper grotesk verdreht waren. Ein Mann hatte einen so unförmigen Kopf, dass man immer wieder hinschauen musste. Zwei oder drei trugen die Brandmale verurteilter Verbrecher im Gesicht. Allerlei ekelhafte Geschwüre gab es, die offen zur Schau gestellt wurden. Christoph begriff, dass diese Missbildungen die einzige Möglichkeit für diese

Menschen waren, zu überleben. Sein Vater hätte als Kaufmann gesagt, dass diese Scheußlichkeiten das Kapital der Menschen waren, das sie einsetzten, um Gewinn zu erzielen, nämlich Mitleid zu wecken.

Er blickte an sich hinunter, um sein Kapital zu ermitteln. Aber da gab es wenig, das man einsetzen konnte. Er war sehr dünn und er war sehr bleich, das wusste er. Aber das waren viele hier auf der Kirchentreppe. Dass er der Einzige war, der von Mördern bedroht wurde, und dass man seinen Vater zu Tode gehetzt hatte, sah man ihm nicht an.

Er sah einen mit einem entsetzlich krummen Bein, der nur noch ein Auge hatte. Immer wenn er einen reichen Mann oder eine reiche Frau im Blick hatte und ihnen etwas vorjammerte, liefen ihm die Tränen herab, und er erhielt sehr viel Geld in sehr kurzer Zeit.

Das ist sein Kapital!, dachte Christoph. Der eine kann seiltanzen oder Feuer schlucken, der andere kann weinen, wann er will. Was kann ich?

Und wie sie schrien: einer erbärmlicher als der andere. Ein Wettkampf des Schreiens und Heulens um Mitleid und Barmherzigkeit! Er hatte einmal zugesehen, wie Vögel ihre Jungen fütterten. Das Junge, das am lautesten schrie, bekam am meisten zu fressen.

Da war wieder dieses erstickende Gefühl der Hilflosigkeit.

Hölzern stellte er sich hin, fremd war seine Stimme, als er die Erste anrief, die vorbeiging. Es war eine Frau mit einem kostbaren Pelz um die Schultern. Wie sie schrien um ihn herum! Wie sie die Arme reckten! Die Dame verzögerte beim Eintritt in das Münster einen winzigen Augenblick ihren Schritt, griff an ihren Gürtel, wobei sie das Gesicht verächtlich verzog – wer würde ihre Münze bekommen? –, und warf einige Münzen unter die schreienden, heulenden, mit Armen und Krücken fuchtelnden Bettler. Dann blieb sie kurz stehen und sah hochmütig zu, wie sich vier, fünf Bettler um ihre Gabe schlugen.

Christoph machte nicht mit bei der Prügelei. Er wäre der Stärkere gewesen. Aber er konnte es nicht.

Kaum war der Zank hässlich und grob zu Ende, da fuhren die Gesichter zu ihm herum: »Was machst du auf diesem Platz? Der gehört dem Stelzenklaus.«

»Hau ab!«

»An den besten Platz, als wenn es nichts ist.«

Christoph war zu Tode erschrocken. Er hatte nicht gedacht, dass die Plätze im Besitz bestimmter Bettler waren.

Er wusste, dass er sich jetzt hätte behaupten müssen: seine Ellbogen einsetzen! Mit roher Gewalt hätte er sich einen Platz erkämpfen können. Er wäre stärker gewesen als die meisten Krüppel hier.

Aber er konnte es nicht. Er fühlte sich wie damals, als ihm der Henker die Hand auf die Schulter gelegt hatte.

»Du bist fremd hier. Versuch es doch erst mal an der Schindbrücke auf der Außenseite, da lassen sie dich eher hin«, eine mitleidige Bettlerin war ihm nachgegangen, »hier benehmen sich manche wie Tiere. Und – lege dich nicht mit dem Stelzenklaus an.«

Hinter sich hörte er bereits wieder das Jammern und Schreien um den nächsten Reichen, der in die Kirche ging.

»Was jetzt?«, sagte hinter ihm eine unangenehme Stimme und er fühlte eine Hand auf seiner Schulter.

Christoph fuhr herum.

»Na, na, wer wird denn gleich so erschrecken. Was haben wir denn ausgefressen?«

»Nichts«, stotterte Christoph, »was willst du?«

Es war der einäugige Bettler mit dem krummen Bein. Eine üble Kappe hatte er auf und vor das böse Auge gezogen.

Sie blieben stehen.

»Du interessierst mich.«

»Weshalb?«

»Du bist ein komischer Vogel. Du hast noch nie gebettelt.«

»Woher willst du denn das wissen?«

»Man muss dich nur anschauen: Du stellst dich an den besten

Platz, als wärst du der Bettelkönig, und wenn sie dich beschimpfen, wehrst du dich nicht.«

»Was geht es dich an?«

»So ungeschickt hat sich noch kein Anfänger benommen. Scher dich dahin, wo du hingehörst.«

Er hat ja Recht, dachte Christoph.

»Was willst du von mir?«

»Du bettelst – und weißt nicht, wie. Du willst ein Straßburger Bettler sein – und deine Sprache ist nicht von hier. Du hast Hunger, das sieht man dir an – und du trägst Schuhe, von denen du viele Wochen leben könntest, wenn du sie zu Geld machen würdest.«

Christoph war bestürzt. An die Schuhe hatte er nicht mehr gedacht. Sie waren so selbstverständlich –

Der Einäugige flüsterte plötzlich: »Ich weiß, dass dein Leben in Gefahr ist.«

Christoph zuckte zusammen.

»Du kannst mir nichts vormachen.«

Christophs Gedanken überschlugen sich. Was wusste der? War er einer von denen? Wollte der ihn aushorchen?

»Wart, ich werde die Karten aufdecken.« Er zog den widerstrebenden Christoph in einen kleinen Winkel unten am Fluss.

»So, dann fangen wir erst damit an.«

Sein krummes Bein war plötzlich gerade, der ganze Kerl war größer. Er bückte sich und nahm Wasser aus einer Pfütze, machte einen Lappen nass, den er aus der Tasche zog, und rieb damit heftig das geschlossene Auge. Da war es plötzlich offen. Er zog die Mütze herunter, und da war es Philo, der ihn mit vertrautem Gesicht angrinste und mit wohl bekannter Stimme sprach.

Christoph war es, als ginge plötzlich die Sonne auf.

»Gut, was? Verbesserung der Geschäftsbedingungen. Man muss sich etwas einfallen lassen im Geschäftsleben, das weißt du doch besser als andere.« Er schlug ein Rad und klatschte in die Hände.

»Ich könnte dir viele Lahme in Straßburg zeigen, die gehen, und viele Blinde, die sehen können. Wie heißt es in der Bibel? Da werden Lahme gehen und Blinde sehen.« Da hatte er seine Bälle in der Hand.

Christoph hätte am liebsten einen Sprung in die Luft gemacht.

»Philo –«

»Du kannst es ruhig zugeben. Dafür lade ich dich zum Essen ein. Dann verkaufen wir deine Schuhe, sie sind zu auffällig.«

Sie betraten eine Garküche und Philo zog eine ganze Hand voll Münzen heraus: »Alles heute. Du siehst, Betteln ist ein einträgliches Geschäft, wenn man es kann. Du kannst es nicht oder du müsstest viel lernen.«

Ich kann auch nicht seiltanzen, Feuer schlucken, jonglieren, den Leuten Münzen aus der Nase ziehen, dachte Christoph.

Die Suppe in einer tiefen Holzschale war heiß, fett und dampfte, große Fleischbrocken schwammen darin. Dazu gab es ein riesiges Stück Brot und einen Holzbecher mit Wasser.

Christoph aß heißhungrig und Philo bestellte ihm gleich eine zweite Schale: »Lieber einen vollen Bauch als einen leeren Magen! Ich soll dich von Regine und Balthas grüßen. Es ist fraglich, ob sie dieses Jahr nach Straßburg kommen.«

»Und weshalb bist du –?«

»Ach, weil ich hier bin.«

Christoph erzählte alles, was er seit der Trennung erlebt hatte, auch die Flucht weg von den Juden.

»Das waren sehr nette Leute. Schade, dass ich da weggehen musste.«

»Die Juden haben es hier auch schwer. Und es wird noch schlimmer.«

Christoph war ein zunehmender Gestank aufgefallen, der ihm bekannt vorkam. »Es riecht wie in Stuttgart am Nesenbach.«

»Das sind die Gerber an der Ill. Wir sind ganz in der Nähe der Ill. Hier gibt es ein ganzes Viertel von Gerbern.«

Der Gestank wurde immer unerträglicher, je näher sie den Gerberhäusern kamen.

»Sie hängen die Tierhäute an ihren Häusern entlang der Ill auf und auch über den Straßen. Niemand will hier gerne wohnen.«

»Das kann ich mir denken.«

»Aber auch die Ill stinkt, weil sie allen Dreck und Unrat hineinwerfen. Jeder schimpft, man müsse die Ill sauber halten, aber keiner hält sich daran.«

»Das ist in Stuttgart dasselbe.«

»Das Schlimmste sind die vielen Ratten. Am widerlichsten sind die schwarzen Ratten in den Häusern.«

Sie waren jetzt in ein ganzes Gewirr von Gässchen getreten. Hier gab es nicht so viele Menschen wie in der Mitte der Stadt.

»Wenn es geregnet hat, kommst du hier kaum durch. Es ist ekelhaft. Die reichen Ratsherren kommen nie hierher, um die Zustände zu verbessern.«

Christoph schaute an den aus Holz gebauten Häusern hinauf. Es gab viele jämmerliche Hütten. Die meisten Häuser waren hier mit Stroh gedeckt, obwohl er rund um das Münster fast nur Ziegeldächer gesehen hatte. Jedes Haus hatte im Dach Gauben oder sonstige Öffnungen, in denen überall tropfende Tierhäute hingen. Die größeren Häuser hatten breite Balkone in den Giebeln, auch hier hingen überall die Tierhäute herab. Oft wurde es dunkel in der Gasse, in der sie gingen, weil Stangen von Haus zu Haus über die Gasse gelegt waren, an denen ebenfalls Tierhäute hingen, aus denen eine stinkende Brühe rann.

Es gab hier viele kleine Holzbrücken über die verzweigten Arme der Ill, von denen aus sie die Gerber und ihre Gesellen bis zu den Hüften in schmutzig gelbem Wasser stehen sahen, das sich langsam durch Abfälle schob. An Pfählen dümpelten kleine Boote.

»Im Sommer, wenn es heiß ist, kannst du es hier nicht aushalten.«

Ein stampfendes Geräusch kam vom anderen Ufer.

»Das sind die Mühlen, ein ganzes Viertel wie das der Gerber. Dort stinkt es nicht mehr so entsetzlich, dafür hält man den Lärm kaum aus. Dort drüben in der Richtung der Türme siehst du Fischernetze und Pfähle mit Reusen. Die Fischer wohnen weit flussabwärts am Auslauf der Ill aus der Stadt. Wir müssen zurück, denn wir wollen ja deine Schuhe verkaufen.«

Wie groß diese Stadt war! Christoph konnte nur staunen. Aber sein Vater hatte ihm einmal gesagt, Straßburg sei gar nichts gegen Paris, Mailand oder London, selbst Augsburg und Nürnberg seien größer.

»So, hier sind wir jetzt richtig.«

Am Rande der Gerbereien gab es sehr viele Schuhmacher. Christoph sah ihre Schilder auf die Gasse heraushängen oder an Ketten von langen Stangen schwanken.

Sie blieben vor den Läden stehen, die an Ketten vor die Fenster heruntergeklappt waren.

Die Schuhe konnten sie dann leicht verkaufen. Sie mussten nicht einmal in eine der Werkstätten hinein.

Philo hielt nur die Schuhe in der Hand hoch: »Wer will sehr gute Schuhe kaufen?«

Da kamen auch schon die Gebote. Christoph musste lachen: Von so einem Verkauf konnte ein Kaufmann nur träumen – die Leute schlugen sich beinahe um die Schuhe. Jeder bot noch höher.

»Sie wissen nicht einmal, ob sie ihnen passen.« Er schüttelte den Kopf.

»Die Angst vor der Pest. Es ist, als wollten sie das Leben selbst kaufen.«

Christoph klimperte mit dem Geld in seinem Säckchen, als sie zurückgingen.

»Ich glaube, das ist mehr, als sie gekostet haben.«

»Nun, sie sind beste Arbeit und feinstes Leder. Ich habe noch nie solche Schuhe in der Hand gehabt. Ein schlechtes Gewissen müssen wir nicht haben. Sie werden uns ein paar Wochen prächtig schmecken.«

Das Barfußlaufen war für Christoph sehr ungewohnt. Er erinnerte sich an die kühlen Steinfliesen in ihrem Hause, wenn es Sommer war, oder an die warmen Holzdielen im Winter. Aber er war noch nie auf der Straße barfuß gelaufen, das gehörte sich nicht.

Aber er wusste, dass die meisten Menschen im Sommer barfuß gingen.

»Heute ist es nicht kalt. Warte, bis es Frost gibt und Schnee und Eis, das zwickt dann ganz schön. Und pass auf, dass du in nichts Scharfes oder Spitziges trittst. Wenn sich die Wunde entzündet, kann das sehr unangenehm werden. Du wärst nicht der Erste, dem sie einen Fuß oder ein Bein abschneiden müssen. Für einen Bettler übrigens gar keine schlechten Aussichten.«

»Ich danke.«

»Jetzt bist du ein richtiger Bettler. Einen Bettler in Schuhen, das gibt es einfach nicht! Bald hast du Hornhäute an den Füßen, dann ist alles nicht mehr so schlimm. Ich habe noch nie Schuhe angehabt.«

Christoph sah an Philo auf, dem langen, dürren Kerl, der neben ihm ging und der noch nie Schuhe an den Füßen gehabt hatte.

»Im Winter helfen auch Lappen.«

»Wer bist du eigentlich? Ich weiß gar nichts über dich. Bist du aus Straßburg?«

»Das ist vollkommen unwichtig. Da gibt es nichts zu erzählen.« Er warf einen Ball hoch und fing ihn auf.

»Und Philo – was ist denn das für ein Name? So heißt doch niemand.«

»Doch, ich.«

»Du müsstest Filou heißen. Das ist französisch und heißt Spitzbube. Meine Mutter hat manchmal so zu mir gesagt. Oder noch besser Philosoph.« Philo lächelte.

Wieder drückten sie sich durch die Menschen.

»Wichtiger ist es jetzt, dass wir irgendwo ein stilles Plätzchen finden, wo wir in aller Ruhe über das reden können, was jetzt zu tun ist. Pass übrigens gut auf das Beutelchen auf, das da an deinem Gürtel hängt. Es klimpert so verlockend – nicht dass es dir jemand abschneidet.«

Vor ihnen erhob sich eine große Kirche mit einem ungeschlachten Stumpf als Turm.

»Die Kirche des heiligen Thomas. Da gehen wir jetzt hinein.«

Das Dunkel der Kirche umfing sie wie ein Mantel.

Philo pfiff leise durch die Zähne: »Wenn Balthas kommt, dann wird es erst schön. Dann bauen wir das Seil auf. Du wirst schauen, wie gut wir dich brauchen können.«

Christoph sagte nichts.

»Vielleicht kommt er gar nicht hierher und wir gehen nach Schlettstadt, Colmar oder Mühlhausen. Das Elsass ist reich. Wir können dann auch weitergehen nach Freiburg, Basel, Konstanz, oder Zürich oder rheinabwärts nach Speyer, Worms, Mainz – wir Gaukler sind beweglich. Und in den anderen Städten bist du sicher.«

»Du willst bloß, dass ich aufgebe.«

Philo fasste ihn am Arm: »Auch Balthas und Regine sagen es. Es ist unvernünftig weiterzumachen. Es ist nicht nur gefährlich, es ist tödlich.«

Philo schien Christoph wie verwandelt.

Tödlich! Er musste es sich ja selbst sagen, aber dann sah er den Vater vor sich, wie er mit schmerzverzerrtem Gesicht und diesem eigenartig steifen Gang über das Gebirge geschritten war.

»Sei ehrlich zu dir selbst.«

»Ich kann nicht anders, ich muss.« Aufgeben, das hieß, das kleine Flämmlein Hoffnung, das immer noch in ihm flackerte, auslöschen. Und nach einigem Zögern: »Dann musst du mich eben allein lassen und zu Regine und Balthas zurückgehen.«

Philo schwieg lange. »Hör zu, ein Mann hatte ein Pferd gekauft. Aber es war ein lahmes Pferd. Es ging nicht recht vorwärts mit diesem Pferd. Ich will es schon hinkriegen, das Pferd, es soll so wollen, wie ich will, dachte der Mann. Aber wenn er sich auf das Pferd setzte, so stolperte es nur so dahin. Noch schlimmer war es, wenn er das Pferd vor einen Wagen spannte – das Pferd machte ein paar Stolperschritte, dann blieb es stehen, die Leute lachten. Das werden wir bald haben, dachte der Mann und hob dem Pferd den Huf und packte das kranke Bein und wollte es gewaltsam verbiegen und gerade machen, damit das Pferd nicht mehr lahmte. Aber das Pferd holte aus und schlug dem Mann an den Kopf, dass er tot war.«

»Das kann mir nicht passieren. Was hat deine Geschichte mit mir zu tun?«

Philo schwieg.

»Du hast schon bessere Geschichten erzählt. Pass auf, ich erzähle dir auch eine – die hat mir mein Vater erzählt.«

Philo schaute auf den Boden.

»Einem Seidenhändler brachte ein Jude einen Sack mit Gold, den er auf einer Reise in den Osten vermehren sollte. Dort verlor der Kaufmann einen großen Teil seines eigenen Geldes durch einen Diebstahl. Er hatte aber noch Hoffnung, den Schaden durch hohe Gewinne wieder wettzumachen. Doch wenig später fiel er Räubern in die Hände, den Sack des Juden hatte er vorher noch verstecken können. Die Räuber, in ihrer Enttäuschung über die geringe Beute, wollten ihn auf sieben Jahre als Sklaven verkaufen. Da zeigte der Kaufmann, der ein gutes Leben gewohnt war, den Räubern das Gold des Juden und wurde freigelassen. Als er nun mit leeren Händen heimkam, verklagte ihn der Jude und bekam Recht. Der Kaufherr musste sein Hab und Gut verkaufen und wurde ein armer Mann, da fielen die Leute über den Juden her und beschimpften ihn. Aber mein Vater nicht: Der Jude hat Recht, sagte er: Man darf sein Kapital nie aufgeben! Ein Kaufmann ohne Hoffnung ist kein Kaufmann.«

»Ja, wenn er noch Kapital in den Händen hat!«, Philo schrie es fast.

»Mein Vater ist halb lahm über den Schwarzwald gegangen. Kannst du mir sagen, was das Kapital meines gefolterten Vaters war, der vor Schmerzen kaum mehr Luft bekam?«

Er ist ja auch tot, dachte Philo. Aber er sagte es nicht, sondern drückte Christoph die Hand und nickte.

Ein Mönch in schwarzweißer Kutte trat durch die Menge und stellte sich auf die Treppe zwischen die Gerichtsschranken am Münster mitten unter die Bettler. Seine Stimme reichte bis zum letzten Winkel des Platzes; von allen Seiten liefen Menschen herbei.

Christoph begriff zuerst nicht recht, worum es ging. Da war von der Kirche die Rede, dann vom Münster, das so jämmerlich dastehe, ohne die beiden Türme, welche der Baumeister vorgesehen habe. Nur Stümpfe seien es geworden. Die Kirche aber führe die Menschen zum ewigen Leben, Christus sei der Schutz und der Erlöser der Menschheit.

Das verstand Christoph und er betete insgeheim um Hilfe.

Während er sich bekreuzigte, änderte sich der Tonfall des Predigers: »Liebe Brüder und Schwestern«, rief er, »ist es nicht eine Schande, dass wir die Kirche nicht fertig bauen, sondern in unseren Sünden verharren? Ist es nicht eine besonders große Sünde, dass wir unter uns die Juden dulden, die unsern Herrn und Erlöser Jesus Christus ans Kreuz geschlagen haben?« Seine Stimme wurde immer lauter und hallte von den Häusern ringsum wider: »Ist es nicht eine Sünde, dass wir mit den Mördern des Heilands zusammenleben, als wären sie Menschen wie wir, teilhaftig der Erlösung? Ist es nicht eine Sünde, dass wir Geschäfte mit ihnen machen, als wären sie unseresgleichen?«

Der Mönch hob die Hand: »Ihr wisst alle, dass uns schreckliche Plagen drohen. Die Pest steht schon wie eine riesenhafte Wetterwolke über uns. Seht hier diese Figuren aus Stein. O möge doch ihr Anblick euere verhärteten Herzen zum Schmelzen bringen. Seht hier, wie der Meister unsere Mutterkirche aus Stein gebildet hat, triumphierend, die Fahne Christi, die Fahne des Sieges in der Hand. Und hier, wie jämmerlich und erbärmlich steht sie da, die Verliererin, die jüdische Synagoge mit ihrem zerbrochenen Speer! Seht, wie er ihr die Augen verbunden hat, um damit zu zeigen, wie verblendet die Juden sind!«

Er breitete die Arme aus.

»Ich sage euch, wenn die Steine dieser unvollendeten Kirche weinen könnten, dann würden sie weinen über euch, weinen über euch, wie einst Jeremias geweint hat über den Fall Jerusalems, dass ihr euch nicht trennt von denen, die euch verderben, nicht trennen wollt von der Pest, die schon hoch über euch steht!

Ich sage euch ein Gleichnis: Wenn der Sämann über den Acker geht und sieht, wie darauf das Unkraut wächst – was wird der Sämann tun, der gute Sämann?«

Unter den Zuhörern, Bettlern, aber besonders vielen Handwerkern, entstand Bewegung, Rufe wurden laut: »Ausreißen das Unkraut, herausziehen mit den Wurzeln das Unkraut! Mit Stumpf und Stiel!«

Christoph stand stumm, eine Hand hielt er vor den Mund.

Sie schliefen zuerst unter den Brücken. Eingehüllt in dicke Pferdedecken war es trocken und warm. Ohnehin waren die Nächte in der ganzen ersten Zeit warm und tagsüber schien die Sonne jetzt Ende April von einem so strahlend blauen Himmel, als gebe es keinen drohenden Tod über der Stadt.

Philo ging zu den Bettlern, um herumzuhorchen: »Die Bettler wissen mehr, als man denkt.«

Aber viel brachte er nicht heraus. »Vielleicht ist das wichtig: Es tobt ein stiller Machtkampf zwischen den Handwerkern, mit ihnen hat sich der Bischof verbündet, und den Kaufleuten, die es mit dem Kaiser halten. Es gibt mehr Kaufleute im Rat als Zunftmitglieder, sie sind auch Richter – aber was nützt uns das? Bei den Ratsherren müssen die Verbrecher sein. Aber wer sieht's ihnen an?«

Eine große Unruhe war über die Bettler in Straßburg gekommen. Geld sollte es geben, viel Geld, mehr Geld als alle zusammen jemals gesehen hätten, so hieß es. Man müsse einen Jungen suchen, einen Verbrecher mit schwarzem, buschigem Haar und blauen Augen. Man dürfe ihn umbringen, er sei vogelfrei – dafür gebe es Geld. Viel mehr Geld gebe es, wenn man ihn anzeige, man solle es dem Stelzenklaus sagen, wo man den Verbrecher finden könne.

Das Blutgeld, das man bekomme, sei so hoch, dass es das ganze Leben für Schnaps reiche.

Wer der Auftraggeber des Stelzenklaus sei, wollte Philo wissen.

Aber das wisse nur der Stelzenklaus.

Der Stelzenklaus war der ungekrönte König der Bettler in Straßburg, ein hünenhafter, überaus dicker Mann, der sich angeblich nur mit Krücken fortbewegen konnte. Philo wusste, dass der Stelzenklaus so gesund war wie sein eigenes zugeklebtes Auge. Er war sehr reich, aber gleichzeitig einer der rücksichtslosesten Bettler von ganz Straßburg. Es hieß, er sei vor Jahren ein Raubritter gewesen, dem sie die Burg verbrannt hätten. Andere sagten, er sei in seiner Jugend sehr verwöhnt gewesen, aber sein Vater sei wegen einer Betrügerei aus irgendeiner Stadt in Oberschwaben gewiesen worden, deshalb sei er zum Bettler geworden.

Philo kannte ihn: »Mit dem können wir nicht reden – er ist viel zu gefährlich, ein durchtriebener, bösartiger Kerl, der Angst um sich herum verbreitet. Er wird das Blutgeld alleine einstreichen und dem, der dich anzeigt, nur ein paar Heller geben.«

Es hieß, der Stelzenklaus habe schon Bettler mit seinen Krücken totgeschlagen, wenn sie sich zum Beispiel nicht an den Ort gestellt hätten, den er ihnen zugewiesen habe. Dem Stelzenklaus sei nie etwas geschehen, weil ihn keiner der Bettler in Straßburg verraten habe.

Christoph hatte ihm einmal den Platz weggenommen. Aber davon wusste der Stelzenklaus nichts.

Ein nasser Wind kam auf, es begann zu regnen. Ihr neues Versteck war ein leer stehendes Haus.

In der Nähe hatte Philo Christoph ein Gewölbe am Ufer der Ill gezeigt, das er schon seit Jahren als Versteck genutzt hatte. Er wusste, dass vor einem halben Jahrhundert hier die Stadtmauer gewesen war mit der Ill als Grenze. Man hatte die alten Mauern und Türme abgerissen und weit jenseits der Ill wieder aufgebaut, so war die ganze Ill entlang von den Mühlen bis zu dem Viertel der Fischer hinab ein neues Stadtviertel entstanden. Das Gewölbe musste ein Rest der alten Befestigungen sein. Es war weit in den Hang hineingetrieben und hatte rückwärtig einen Abzug, den Philo noch nicht gefunden hatte, er spürte aber den Luftzug. So konnte er sogar Feuer in der Höhle machen, ohne dass es von außen zu sehen war. Vor dem Eingang stand ein breiter Strauch mit winzigen weißlichen Blüten.

Das Haus, das sie bezogen, war eigentlich nur noch eine Fachwerk- und Bretterhütte, die sich mit dem Giebel bedenklich auf die Seite eines Arms der Ill neigte, der mit schwarzgelbem Wasser entlang einem schmalen Weglein dem Sog des nächsten Einlaufs am Rechen einer Mühle folgte. Das Dach war eingesunken, das Stroh waren faulige Fetzen. Am krummen Giebel hing eine hölzerne Brettergalerie Schwindel erregend über dem Wasser. Das Haus war der Rest einer Gruppe von Gebäuden, die offenbar alle ein Hochwasser der Ill weggerissen hatte, man sah noch Mauerreste und Balken.

»Uns sollte es noch aushalten. Letztes Jahr war freilich noch mehr da«, sagte Philo.

Christoph schaute trübselig auf die herabgebrochene Treppe, auf die es aus dem Dach tropfte: »Alles verrottet.«

»Nur du wirst immer wertvoller: Der Preis auf deinen Kopf ist gestiegen. Es sind jetzt sechs Gulden. Respekt.«

Ein Müller fand im Morgengrauen, am Rechen seiner Mühle, einen angetriebenen Körper, den man zwischen Treibholz und Unrat kaum sehen konnte. Der Mann war tot, nach der Kleidung zu schließen ein Bettler. Die linke Hand umklammerte noch eine leere hölzerne Schnapsflasche ohne Stöpsel.

Philo stand in der Traube von Menschen am Einlauf des Mühlkanals. Er sah das weiße Gesicht des Mannes und er sah die schwarze Einstichwunde im Rücken, über den sich das Hemd verschoben hatte.

»Sie haben heute Morgen einen Bettler aus der Ill gefischt«, sagte er zu Christoph, »er war schon steif. Ich habe ihn mir angesehen.«

Christoph wehrte sich gegen eine aufsteigende Übelkeit: »Und?«

»Ich kannte ihn seit Jahren. Er hat Schnaps gesoffen wie ein Loch. Ich glaube nicht, dass er viel gegessen hat. Er hat alles versoffen.«

»Also ist er besoffen in die Ill gestolpert. Er wird es kaum gemerkt haben.« Christoph bekreuzigte sich.

Philo schaute Christoph an: »Du fragst gar nicht, wieso ich ihn gesehen habe.«

»Wer fragt schon, wo du dich überall herumtreibst.«

»Solltest du aber. Der Bettler muss an unserem Arm der Ill ins Wasser gekommen sein, denn er lag am Rechen unserer Mühle angeschwemmt, ganz nah.«

»Gekommen sein?«

»Er hatte eine Stichwunde im Rücken. Also ist er ermordet und in unseren Mühlkanal geworfen worden.«

»Und wo ist er ermordet worden?«

»Nicht weit von der Fundstelle, denn wer schleppt schon einen Toten herum? Oberhalb des Rechens, das heißt dicht bei unserem Bretterpalast.«

Der Mord war das Gespräch des Tages unter den Bettlern. Am Nachmittag kamen Stadtsoldaten und scheuchten Schwärme von Ratten auf, als sie mit ihren Spießen nachlässig in der Uferböschung der Ill stocherten. Die Bettler standen dabei und gaben Ratschläge, die niemand hören wollte. Die beiden Jungen sahen und hörten es von der morschen Brettergalerie aus.

Man konnte sie betreten, wenn man vorsichtig war und über dem Balkengerüst blieb, über das die Bretter genagelt waren. Aber so ganz sicher war das auch nicht.

Am Abend rückte eine Abteilung Soldaten die Ill entlang und trieb alle Bettler, die keinen Bettelbrief hatten, aus der Stadt.

Es waren bange Minuten, als Philo seinen Bettelbrief zeigte und der Soldat fragte: »Sonst noch jemand in deinem Loch?«

»Nein«, hatte Philo geantwortet, »das hält ja kaum mich aus.«

Der Soldat hatte keine Lust gezeigt, sich das Innere der Behausung anzuschauen.

»Wenn sie den Mörder erwischen, wird er aufgehängt oder gerädert«, sagte Philo. »Ja, da machen sie keinen Unterschied«, Philo schüttelte den Kopf, »aber wie wollen sie ihn finden? Doch nicht von dem bisschen Herumstochern. Da wollte ich einmal sehen, wie sie den Mörder eines Ratsherrn suchen würden.«

»Das ist ja auch ein gewaltiger Unterschied«, warf Christoph ein.

»Meinst du?«

Christoph war plötzlich still.

Dann sagte er: »Vielleicht haben sie den Mörder mit hinausgejagt.«

»Dann kommt er wieder. Alle kommen wieder, so ist das nun einmal. Sie treiben die Bettler alle paar Wochen hinaus, aber alle kommen wieder. Wer lässt sich schon von der Futterkrippe vertreiben?«

Nach wenigen Tagen hatte Philo die jüdische Familie ausfindig gemacht, die Verwandte aus Spanien aufgenommen hatte.

»Wer wohnt denn da noch bei dir im Haus?« Der krumme Bettler hatte ein Gesicht, das vor Stoppeln beinahe schwarz war, eine große weiße Narbe, verschwollene, blutunterlaufene Augen und nur noch zwei, drei schwarze Zähne. Er stank so sehr nach Schnaps, dass man kaum Luft bekam. »Wo zwei wohnen, haben auch drei Platz«, fuhr er fort. »Ihr könntet mich ruhig bei euch wohnen lassen.«

Seine Stimme war unangenehm heiser.

Über der Ill stand ein Wolkenturm, die Sonne stach. Die beiden standen in einem Schwarm von Stechfliegen.

Christoph stand hinter der Türe. Schon vor ein paar Tagen hatte ein Bettler nach ihm gefragt.

»Warum sieht man ihn denn nie? Ist er krank? Oder«, die blutunterlaufenen Augen des Bettlers kniffen sich zusammen, als würde er in sehr helles Licht schauen, »oder muss er sich verstecken?«

»Krank ist er, ansteckend krank, den Grind hat er am Kopf, schon fast keine Haare mehr und voller Flecken. Bald sieht er aus wie du mit deinem versoffenen Glatzkopf. Und er hat ein verschwollenes Gesicht, blau und rot – so wie ich dir eines hinhaue, damit du nicht mehr aus den Augen glotzen kannst, wenn du nicht bald verschwindest!«

Am anderen Morgen stand er wieder mit einem lauernden Blick vor dem Haus, krumm, sehr groß, hager, mit seiner Narbe und einer hölzernen Schnapsflasche in der Hand. Man konnte sein Alter kaum schätzen, er sah kräftig aus. Christoph und Philo beobachteten ihn von der halsbrecherischen Galerie herab. Er stand lange, wie einer, der sich nicht zu verstecken braucht, der seiner Sache ganz sicher ist. Er kaute auf einem Fingernagel und nahm ab und zu einen Schluck aus der Schnapsflasche. Sie saßen mit Herzklopfen oben, umkreist von Stechmücken, gegen die sie sich nicht wehren durften.

Der Bettler hatte viel Zeit. Wie bei einer Belagerung ist es, dachte Christoph, aber die Belagerten dürfen sich hier nicht wehren! Er schaute durch die Bretter zu dem weißen Ausschnitt des Himmels.

So ging es viele Uhrenschläge lang, während sich Philo im Nacken kratzte, dann unter den Achseln, dann am Kopf. Es war schwül. Philo versuchte sogar durch die Zähne zu pfeifen. Zum Glück setzte da der Lärm von den Mühlen ein. Ein Schwarm Krähen, der in allernächster Nähe auf ein paar schrägen Stangen halb im Wasser gehockt hatte, flog auf. Zwei glänzend schwarze Ratten balgten sich zu den Füßen des Narbigen, der mit den bloßen Zehen nach ihnen stieß. Am Ufer wälzte sich eine Hündin und streckte dabei ihren kahlen Bauch mit geschwollenen weißlichen Zitzen nach oben.

Dann schien ein Ruck durch den Mann zu gehen und er lief schnell und entschieden fort, so wie einer geht, der genau weiß, was er will.

»Geht er zum Stelzenklaus oder zu dem Hintermann? Oder wartet er, bis er mich alleine erwischt?«

»Ich glaube nicht, dass er zum Stelzenklaus geht, sonst hätte er nicht den ganzen Morgen hier gestanden. Wie auch immer, wir müssen fort.«

»Wohin?«

»Ein anderes Quartier suchen. Dieses hier ist schon zu verdächtig. Sonst bleiben nur noch die Juden, aber für die wird es auch immer schlechter.«

Christoph trug einige alte Lumpen, als sie gegen Abend aufbrachen. Ein dickes, unglaublich schmutziges Wolltuch hatte ihm Philo um den Kopf gewickelt. Darunter wurde ein blutiger Verband sichtbar. Über einem Auge hatte er eine Augenklappe, das andere hielt er halb geschlossen. Selbstverständlich war er barfuß.

Philo führte ihn – ein Gesunder führt einen Kranken. Philo ging derzeit nicht als Bettler: »Wir müssen in ein ganz anderes Stadtviertel, weg von der Ill, sonst haben sie uns gleich wieder.«

Wie immer in den letzten Wochen waren viele Leute auf den Straßen. An manchen Stellen waren Aufläufe: »Der schwarze Tod ist schon in der Schweiz und in Frankreich!« Das sagte ein dicker runder Mann mit mehligem Gesicht, offenbar ein Bäcker. Sie blieben stehen.

»Jesus, hilf! Was kann man denn tun?«

»In der Schweiz tun sie was. Auch in Frankreich tun sie was«, fuhr der Bäcker fort.

»Was denn, um Himmels willen?«

»Sie bestrafen die Juden! Aber unsere Oberen tun nichts. Sie schlafen!«

Christoph und Philo stellten sich zu der Gruppe, die ständig wuchs.

»Ja, die Juden haben unseren Herrn Jesus ans Kreuz geschlagen. Damit hat es angefangen.«

Er sprach leise, die hinteren drängten nach vorne: »Jeder weiß, dass die Juden den Christen feindlich sind. Hätten sie sonst unseren Herrn und Heiland an das Kreuz geschlagen?«

Alle bekreuzigten sich.

Philo und Christoph drängten sich nach vorne.

»Sie wollen nichts anderes als die Herrschaft über die Welt. Jetzt hört gut zu: Es gibt ein Gift, das kommt von den Heiden, den Söhnen Mohammeds aus Afrika. Das sind auch unsere Feinde. Wer es isst oder trinkt, der bekommt die Pest und stirbt. Dagegen ist kein Kraut gewachsen.«

Irgendwo hinter einem Fenster weinte ein Kind.

Der Bäcker machte eine Pause und unterstrich seine Worte mit den Händen: »Mit diesem Gift vergiften die Juden die Christen. Zum Schluss gehört ihnen die ganze Welt.«

»Und wie –«

»Was und wie? Sie tun es in die Brunnen. Alle müssen trinken, also trinken alle die Pest! So einfach ist das!«

Christoph zuckte plötzlich zusammen. »Dort drüben«, flüsterte er und zog Philo am Arm. »Komm!«

Auf der anderen Seite des kleinen Platzes stand der krumme Bettler mit der Narbe. War er ihnen etwa gefolgt? Hatte er sie gesehen?

»In der Menge bleiben«, zischte Philo, »nicht hinsehen.«

Sie gingen langsam weiter. »Hat er uns gesehen?«

»Wissen wir nicht«, flüsterte Philo, »aber gleich werden wir es wissen.«

Da! Er war wieder hinter ihnen. Er folgte in immer gleichem Abstand, seine lange hagere Gestalt ragte über die Köpfe des Gewimmels in der Gasse heraus. Manchmal konnten sie die Narbe in dem schwärzlichen Gesicht erkennen. Er war zäh, hielt Schritt und war offenbar entschlossen die Verfolgung unerbittlich fortzusetzen.

Christoph hatte das Gefühl, als gingen sie durch halb Straßburg. Einmal, als er sich umschaute und die Gasse hinter ihnen anstieg, erschien der Bettler oben, als wandle ihnen ein Turm nach.

»Wir könnten doch zu deiner Höhle rennen, ihn abschütteln und darin verschwinden. Wir sind schneller als er. Heute Nacht suchen wir dann ein neues Quartier.«

»Das ist eine gute Idee – zu meiner Höhle. Der wird schauen! Aber lass dir Zeit.« Philo griff nach Christophs Arm und ging betont langsamer.

Auch die Gestalt hinter ihnen verzögerte den Schritt.

Philo ging noch langsamer.

»Was soll das?«, flüsterte Christoph erregt. »Du kannst ihm ja gleich eine Einladung zu meiner Ermordung schicken.«

»Wart's ab!«

Da war das abendliche Illufer, der abschüssige Hang mit den Sträuchern, die Steine und der Unrat, umspült von Wellen, das Ufer auf der anderen Seite erschien bereits schwarz unter dem gelblichen Himmel. Da war der Strauch mit den weißlichen Blüten vor Philos Höhle. Christoph duckte sich und zog Philo am Arm hinunter.

»Wart noch – er soll uns sehen! Jetzt, jetzt sieht er uns – schnell hinein!«

Die Schwärze und Nässe der Höhle umfing sie.

Philo hatte Christoph nach hinten gezogen: »So, erst mal Licht. Willkommen in der Unterwelt.«

Christoph war schon öfter hier gewesen, aber nie gerne. Die Luft war erfüllt von Moder und Verwesung. Die regelmäßigen Steinquader an den Wänden schimmerten grün, als Philo an einem eisernen Kasten, in dem er Glut aufbewahrte, einen Kienspan anzündete.

Algen und Wurzeln hingen in Schlieren vom Gewölbe. Überall tropfte es.

»Für den Kerl da draußen sitzen wir jetzt in der Falle!«

Einen Bretterverschlag hatte sich Philo gebastelt und abgedichtet, der einigermaßen trocken war. Hier konnte er zur Not schlafen, hier hatte er seine Kleider für verschiedene Tätigkeiten, wie er sagte, aufbewahrt, bevor er sie in das schiefe Haus gebracht hatte: »Hier schimmeln sie so schnell!«

»Hierher bringe ich sie vorläufig auch wieder zurück. So, nun beachte bitte den Rauch meines Kienspans.« Philo deutete in das Gewölbe hinein. »Bitte zu folgen – der Weg in die Sicherheit. Er ist nie angenehm.«

»Wenn du nur nicht immer in Rätseln sprechen würdest.« Christoph war es nicht wohl in dieser feuchten Dunkelheit.

»Zu den Juden!«

»Was heißt das?«

»Dass dieses hässliche Gewölbe einen zweiten Ausgang hat, der Rauch, der nach hinten abzieht, beweist es. Der krumme Kerl draußen mag warten, bis er verschimmelt oder durchgerostet ist. Du musst zu den Juden, weil er dich in Straßburg überall aufspüren wird. Vielleicht nehmen sie dich ein zweites Mal auf.«

Es roch brandig und faulig. Der Gewölbegang war viel länger, als man vermuten konnte, er krümmte sich etwas – war es ein Fluchtweg gewesen? Manchmal stolperten sie über einzelne heruntergebrochene Steine. Einmal huschte ein Schatten über sie hinweg – eine Fledermaus? Trippeln und Scharren zu ihren Füßen – Ratten!

Zu den Juden. Christoph dachte an die Predigt des schwarzweißen Mönchs – war es eine Sünde, zu den Juden zu gehen? Aber Elieser, Abraham und Esther: Wo sollte da eine Sünde sein?

Eine halbrunde Rückwand, bedeckt von Moos, bildete das Ende des Gewölbes. Ein Gitter lag darüber, aus dem grünliches Licht sickerte, ein großer Haufen aus faulem Laub lag darunter.

Philo kletterte Christoph auf die Schultern und rüttelte an dem Gitter. Zum Glück ließ es sich anheben. Dennoch war es nicht einfach, zur Erdoberfläche zurückzukehren.

Sie standen in einem düsteren Baumgarten, dahinter ragten

dunkle Gebäude auf. Christoph sah zuerst überall die lange Gestalt des krummen Bettlers hinter den Bäumen – aber kein Mensch war zu sehen.

»Hast du gewusst, dass sich das Gitter heben lässt?« Christoph erkannte die Stiftsgebäude der Thomaskirche.

»Nein.«

Christoph schaute Philo von der Seite an.

»Und wenn uns jemand gesehen hätte –«

Philo zuckte die Schultern.

Vom nahen Turm der Thomaskirche tönte der Stundenschlag durch die Dämmerung, aber Christoph war so aufgeregt, dass er nicht mitzählte.

Als sie durch die dunkelnde Stadt gingen, blieb er mit einem Ruck stehen: »Ist es sinnvoll, zu den Juden zu gehen, wenn die auch verfolgt werden?«

»So schlimm die Wahrheit auch ist, im Augenblick gibt es in ganz Straßburg keinen sichereren Ort für dich als bei den Juden. Freilich«, Philo warf einen Ball in die Luft und fing ihn auf, »wenn sie dich aufnehmen, ist ihr Schicksal dein Schicksal.«

JUDEN

Die vier Männer, die Rat über ihn hielten, nahmen keine Rücksicht auf Christoph, der dasaß mit verkrallten Händen und einem trockenen Mund. Die beiden älteren erinnerten ihn an seinen Vater, nicht nur wegen der Kleidung. Ihre ganze Art war wie die seines Vaters. Sie redeten leise und meist bedächtig, die Stirne in Falten gelegt. Wenn sie eine Meinung gefasst hatten, konnten sie fast leidenschaftlich heftig werden. Es fiel kein böses Wort. Aber sie redeten hart und schonungslos – wie sein Vater. Manchmal fielen Sätze in einer gänzlich fremden Sprache. Er vermutete, dass es Hebräisch war.

Die Männer kehrten aber immer schnell zum Deutschen zurück. Offenbar sollte Christoph alles verstehen.

Auf der Straße hätte er keinen Unterschied zu den Christen gemerkt. Der alte Abraham trug einen weißen Bart. Die anderen waren glatt rasiert. Ihre Kleidung war schlicht, aber vornehm. Die Kleidung der Jüngeren, Elieser und Nachum, war bunt wie die der reichen Kaufleute in Stuttgart, der alte Abraham trug ein weites, dunkles Gewand wie reiche alte Leute aus der Bekanntschaft des Vaters. Nur an der Sprache der Auswanderer aus Aragon merkte man einen geringfügigen Unterschied.

Die beiden jüngeren Männer, Elieser und Nachum, der kaum älter war als Christoph, sprachen zuerst und sie sprachen gegen ihn.

»Gut, wir hatten ihm damals Hilfe versprochen, die wir wegen der Umstände nicht leisten konnten«, begann Elieser. »Aber da war die Lage eine andere als jetzt. Als wir ihn am Purimfest in einer Herberge aufnahmen, wussten wir nicht, wie gefährlich die Lage der Juden in Straßburg ist, dass es fast ist wie in Aragon. Wir wollten ihn nur sicher über den Rhein bringen, sonst nichts. Ich rate ab, ihn noch einmal aufzunehmen. Es ist gefährlich, einen Verfolgten aufzunehmen und den Verfolgern damit auch noch einen Vorwand mehr gegen uns zu geben. Einen Vorwand, den sie ebenso auf alle unsere Brüder anwenden werden. Wir dürfen die Väter und Brüder in Straßburg nicht noch zusätzlich gefährden.«

Nachum nickte.

»Es kann niemand von uns verlangen, dass wir uns in Not begeben, um gegen Not zu helfen. Und wir sind in sehr großer Not, und unsere Not wird größer, wenn wir ihn aufnehmen. Das andere habe ich schon gesagt«, fuhr Elieser fort. Und mit bedauerndem Gesicht zu Christoph: »Wir sind entschuldigt: Noch einmal, wir dürfen unsere Brüder nicht gefährden.«

»Er ist ein Christ«, sagte Nachum, »ein Christ, den ihr aufgelesen habt. Deshalb müsst ihr entscheiden, da es euer Gast war. Und wir müssen eure Entscheidung annehmen. Aber wenn ihr mich fragt, so nehmen wir ihn nicht auf! Es ist schon fast alles gesagt. Aber wir müssen auch bedenken, dass er ein Christ ist. Wie oft haben sie unseren Leuten nicht schon einen Strick daraus gedreht, dass sie einen Christen im Hause aufgenommen haben. Sie lügen dann, wir hätten einen Christen entführt, und drehen alles herum. Es ist auch so, dass wir einem Christen nicht helfen müssen – würde denn uns ein Christ helfen?«

Aufspringen, weggehen! Aber Christoph blieb wie gelähmt sitzen.

Nachums Vater war Löb Baruch. Er war sicher über zehn Jahre älter als Elieser und trug das kostbarste Gewand. Er war ein schwerer, recht ernster Mann.

Er sagte langsam mit einer steilen Falte auf der Stirn, die sich auch bei Nachum fand: »Das Gastrecht ist uns heilig, Nachum, und ich schicke nicht gerne einen Fremden fort, der bei mir Hilfe sucht. Obwohl ihr alle Recht habt. Aber wenn wir Christoph fortschicken – gesetzt, er wird getötet: Dann kommt sein Blut auf mein

Haus. Es ist gefährlich, in so schlimmen Zeiten Blutschuld auf sein Haus zu laden. Ich weiß nicht, wie ich raten soll. Es wäre besser gewesen, wenn ihr ihn auf der Landstraße gelassen hättet.«

Christoph saß bleich, zu keiner Regung fähig.

Jetzt erhob sich der alte Abraham in seinem dunklen Gewand, er sprach fast feierlich: »Ich bin ein alter Mann, weither gereist auf der Flucht, um das Leben der Menschen zu schützen, die mir von Gott anvertraut sind. Ob ich es retten kann, mein Leben und ihr Leben, das weiß ich nicht, niemand weiß es. Gott weiß es.«

In dem Raum war es still.

»Das Leben ist wie ein bunter Ball, den einer wirft. Vielleicht wird er aufgefangen, vielleicht fällt er zu Boden und geht verloren im Schmutz und in der Nacht. Es gibt Menschen, die handeln so, als seien sie wie die Dunkelheit und wie der Schmutz. Sie besudeln alles. Sie fangen nur die Bälle, die ihnen gefallen, die anderen lassen sie verderben, und sie sagen, sie seien reich. Aber wie können sie sagen, sie seien reich? Ihr sagt, Christoph sei ein Christ, und Christen brauche man nicht zu helfen. Und ihr habt Recht: Christen helfen uns auch nicht, ja, sie bedrohen sogar unser Leben. Aber ich, der alte Abraham, sage euch: Wer auch nur ein Menschenleben rettet, der rettet die ganze Welt. Denn der bunte Ball der Welt muss gefangen werden von den Christen, von den Anhängern Mohammeds, von den Juden, jeden Tag, sonst geht die Welt verloren!«

Es wurde nur noch wenig geredet. Einer nach dem anderen traten die Männer zu Christoph und legten ihre Wange an seine.

Er hatte eine Kammer für sich in dem großen Haus. Er hatte gesehen, dass es eines der größten Häuser im Judenviertel war, als sie herzklopfend davor gestanden hatten. Es unterschied sich nicht von den Häusern der christlichen Bürger Straßburgs.

Jetzt saß er hier in seiner Kammer dicht unter dem Dach und war ganz abhängig von dem Wohl und dem Wohlwollen anderer.

Philo suchte und hörte sich weiter in der Stadt um, die für Christoph zu gefährlich war.

Mit Philo und den Juden war es zuerst nicht einfach. Philo war ein Gaukler und durfte in einer Familie mit dem Bürgerrecht nicht verkehren. Christoph wusste, dass es wie mit dem Henker war. Aber ihn hatten sie aufgenommen –

Nur abends, wenn es niemand sah, sollte Philo in das Haus gelassen werden. Es sei wegen der Gefahr, in der die Juden schwebten. Aber Philo kam dann in Verkleidungen, die weder nach Bettler noch nach Gaukler aussahen, und mit der Zeit konnte er dann kommen und gehen, wann er wollte.

Auch die Juden wollten sich umhören.

»Ich kenne viele Ratsherren sehr gut und will sie, so gut es sich machen lässt, aushorchen«, hatte Löb gesagt. »Aber die Zeiten sind nicht mehr wie noch vor ein paar Wochen. Ich weiß nicht, wie lange sie noch mit mir reden.«

Aus dem Fenster sah Christoph hinaus auf eine Dächerlandschaft. Die Häuser waren hoch, so hoch wie die höchsten in Stuttgart. Fast alle waren mit Ziegeln gedeckt. In Stuttgart sah man viel mehr Häuser, die mit Stroh gedeckt waren, als in Straßburg. Das Judenviertel, nicht weit vom Münster entfernt, war sehr groß. Es mussten sehr viele Juden in Straßburg wohnen. Es gab auch viele kleinere Häuser, aber sie waren in anderen Gassen. Ob es in allen Judenhäusern so sauber ist wie hier? Was weiß ich schon über die Juden?

Die Türe öffnete sich und herein kam ein Mädchen. Sie hatte lange schwarze Haare, die sie in eigenartiger Weise in ein Tuch aus Seide verschlungen hatte. Sie war schön, ein schlankes, biegsames Mädchen.

»Du bist Christoph, Schalom.«

»Schalom?«

»Schalom heißt Friede in unserer Sprache. Es soll also Friede sein mit dir.«

»Den kann ich brauchen.« Dann besann er sich auf die Höflichkeit: »Friede sei auch mit dir.«

Sie lächelte und sah noch schöner aus: »Ich kann den Frieden auch brauchen. Ich glaube, alle Juden können ihn jetzt brauchen.«

Er schaute auf den Boden.

Das Mädchen nestelte an seinen Haaren herum: »Ich heiße Esther wie meine Großtante aus Spanien, die du ja schon kennst.« Dann machte sie eine Pause und sagte leise: »Du brauchst dich nicht zu schämen. Ich halte dich für sehr mutig. Du hast sehr viel Unglück gehabt und du solltest das Geschwätz meines lieben Bruders Nachum nicht allzu ernst nehmen.«

»Warum habe ich dich unten noch nicht gesehen?« Er blickte wieder auf. Sie war wohl etwas jünger als er. Sie hatte eine sehr feine Haut, wie er sie noch nie gesehen hatte, und die ihn, obwohl von einem eigenartig hellen Braun, an Elfenbein erinnerte. Ihre Augen waren groß und dunkel. Man sah ihr an, dass sie gerne lachte.

Sie redete ganz unbekümmert.

»Weil ich nicht da war. Ich war mit Rebekka, meiner Freundin, bei einer Nachbarin. Sie hat ein krankes Kind und ist selbst krank, da haben wir geholfen. Meine Mutter ist schon seit einigen Jahren tot.«

Meine auch, dachte Christoph.

»Wir sehen uns ja noch oft, ich freue mich.«

Philo hatte das Haus bei den Gerbern und den Mühlen verlassen und hatte das Steingewölbe am Ufer der Ill bezogen.

Er fühlte sich einsam ohne seine Zieheltern. Man kannte in Straßburg ihre Gauklertruppe. Er wusste, dass es Menschen gab, die auf sie warteten: auf ihre Künste auf dem Seil, das sie über die Straße spannten, auf das Feuerschlucken und Wahrsagen, auf das Radschlagen und Zaubern, auf das Feuerlaufen, auf die Gaukler, die den Leuten Münzen aus der Nase und den Ohren ziehen konnten und den Kindern bunte Fähnchen aus den offenen Mündern fischten, auf den Jongleur mit den vielen bunten Bällen, nämlich auf ihn, Philo. Allein wollte er das alles nicht. Das meiste konnte er sowieso nicht ohne Balthas und Regine.

Andere Jongleure kamen und Philo schaute ihnen kritisch zu.

Aber sie waren schwach – keiner konnte wie er mit acht Bällen jonglieren. Keiner konnte wie er beim Jonglieren mit der einen Hand die Bälle fangen und mit der anderen die Bewegungen der Bälle so geschickt über ihnen begleiten, dass es aussah, als zöge er sie an unsichtbaren Schnüren in die Höhe. Keiner konnte gleichzeitig zwei Bälle mit zwei Händen hochwerfen und dabei einen dritten zwischen beiden Händen hin- und herspielen, als wäre es nichts. Nur er allein konnte das alles.

Er lebte vom Betteln. Darin war er ja ebenfalls Meister. Er hatte einige neue Masken ausprobiert und damit großen Erfolg gehabt. Das Wichtigste war, dass er sich schnell in jemand anderen verwandeln konnte. So konnte er blitzschnell verschwinden, wenn es darauf ankam, und niemand erkannte ihn wieder, wenn er sich mit unschuldiger Miene wieder zu den Leuten stellte, denen er gerade entwischt war.

»Fünfundsiebzig – fünfzehn – zehn«, murmelte Löb.

Die drei Zahlen waren auch in der großen Stube von Löb ein Rätsel.

»Die Zahlenfolge kommt in der Kabbala nicht vor. Es dürfte sich um keine Zauberei handeln.«

»Das haben wir auch so gesehen«, sagte Hannah. »Aber was ist es dann?«

»Was ist es dann? Was wissen wir?« Löb sprach fast mit monotoner Stimme. »Ich habe viele alte Juden befragt. Ärzte, Händler, Krämer. Ich habe auch den Rabbiner David Walch gefragt. Fast alle meinten, sie hätten die Zahlen so noch nie gehört: fünfundsiebzig – fünfzehn – zehn. Aber ein Arzt sagte, er hätte die Zahlen schon gehört, wenn auch in anderer Reihenfolge.«

Christoph hielt den Atem an.

»Kann die Reihenfolge wichtig sein?«, fragte der alte Abraham, der in einem sehr kostbar geschnitzten Sessel saß.

»Der Arzt hat gesagt, dass er nicht glaube, dass es wichtig sei. Die Zahlen könnten etwas mit der Herstellung zu tun haben. Er meint, dass die Zahlen Mengen bezeichnen, so wie er es von seinen Rezepturen her kenne. Er nimmt also drei verschiedene Stoffe an, die miteinander nach Maßgabe der Zahlen vermengt werden müssen.«

»Und was ergibt sich dann?«

»Er meint, es habe mit Feuer zu tun. Es gebe ein besonders schnelles und helles Feuer, wenn man diesen Stoff anzünde. Aber er wisse nicht, was man mischen müsse.«

Christoph wurde es heiß – Balthas! »Der Ziehvater von Philo hat auch gesagt, dass es um Feuer geht. Aber mehr wusste er auch nicht, auch Philo nicht.«

»Warum sollte man deshalb Menschen verfolgen, verleumden und umbringen, wenn es ein Arzt weiß und sogar ein Gaukler?«, sagte Elieser.

»Das ergibt keinen Sinn.«

»Wir wissen ja noch nichts«, sagte Abraham, »wir wissen nur, dass wegen dieser Zahlen ein Mensch umgebracht wurde und ein anderer verfolgt wird. Daraus ergibt sich der Sinn, nicht aus dem, was der Arzt und Balthas gesagt haben. Diesen Sinn müssen wir finden.«

»Es geht um Geld oder um Macht. Das ist der Sinn!«, sagte Löb entschieden.

»Oder um beides«, warf Hannah ein.

»Das hat mein Vater auch gesagt.«

»Es lässt sich schwer ein anderer Grund denken«, überlegte Elieser.

»Außer ein religiöser: Wenn die Kirche hinter allem stünde –« Nachum schaute Christoph an. »Die Kirche nimmt es mit dem Leben der Menschen nicht immer genau, wenn es um den Glauben geht.«

Die alte Esther blickte auch auf Christoph: »In diesem Fall –«

»In diesem Fall«, redete Löb weiter, »ist es nicht die Kirche. Die würde es öffentlich machen. Sie hat es nicht nötig, ihre Anklagen heimlich zu erheben. Sie muss keine Gewichte heimlich vertauschen.«

»Sie muss nicht und sie will nicht«, bestätigte Abraham mit Nachdruck, »die Kirche stellt fest, was sie für falsch hält, und verurteilt einen Ketzer öffentlich. Einmal, um die rechte Lehre zu bekräftigen, zum andern, um jeden abzuschrecken, der Zweifel haben sollte.«

»Du hast gesagt, dass es sich um Kaufleute handeln müsse«, fuhr Löb zu Christoph gewandt fort.

»Mein Vater hat es gesagt. Er hat sogar die Namen gewusst. Er wusste nicht, worum es ging. Aber er wusste die Namen der Männer, die ihn verfolgt haben. Er sprach von drei, fünf Kaufleuten. Er meinte, es seien drei aus Straßburg und zwei aus Stuttgart. Er wusste aber noch nicht, wie er einen Beweis finden sollte.«

»Ich habe mir überlegt, welche Gruppen es in Straßburg gibt. Du musst wissen, dass es in den letzten Jahren zu harten Kämpfen um die Macht in der Stadt gekommen ist zwischen den Kaufleuten und den Handwerkern. Seitdem sitzen auch die Handwerker mit im Rat und damit im Zentrum der Macht. Es heißt, die Kaufleute wollten sich rächen. Die einflussreichste Gruppe im Rat sind drei Kaufleute, die oft zusammenstecken: Herr Dopfschütz, Herr Eisenhut und Herr Kropfgans.«

Christoph musste wegen des letzten Namens lachen, obwohl er kaum Luft bekam vor Spannung.

»Aber diese Gruppe scheidet für mich sofort aus: Herr Dopfschütz ist der große Beschützer der Juden in Straßburg. Übrigens ist er ein Geschäftsfreund von mir. Ich kenne ihn gut. Seine Frau ist vor etwa vier Jahren gestorben. Er hat sich nicht mehr verheiratet. Er hat das Geschäft erst spät von seinem Vater übernommen, der ihn wohl sehr unterdrückt hat. Anfangs hatte er große Schwierigkeiten und stand mehrmals kurz vor dem Bankrott. Dann gelangen ihm ein paar geschickt eingefädelte Geschäfte und er wurde immer erfolgreicher. Er ist ehrgeizig, schlau und diplomatisch, auch hängt er seinen Mantel manchmal etwas nach dem Wind – wer tut das nicht? Aber ein Mörder ist er nicht. Ich bringe zurzeit in seinem Auftrag eine riesige Geldsumme zusammen, worüber er offen spricht. Ich habe keine Bedenken. Er ist mir immer für die Rückzahlung gut.«

»Und wozu braucht er das Geld?«

»Kein Kaufmann wird darüber sprechen. Er wird Ware dafür kaufen.«

»Und die anderen beiden?«

»Herr Eisenhut ist etwas trocken. Er ist spindeldürr, völlig phantasielos und gilt als geizig. Er ist ebenfalls sehr reich. Ein Mord passt überhaupt nicht zu ihm.«

»Und Herr Kropfgans?«

»Der Reichste. Ein fetter, etwas weichlicher und schwammiger Mensch, ohne eigene Ideen, der sich gerne an andere anhängt. Er ist unverheiratet und lebte bis vor einem Jahr noch bei seiner Mutter, obwohl er bald fünfzig sein muss. Die Mutter hatte wohl bis zu ihrem Tod im Geschäft die Fäden in der Hand. Ich glaube, im Grunde ist er zu gutmütig und zu feige, um ein guter Kaufmann zu sein. Seinen sehr großen Reichtum hat er von seinem Vater geerbt. Auch ihn kann man sich unmöglich als Mörder vorstellen. Ebenso wenig Herrn Schwarber und Herrn Twinger, ein Verwandter des Herrn Schwarber, beide sind auf der Seite der Juden. Herr Schwarber hat sehr großen Einfluss. Ein aufrechter, angenehmer Mensch mit schmalem Gesicht, nicht sehr groß. Alles keine Mörder.«

»Und andere?«

»Den Bäckermeister Wangenbaum könnte ich mir eher als Mörder vorstellen, ein breitschultriger, roher, intriganter Mensch. Sein Vater war noch ein kleiner Bäckermeister. Der Sohn hat es dann mit Intrigen in der Zunft bis zum Ratsherrn gebracht und ist heute der größte Bäcker in Straßburg. Aber ich glaube, er ist nicht mehr oft in der Backstube: Er hetzt in allen Gassen gegen die Juden. Er ist fast der Schlimmste, auf einen Toten kommt es dem nicht an.«

Christoph erinnerte sich an den Bäcker mit dem mehligen Gesicht, der vom Brunnenvergiften gesprochen hatte.

»Es gibt zwei, drei Kaufleute, mit denen er unter einer Decke steckt. Da ist vor allem der Herr Mühlendamm, eigentlich ein Konkurrent von ihm, auch ein Bäcker. Sie haben sich bekämpft bis aufs Messer. Aber seit einiger Zeit sind sie im Rat ein Herz und eine Seele – Pack schlägt sich, Pack verträgt sich. Ein dritter heißt Lobsack, ein Gerber, soviel ich weiß, von dem man wenig hört. Er ist immer derselben Meinung wie Herr Wangenbaum.« Löb seufzte. »Es gibt noch einige Gruppen im Rat, die nicht ganz so viel zu sagen haben, aber hier müssen wir ansetzen. Für Herrn Schwarber und Herrn Dopfschütz lege ich die Hand ins Feuer.«

Dieses Gefühl der Ohnmacht stieg wieder auf, das Christoph in einen hilflosen Zorn versetzte. Aber er konnte nur im Hause herumlungern, wie er das bei sich nannte. Freilich, er half Löb im Kontor, er konnte Schriftstücke abschreiben oder ordnen. Er konnte selbstverständlich nicht wirklich in die Geschäfte hineinsehen, wie er das bei seinem Vater soeben begonnen hatte. Er wusste gut, dass seine Arbeit nichts wert war. Er war geduldet, er war geborgen und er fügte sich manchmal in diese Geborgenheit wie in eine Decke, in die man sich einhüllt, aber meist fühlte er sich unzufrieden und abhängig.

Nur nachts konnte Christoph das Haus verlassen. Löb sah es nicht gerne, wenn ihn Philo abends abholte und die beiden durch die nächtliche Stadt streiften. Nachum wäre gerne mitgegangen, erhielt aber keine Erlaubnis.

Abraham hatte durchgesetzt, dass Christoph gehen durfte. Er sollte wenigstens das Gefühl haben, dass er etwas dazu beitrug, seine Lage zu verbessern. »Es gibt Dinge, die sind wichtiger als Sicherheit.«

Christoph begriff erstaunt, dass er nur hier sein konnte, weil Abraham so dachte.

Die Stadt, das war ein Riesenkörper mit einem Gewirr von schmalen Gassen, über denen die schwarze Masse des Münsters hockte. Manchmal war die obere Zone des Münsters grell beleuchtet vom Mond, während unten die Nacht saß und Ratten über die Stufen huschten. Die schweren Portale waren auch nachts nicht verschlossen, und so schlichen sie sich ab und zu in den riesigen Raum, in dem sich die Säulen in die Dunkelheit hinauf verloren, von unten flackernd vom Licht unzähliger Kerzen beschienen. Auf den Altären schimmerten die goldenen Reliquienschreine. Im vorderen Querschiff gab es eine Säule, an der steinerne Propheten standen und Erzengel zum Jüngsten Gericht bliesen.

Philo holte irgendwann im Münster seine Bälle hervor und ließ sie wirbeln: »Weißt du, das Jonglieren gefällt vielleicht dem lieben Gott auch. Wann bekommt er so etwas schon zu sehen? Und schließlich habe ich diese Gabe ja von ihm, und da darf er ruhig sehen, dass ich etwas daraus gemacht habe.« Manchmal, wenn es Mitternacht geschlagen hatte, hörten sie Mönchsgesänge hinter Klostermauern und hörten lange zu.

Einmal sahen sie im Mondlicht wie durch einen Ausschnitt das schiefe Haus, aus dem sie der narbige Bettler vertrieben hatte. Der Giebel mit seiner düsteren Brettergalerie neigte sich in der Nacht noch gefährlicher dem Wasserspiegel zu, in dem die Leiche des Alten gefunden worden war.

Am Ufer der Ill saßen in warmen Nächten oft noch Bettler und tranken. Sie waren misstrauisch, denn sie kannten Philo nur in seiner Maske als Bettler.

Philo hatte aber Christoph völlig verkleidet. Er ging in Lumpen und hatte einen blutigen Verband um den Kopf gewickelt. Ein Pflaster klebte über einem Auge.

»Jetzt würde dich nicht einmal deine Mutter erkennen.«

Die Bettler wärmten sich unter den Brücken an kleinen Feuerchen. Junge und Alte, verwitterte Gesichter, struppige Bärte, verhungerte Gestalten. Hölzerne Schnapsflaschen kreisten. Dass es viel weniger Blinde, Krumme und Lahme gab als vor dem Münster, wunderte Christoph nicht mehr. Aber er sah Männer, denen die Wangen durchstochen oder gebrandmarkt waren. Er sah einen, der hatte die rechte Hand und das linke Bein nicht mehr. Das war ein

Dieb und Wegelagerer, den sie bestraft hatten. Auch sah er einen, dem sie die Ohren abgeschnitten hatten.

Christoph musste sich noch immer sehr überwinden sich zu diesen dreckigen, nach Schnaps stinkenden Menschen zu setzen.

Geredet wurde über den Tod des Alten. Philo verfolgte das Thema hartnäckig.

»Ich habe ihn gut gekannt. Es war ein versoffenes Schwein, aber sonst ganz in Ordnung.« Es war ein junger, sehr zerlumpter Bettler, der das sagte. Er schielte so grässlich, dass man nicht wusste, ob er einen anschaute oder nicht.

»Er war selbst schuld. So besoffen, dass er in die Ill geflogen ist. Aber das passt zu ihm.« Das sagte der Dieb, dem sie die Hand und den Fuß abgehackt hatten. Auch er war halb betrunken.

»Du, mach dich nicht mausig«, sagte der Schieler, »du bist in letzter Zeit ein wenig vorlaut. Du redest gefälligst, wenn du gefragt wirst.«

Die anderen nickten.

»Jeder weiß, dass er erstochen worden ist«, sagte ein Bettler, der offenbar nur noch einen einzigen Zahn hatte, dass man ihn kaum verstand, »und sie haben nicht herausbekommen, wer es war.«

»Es ist ihnen gleichgültig. Wäre es ein Ritter oder Kaufherr gewesen, hätten sie die Folter gebraucht und den Täter schnell gehabt.«

Christoph wollte etwas sagen, aber er sah den Blick von Philo und schwieg.

Jetzt redete ein verwitterter alter Bettler, der einigermaßen nüchtern schien und dem die anderen Platz machten: »Er war anders an diesem Abend. Er war sehr aufgeregt. Er hatte es wichtig. Ganz anders als sonst. Er hat sich an jedem Abend in aller Stille voll laufen lassen. An diesem Abend war er anders. Wie soll ich es beschreiben? Er war wie ein Kind an Weihnachten. Er hatte etwas vor.«

»Mich hat das auch gewundert, dass er mitten in der Nacht noch fortgegangen ist. Er hat gemurmelt und vor sich hin gebrabbelt, aber das hat er immer gemacht«, sagte der Dieb.

»Wen interessiert, was dich wundert!«

»Ist er allein gegangen oder war noch jemand bei ihm?«, fragte Philo.

Der alte Bettler antwortete: »Er ging allein. Aber er kann sich weiter oben mit jemand getroffen haben, das konnte ich nicht sehen.«

»Hat er etwas mitgenommen?«, fragte Christoph.

»Vielleicht seine Schnapsflasche, ohne die ist er eigentlich nie gegangen«, antwortete der Alte und nahm selbst einen Schluck.

»Er hatte sie ja noch in der Hand.«

»War aber leer«. Ein Einäugiger zeigte seine letzten beiden Zähne. »Den Schnaps hat wohl die Ill ausgesoffen.«

Die anderen grölten.

Christoph sah auf einmal seinen Vater vor sich, den stolzen Mann, der zu Pferde gesessen war wie ein Ritter. Wenn er noch leben würde – der Atem stockte –, dann wäre er jetzt ein Bettler wie die! Man konnte es sich nicht vorstellen: Der Vater an einem Feuer unter einer Brücke an der Ill mit einer Schnapsflasche in der Hand, halb betrunken –

»Was macht die Sache mit dem Blutgeld, mit den sechs Gulden?«, hörte er Philo sagen. »Die würde ich mir gerne verdienen. Könnt ihr mir nichts sagen?«

»Du spinnst wohl! Die will sich jeder verdienen. Das ist ein Haufen Geld.«

»Wenn ich ihn gesehen habe –«

Sofort war es totenstill.

Philo hob die Hand: »Wenn ich ihn sehe, wo hole ich dann das Blutgeld?«

Der Alte erhob sich mühsam: »Der Stelzenklaus, du musst es dem Stelzenklaus sagen.«

»Und wenn ich nicht teilen will?«

Eisiges Schweigen.

»Hör gut zu«, sagte der Einäugige gefährlich leise, »wenn du nicht teilen willst –« Er fuhr sich mit der Hand über die Kehle.

»Der viele Schnaps –«, sagte Christoph angeekelt, als sie weiterzogen.

»Bankrotteure, Krüppel, Verbrecher – die meisten brauchen ihn, sonst kommen die Erinnerungen. Wir Gaukler saufen nie, sonst fallen wir vom Seil und verlieren die Bälle.«

Einmal kamen sie am Ende einer schwarzen Gasse, die sich platzartig erweiterte, an ein sehr hohes steinernes Haus, in dem sämtliche Fenster von innen hell leuchteten wie zu einem Fest. Selbst die Fenster im Giebel waren hell. Doch alles war tot: Keine Musik erklang, keine Stimme war zu hören.

Das Haus war sehr stattlich, wie das Haus eines großen Kaufherrn. Auch waren die Fenster aus Glas. In den Giebelgeschossen standen die Holzläden offen.

Philo zog sich an einem Gesimse hoch.

»Was siehst du?«

»Du glaubst es nicht. Das musst du dir anschauen, komm herauf.«

Christoph zog sich ebenfalls an dem Gitter hoch, was viel länger dauerte als bei Philo. Schließlich kauerte er neben ihm auf einem Steingesimse und hielt mühsam das Gleichgewicht.

»Mensch!«

Sie sahen in einen prächtigen hohen Saal, hell wie in einer Kirche. Es gab fast keine Möbel in dem Raum, aber Kerzen, Kerzen, Kerzen standen dicht an dicht auf jeder ebenen Fläche, auf dem steinernen Fußboden, auf den Gesimsen und auf jeder Stufe einer Steintreppe im Hintergrund des Saales.

Alle brannten lautlos.

Niemand war zu sehen.

Beide starrten auf die Flammen, die unbewegt, fast starr brannten.

Es war wie Zauberei. Es war wie im Märchen.

»Wir sollten hineingehen«, flüsterte Philo.

»Dort hinten ist eine Türe«, antwortete Christoph mit gepresstem Atem. Das Hoftor war nur angelehnt und quietschte etwas. Sie hielten den Atem an, aber alles blieb still.

Vorsichtig schlüpften sie durch die rückwärtige Türe in den großen Saal. Die Kerzen flackerten, als sie die Türe hinter sich zuzogen, beruhigten sich aber wieder und brannten still wie zuvor.

Sie sprachen kein Wort. Aber als hätten sie es ausgemacht, strebten sie beide der steinernen Treppe zu, die nach oben führte.

Schon die kleine Strecke zwischen Türe und Treppe war schwer zu überwinden, ohne eine der unzähligen Kerzen zu berühren, von denen der Boden und die Stufen fast bedeckt waren, Licht bei Licht.

Philo hielt den Finger an die Lippen, als er auf einen schmalen Zwischenraum deutete, der einen engen Pfad auf den Stufen freiließ, und machte ein bedenkliches Gesicht. Dann hielt er den Mund an Christophs Ohr: »Oben ist jemand!«

Die Kerzen heizten. Im Schacht der Wendeltreppe war ein Sog heißer Luft, der die Flammen sanft neigte, aber nicht zum Flackern brachte. Langsam, ganz langsam stiegen die beiden höher. Immer wieder blieben sie stehen und horchten, aber nichts war zu hören. Auf der Wendeltreppe konnten sie jederzeit jemand in die Arme laufen. Hier im Inneren der steinernen Schnecke waren jetzt endlich keine Kerzen mehr.

Eine offene Türe führte zu einem weiteren Saal: Auch hier war alles voll brennender Kerzen, der Fußboden war bedeckt von ihnen, die Gesimse, einige Tische und Bänke, aber niemand war zu sehen, und überall die Hitze und diese große Stille. Auch im Eingang zur Wendeltreppe, die noch höher führte, wohl hinauf auf den Dachboden, ließen die Kerzen wieder einen schmalen Pfad frei. Als sie die Türe aufgemacht hatten, begannen die Flammen dreier Kerzen, welche die Treppe wohl in ihrem Inneren ausleuchten sollten, unruhig zu flackern, ein Luftstrom schien die Treppe herabzufließen.

Sie betrachteten die Kerzen nachdenklich, als plötzlich die Kerzen im Saal unmittelbar bei der Türe ebenfalls wild zu flackern begannen.

Da hatte Philo Christoph schon am Arm gepackt und zog ihn die Treppe hinab. So rasch ging das, dass sie ins Stolpern kamen und sich an den Wänden Hände und Ellbogen aufschürften.

»Oben muss jemand eine Türe aufgemacht haben, dass ein Durchzug entstanden ist«, flüsterte Philo hastig, während sie treppab rannten. »Wenn wir unten das Flackern bemerken, so sehen sie es oben genauso, wenn unten jemand die Türe öffnet.«

»Weiß ich auch! Wirf keine Kerze um!«

Hörte man von oben nicht Schritte?

Sie rannten vorbei an der Türe zum unteren Saal und hinaus. Hinter sich hörten sie jetzt deutlich Poltern und dumpfe Rufe.

Da waren sie schon im Hof und zur Hoftüre hinaus.

Sie rannten auf der Straße weiter. Dann bog Philo in einen kleinen Hof und sie hockten sich hinter ein Steingewände.

Aber es war wie verhext. Alles blieb still – niemand kam.

»Wem gehört das Haus?«, fragte Christoph.

Philo wusste es nicht.

Abends erzählte man Geschichten.

Abraham redete vom Juden Isaak, der am Hofe Karls des Großen gelebt hatte: »Als Karl der Große, der die Juden sehr schätzte, eine Gesandtschaft zu Kalif Harun al-Raschid nach Bagdad schickte, um sein Kaisertum vom mächtigsten Mann des Orients bestätigen zu lassen, war auch ein Jude dabei. Er hieß Isaak und der Kaiser hatte ihn wohl vor allem seiner Gelehrsamkeit wegen mitgeschickt. Er konnte Arabisch und Persisch, Sprachen, die auch heute fast niemand im Abendland beherrscht.«

»Mein Vater konnte ein paar Brocken Arabisch«, sagte Christoph.

»Unterbrich Abraham nicht, das gehört sich nicht für einen Jungen«, sagte Nachum.

»Es heißt auch: Sei zu Gästen so höflich wie zu einem König«, sagte die alte Esther und strich Christoph und Nachum über das Haar.

»Er ist wohl auch mitgeschickt worden, weil er unterwegs viele Leute kannte. Wir Juden haben viele Verwandte auf der ganzen Welt. Der kluge Kaiser machte sich auch das zunutze. Die Gesandtschaft brach auf, sie fuhr mit Schiffen, sie wanderte mit Karawanen, sie durchquerte Meere und Wüsten. Dann war sie in Bagdad. Das ist eine herrliche Stadt mit großen Moscheen, prächtigen Kirchen, berühmten Synagogen.«

»Kirchen?«, warf Christoph ein. »Kirchen bei den Ungläubigen?«

»Es ist nicht überall so wie in Straßburg –«, begann Nachum.

»Kalif Harun al-Raschid war ein vernünftiger Mann, Nachum, so vernünftig wie Kaiser Karl der Große.« Abrahams Stimme wurde warm: »Christen, Muslime und Juden waren gleichermaßen angesehen bei ihm. Wichtig war für ihn, was jemand für das Gemeinwesen leistete, nicht die Religion. Dabei war er ein strenggläubiger Muslime. Ich glaube, der Prophet selbst hat nicht gewollt, dass sich die Religionen gegenseitig bekämpfen. Ich glaube auch nicht, dass Jesus Christus das gewollt hätte.«

Abraham schaute in die Ferne.

»Nun gut – die Gesandtschaft wurde prächtig empfangen, Feste wurden gefeiert, Geschenke wurden ausgetauscht, es wurden Gespräche geführt und Isaak hat alles richtig übersetzt und nach einigen Wochen des schönsten Lebens machten sich die Gesandten daran zurückzukehren. Reich beladen waren sie. Nie war eine Karawane so reich wie die des Kaisers, als sie von Bagdad aufbrach. Das Großartigste, was sie mitbekamen, war ein weißer Elefant.«

»Ein weißer Elefant?«

»Der Elefant war ein Geschenk des Kaisers von Indien an den Kalifen. Ein richtiges Geschenk für einen Kaiser, denn weiße Elefanten sind das Zeichen der Herrschaft über die Welt. Er war sehr kostbar und dabei so empfindlich, dass er niemand auf sich reiten ließ. So musste er an einem Seil mitgeführt werden. Aber wie es so geht, die überaus reichen Geschenke, welche die Karawane mit sich führte, lockten Gesindel an. Die ersten Überfälle konnten von den Soldaten abgewehrt werden, die der Kalif ihnen mitgegeben hatte. Aber als man an die Grenze kam, kehrten die Soldaten um. Es kam zu Kämpfen, es gab Tote, Gesandte wurden gefangen genommen und mussten gegen kostbare Geschenke ausgetauscht werden. Die Karawane musste Futter für die Tiere kaufen. Ihr glaubt nicht, welchen ungeheuren Berg Heu allein Abulabas jeden Tag zu fressen bekommen musste.«

»Abulabas?«

»So hieß der weiße Elefant. Ich glaube, er war sehr verwöhnt; er ließ ja auch niemand auf sich reiten. Der Kalif wird ihn gerne losgeworden sein. Es heißt, Abulabas habe einmal aus lauter Übermut die berühmten und herrlichen Gärten des Kalifen verwüstet. Die Karawane wurde immer kleiner, die Kostbarkeiten des Kalifen schwanden wie der Schnee in der Sonne.«

»Und Isaak?«

»Allein der Jude Isaak wandelte unbeirrt seiner Straße. Er ging unbeachtet in einiger Entfernung hinter der Karawane und er hatte die kostbaren seidenen Gewänder und goldenen Ketten, die ihm der Kalif geschenkt hatte, nicht angezogen, sondern einen alten speckigen Kaftan. Manchmal ritt er auf einem dreckigen kleinen Esel. Er schlief auch nicht in den großen Karawansereien, wo die Räuber nach Beute Ausschau hielten, sondern er fand immer Unterkunft bei den jüdischen Brüdern am Wege. Denn wir Juden müssen einander helfen, hier und auf der ganzen Welt, sonst gehen wir zugrunde. Vor ihm zog unter Paukenschlägen, Trompeten und Schellenklang die blitzende und funkelnde Karawane auf herrlichen Araberhengsten, weißen Kamelen und edelsten Maultieren, angeschirrt mit Gold, Silber und Juwelen. Sie verlor freilich immer mehr an Glanz, so wie der Mond, wenn er voll ist, mehr und mehr schwindet, bis er zum Schluss nicht mehr zu sehen ist. Die Karawane schwand und schwand und eines Tages war Isaak allein mit Abulabas.«

»Wollten die Räuber Abulabas nicht? Sie hätten ihn doch sicher teuer verkaufen können.«

»Nein, Christoph. Ich denke mir, dass Abulabas nicht wollte.

Und wenn ein Elefant etwas nicht will, so kann man ihn schwer dazu zwingen – und dazu noch einen weißen und so verwöhnten Elefanten wie Abulabas! Vielleicht wollten ihn aber auch die Räuber nicht haben, weil er ja sehr viel fraß, was übrigens für Isaak kein kleines Problem war. Aber die Juden halfen ihm auch hier und veranstalteten Sammlungen für Abulabas: So konnte Isaak sich und Abulabas durchfüttern den ganzen weiten Weg. Und ab und zu hat er geredet mit dem weißen Elefanten, und Abulabas hat wohl auch geredet mit ihm, und es ist anzunehmen, dass sie sich verstanden haben, die beiden.«

»Und er ist nie auf ihm geritten?«

»Nein, Nachum, da er sich von niemand besteigen ließ, konnte auch Isaak nicht auf ihm reiten. Er ging immer neben ihm im Staub der Straße, im Schlamm, im Dreck. Er begegnete unzähligen Völkern. Und wenn sie den Juden gesehen hätten in seinem Schmutz und seiner Niedrigkeit, hätten sie gelacht und mit Steinen nach ihm geworfen. Aber sie sahen nur den weißen Elefanten. Und wenn einer doch den Juden sah: Man wirft nicht mit Steinen auf einen, mit dem ein weißer Elefant geht.«

»Ist er nicht mehr mit dem Schiff gefahren?«

»Vielleicht – nein, Esther, ich glaube, das konnte er nicht – eben wegen Abulabas. Kein Schiffer hätte Abulabas auf sein Schiff genommen. Vielleicht hätte aber auch Abulabas nicht gewollt.«

»Und die anderen Gesandten?«

»Vergangen wie die Schönheit des Mondes! Erschlagen von Räubern und Gesindel, gestorben an Krankheiten und Seuchen, gefangen und in der Wüste verirrt und jämmerlich verdurstet oder verhungert, als Sklaven verkauft oder ausgeraubt und verzweifelt und bettelnd irgendwo umgekommen. Nicht einer von den großmächtigen, reichen, prächtigen Herren hat sein Heimatland je wieder gesehen. Nur Isaak ist zurückgekommen. Angetan mit seinem entsetzlich dreckigen schwarzen Kaftan, einen riesigen, schmierigen Lederbeutel auf dem Rücken, der so gestunken hat, dass man Isaak nicht einmal in die schmutzigste Herberge lassen wollte.«

Esther lachte und hielt sich zum Spaß die Nase zu.

»Und so ist er gekommen vom Zweistromland nach Ingelheim am Rhein, den Beutel auf dem Rücken. Und unter dem Staunen des ganzen kaiserlichen Hofes ist er, den weißen Elefanten Abulabas an einem Seil hinter sich führend, auf dem Kaiserhof eingezogen.«

Esther klatschte in die Hände.

»Und er ist hingetreten vor den großmächtigen Kaiser des Abendlandes. Der hat zuerst Abulabas angeschaut und dann Isaak. Dann kam Abulabas in die kaiserlichen Ställe und ich weiß nicht, was aus ihm geworden ist. Den Isaak aber hat der Kaiser gefragt: ›Isaak, wo ist meine Gesandtschaft?‹ ›Tot‹, hat Isaak gesagt. ›Und was ist mit dem Kalifen Harun al-Raschid?‹ Da hat Isaak seinen schmierigen, dreckigen Beutel aufgemacht und hat Edelsteine, Gold, Perlen und viele andere Kostbarkeiten ausgepackt, wie man sie weder am Rhein noch sonst irgendwo im Abendland jemals gesehen hatte.«

»Eine sehr schöne Geschichte hast du uns erzählt und ich weiß, dass sie wahr ist«, sagte Hannah.

Esther drehte sich unter der Türe noch einmal um: »Ich glaube, ich träume heute Nacht von einem weißen Elefanten.«

Elieser war weggereist: Er musste in der kaiserlichen Kanzlei in Prag das Bürgerrecht für sich und seine Familie kaufen. Nachum sagte zornig, dass es für einen Juden zwanzigmal so teuer sei wie für einen Christen.

»Blutgeld!«, sagte er mit der steilen Falte auf der Stirn.

»Blutgeld?«, mischte sich Löb ein. »Was soll das jetzt?«

»Sie lassen uns zahlen, wo sie nur können«, sagte Nachum, »das Blut ihrer Kinder saufen wir, sagen sie, wir fangen ihre Kinder, schlachten sie, sagen sie, sammeln ihr Blut und trinken es und kochen unsere Speisen damit, sagen sie und bestrafen uns dafür. Dabei dürfen wir nicht einmal Fleisch in der Milch der Tiere kochen. So ist das. Wir dürfen nach unserem Gesetz gar kein Blut essen – ihr esst und trinkt Blut!«

Für Christoph war es neu, dass Fleisch nicht in Milch gekocht werden durfte: »Da ist doch nichts dabei.«

Löb erklärte es ihm: »Für uns Juden ist das Leben etwas Heiliges.«

Christoph erinnerte sich an das Wort des alten Abraham, das ihm wahrscheinlich das Leben gerettet hatte: Wer ein Menschenleben rettet, der rettet die ganze Welt. Es war zwar sehr schön für ihn, aber so recht verstanden hatte er es nicht.

Löb fuhr fort: »Es ist schlimm, dass wir Tiere töten müssen, damit wir leben können. Du musst bedenken, dass unsere Väter in der Wüste jeden Tag bei ihnen waren. Sie halfen den Tiermüttern bei der Geburt des jungen Viehs, sie führten die Tiere von einem Weidegrund zum anderen, sie gaben ihnen das kostbare Wasser.

Dafür geben uns die Tiere fast alles, was man zum Leben braucht: Milch und Eier, Wolle und Leder, Felle, Horn und Knochen. Die Milch ist aber ursprünglich nicht für uns bestimmt, sondern für die jungen Tiere, die Kälber und die Lämmer. Wir aber nehmen die Milch und schlachten die Lämmer und die Kälber und essen ihr Fleisch. Würdest du es nun für richtig halten, wenn man die Milch, die doch von Gott für das Leben der jungen Tiere bestimmt ist, mit ihrem Fleisch zusammen kocht, isst oder trinkt?«

Christoph staunte, so hatte er das nicht gesehen.

»Wir essen auch kein Blut. Es liegt kein Segen auf dem Blut als Nahrung: Die Speisen verderben schnell, die Blut enthalten, sie sind auch nicht so bekömmlich. Es ist das Leben selbst, das auf besondere Weise geschützt wird. So denken wir Juden.«

Christoph spürte, was der Jude nicht sagte: Und so retten wir dir das Leben, obwohl du uns in große Gefahr bringst. Und er war ihm dankbar, dass er es nicht sagte.

Als Christoph unwillkürlich seine Hand fasste und küsste, ließ es Löb zum ersten Mal geschehen.

Ein kleiner Garten war hinter dem Haus. Jetzt im Sommer war er unter einem Ausschnitt des blauen Himmels eine umgrenzte Welt von Blumen zwischen Mauern und Dächern. Alles blühte durcheinander, Hummeln, Bienen, Schmetterlinge und Vögel flogen darüber hin.

Christoph sah Esther, wie sie sich über eine Blüte beugte.

Wie schön sie war.

»Die Blume bei den Blumen.« Er fand diesen Anfang gut.

»Und der Elefant im Garten!« Lachend richtete sie sich auf.

»Elefant? Dann wenigstens ein weißer –«

»Na, findest du das besonders gut – die Blume bei den Blumen?«

Christoph wusste nicht recht, was er sagen sollte. Er hatte immer wenig Umgang mit Mädchen gehabt und fühlte sich befangen, wenn er mit einem Mädchen reden sollte. Seine Schwester war gestorben, als sie noch sehr klein war. Auch seine Mutter war gestorben.

Er blickte vor sich auf den Boden.

»Woran denkst du?« Esther hatte eine Blume gepflückt und betrachtete sie kritisch. »Ob die dir wohl steht?« Es war eine Mohnblume, so groß und von so dunklem Rot, wie er es noch nie gesehen hatte.

Esther kam ganz nah, Christoph spürte ihren Atem und den Duft ihrer Hände, als sie versuchte die Blume in seinen Haaren festzumachen. Er war verlegen, aber er hielt ganz still. Ihre Hand berührte seine Wange. Ganz nah war ihr Gesicht.

Er fühlte, wie sie in seinen Haaren herumfuhrwerkte.

»Der weiße Elefant, er soll doch geschmückt werden.«

Ihre schwarzen Augen waren sehr groß.

»So buschige Haare, fast wie Draht«, sagte sie und lachte wieder, »ein weißer Elefant mit schwarzen Haaren –«

»Und wo soll mein Rüssel sein?«

»Da«, sagte sie lachend und fuhr ihm mit dem kleinen Finger die Nase abwärts. Wenn sie lachte, stand helles Wasser in ihren Augen.

Seine Hände zitterten etwas, als er ihre Hand fing und sie festhielt.

»Jetzt müsste der weiße Elefant nur noch ein goldenes Glöckchen haben.«

»Meine Mutter hatte eines«, sagte er und fühlte sich eingehüllt wie in eine Wolke. »Als ich noch ganz klein war, durfte ich damit spielen. Es klang sehr hell, als wäre es aus Silber. Wir spielten das Feenspiel.«

»Feenspiel?«

Er strich sacht über ihren Handrücken: »Wenn das Glöckchen läutet, dann wird man verwandelt, in eine Blume, in ein Eichhörnchen, in einen Löwen –«

»In einen weißen Elefanten. Du, die Blume fällt gleich herunter.«

Sie fing sie auf: »Mit meiner Mutter war ich immer im Land des goldenen Regens.«

»Land des goldenen Regens?«

»Ja. Wenn es sanft regnet und du hörst genau zu, klingt es immer wieder, als fielen einzelne Goldstücke zwischen den Regentropfen. Der Regen kommt aus dem Meer, hat meine Mutter gesagt, aber der Regen, der wie Gold klingt, kommt aus dem Land des goldenen Regens. Und er bringt den Segen.«

»Regnet es dort Gold?«

»Nein. Das Land des goldenen Regens liegt in der Wüste. Ringsum ist alles unfruchtbar, Sand, Steine, Staub, alles verbrannt und trocken. Wo vielleicht einmal ein Fluss war, ist nur heißer Kies. Nirgendwo ist der Staub so durstig wie in dieser Wüste. Aber es regnet nie, nicht einmal in hundert Jahren.«

»Und das Gold?«

»Mitten in dieser Wüste liegt das Land des goldenen Regens. Kannst du dir vorstellen, wie kostbar dort der Regen ist, wo die Sonne hundertfach scheint? Aber er bringt auch viel mehr Segen. Weißt du übrigens, dass Baruch gesegnet heißt?«

Sie hielt ihr Gesicht in die Sonne.

»Die Bäume blühen länger als hier in Straßburg, das Gras ist fetter und grüner und die Kühe geben zehnmal mehr Milch als hier. In den Wiesen wachsen Blumen, die so groß sind, dass man in ihrem Schatten gehen kann, und sie verblühen nie. Wenn eine Blüte doch welkt, so blüht daneben sogleich eine neue auf. Um eine Traube zu tragen, wie sie dort wachsen, braucht man zwei Männer. Die Früchte der Bäume sind süß, süßer als Honig. Alle haben genug, so gibt es keinen Streit. Es ist wie im Traum. Und das Wichtigste: Einmal in hundert Jahren wächst auf einem Baum, den niemand weiß, eine Frucht aus purem Gold.«

»Und wer sie findet, ist hundert Jahre König im Land des Goldenen Regens und wird nie sterben«, lächelte Christoph.

»Er kann sie aber nicht allein finden.«

»Ein Mädchen muss ihm dabei helfen, das wird seine Königin, sie wird auch nie sterben.«

Esther legte ihren Kopf an Christophs Schulter und lachte zu ihm auf.

»Sonst sieht er die Frucht nicht.«

»Und hält sie für einen Apfel oder eine Birne –«

»Oder eine Pflaume.«

»Ja, und er würde einfach weitergehen.«

Esther schwieg und hielt Christoph an beiden Händen: »Meine Mutter ist schon lange tot.«

»Meine auch. Ich war elf. Ich war viel allein –«

Esther legte den Arm um Christoph und schaute ihm gerade in die Augen: »Jetzt bist du nicht mehr allein. Du bist mein weißer Elefant und niemand darf dir etwas tun.«

Esther und Nachum gingen mit Christoph durch das Judenviertel. Zuerst hatten sie ihm am Türpfosten ihres Hauses und an anderen Türpfosten eine schmale Metallkapsel gezeigt, die darin eingefügt war.

»Man nennt es Mesusa, darin ist ein Pergamentstreifen für das Haus und seine Bewohner eingelassen.«

»Also auch für dich«, fügte Esther hinzu.

»Es ist in hebräischer Sprache und in hebräischer Schrift«, sagte Nachum.

Esther ergänzte: »Du sollst den Herrn deinen Gott lieben von ganzem Herzen, von ganzer Seele und mit all deiner Kraft.«

Sie sahen die Synagoge mit dem Anbau für die Frauen, die von den Männern getrennt waren.

»Bei uns ist das genauso«, sagte Christoph, »eine Seite in der Kirche ist für die Männer, die andere für die Frauen.«

»Früher waren die Synagogen die höchsten Gebäude in der Stadt, heute müssen das die Kirchen sein.« Nachum verzog den Mund.

Warum sollen es nicht die Kirchen sein? Wir sind doch mehr, dachte Christoph.

Aber er war beeindruckt, wie sauber hier alles war. Viele Häuser waren aus Stein und alle waren mit Ziegeln gedeckt.

Sie zeigten ihm in der Synagoge den kunstvollen Thoraschrein.

»Dahinter ist die Thorarolle. Sie ist so heilig, dass ihre Schrift nicht mehr mit der Hand berührt werden darf, sobald sie fertig geschrieben ist. Sie ist mit zwei schönen Kronen verschlossen. Du solltest einmal sehen, wie kunstvoll die sind«, sagte Esther.

»Ein jüdischer Goldschmied hat sie gemacht«, sagte Nachum bitter, »vor über zweihundert Jahren. Heute darf kein Jude mehr ein Handwerk ausüben oder Bauer sein – der Papst hat es verboten.«

Das hatte Christoph nicht gewusst.

Sie zeigten ihm die Schule: »Sie heißt Cheder. Jeder Jude kann lesen und schreiben. Bei euch können das nur die Mönche«, sagte Nachum stolz, »schon als kleines Kind wird man vom Vater hineingetragen.«

Esther lachte: »Er hat erzählt, wie du dabei gebrüllt hast. Weißt du«, sagte sie zu Christoph, »man bekommt eine Schiefertafel, die mit Honig bestrichen ist, zum Ablecken. Aber die konnte ihn auch nicht beruhigen.«

Nachum knurrte etwas Unverständliches.

Es gab ein Gemeindebackhaus für die ungesäuerten Brote, die man am Passahfest aß: »Gleichzeitig mit dem Osterfest der Christen.«

Christoph wunderte sich, dass am Brunnen mitten im Viertel der Juden eine Wache stand.

»Damit keine kleinen Kinder hineinfallen«, erklärte Esther.

Und Nachum ergänzte: »Damit kein Dreck hineingeschmissen wird wie bei euch!«

Drei Bäder gab es. Zwei Warmbäder, eines für Männer, das er schon kannte und in dem er schon mehrmals gewesen war, und eines für Frauen, und dazu die Mikwe, die tief in die Erde gegraben ist. »Wo tief unter den Häusern und Menschen das klarste Wasser fließt, das Gott den Menschen schenkt«, erklärte Esther.

»Warum verschiedene Bäder? Man wird doch in einem sauber?«

»Sauber und rein ist eben nicht dasselbe«, warf Nachum verächtlich hin, »ihr Christen geht zweimal, viermal, manche auch viel öfter im Jahr in das Badehaus, wo ihr in einem Bottich sitzt und das Wasser verdreckt, in dem ihr sauber werden wollt. Dann seid ihr vielleicht gewaschen, aber nicht einmal sauber.« Er hatte die Mundwinkel nach unten gezogen.

Esther hatte ihrem Bruder die Hand auf den Arm gelegt: »In der Mikwe wird man nicht sauber, dort tief unten im Kristall des Erdgrundes wird man rein.«

»Sauber? Rein?« Christoph war verwirrt.

»Sauber ist man vor den Menschen«, sagte Esther, »und rein ist man vor Gott.«

Mord

Bist du sicher? Kann man sich darauf verlassen?« Der Herr stampfte durch den Raum. Von Zeit zu Zeit blieb er stehen und kritzelte mit einem Stück Kreide auf einem Brett herum, das an der Wand befestigt war.

Der kleine dickliche Mann vor ihm mit den runden Augen war sich seiner Sache sicher: »Er war es. Die Beschreibung stimmt genau: Schwarze buschige Haare, die er allerdings in der Zwischenzeit geschoren hat, was ich bestätigen kann. Dazu blaue Augen, was nicht häufig ist. Und: Er hat sich nicht wie ein Bettler benommen. Es war auffällig. Auch das kann ich bestätigen.«

»Du hast ihn schon einmal laufen lassen!«

»Ja, aber jetzt haben wir ihn.«

»Und? Haben wir ihn, haben wir ihn! Was ist mit ihm geschehen. Hat er ihn –«

»Ja, mein Gewährsmann hat ihn erstochen und in die Ill gestoßen, nachts.«

»Der Stelzenklaus?«

»Nein, ein anderer, er ist zu mir gekommen – einige Bettler kennen mich.«

»Und wo?«

»Er wurde bei den gedeckten Brücken an einem Fischerpfahl angeschwemmt.«

»Und wer bürgt mir für die Wahrheit?«

»Ich, wenn der Herr meine Stimme –«

»Richtig! Du bürgst, in jedem Sinne des Wortes. Das kann ich dir sagen! Wenn ich erfahre, dass der Kerl noch lebt … Und merk dir:

Ich erwische dich überall. So weit kannst du gar nicht laufen, dass ich dich nicht erwische! Hast du das verstanden?«

»Ja, Herr. Aber es ist so. Ich weiß es wirklich. Vor ein paar Wochen lag auch ein toter Bettler in der Ill.«

»Gut.«

»Und, wenn ich den Herrn bitten dürfte, das Geld! Es war Lohn ausgemacht. Ich habe ja auf des Herrn Befehl Geld ausgesetzt. Mein Gewährsmann will es von mir. Und ich habe auch Auslagen gehabt. Wenn ich also bitten dürfte –«

»Wie viel?«

»Sechs Gulden, wenn ich den Herrn erinnern darf, sechs Gulden, zwei für mich, drei für den Gewährsmann, einen für den Stelzenklaus, dass er schweigt.«

»Zu viel!«

»Es war so vereinbart –«

»Vereinbart! Gesindel.« Der Kaufherr wischte mit einem Ruck das Gekritzel von der Tafel.

»Herr, wenn ich bitten darf, ich muss den Gewährsmann bezahlen und ich hatte Auslagen.«

»Gut, drei Gulden. Das ist mehr als genug für solches Pack, wie ihr es seid.«

Er griff in seine Geldtasche, die an seinem kostbaren Gürtel befestigt war, holte drei Gulden heraus und warf sie dem Mann vor die Füße: »Zwei für ihn und einen für dich. Das reicht! Dem Stelzenklaus drohst du. Und jetzt pack dich. Ich habe scharfe Hunde im Hof.«

Ein Fischer hatte ihn gefunden. Früh am Morgen hing er angetrieben zwischen Netzen an einem Pfahl in der Ill.

Philo erfuhr es von einem Bettler: »Schon der zweite diesen Sommer. Man ist seines Lebens nicht mehr sicher hier. Da brauchen wir nicht mehr auf die Pest zu warten.« Er bekreuzigte sich.

»Wo?«

»Drüben, ziemlich weit oberhalb des ersten Mühleneinlaufs, an einem Pfahl bei den Fischernetzen.«

»Wieder ein Bettler?«

»Ich habe ihn nicht gesehen.«

»Ertrunken?«

»Nein, sie sagen, von hinten erstochen und ins Wasser geschmissen.«

Ein anderer Bettler kam hinzu: »Das war's dann. Vorbei mit dem großen Geld.«

»Das große Geld?«, fragte Philo verwundert. »Welches Geld denn?«

»Welches Geld! Frag nicht so blöd. Die sechzig Gulden.«

»Welche sechzig Gulden?« Philo und der erste Bettler sprachen gleichzeitig.

»Das Geld für den gesuchten Mörder, den Jungen. Fragt nicht so blöd.«

Philo krampfte die Hände zusammen: »Nicht sechzig – meinst du sechs Gulden?«

»Sechzig oder sechs. Was macht das für einen Unterschied!«

Es war ein trüber Morgen. Wie Rauch trieben Dunstschwaden über dem Fluss.

»Wo ist er?« Philos Mund war trocken.

»Sie haben ihn gleich weggebracht. Ich glaube nicht, dass sie ihn auf den Friedhof bringen – eher unter den Galgen oder auf den Schindanger.«

»Wo hat man ihn denn genau gefunden?« Philo atmete hastig. Freilich – konnte man diesen Kerl ernst nehmen, der nicht einmal den Unterschied zwischen sechzig und sechs wusste?

»Kannst du mir die Stelle zeigen?«, fragte er den ersten Bettler. Der Schweiß brach ihm aus.

»Warum willst du denn das wissen? Dem kann niemand mehr helfen.«

»Doch, seiner Seele. Ich will für ihn beten. Es ist sehr verdienstvoll. Vielleicht habe ich ihn gekannt.« Sein Herz schlug heftig.

Die Ill stand ziemlich hoch, so schauten nur die Köpfe der Pfähle aus der glatt ziehenden schwarzen Fläche heraus.

»Hier war es.« Der Bettler zeigte auf einen Pfahl in Ufernähe.

Über einige Pfähle waren Bohlen gelegt, damit die Fischer an ihre Reusen herankamen. Netze hingen im Wasser. Einige Fischer standen am Uferweg und zeigten auf den Fluss hinaus.

»Wo ist er wohl erstochen worden?«

»Wolltest du nicht für ihn beten?« Der Bettler sah ihn von der Seite an.

»Ja, aber ich glaube, das ist am wirkungsvollsten dort, wo er ums Leben gekommen ist.«

»Das glaube ich auch. Aber war das nicht hier?«

»Im Fluss? Auf einem Pfahl? Er muss irgendwo ins Wasser geworfen worden sein. Von dort muss die Ill ihn abwärts an den Pfahl getrieben haben.«

Sie schauten flussaufwärts. Der Nebel lagerte dort dichter über dem Fluss. Aus den grauen Schwaden hob sich die dunkle Masse der Stadtmauer mit einigen hohen Türmen ab, die dort oben mit langen Brücken die Arme der Ill überquerte. Eine Krähe flog krächzend über die Gedeckten Brücken hinweg, wie man diese Befestigungen am Einlauf der Ill in die Stadt nannte. Die Arme, in die sich der Fluss vor den Mauern der Stadt teilte, bildeten zuerst einige baumbestandene Inseln und vereinigten sich gleich nach dem Einlauf zu einem kleinen See. Von einer der Inseln konnte der Tote nicht hergeschwemmt worden sein.

Philo war es übel. Es konnte einfach nicht sein. Christoph war doch wohl behütet bei den Juden! Was wollte er nachts bei den Gedeckten Brücken? Er hätte es ihm gesagt. Er kannte ja sein Versteck ganz in der Nähe.

Aber Philo wusste von keinem anderen Blutgeld, das so hoch war. Die Bettler redeten von nichts anderem – reich werden! Oder sollte es doch noch ein anderes Blutgeld geben? Er musste den Bettler zum Reden bringen, er musste sich die Beschreibung des Ermordeten sagen lassen.

»He, betest du schon?«

»Das Blutgeld. Wie sah denn der Tote aus?«

»Das weiß doch jeder. Mist, dass man es sich jetzt nicht mehr verdienen kann, glaubst du, der Stelzenklaus weiß davon?«

»Was weiß ich. Weißt du, ich glaube, beim Beten für einen Toten muss man sich den Verstorbenen genau vorstellen und dann sein Vaterunser für ihn sprechen.«

»Wenn du ihn doch gekannt hast.. Was fragst du dann, wie er ausgesehen hat?«

»Vielleicht habe ich ihn gekannt, vielleicht auch nicht. Weißt du nicht, dass es nichts Verdienstvolleres gibt als ein Gebet für einen Verstorbenen, den man nicht gekannt hat? Vor allem für Ermordete, die ja ohne Reue gestorben sind und für lange, lange Zeit in das Fegefeuer kommen.«

Der Bettler war hartnäckig: »Aber jeder kennt die Beschreibung.«

»Du bist ein Blödmann, wie kann ich mir die Beschreibung vorsagen und gleichzeitig beten?«

»Und du meinst, wir sollen dorthin gehen, wo er in das Wasser geworfen worden ist?«

»Es muss an der Gedeckten Brücke gewesen sein. Zwischen der Befestigung und dem Pfahl, an dem er hängen geblieben ist, gibt es nur glattes Wasser, kein Hindernis, und die Strömung kommt von dort.«

»Du bist sehr gescheit«, sagte der Bettler und schaute ihn bewundernd an.

»Komm, vielleicht finden wir noch Spuren.«

Unter dem Dach der Gedeckten Brücken war es dunkel. Unter ihnen zog schwarz der Fluss, der hier sehr breit war. Vom Fluss herauf roch es nach Wasser, Teer und Rauch. Ihre Schritte klangen hohl. Über ihnen im Gebälk hingen in Büscheln Fledermäuse. Hier im Wehrgang stank es nach Moder und Kot. Taubendreck, vermischt mit dem Dreck der Fledermäuse, knirschte unter ihren

Füßen. Philo beobachtete scharf das Holzgeländer, an dem sie auf der Innenseite des Wehrgangs entlanggingen.

Er klammerte sich mit fiebrigen Händen an den Brüstungsbalken und versuchte abzuschätzen, von wo aus die Leiche an den Pfahl getrieben werden müsste. Er las einige Strohhalme vom Boden auf, die aus einem Vogelnest gefallen waren, und warf sie in den Fluss: Wo trieben sie hin? Das Herz schlug ihm bis zum Hals. Und wenn er nun auf einem Boot ermordet worden war?

»Und warum meinst du, dass er nicht dort ermordet worden ist, wo man ihn gefunden hat?«

»Ich habe es schon einmal gesagt – im Fluss, an einem Pfahl?«

»Stimmt. Du bist wirklich sehr schlau.«

Dort drüben, zehn, fünfzehn Schritte weiter könnte es sein, und da: Diese dunklen Flecken – jawohl, das war Blut! Philo steckte einen Finger in den Mund und rieb mit dem nassen Finger über den dunklen Fleck, der sich über die Brüstung ausbreitete: Der Finger färbte sich rot.

Er hielt ihn dem Bettler vor die Nase: »Blut! Hier war es. Hier wollen wir beten.«

Der andere hatte die Augen weit aufgerissen: »Woher weißt du das alles? Oder warst du –«

»Wir haben doch gemeinsam nachgedacht. Wir haben doch die Stelle gemeinsam gefunden. Du warst doch dabei.«

Der Brüstungsbalken war voller Staub, bei den Blutflecken war kein Staub.

Der andere hatte sich niedergekniet. Jetzt sah Philo die Flecken auch auf den Bohlen, auf denen sie standen. Hier war der Staub weggescharrt. Es gab keinen Zweifel.

»Vater unser«, begann der andere.

»Das gilt nicht«, fiel ihm Philo ins Wort, »ich hatte den Einfall und ohne mich hätten wir die Stelle nicht gefunden, obwohl du eine große Hilfe warst. Aber ich darf zuerst beten, das ist noch verdienstvoller. Und du sagst langsam, während ich bete, wie der Tote ausgesehen hat.«

Philo kniete und sagte laut das Vaterunser.

»Er war ziemlich groß für sein Alter, etwa vierzehn Jahre alt, mager wie ein Bettler, hatte aber gute Schuhe an, und er hatte buschige schwarze Haare und blaue Augen.«

Das Dach der Gedeckten Brücken senkte sich herab.

»Herr, gib ihm die ewige Ruhe, und das ewige Licht leuchte ihm.«

Philo brachte die vertrauten Worte kaum heraus. Er hatte die Hände zusammengepresst und betete im Stillen ganz anders. Aber sein Gebet hätte der Bettler nicht verstanden.

Der Bettler verdiente während der ganzen nächsten Woche viel Geld, indem er Menschen zu den Blutflecken führte und mit beiden Händen erzählte, wie er sie gefunden hatte. Schon nach einem Tag kam Philo in der Erzählung nicht mehr vor.

Es war ja leicht festzustellen, ob Christoph noch lebte. Aber das Viertel der Juden war weit weg, genau am anderen Ende der Stadt, hinter dem Münster. Er hätte hinrennen können, aber in der Zwischenzeit gingen hier vielleicht wichtige Spuren verloren. Und – es konnte nicht Christoph sein! Je mehr er nach dem ersten Schreck nachdachte, desto sicherer wurde er. Aber was bedeutete das alles? Und wenn er es doch war?

Stadtsoldaten kamen wie vor einigen Wochen in einer Kette die Ill herauf. Sie stocherten mit ihren Spießen in der Böschung zwischen Mädesüß und Blutweiderich und scheuchten die Ratten in wimmelnden Schwärmen auf.

»Wo ist der Tote? Kann man ihn sehen?« Philo sah jetzt nicht mehr wie ein Bettler aus. Er war in seinem Gewölbe gewesen und sah aus wie der Sohn eines kleinen Handwerkers, eines der vielen Flickschuster, die illabwärts wohnten.

»Weshalb?« Der dicke Stadtsoldat stieß mit seinem Spieß einen Stein in den Fluss.

Philo schluchzte herzzerbrechend, dicke Tränen liefen ihm über die Backen: »Es ist vielleicht mein großer Bruder. Er war betrunken und er ist seit gestern nicht mehr nach Hause gekommen. Wir suchen ihn alle.« Er merkte, dass er nun wirklich weinte.

»Wir haben ihn nicht gesehen, sie haben ihn weggebracht.« Dem Soldaten war Philo sichtlich lästig. »Wir müssen hier nach Spuren suchen.« Er schaute kaum auf. »Aber wir haben eine Beschreibung von ihm: Er ist groß, dünn und hat schwarze buschige Haare und blaue Augen. Das sieht man nicht oft. Na, ist er es?«, fragte er gleichgültig –

»Weißt du genau, dass der Tote so aussieht?«

Der Soldat fuhr hoch: »Na, du musst doch wissen, wie dein Bruder aussieht. Ist er es oder ist er es nicht?«

So kam er nicht weiter.

Er musste den Fischer suchen, der den Toten gefunden hatte. Am besten stellte man sich dumm. Die Fragerei, das merkte er, konnte gefährlich werden.

Er musste wieder auf die andere Seite der Ill und weit hinunter an das Ende der Stadt in den Fischerstaden. Unterwegs überlegte er fieberhaft: Wenn es sich bei dem Toten um Christoph handelte – besser nicht daran denken. Wenn er es aber nicht war, weshalb gaben dann alle dem Ermordeten Christophs Beschreibung? Wer hatte denn ein Interesse zu verbreiten, dass Christoph tot war? Seine Verfolger doch am allerwenigsten! Sie wollten ja, dass man ihn fand, deshalb hatten sie ja das Blutgeld ausgesetzt! Vielleicht war er es doch –

Er rannte über die kleinen Stege zwischen den Mühlen und dem Viertel der Gerber. Dort drüben, er sah es aus den Augenwinkeln, neigte sich krumm und grau ihre erste Behausung über das Wasser – der erste Ermordete war unmittelbar in ihrer Nähe gefunden worden. Der erste Mord bekam ein ganz anderes Gesicht.

Panik stieg in ihm hoch, er erstickte fast – er rannte und rannte.

In das Judenviertel! Vorbei an der Thomaskirche, vorbei am Münster, die Spießgasse hoch –

Eine Magd, die er nicht kannte, öffnete.

Er dürfe nicht hereinkommen, sagte sie und wirkte verlegen.

Philo hielt sich keuchend am Türpfosten fest. »Und Christoph, kann er herauskommen?«

»Nicht da –« Sie schaute an ihm vorbei.

Er drückte sie auf die Seite und rannte hinein.

»Weißt du, dass du heute Nacht ermordet worden bist?«

Es war Christoph, er war es wirklich und leibhaftig und wie immer.

Nachum kam, Esther schaute aus ihrem Zimmer und riss die Augen weit auf, als Philo alles berichtete.

»Zwei Tote in den letzten vier Wochen, beide in die Ill geworfen! Beide nicht weit von unserer ersten Behausung«, schloss Philo mit ungewöhnlich leiser Stimme.

»Zufall oder kein Zufall?«, fragte Christoph.

»Es gibt keinen Zufall, nicht einmal bei euch Christen«, sagte Nachum mit Nachdruck.

»Darum geht es nicht«, erwiderte Christoph.

»Es geht darum, ob zwischen den beiden Morden ein Zusammenhang besteht.« Philo hielt seine Bälle in der Hand. »Man müsste wissen, wer den Leuten die falsche Beschreibung des Toten gegeben hat. Bis jetzt hatte ich noch keine Möglichkeit, das herauszufinden.«

»Die Wahrheit liegt im Fischerviertel und du wirst hinmüssen. Schade, dass ich nicht mitkann.«

»Du kannst nicht, denn du siehst noch genauso aus wie vor deiner Ermordung«, grinste Philo schon wieder.

»Deshalb musst du hier bleiben«, sagte Esther mit fast bittender Stimme, »aber wir könnten doch mit, sechs Augen sehen mehr als zwei.«

»Und ein einziges Hirn weiß, dass heute Sabbat ist und wir nicht so weit gehen dürfen, aber wer weiß, ob du überhaupt ein Hirn hast!«

Jetzt war das seltsame Verhalten der Magd geklärt. Sabbat –

Juden durften nicht arbeiten, sogar die Anzahl der Schritte war festgelegt. Die Magd war Christin, sie kochte das Essen an diesem Tag und sie war verlegen, da sie immer öfter beschimpft wurde, weil sie bei Juden arbeitete.

Philo ging wieder das Illufer aufwärts. Zuerst wollte er noch einmal zu der Stelle, an der dieser geheimnisvolle Tote gefunden worden war. Dort konnte er am ehesten einen Zeugen finden.

Erst fühlte er sich wie neugeboren. Dann sagte er sich, dass es keinen Grund gab, sich übermäßig zu freuen. Die Morde hingen gefährlich eng mit Christoph zusammen – so rätselhaft dieser Zusammenhang auch war. Morde waren selten in Straßburg. Zwar gab es gelegentlich Tote bei Schlägereien, gerade unter Bettlern. Aber das geschah fast immer in aller Öffentlichkeit. Natürlich fand man hin und wieder Tote in den Gassen der Stadt. Aber konnte es Zufall sein, dass innerhalb weniger Wochen gleich zwei Ermordete in ihrer Nähe in der Ill schwammen? Und einer der beiden wurde so beschrieben wie Christoph!

Er ging langsamer.

Der Stelzenklaus! Wenn der Stelzenklaus einen Bettler umgebracht hätte – es wäre ja nicht der erste – und sich das Blutgeld für Christoph holen wollte, dann müsste er das Opfer wie Christoph beschreiben! Und die Bettler konnte er leicht unter Druck setzen.

Nun, für Christoph wäre diese Entwicklung sehr gut. Den Verfolgern gälte er damit als tot! Philo war stehen geblieben und ließ seine Bälle in der Luft tanzen.

Stelzenklaus war der Mörder – es konnte gar kein anderer sein. Es gab einen Sinn. Es war alles klar.

Viele Männer, den hohen Stiefeln nach Fischer, standen mit den Händen fuchtelnd am Ufer bei dem Pfahl, an dem der Tote angeschwemmt worden war. Auch einige Jungen jeden Alters standen dabei. Philo stellte sich dazu.

»Es ist eine Sauerei, Menschen umbringen und ins Wasser werfen.«

»Erwischen sollte man den Kerl und an den Galgen mit ihm.«

»Ersäufen im Käfig an der Schindbrücke!«

»Das sind diese Bettler.«

»Eine Landplage. Das ganze Ufer der Ill ist voller Bettler. Sie sind auch nachts da.«

»Die hocken herum wie Ungeziefer!«

»Neulich hat doch tatsächlich einer an meinen Netzen herumgemacht.«

»Sie gehen an die Reusen und stehlen die Aale.«

»Sie geben zu viele Bettelbriefe aus. Der Rat ist zu gutmütig mit dem Gesindel. Man müsste viel härter durchgreifen.«

»Rausschmeißen das Pack, gleich ob mit oder ohne Bettelbrief!«

»Wer hat den Toten denn gesehen?«, meldete sich jetzt Philo zu Wort. Vielleicht konnte man vom Opfer auf den Täter schließen und den Stelzenklaus überführen.

Die Männer redeten durcheinander.

Ein Junge, etwas jünger als Philo, sagte mit krächzender Stimme: »Ich habe ihn gesehen.«

An ihn wandte sich Philo: »Wie sah er denn aus, hast du ihn wirklich gesehen?«

»Wie eine Leiche eben aussieht, die du aus dem Wasser ziehst. Patschnass – kein schöner Anblick, kann ich dir sagen.«

»Ich meine, wie sah er aus? Ich meine, als er noch gelebt hat. Du hast ihn doch gesehen.«

»Ich habe ihn nicht gesehen, als er noch gelebt hat.«

»Ja, aber der Tote – was hatte er denn zum Beispiel für Haare? Wie alt war er?«

»Meinst du, ich hätte ihn fragen können, wie alt er ist? Du fragst blödes Zeug. Wozu willst du das überhaupt wissen?«

»Warum will ich das wissen! Weil man wissen muss, wer der Ermordete ist, wenn man den Mörder finden will.«

Ein anderer Junge redete dazwischen: »Das weiß doch jeder, wie er ausgesehen hat: Schwarze buschige Haare und blaue Augen hat er gehabt. Es war ein Junge. Ziemlich groß.«

»Hast du ihn gesehen?«

»Nein, aber jeder kann dir das sagen, er war ein Mörder und ein Preis war auf seinen Kopf ausgesetzt.«

»Dann bekommt also einer jetzt das Blutgeld«, sagte Philo.

Oder er hat es schon bekommen, dachte er, der Stelzenklaus würde das nicht an die große Glocke hängen.

Jetzt mischte sich ein Mann ein, ein ernster Fischer mit einem weißen Bart: »Es war kein Junge, er hatte auch keine schwarzen Haare, sondern graue. Es war ein alter Mann, groß, dürr, mit einer weißen Narbe im Gesicht.«

Der krumme Bettler, der uns verfolgt hat!, dachte Philo überrascht. Es passte – der Stelzenklaus!

»Bist du sicher, hast du ihn gesehen?«

»Gesehen habe ich ihn nicht, aber der Fischerhans hat es gesagt, und der hat es vom Fischeranton, der ihn gefunden hat. Er war dürr und sehr lang. Sie haben ihn herausgezogen und umgedreht, da haben sie den Einstich gesehen. Der Lump hat ihn von hinten erstochen.«

»Wo ist denn der Fischeranton, kann man mit ihm reden?«

»Ja, der ist nicht da. Den haben die Soldaten mitgenommen. Er muss auf der Pfalz aussagen, wie er ihn gefunden hat.«

Pfalz nannten die Straßburger ihr Rathaus. »Und du bist sicher, dass es kein Junge, sondern ein Mann mit grauen Haaren war?«

»Ein alter versoffener Bettler, um den ist es nicht schade. Und Blutgeld gibt es für den auch keines.«

Er musste mit dem Fischeranton reden. Der hatte den Toten ja wirklich gesehen. Er hatte zuerst auch die richtige Beschreibung von ihm gegeben, als er einem anderen Fischer berichtet hatte. Aber dann kam die falsche Beschreibung in Umlauf – offenbar konnte der Stelzenklaus auch die Fischer unter Druck setzen!

Aber dennoch: Da Christoph tatsächlich lebte, war die Beschreibung, wie sie verbreitet wurde, der beste Schutz für ihn!

Der Sonntag kam mit Dunst und Nebel in der Frühe und dann stach die Sonne durch weiße Schleier noch drückender als am Vortag.

Philo wurde ein Bettler: Vielleicht verrät sich der Stelzenklaus!

Vor dem Münsterportal war Lärm: »Zwei Tote, und was haben wir davon? Sie bringen den um, der uns reich machen konnte, und das ohne uns!«

Aus dem Münster hörte man Gesang.

Der Stelzenklaus saß an seinem gewohnten Platz mit mürrischem Gesicht. Wenn er der Mörder war und das Geld bekommen hatte, war er jedenfalls ein guter Schauspieler! Aber wer sollte es sonst getan haben?

»Er war da, schon vor vielen, vielen Wochen. Sogar hier auf der Münstertreppe, er hat gebettelt. Aber damals wusste ich von keinem Blutgeld. Schade!«

Philo, der hier jeden Bettler kannte, wusste, dass es stimmte, was die dicke Trine sagte.

»Und ich sage, sie haben ihn erwischt und jetzt wollen sie das Blutgeld nicht bezahlen, deshalb haben sie ihn ermordet und in die Ill geschmissen.«

Eine seltsame Meinung, fand Philo.

»Unsinn, es war gar nicht der Gesuchte. Es war ein ganz anderer. Ich habe gehört, wie es ein Fischer gesagt hat. Es war ein alter Mann und kein Junge. Leider habe ich nicht mehr gehört, wie er weiter aussah. Der Gesuchte ist schon lange tot, niemand hat ihn gesehen, so gut kann man sich gar nicht verstecken. Also –«

Das sagte ein Bettler nahe beim Stelzenklaus ganz unbekümmert und so laut, dass es dieser hören musste. Und der sah überrascht und eher ungläubig aus.

Philo war enttäuscht: Der Stelzenklaus war es nicht!

Der erhob sich jetzt, er stützte sich mühsam auf zwei Krücken. Er hatte keinen Zahn im Mund und sein Bart war fleckig und gelblich. Er sprach mit dröhnender Bassstimme, die man trotz des Straßenlärms und des Lärms der Bettler bestimmt einige Gassen weiter hörte: »Das waren die Juden!«

Philo stockte der Atem. Es wurde still.

»Ich weiß es!«

»Hör mal, warst du dabei?«

Der riesenhafte Bettler war jetzt ganz aufgerichtet vor dem Münsterportal. Sicher war es nur Philo, der bemerkte, dass der Gelähmte ganz frei, ohne Krücken stand. Er hatte die Arme erhoben, die Krücken lehnten an seinem gewaltigen Bauch und schienen ihn wie einen Baum zu stützen.

»Es waren die Juden! Sie haben unseren Herrn Jesus ans Kreuz geschlagen. Sie arbeiten nicht wie wir, sie treiben Wucher. Wer hat schon einen Juden als Bauern gesehen oder als Handwerker? Niemand. Sie können es nicht. Es ist ihnen nicht gegeben. Gott hat sie damit bestraft.«

Er spuckte aus.

»Sie haben den Jungen umgebracht, sie haben das Geld kassiert. Und sie haben noch einen weiteren Mord begangen, damit es nicht herauskommt. Und das Blut der ermordeten Christen haben sie gesoffen, wie sie es immer machen.«

Das war dumm, fand Philo, dumm und gefährlich, wie jede Dummheit gefährlich ist! Man hätte lachen können, so dumm war es. Du ärgerst dich über das entgangene Geld, Stelzenklaus, und die Juden sollen es büßen! Man sollte dir deine Stelzen in das fette Gesicht schlagen.

Die Sonne hatte den Nebel längst aufgelöst, die Gassen, die zur Ill hinunterführten, lagen im Sonnenlicht. Aber sie stach immer unerträglicher. Es wird wohl ein Gewitter geben, dachte Philo. Er musste endlich mit dem Mann reden, der den Toten an dem Fischerpfahl gefunden hatte.

Aber als er am Fischerstaden nach dem Haus des Fischeranton fragte, bekam er keine richtigen Antworten. Was ihn der Fischeranton angehe? Was er von ihm wolle? Der sei nicht zu sprechen, für niemand.

Die Häuser hier unten am Auslauf der Ill aus der Stadt waren niedrig, aus Holz und Lehm und mit Stroh gedeckt. Eines sah aus wie das andere. Die Sonne war grell, Stechmücken flogen Angriffe auf Philos Augen. Das Ufer war bedeckt von Fischabfällen, in denen immer wieder eine Ratte huschte, und es stank hier fast schlimmer als im Viertel der Gerber. In einem Busch vollführten Spatzen einen Höllenlärm. Es war unangenehm, hier zu stehen und nicht zu wissen, wie es weitergehen sollte.

Die weißen Schleier am Himmel hatten sich wie ein Geschwür zusammengezogen, langsam stieg eine dunkle Wand gegen die Sonne auf.

Weshalb wurde der Tote beschrieben wie Christoph? Und von wem?

»He du, was hast du hier zu suchen?« Eine Frau hatte die Arme in die Seite gestemmt.

»Ich suche das Haus des Fischeranton. Ich muss ihm etwas bestellen. Es ist sehr eilig und sehr wichtig. Wo wohnt er denn?«

Er zermarterte sich das Gehirn, was er Wichtiges mitteilen könne, als er von der Frau zu dem Haus geführt wurde.

»Was ist denn? Ist es wieder von der Stadt? Oder ist es von den Halunken, die ihn verprügelt haben?« Ihre Stimme war drohend geworden.

Philo hielt mit einem Ruck an: »Verprügelt haben?«

»Weißt du das nicht – jeder weiß es!«

»Wer hat ihn denn verprügelt?«

»Das weiß ich nicht.«

»Wann war es? Wo war es?«

»Er ist gestern von den Stadtsoldaten mitgenommen worden. So. Und als er wieder nach Hause ging, da oben bei den halb fertigen Schiffen, da ist ein dichtes Gestrüpp, da haben sie ihn verprügelt. Sein rechtes Auge sieht schlimm aus. Hoffentlich bleibt da nichts. Oder war es das linke? Hier sind wir. Ich glaube, es war doch das rechte.«

»Es ist besser, ich sage es ihm allein«, sagte Philo schnell und schob einfach den Holzriegel auf. Was sage ich ihm eigentlich?

Hinter der Türe, die mit einem unangenehmen Knarren aufging, hing etwas wie ein Sack. Philo musste die Augen erst an das trübe Licht gewöhnen.

Ein Fischernetz hing da, aber der Stuhl vor dem Tisch war leer und das Strohbett war leer. Das Stübchen war winzig. Ein kleiner Herd qualmte. Fischerstiefel und viele Geräte, die er nicht kannte, standen daneben.

Draußen war die Sonne verschwunden.

Einige Kinder sprangen um die Ecke und starrten ihn an, als er aus der Türe trat. Sie waren noch klein, vielleicht drei, manche fünf.

»Was machst du da? Du wohnst hier gar nicht, hier wohnt doch der Fischeranton«, fragte der älteste Junge mit großen Augen.

»Ich suche den Fischeranton, wisst ihr, wo ich ihn finden kann?«

»Das dürfen wir nicht sagen, unser Vater hat es verboten.«

»Warum dürft ihr das nicht sagen?«

»Wir dürfen gar nicht mit dir reden!«

»Auch nicht für einen Dreier?«

»Du hast ja gar keinen Dreier.«

»Ich nicht, aber ich sehe, dass du einen in der Nase hast.«

»Einen Dreier in der Nase?«

»In der Nase!«

»Du spinnst.«

Philo ging lächelnd auf den Jungen zu, der nicht zurückwich, dann fasste er ihm mit einem raschen Griff an die Nase und zeigte den Kindern den Dreier, den er in der Hand hielt.

Der Junge sprang zurück und fasste sich an die Nase.

»Da, du darfst ihn behalten.«

Auch die anderen Kinder griffen nach ihrer Nase: »Holst du mir auch einen Dreier aus der Nase?«

»Ich glaube nicht, dass ihr welche dabeihabt. Aber ich kann für euch etwas herbeizaubern, bunte Kugeln.«

»Das kannst du nicht.«

Endlich wieder einmal richtig Gaukler sein!
Schon lief er auf den Händen in den Fischabfällen herum. Dabei machte er mit dem Mund die Fanfare einer Trompete nach.
Die Sonne schälte sich wieder aus der Wolke.
Die Kinder klatschten in die Hände.
»Noch mehr, mach noch mehr!«
Hoffentlich sieht mich niemand.
Die Bälle tanzten. Die Kinder schauten mit offenen Mündern zu.
»Ich kann noch mehr. Aber ich mache es bloß, wenn ihr mir sagt, wo ich den Fischeranton finden kann.«
»Das dürfen wir nicht.«
Die Bälle verschwanden in der Tasche.
»Auch nicht, wenn ich jedem eine bunte Kugel herbeizaubere?«
»Dann vielleicht schon.«
»Abgemacht: Ihr zeigt mir zuerst, wo ich den Fischeranton finde, dann bekommt ihr die Kugeln.«
Der Junge hatte alle Finger im Mund.
Ein kleines Mädchen sagte: »Sag's ihm doch, Felix. Es ist doch gar nicht weit.«
»Ja, sag's ihm doch«, riefen die anderen Kinder.
Felix fasste ihn an der Hand: »Komm mit.«
Es war nicht weit. Ein kleiner Schuppen stand am Ufer der Ill. Er hatte ein großes Tor zum Wasser.
»Da drin!«
Philo lachte und ging auf den Händen im Kreis herum. Dabei prasselte aus seiner Tasche ein Regen von kleinen, bunten Tonkugeln: »Die dürft ihr einsammeln und mitnehmen, sie gehören euch.«
Bevor er das Tor aufdrückte, schaute er sich noch einmal um. Die Kinder standen schon wieder und sahen ihm mit weiten Augen nach.

»Wer ist da?«, hörte er eine zittrige Stimme.
In der Schiffshütte roch es nach Teer. Ein Mann kauerte auf einem Haufen von Fischernetzen neben einem schwarzen Fischer-

boot, er hatte eine speckige Filzdecke um sich geschlagen. Es war ein Greis, der sich ein nasses Tuch auf ein Auge drückte. Das Gesicht war verschwollen und hatte blaurote Beulen, die Lippen waren verkrustet von Blut.

»Was gibt es denn?« Die Stimme klang weinerlich.

»Die haben dich ja böse zugerichtet!«, sagte Philo rasch.

»Wenn ich die Lumpen erwische, einen alten Mann so schlagen!«

»Eine Schande, ja! Und du bist ganz allein?«

Die Stimme klang wieder weinerlich: »Bruno ist fortgegangen. Bruno ist mein Sohn. Er hat gesagt, ich soll mich hier verstecken. Alle haben es gesagt.«

»Warum verstecken?«

»Na, die haben mich doch verprügelt.«

»Tut es sehr weh?«

»Was denkst du! Was willst du überhaupt? Wie bist du hereingekommen? Woher weißt du, wo ich bin?« Die Stimme des Alten wurde schrill, er hielt sich an den Netzen fest.

Philo plapperte drauflos: »Ich will dir helfen. Ich bin gestern am Schiffleutstaden vorbeigekommen und da habe ich einige sehr verdächtige Geräusche in einem kleinen Ufergehölz gehört, da war es mir nicht geheuer. Erst wollte ich hingehen, aber dann bekam ich Angst und habe mich nicht hineingetraut. Später haben sie mir gesagt, dass du dort verprügelt worden bist. Jetzt habe ich ein schlechtes Gewissen, weil ich dir nicht geholfen habe.«

Das war doch gar nicht schlecht, dachte er befriedigt.

»Was kannst du mir jetzt noch helfen? Jetzt ist es zu spät. Ja, wenn du gleich da gewesen wärst.«

»Wie viele waren es denn? Waren es viele oder war es nur einer?«

»Einer? Hör mal! Einen hätte ich zerquetscht wie eine Laus!«, behauptete die weinerliche Stimme.

Philo unterdrückte ein Lächeln.

»Es waren also viele. Wie viele waren es denn?«

»Na gut sieben.«

»Sieben! Bist du sicher? Die wären sich ja schön im Weg gestanden.«

»Es war auf jeden Fall nicht bloß einer und es waren auch nicht nur zwei.«

»Also drei.« Philo musste nun wirklich lachen. »Kannst du mir genau sagen, wie es war, als du den Toten gefunden hast?«

»Also, ich bin am Morgen zur Reuse gegangen. Da habe ich an dem Pfahl etwas hängen sehen. Ich habe genauer hingeschaut, und da war es ein Mensch. Geh weg!, habe ich zu ihm gesagt, aber er war tot. Das hat Bruno gesagt – Bruno ist mein Sohn –, habe ich das schon gesagt? Wir haben ihn herausgezogen und umgedreht –«

»Und wer hat dich verprügelt?«

»Nicht alle haben geprügelt. Einer hat nur zugeschaut, der hatte mir am Morgen Geld gegeben, das Schwein.«

Philo wurde es heiß. »Geld gegeben! Geld für den Toten?«

»Nein, für die richtige Beschreibung. Er hat mir und Bruno jedem drei Silberstücke gegeben, dann hat er uns genau gesagt, wie er ausgesehen hat, weil man sonst den Mörder nicht findet.«

»Da hat er zwar Recht, aber ihr habt den Toten doch selbst gesehen.«

»Nicht so deutlich, er war ja nass und voller Flecken. Aber er war von hinten erstochen, das hat mir Bruno gezeigt. Bruno ist –«

»Und dann war die Leiche weg?«

»Sie war zuerst zugedeckt, dann haben die Soldaten sie mitgenommen.«

»Er sah aber anders aus, als ihr ihn beschreiben solltet.«

»Bruno hat gesagt, dass es ein alter Bettler gewesen ist, aber er hat gleich gesagt, dass wir uns an die andere Beschreibung halten müssen. Aber ich habe dem Fischerklaus später gesagt, dass es ein alter Bettler war, den wir aus der Ill gezogen haben.«

»Und hat das jemand hören können?«

»Es standen Leute dabei.«

»Und dann hat der vom Morgen dich verprügeln lassen?«

»Er war auf einmal da, der Lump, mit anderen. Bei den Schiffern. Für mein gutes Gedächtnis, hat er gesagt, der Lump.«

»Was genau hat er denn gesagt?«

»Er hat gesagt, ich muss das sagen, was er mir jetzt noch einmal sagt. Der Mann, den ich an dem Pfahl gefunden habe, war kein Mann, es war ein Junge und hatte schwarze buschige Haare und blaue Augen. Aber das stimmt nicht, wenn er mir und Bruno auch Geld gegeben hat. Es war ein alter Mann, angezogen wie ein Bettler, mit einer Narbe im Gesicht, Bruno hat das auch gesagt, aber er hat gesagt, wir müssen –«

»Wann haben sie dich verprügelt? Bevor du auf das Rathaus gegangen bist oder nachher?«

»Vorher. Ich wollte gerade zur Schindbrücke gehen –«

»Haben dich nicht die Soldaten mitgenommen?«

»Nein, sie wollten mich mitnehmen. Aber ich musste mich ja erst waschen und das gute Zeug anziehen. Und so sind die Soldaten vorausgegangen, sie wollten noch ein Schlückchen trinken. Und da ist es dann passiert am Schiffleutstaden.«

Jetzt kam die wichtigste Frage, Philos Stimme zitterte ein wenig: »Wie sah denn der aus, der dich nicht verprügelt hat?«

Vor der Türe waren Schritte zu hören. Nur jetzt nicht! Jetzt darf keiner hereinkommen, betete Philo, die Schritte gingen vorüber.

»Der war dick, gut angezogen, aber es war kein Herr, das konnte man sehen.«

Philo klopfte das Herz im Hals: »Ist dir sonst etwas an ihm aufgefallen? Wie groß war er?«

»Nicht groß. Aber dick, das Schwein. Er hatte so komische Knopfaugen. Bruno wird ihn verhauen, dass es kracht.«

Der Frosch!

Aber jetzt ergab die falsche Beschreibung erst recht keinen Sinn: Gerade der Frosch musste doch das allergrößte Interesse haben, dass Christoph gefunden wurde. Nun galt er bereits als tot.

Der Himmel hatte eine bedrohliche Farbe angenommen, das Grummeln und Rumoren in den Wolken kam näher. Eine gewaltige schwarze Wand sah Philo vom Schiffleutstaden aus, sie hatte ganz oben, fast genau über seinem Kopf, einen grellen, blendend weißen Rand. Böen stoben ihm den Staub in die Augen. Erste dicke Tropfen fielen, als er über die Neue Brücke ging. Die Gassen hinauf zum Münster waren plötzlich wie leer gefegt. Es war beinahe Nacht geworden. Er hockte sich auf einen Pflock unter dem hölzernen Vordach eines Krämerladens, als das Gewitter mit fürchterlicher Wucht losbrach, Gießbäche trommelten auf das Vordach herunter. Die Blitze zuckten grell, der Donner schmetterte irgendwo über den Dächern und rollte in allen Richtungen über die Stadt. Es roch nach Staub und Regen. Windböen jagten Regenschwaden die Gassen hinunter. Vom Münster herab hörte man die Wetterglocke läuten.

Philo zuckte zusammen, als neben ihm jemand anfing zu reden. Er hatte nicht bemerkt, dass in einer seitlichen Nische noch jemand unter dem Vordach war.

»Wenn es nur nicht einschlägt.«

»Du wirst schon nicht vom Blitz erschlagen werden.« Philo wollte nachdenken und nicht gestört werden.

»Man kann auch anders umkommen. Weißt du schon, dass sie gestern in aller Herrgottsfrühe einen Toten gefunden haben – erstochen. Das ist jetzt schon der zweite Ermordete in vier Wochen. Das nimmt kein Ende. Und ich weiß auch, wer das macht und wer das Opfer ist.«

Philo war plötzlich hellwach: »Ich weiß gar nichts. Schon wieder einer ermordet? Das gibt's doch nicht.«

»Wie kannst du das nicht wissen! Die ganze Stadt weiß es! Alle sagen es. Die Juden sind es.«

Bläuliches Licht und ein schmetternder Krach.

»Bist du sicher?«

»Das hat eingeschlagen.« Der andere, ein mageres Männlein, der Kleidung nach ein Tagelöhner, vielleicht unten im Hafen, war heftig zusammengezuckt: »Wenn es nur nicht brennt.«

Der Regen donnerte weiter auf das Vordach, die Luft war kühl und füllte sich mit feinem Wasserstaub. Ein brauner Bach, der allerlei Unrat mit sich riss, schoss die Gasse hinunter zur Ill.

»Die Juden, sagst du?«

»Alle sagen es.«

»Und wer ist ermordet worden?«

»Ein armer Christenjunge. Ich weiß sogar, wie er aussah. Er hatte schwarze Haare und blaue Augen. Das gibt es nicht oft. Sie ermorden Christenkinder, um damit zu zaubern.«

»War es ein Kind?«

»Sicher war es ein Kind.«

»Wie alt?«

»Ich weiß nicht, vielleicht vier.«

»Wie kann man damit zaubern?«

»Sie zaubern mit dem Blut, das sie ihnen abzapfen. Damit machen sie die Pest –«

Der Regen hatte aufgehört. Philo ging weiter. Es war sinnlos, hier zu reden. Die Leute glaubten das, was sie glauben wollten.

Die Sonne stach schon wieder. Das Gewitter hatte keine wirkliche Abkühlung gebracht. Die Luft war so schwer, dass man kaum atmen konnte. Immer noch schoss das Wasser gelb und gurgelnd die Gassen hinab. Über den Boden trieben weißliche Schwaden. Schwärme von Ungeziefer überfielen ihn. Dicke Bremsen setzten sich auf jede bloße Stelle des Körpers, auf die Hände, das Gesicht, die Handgelenke, die Fußknöchel. Man klatschte sie tot, dass sie blutige Spuren hinterließen, da kamen schon neue, die träge sitzen blieben und ihren Stachel in das Fleisch bohrten.

Auch das Denken fiel schwer in dieser feuchten Hitze.

Zwei Tote in Straßburg. Beide standen im Zusammenhang mit Christoph. Drei Morde, denn auch Christophs Vater gehörte dazu.

»Vater, bitte, wir kommen nicht weiter.«

»Liebes Kind, ich habe zu tun. Ich muss noch so viele Schriftstücke aufsetzen.«

»Ist es so wichtig?«

»Alles, was man tut, ist wichtig.«

»Aber manches ist wichtiger als das andere. Bitte, es geht um Christoph.«

Löb drückte Esther an sich: »Ja, und da ist alles wichtig, ich weiß, Esther. Wir werden auch darüber einmal reden müssen.«

»Sie sitzen alle bei Christoph in der Kammer. Christoph, Nachum und Philo, er hat viel zu berichten.«

»Also gut, dann hol sie herunter.«

Philo schloss seinen Bericht und zog seine Bälle heraus: »Der Frosch steckt dahinter. Er verbreitet, dass das Mordopfer aussieht wie du, Christoph. Zuerst dachte ich deshalb, der Stelzenklaus sei der Mörder. Das hätte viel mehr Sinn. Aber er kann es nicht sein – wir müssen nicht weiter darüber nachdenken.«

Löb schwieg lange: »Ist der Frosch deshalb ein Mörder? Wir wissen wenig, sicher ist nur, dass der Frosch, wie ihr ihn nennt, mit dem Mord zu tun hat. Aber damit wissen wir weder, was er tatsächlich damit zu tun hat, noch welche Absichten er verfolgt. Die falsche Beschreibung, die er verbreitet, scheint Christoph zu schützen, und das kann ja nicht sein. Lasst uns zusammenfassen und ordnen, was wir bereits wissen, keine Vermutungen, nur Tatsachen. Und ich glaube, das kann niemand besser als Philo.«

Philo runzelte die Stirn: »Das Erste ist der Mord vor über vier Wochen: Nachts wird in der Nähe unserer Bretterhütte ein von hinten erstochener Bettler in die Ill geworfen. Ein alter, glatzköpfiger, meist besoffener Bettler.«

Christoph nickte.

»Über ihn haben wir erfahren, dass er am Abend wie ein Kind vor Weihnachten gewesen sei, bevor der Müller am Morgen seine Leiche gefunden hat. Er hat weit unten an der Ill seinen Schlafplatz gehabt, ist aber in unserer unmittelbaren Nähe gefunden und sicher auch umgebracht worden.«

»Richtig.«

»Vor zwei Tagen war der zweite Mord. Das Opfer ist ebenfalls ein Bettler mit grauen Haaren, nicht ganz so alt, lang, dürr, etwas krumm, aber kräftig, mit einer weißen Narbe im Gesicht. Er ist ebenfalls von hinten erstochen worden. Wir kennen ihn, nicht wahr, Christoph, letztlich sind wir wegen ihm aus unserer Bretterburg ausgezogen und Christoph ist zu euch gekommen. In der Öffentlichkeit wird aber die Beschreibung Christophs für das zweite Opfer verbreitet. Und daran wiederum hat der Frosch ein Interesse, denn er hat dem alten Fischer, der den Toten gefunden hat, Geld dafür gegeben und ihn noch zusätzlich verprügeln lassen. Für mich ist dies das größte Rätsel. Ich glaube, das ist alles.«

»Dass sie in der ganzen Stadt verbreiten, die Straßburger Juden hätten den Mord begangen, ist das für dich nicht wichtig?«, fragte Nachum und warf den Kopf zurück.

»Doch, sehr wichtig, aber ob es uns viel helfen kann, die Sache aufzudecken?«

»Was wichtig oder unwichtig ist, können wir jetzt noch kaum erkennen.« Löb hatte auf einer Schiefertafel mit Kreide Notizen gemacht, hielt sie auf Armeslänge vor sich und betrachtete sie kritisch.

»Es war bestimmt zweimal derselbe Täter, er ersticht seine Opfer von hinten mit dem Dolch!«, sagte Nachum.

»Jeder kann einen Dolch auftreiben.« Christoph sah den Frosch mit dem Dolch in der Hand nächtlich vor der Strohschütte stehen.

»Es ist aber schon eine Überlegung wert, Christoph«, sagte Philo.

»Noch etwas ist wichtig«, sagte Esther, »ich glaube, wir dürfen das Blutgeld nicht vergessen, das auf Christoph ausgesetzt ist.«

»Sehr wichtig«, sagte Löb.

»Dadurch bin ich ja zuerst auf den Stelzenklaus gekommen! Aber er war es nicht, das steht fest.« Philo schüttelte den Kopf.

»Warum soll der Mörder denn zwei Bettler erstechen, für die er gar kein Blutgeld erhält?«

»Eben, Nachum, ohne Blutgeld haben wir keinen richtigen Grund für die Tat.«

»Aber es kann ja einen anderen geben.«

»Dennoch, Nachum, für die Bettler muss das Blutgeld ein ungeheures Vermögen sein. Es sieht für mich ein wenig so aus, als handle es sich um einen Streit unter Bettlern um das Geld. Ich weiß aber nicht, wie das gehen soll.«

»Das hat eine Menge für sich, Christoph, vor allem der erste Mord sieht danach aus.«

»Was heißt Streit unter Bettlern?«, sagte Nachum. »Wenn die beiden Morde womöglich gar nichts mit dem Blutgeld zu tun haben!«

»Vielleicht doch. Er war ja bei uns gleich um die Ecke. Könnte es nicht so gewesen sein? Der erste Bettler, der alte Glatzkopf, sieht dich, Christoph. Mir ist, als hätte mich ein paar Tage vor dem Mord an der Türe ein alter Bettler nach deinen Haaren gefragt – er könnte es gewesen sein. Übrigens, einige Bettler haben dich gesehen, als du deine Laufbahn als Bettler begonnen hast. Ich habe es gehört.«

Christoph brummte etwas.

»Gut, allein will und kann dich der alte Glatzkopf nicht packen«, fuhr Philo fort, »vielleicht ist er sich auch nicht sicher. Halt – vielleicht will er es nicht dem Stelzenklaus sagen, jeder kennt den Stelzenklaus! Jedenfalls weiht er einen Zweiten ein, er will sich in der Nacht mit ihm treffen und freut sich auf das Blutgeld –«

»Wie ein Kind vor Weihnachten«, ergänzte Christoph.

Nachum brummte.

Löb kritzelte auf seiner Schiefertafel und blickte auf: »Einen Jüngeren und Stärkeren weiht er ein, von dem er weiß, dass der den Hintermann kennt und nicht den Stelzenklaus dazwischenschalten muss. Es gibt sicher einige, die den Frosch kennen, das lässt sich wohl nicht vermeiden.«

Christoph nickte: »Oder einen, der ihm gegen den Stelzenklaus helfen kann.«

»Dieser andere ist zwar auch nicht mehr der Jüngste, aber stärker und nicht immer voll Schnaps, und er bringt den Alten um, als der ihm in der Nacht eure Holzruine gezeigt hat, denn dieser Zweite will nicht teilen, mit wem auch immer. Das wäre eine gute Erklärung und würde passen.«

»Der Bettler mit der weißen Narbe!«

»Ja, und dazu würde passen, dass er am anderen Tag vor unserer Bretterhöhle auftaucht und uns hartnäckig und siegessicher verfolgt. Nicht wahr, Christoph?«

»Von dem Mühlkanal aus kann man das Bretterdomizil gut sehen, ich habe es nachgeprüft. Wenn es eine Mondnacht war –«

»Das kann ich nachprüfen«, rief Esther und rannte hinaus.

»Blöde Ziege«, rief Nachum, »wie willst du denn das nachprüfen? Du weißt ja nicht einmal genau, wann es war. Und warum soll er dann noch einen Zweiten erstechen?«

»Der zweite Bettler«, sagte Löb und winkte ungeduldig ab, »der zweite Bettler also ersticht den ersten von hinten und wirft ihn in den Mühlkanal. Wie müsste es nun folgerichtig weitergehen?«

»Das ist doch ganz einfach, er steht am anderen Tag vor unserem Bretterloch: Der zweite Bettler will sich, so schnell es geht, das Blutgeld verdienen!« Philo war jetzt Feuer und Flamme. »Aber dazu muss er erst sicher sein, dass ich wirklich in dem Brettergehäuse wohne, das ihm der Alte in der Nacht gezeigt hatte, und er muss eine Gelegenheit herausfinden, wie er mich umbringen kann. Er verfolgt uns sogar in die Stadt, weil er Angst bekommt, dass wir uns ein neues Domizil suchen könnten.«

Esther kam kleinlaut zurück: »Übermorgen ist Vollmond, aber ich weiß ja nicht genau, wann es war.«

»Und du weißt auch nicht, ob es damals in der Nacht nicht geregnet hat.« Nachum streckte ihr die Zunge heraus.

»Lass das, Nachum«, verwies es ihm Löb, »es ist trotzdem wichtig. Es ist wichtig, dass es so gewesen sein könnte. Der erste Mord war vor etwa vier Wochen. Es kann also nicht Neumond gewesen sein. Wenn es nicht geregnet hat, war es sogar recht mondhell. Auch wenn da Wolken waren, konnte man etwas erkennen. Wäre Neumond gewesen, wäre unsere Vermutung mit Sicherheit falsch.«

»Jedenfalls bis jetzt passt alles genau zusammen. Es kann alles so geschehen sein.« Christoph war aufgestanden und ging in der Stube auf und ab.

»Und nun zum zweiten Mord.« Auch Löb litt es nicht mehr auf seinem Stuhl.

»Das zweite Opfer kennen wir. Wenn wir Recht haben, muss es der Mörder des ersten Opfers sein.«

»Weshalb kennen wir es? Wenn es vielleicht zwei Täter waren? Oder doch einer?«, fragte Nachum gereizt.

»Wegen der Beschreibung«, sagte Philo und zappelte mit den Beinen, »der zweite Tote sieht genauso aus wie der Narbige, der vor unserer Holzruine gewartet hat und der uns in der Stadt bis zu der Höhle gefolgt ist. Wenn er der Mörder des ersten Opfers war, kann er nicht auch der zweite Täter sein, außer er hätte sich selbst erstochen! Von hinten!«

»Das weiß ich auch!« Nachum war rot geworden.

Löb zwang sich zur Ruhe: »Wir denken das jetzt einfach zu Ende, dann sehen wir weiter. Was kommt jetzt? Was hat der Mörder gemacht, als ihr beiden Vögel plötzlich in einer Höhle mitten in der Stadt geheimnisvoll verschwunden wart?«

Christoph wanderte um den Tisch herum, Philo bohrte in der Nase, Esther hatte die Hände gefaltet und schaute Christoph nach, Löb saß mit strenger und abweisender Miene am Tisch und studierte seine Schiefertafel. Nachum hatte die steile Falte auf der Stirn, die ihn seinem Vater ähnlich machte. Eine Fliege summte durch den Raum.

»Er wollte das Blutgeld haben«, sagte Esther in die Stille hinein.

»Richtig, Herzensschwester, wenn wir dich nicht hätten, weise wie ein weiblicher Salomon. He, halt! Sie hat Recht! Sie hat Recht! Der Schwindler geht hin und holt sich dennoch das Blutgeld.«

»Er sagt zu dem Frosch einfach, er habe Christoph erstochen und in den Rhein geschmissen, da kann er lange suchen.« Philo saß mucksmäuschenstill.

»Immer vorausgesetzt, dass er den Frosch kennt.«

»Nehmen wir es einfach an, Christoph, und schauen, was sich dann ergibt. Der Frosch ist doch kein wirklicher Herr?«, fragte Löb und sah von seiner Schiefertafel auf.

»Ein Fatzke, der zu etwas Geld gekommen ist und sich so anzieht, wie er glaubt, dass sich ein Herr anzieht, einfach ein Bettler, würde ich sagen, oder einer, der sich etwas hat zu Schulden kommen lassen.«

»He, nichts gegen Bettler, Christoph, wenn ich bitten darf«, grinste Philo.

»Was würde dann gegen die Annahme sprechen«, überlegte Löb, »dass er auch das Blutgeld für sich alleine haben wollte?«

»Richtig!«, jubelte Christoph. »Er hatte es auszuzahlen und hat ihn dabei umgebracht.«

»Der Alte musste den Frosch kennen, sonst wäre der Stelzenklaus das Opfer.«

Es sprudelte nur so heraus aus Philo: »Zur Geldübergabe bei Nacht eignen sich die Gedeckten Brücken besonders gut, vor allem, wenn man vorhat jemand dabei zu töten. Und der Bettler hauste ja sicher irgendwo an der Ill, er hatte es also nicht weit zu dem Ort, wo er sterben sollte. Wahrscheinlich war der Frosch froh, dass er es nicht mit dem Stelzenklaus zu tun hatte, der wäre nämlich nicht allein gekommen. In dem dunklen Holzgang, hat der Feigling unseren zweiten Bettler ebenfalls von hinten erstochen – das ist ungefährlicher – und hat ihn in die Ill geschmissen, die hat ihn dann an den Fischerpfahl getragen. Vorher hat er ihm das Geld wieder abgenommen, wenn er es ihm überhaupt schon gegeben hatte.«

Löb hob die Schiefertafel: »Der Reihe nach. Erstens: Der betrunkene Alte findet heraus, wo Christoph wohnt, und sucht sich den narbigen Bettler als Hilfe womöglich gegen den Stelzenklaus. Zweitens: Der narbige Bettler bringt den betrunkenen Alten um. Drittens: Er beobachtet ganz ungeniert euer Bretterhaus, das ihm in der Mondnacht gezeigt worden ist. Er will Gewissheit und lauert auf eine Gelegenheit –«

»Weißt du eigentlich, dass blaue Augen bei den Muslimen ein Unheilszeichen sind?«, warf Nachum ein.

»Was soll das jetzt?«, fragte Löb ärgerlich.

»Mir kommt das selbst auch so vor«, murmelte Christoph.

Löb presste beide Fäuste an die Schläfen: »Viertens: Der Beobachtete entkommt ihm doch.«

»Er meint natürlich, das sei nicht schlimm. Denn er hat ja keine Ahnung, dass Christoph einen sicheren Zufluchtsort hat.« Philo hatte schon wieder Bälle in der Hand.

»Wahrscheinlich hielt er es auch für harmlos, das Haus zu beobachten, ohne sich zu verstecken«, fuhr Christoph fort.

»Denn entweder war er zu dumm«, ergänzte Nachum, »oder er war sich seiner Sache zu sicher.«

»Meist ist eines die Folge vom anderen«, fuhr Löb fort. »Er verfolgt euch sogar offen in der Stadt, aber dann ist Christoph spurlos verschwunden. Das Geld ist weg. Aber er hatte vielleicht schon fest mit dem Geld gerechnet, vielleicht schon auf Pump Schnaps gekauft.«

»So geht er fünftens hin und sagt dem Frosch, er habe Christoph umgebracht«, Philo hüpfte auf einem Bein herum, »und der sagt es seinem Auftraggeber, der sich vielleicht nicht gleich sprechen lässt, wie das die großen Herren so an sich haben.«

»Oder verreist ist –«, schlug Löb vor.

»Jedenfalls dauert es fast vier Wochen, bis er ihn trifft, eine Zeit, die dem Bettler schrecklich lang geworden sein muss –« Christophs Augen glänzten.

»Sie machen den Ort der Geldübergabe aus«, redete Löb schnell weiter, »die Gedeckten Brücken, nachts, wie gesagt, wo es keiner sieht –«

»Und dort wird er sechstens erstochen, weil der Frosch auch nicht gerne teilt – er bekommt das Blutgeld, dreht sich um und geht weg oder er wartet darauf, jedenfalls der Frosch ersticht ihn von hinten«, schloss Christoph.

»So, und ich habe jetzt das Beste!«, jubelte Esther. »Jetzt muss der Frosch darauf achten, dass die falsche Beschreibung des zweiten Toten unter die Leute kommt, er hat ja das Geld von seinem Auftraggeber, und da ist es wichtig, dass die Beschreibung des Gesuchten, also Christophs als Opfer, durch Straßburg läuft –«

»Genau wie der Stelzenklaus es hätte tun müssen. Rätsel gelöst. Esther, unglaublich, und so einfach!«, sagte Philo voller Respekt.

»Es passt alles nahtlos!« Löb starrte auf seine Tafel und schüttelte den Kopf.

Philo wanderte auf den Händen in der Stube herum.

»Vater, da gibt es aber noch eine Frage«, überlegte Nachum. »Weiß der Frosch, dass Christoph noch lebt? Hat er seinem Opfer geglaubt, dass der Christoph erstochen hat?«

»Das ist nicht nur eine sehr gute Frage, Nachum«, lobte ihn Löb, »das ist auch eine sehr wichtige Frage.«

»Er glaubt es mit Bestimmtheit. Sonst hätte er nicht die Beschreibung Christophs verbreitet, die Christoph ja schützt!« Philo stand wieder auf zwei Beinen. »Er weiß auf jeden Fall, dass der zweite Ermordete nicht Christoph ist, denn dessen Mörder ist er ja selbst. Mit den Prügeln und der falschen Beschreibung wollte er gleichzeitig den eigenen Mord vertuschen.«

»Könnte er den Auftraggeber nicht auch angelogen haben, um endlich das Blutgeld zu bekommen?«, fragte Christoph zornig. »Er kann ja in den vier Wochen zwischen dem ersten und dem zweiten Mord irgendwie herausgefunden haben, dass ich noch lebe. Aber er will endlich das Geld.«

»Zu riskant«, erwiderte Philo schnell, »der scheint mir nicht der Mann dafür. Ich halte ihn eher für feige. Denk nur, wie gefährlich das für ihn wäre, wenn du plötzlich wieder auftauchen würdest. Sein Hintermann geht über Leichen! Nein, er glaubt wirklich, dass du tot bist. Wir haben drei Tote und zwei Mörder. Einer der Toten ist selbst ein Mörder. Wer aber war sein Auftraggeber?«

»Wenn wir Recht haben«, sagte Christoph verwundert.

»Ich meine schon, dass wir Recht haben«, sagte Löb und schloss die Augen. »Wir haben es gefunden wie im Traum: Es passt alles zusammen. Aber wer ist es, der hinter dem Frosch die Drähte zieht?«

Esther

Als Christoph an diesem Abend in seine Kammer gehen wollte, wartete Esther im oberen Ern auf ihn. Er sah, dass sie die Haare schon gelöst hatte, und ihr Gesicht schimmerte im Licht einer Kerze, ihre Haare flossen um sie wie ein kostbarer Umhang.

Christoph verschlug es den Atem, als sie plötzlich so vor ihn trat: »Was machst du denn noch hier?« Das gehört sich nicht, wollte er weiter sagen, aber er brachte es nicht heraus. Sie war noch nie so schön gewesen.

»Ich wollte dir sagen, wie froh ich bin –«

Wie konnten dunkle Augen so hell leuchten?

»Du sagst ja gar nichts.«

»Ich bin froh –« Das will ich ja gar nicht sagen. War ich jemals so froh wie jetzt?

Da legte sie sehr sanft den Arm um ihn, er spürte ihren Atem und ihre Lippen drückten sich auf die seinen.

Christoph war benommen, als hätte er von dem Wein aus Spanien getrunken, den Löb an manchen Abenden ausschenkte.

»Du«, sagte er und presste seinen Mund gegen ihren, wobei sich seine Lippen etwas öffneten. Er spürte ihren Körper.

Sie machte ihre Augen weit auf und legte beide Arme um seinen Hals und ließ ihre Augen dabei immer in den seinen. Wie feucht ihre Augen waren, wie lang ihre Wimpern.

Er drückte sie an sich, so fest er konnte.

»Du darfst mich nicht ganz ersticken«, lachte sie und löste ihre Arme.

Dann war sie verschwunden.

Philo schmiedete Pläne, wie sie die Hintermänner finden konnten.

»Wir brauchen den Frosch. Wir müssen ihn finden.«

»Und dann?«, fragte Christoph. »Er wird dir kaum sagen, wer ihm das Geld für meinen Tod bezahlt hat.«

»Richtig – das ist zu gefährlich für ihn.«

»Was dann?«

»Ich bringe ihn zum Reden, auf jeden Fall. Zumindest weiß ich einen Weg, der ist todsicher. Du kannst dich darauf verlassen – er wird reden! Er wird reden, wie er noch nie geredet hat.«

Esther war dazugetreten und legte die Hand auf Christophs Schulter: »Es ist doch nicht gefährlich?«

»Das ganze Leben ist gefährlich«, lachte Philo und warf seine Bälle in die Luft.

»Und wo sollen wir ihn finden?«, fragte Christoph. »Weißt du, wo er in Straßburg untergekommen ist?«

»Ja, das ist die wunde Stelle – er ist wohl nicht mehr in Straßburg. Ich habe vorsichtig nach ihm gefragt. Es war nicht leicht. Niemand hat ihn mehr gesehen.«

»Na, dann bin ich wirklich gespannt, wie du ihn zum Reden bringen wirst.«

Es war, als hätte Löbs Haus Esthers Gesicht und ihre Gestalt angenommen. Wenn sie sich sahen, so lächelten sie einander an, sie hatten sich auch angewöhnt sich an der Hand zu fassen und kurz zu drücken, wenn es niemand sah.

Andererseits war Esther nicht scheu: Für sie schien es selbstverständlich zu sein, dass sie Christoph mochte und er sie. So oft es ging, war sie bei ihm. Wenn sie am Tisch saßen, setzte sie sich ganz selbstverständlich an seine Seite. Ihr Kleid streifte ihn, manchmal glitt ihre Hand kurz über seinen Arm.

Aber einen Kuss hatte er seither nicht mehr bekommen. Der erste Kuss war wie ein festes Versprechen gewesen.

Er konnte das süße Gefühl ihrer Lippen nicht vergessen und er musste sich sehr zusammennehmen, um sie nicht jedes Mal in die Arme zu schließen, wenn er sie sah.

Manchmal, wenn er in der Nacht an sie dachte und sie sich vorstellte, war sie für ihn seltsam fremd wie eine kostbare Blume, die man sich kaum anzufassen traut. Wenn er sie dann morgens sah, hielt dieses Gefühl noch eine ganze Zeit lang an, er konnte kein Auge von ihr lassen, aber jeden Tag war es wie ein Erschrecken – als sehe er sie zum ersten Mal.

Dazu wuchs langsam ein Unbehagen, das stärker wurde und das er sich erst langsam klarmachen musste: Es war ein schlechtes Gewissen Löb gegenüber, dessen Gastrecht er genoss und der ihn trotz der zunehmenden eigenen Gefahr schützte. Es wurde von Tag zu Tag schlimmer, vor allem, als Nachum immer öfter anfing spöttische Bemerkungen zu machen; und er konnte Löb kaum mehr in die Augen sehen, wenn der ganz unbefangen mit ihm über die Kaufleute in Straßburg redete. Auch dieses schale Gefühl der Hilflosigkeit stellte sich wieder ein, das ihn lähmte und gleichzeitig mit Zorn erfüllte.

Schließlich hielt er es nicht mehr aus: »Es kann so nicht mehr weitergehen mit uns, Esther«, sagte er im Garten zu ihr und hielt ihre Hand mit beiden Händen fest.

»Du bist ein Dummkopf«, sagte sie, »was soll denn nicht mehr weitergehen mit uns?«

»Ich kann das nicht. Diese Heimlichtuerei. Ich kann deinen Vater nicht hintergehen – ich verdanke deiner Familie mein Leben, da kann ich doch nicht hinter seinem Rücken heimlich ein Verhältnis mit der Tochter anfangen.«

Ihr Gesicht war noch nie so schön wie in diesem Augenblick. Sie lehnte ihren Kopf an seine Schulter und schaute ihn von unten an. Ihre Haare fielen über seinen Arm, sie streichelte seine Hand, ihre Stimme war sanft: »Das ist schön, dass du so denkst, und du hättest Recht, wenn wir nicht zusammengehören würden.«

Seine Stimme klang gepresst: »Aber dein Vater –«

Sie richtete sich auf, schaute ihm in die Augen und behielt dabei seine Hand in ihrer: »Wir müssen es ihm natürlich sagen, was denkst denn du?« Sie sprach ganz unbefangen. »Du musst natürlich Jude werden. Du gehörst dann ganz zu uns. Wir werden deine Bar Mizwa feiern. Das gibt ein Fest! Und dann heiraten wir.« Sie drückte sich an ihn.

»Bar Mizwa?«

»Das Fest, mit dem junge Männer in die Gemeinde aufgenommen werden. Sie zeigen, was sie gelernt haben: lesen und schreiben. Sie lesen aus der Thorarolle, sie lernen unsere alte Schrift und die der Christen. Bei uns können alle lesen. Nachum feierte es vor einem Jahr. Du bist so gescheit, du kannst das schnell.«

Sie schlang beide Arme um seinen Hals, presste ihren Körper an seinen und küsste ihn, als würde dieser Kuss nie mehr aufhören.

Er drückte sie fest an sich und schloss die Augen.

Zwei Wochen später fand Philo Regine. Sie stand als Bettlerin im Regen bei der Schindbrücke und musterte jeden scharf, der vorüberging.

Philo fiel ihr um den Hals: »Endlich! Ich bin so froh, dass du da bist, aber wo ist Balthas?«

Sie berichtete, dass Balthas krank in Offenburg geblieben sei. Es sei nichts Schlimmes. »Er ist in guter Pflege und er kann sie bezahlen. Wir haben sehr viel Geld verdient in diesem Sommer.«

»Warum seid ihr nicht nach Straßburg gekommen?«.

Weil auf Schloss Staufen im Breisgau der junge Graf, ein Neffe des Bischofs von Straßburg, eine große Hochzeit gefeiert habe, berichtete Regine, und sie alle drei als Gaukler eingeladen gewesen seien. Nur Philo sei leider nicht dabei gewesen. Sie erzählte, wie sie alleine ein großes Programm geboten hätten, wie Wein und Honig geflossen sei, wie dieses Programm das beste gewesen sei, das sie jemals geboten hätten mit Zaubern, Jonglieren, Seiltanzen, Feuerschlucken.

»Nur du hast gefehlt. Viel Geld haben wir bekommen, wir schwimmen im Geld. Geld vom Grafen, Geld von den Verwandten des Grafen, Geld von den Gästen, Geld von dem Volk, das zugesehen hat. Unsummen hat diese Hochzeit verschlungen. Ein ganz neuer Flügel ist an die Burg angebaut worden. Aus dem Brunnen im Schlosshof ist weißer und roter Wein aus den Röhren geflossen. Jeder konnte trinken, so viel er wollte. Hühner, Gänse, Lämmer, Schweine, ganze Ochsen haben sich an Spießen über wahren Höllenfeuern gedreht.«

»Da hätte ich schon gerne mitgemacht. Und ohne mich war doch kein wirklich guter Jongleur dabei und kein Seiltänzer, der seinen Namen verdient.«

Philo erzählte von den Morden, während sie stadteinwärts gingen.

»Zwei Tote, und Christoph bei den Juden untergekommen!« Regine blieb stehen. Der Regen rann ihr aus den grauen Haaren in das Gesicht.

»Bei den Juden«, fuhr sie ernst fort, »wie sicher ist er da? Überall wird auf die Juden geschimpft. Sie seien schuld an allem Unglück, das hörst du von Basel bis Mainz am ganzen Rhein. Zumindest wird es so erzählt, ich habe es mit eigenen Ohren gehört.«

»Es ist hier dasselbe«, sagte Philo und kickte einen Stein in die Ill, »die einfachen Leute verdächtigen die Juden, sie würden die Brunnen vergiften und Christenkinder entführen. Aber Löb sagt, die Reichen hätten Schulden bei ihnen, die sie nicht zurückzahlen wollten.«

»Ja, nicht wahr! Es heißt, der Bischof von Straßburg habe das Geld für die Hochzeit und den Neubau von Colmarer Juden aufgenommen. Da muss er natürlich Zinsen bezahlen.«

»Ich hatte noch nie mit einem Juden geredet. Jetzt kenne ich die Juden, bei denen Christoph sich verstecken darf. Es sind großzügige, freundliche Leute und wenn sie Schweinefleisch essen, am Samstag arbeiten und am Sonntag in die Kirche gehen würden und ihnen nicht verboten wäre Handwerker oder Bauer zu sein, wäre überhaupt kein Unterschied zu den anderen Bürgern. Nur dass sie reinlicher sind, weil sie sich öfter waschen. Aber die Leute in der

Stadt sind verrückt und werden jeden Tag noch verrückter. Sie feiern Feste, als wäre es das letzte Mal, und machen unglaubliche Dinge. Neulich habe ich mit Christoph nachts ein Haus gesehen, da brannten von unten bis oben in allen Räumen die teuersten Kerzen, und das ganze Haus war leer – kein Mensch weit und breit. Ich hatte wegen der Morde völlig vergessen zu fragen, wer dort wohnt.«

Regine schüttelte den Kopf: »Es ist, als wolle jedermann sein Geld fast mit Gewalt loswerden – bei dieser Hochzeit in Staufen wurden Säcke von Geld verschwendet!«

»Die Angst vor der Pest?«

»Man kann jetzt mit dem größten Schwindel Geld machen, wenn man nur sagt, es sei gegen die Pest. Ich habe vor ein paar Tagen einen Kerl gesehen, der hat mit gefälschter Mandragora gehandelt. Ein Betrüger – sie haben ihm ihr ganzes Geld dafür gegeben.«

Philo blieb stehen: »Mandragora? Was ist denn das?«

»Kennst du die Alraune nicht?«

»Alraune habe ich schon gehört.«

»Mandragora – Alraune, das ist dasselbe.« Regine plapperte munter, manchmal blieb sie stehen und schaute Philo an, dann drückte sie wieder seinen Arm. »Die Wurzel gilt als Wundermittel gegen alle Krankheiten und wird deshalb fast mit Gold aufgewogen. Aber die Wurzeln, die dieser Wundermann für ein Vermögen auf dem Markt in Offenburg verkauft hat, die waren nicht echt! Ein gelehrter Arzt des Grafen von der Ortenau hat die Leute gewarnt, aber sie haben dennoch gekauft und gekauft. Wo gehen wir eigentlich hin?«

»Ins Judenviertel. Christoph freut sich, wenn er dich sieht, und den Juden haben wir schon so viel von euch erzählt.«

»Du hast unsere Nachrichten nicht bekommen? Wir haben immer wieder versucht euch nach Staufen zu locken.«

»Nein, keine einzige, und so viel Geld wie ihr habe ich nicht verdient. Es gab keine großen Feste in Straßburg und ich war auch nicht Gaukler, sondern fast immer Bettler.«

Regine fragte: »Hilft die Alraune gegen die Pest? Ich meine, die echte.«

»Ich kenne die Wurzel gut. Ich glaube, sie wird sehr überschätzt. Es gibt so viele Geschichten über sie, dass man fast alles glaubt, was über ihre Wirkungen gesagt wird«, schmunzelte Löb.

»Geschichten?« Esther rückte neugierig näher.

»Nun, schon ihre Gewinnung ist sehr seltsam: Man gewinnt sie unter dem Galgen, weil sie nur dort wächst, wo ein Mensch aufgehängt worden ist. Es ist aber sehr gefährlich, sie herauszuziehen.«

»Warum?«, fragte Christoph. »Es kann doch nicht gefährlich sein, eine Wurzel aus dem Boden zu reißen.«

»Sie schreit!«

»Wer schreit?« Esther brachte den Mund nicht zu.

»Die Wurzel schreit, sie schreit lauter als ein Tier, wenn man an ihr zieht.«

»Eine Wurzel, die schreit, wenn man sie herauszieht? Wirklich schreit?« Esther, Christoph, Nachum und Philo redeten durcheinander.

»Sie schreit vor Weh, kein Mensch hält das aus.«

»Und wie kann man sie dennoch herausziehen?«

»Man muss sich die Ohren mit Wachs verstopfen wie einst Odysseus bei den Sirenen.«

Christoph kannte diesen Odysseus nicht.

»Wenn man die Wurzel hat, kann man sie teuer verkaufen.«

»Was kann man mit der Wurzel machen, zaubern?«, fragte Christoph und beugte sich vor.

»Manche glauben, sie sei die Springwurz, die alle Schlösser aufmachen können soll, was ich nicht glaube.«

»Das wäre doch nicht schlecht«, meinte Philo.

»Untersteh dich!«, warnte Regine.

»Ob sie gegen die Pest hilft, konnte man bis jetzt sicher noch nicht ausprobieren. Man kennt die Pest ja erst ein oder zwei Jahre. Sie soll aber gegen jede Krankheit helfen.«

»Dann wäre sie ja auch gut gegen die Pest!«

»Und warum haben wir dann diese Wurzel Mandragora noch nicht?« Nachum war aufgeregt, Esther hatte leuchtende Augen.

Christoph fragte: »Sie wächst doch unter dem Galgen. Warum holen wir sie dann nicht heute Nacht?«

»Ich gehe mit«, sagte Esther mutig und hatte den Blick auf Christoph gerichtet.

»Du kannst sie nicht immer holen. Der Mond muss eine bestimmte Phase haben, die Sonne muss in einem bestimmten Haus stehen. Das alles dürfte heute Nacht nicht zutreffen«, schmunzelte Löb.

»Wann dann«, fragte Nachum und hatte den Blick auf Esther gerichtet, »und hilft sie auch gegen Christen?«

»Nachum!«, wies Löb ihn mit scharfer Stimme zurecht.

»Aber irgendwann kann man sie holen. Das machen wir«, sagte Christoph.

Löb war aufgestanden und hatte ein dickes Buch von einem verzierten Bord genommen. Die Seiten waren von hebräischen Schriftzeichen bedeckt.

Christoph staunte: Wie viele Bücher hatte Löb!

Löb las vor: »Dieselbige Wurzel ist feuerfarb und schwer auszugraben. Wenn sie jemand anrührt, so ist er gleich des Todes Eigen. Man muss sie ganz umgraben und nur ein wenig von unten in dem Erdreich stecken lassen. Danach einen Hund daran binden, und wenn der Hund demjenigen, der ihn daran gebunden hat, nachlaufen will, so zieht er die Wurzel heraus, stirbt aber alsbald davon, so wird er für den Menschen, der die Wurzel umgraben hat, ein Opfer. Das hat Josephus Flavius vor zwölfhundert Jahren geschrieben.«

Löb lächelte immer noch: »Wir können sie schon holen. Aber es ist eine weite Reise, viel weiter als zum nächsten Galgen. Ich weiß, wo die Wurzel wächst. Ich habe sie sogar schon oft wachsen sehen.«

»Und nicht geholt?«, schrien Esther, Christoph und Nachum.

»Nicht geholt.«

»Warum denn nicht? Hast du Angst gehabt?«

»Wo habt Ihr sie denn gesehen?«, fragte Regine.

»Nicht unter dem Galgen, sie wächst ganz normal an trockenen Berghängen in Italien. Ihre Blätter erinnern etwas an Rübenkraut. Ich habe zugeschaut, wie die Leute sie herausgemacht haben.«

»Und du bist nicht gestorben?« Esther hatte alle Finger im Mund.

»Ich bin nicht gestorben, du kannst es sehen.«

»Und wie – wie war das Schreien?«, fragte Esther atemlos.

»Es hat nicht geschrien, denk dir. Es war alles ganz still.«

»Vielleicht waren es gar nicht die richtigen Wurzeln – es waren gar keine echten Mandragora.«

»Doch, doch. Jedenfalls wurden sie von den Händlern aufgekauft und weggeschafft. Es waren wirklich Mandragorawurzeln: Ich habe sie in der Hand gehalten und mir genau angeschaut.«

»Es ist alles nur Gerede?« Philo begann einen Ball hochzuwerfen.

Wieder war Löb aufgestanden und hatte ein anderes Buch geholt: »Hier ist sie abgebildet, die Mandragora, euere Wurzel Alraune. Ihr könnt mir schon glauben.«

Sie starrten atemlos hinein: Wieder war die Schrift hebräisch. Ein Kraut war gemalt mit dicken, adrigen Rübenblättern und einer Wurzel, die sich spaltete und aussah, als würde ein Mensch die Beine kreuzen. Aus diesen Beinen wuchsen Haare heraus, die wie Menschenhaare aussahen.

»Ich habe sie bei Padua gesehen, sie wächst aber vor allem in Apulien am Berg Galgano oder Gargano, das mag der Sage vom Galgen Nahrung gegeben haben.«

»Also kein wirkliches Mittel gegen die Pest.« Esther sagte es traurig.

»Ich fürchte, es gibt so leicht kein Mittel gegen die Pest«, antwortete Löb.

»Dann sollte man den Betrügern aber gründlich das Handwerk legen«, sagte Nachum wütend.

»Ob die echte Mandragora gegen die Pest hilft, kann sicher kein Mensch sagen, sie muss ja schon nützlich sein, wenn das Wissen um sie so alt ist«, mahnte Löb, »aber diese nachgemachten, von denen Regine erzählt hat, helfen sicher nichts. Ich weiß übrigens, wie man sie macht: Man schnitzt die Figur, die ihr gesehen habt, aus einer Rohrwurzel, bohrt kleine Löchlein hinein und steckt in diese Löcher Gerstensamen. Das Ganze pflanzt man in heißen Sand, sodass die Gerste schnell keimt und ihre Wurzelfasern zu den Löchern herausstreckt –«

»Und das sind dann die Haare der Mandragora«, ergänzte Philo. »Das hilft freilich gegen keine Krankheit.«

»Nur diesem dicken Herrn mit seinen Knopfaugen. Dem helfen sie schon: Den machen sie reich!«, schloss Regine lachend.

»He, sagtest du dicker Herr und Knopfaugen? Ist das so ein rundlicher, kleinerer Kerl mit aufdringlicher Kleidung?«, fragte Philo aufgeregt.

»Klein, rundlich, würde ich sagen, und mit vorstehenden Augen, fast so wie bei einem Frosch«, nickte Regine.

Philo, Christoph und Esther tanzten in der Stube herum.

Die Tage wurden kürzer. Ein weißes Licht lag in der Luft. Abends verschwammen die Gassen im Dunst. Die Bauern brachten Obst und Nüsse auf die Märkte der Stadt. Ein Geruch nach fauligen Äpfeln und gärendem Saft erfüllte die Gassen. Die Straßen und Plätze wurden schmierig. Der Gestank des Gerberviertels drang zwischen die Häuser. Die ersten Blätter wurden gelb.

Zwei große Feste standen bevor und Esther und Nachum redeten von Rosch ha Schana und Jom Kippur.

»Kennst du nicht«, sagte Nachum, »Rosch ha Schana heißt Neujahr. Das und Jom Kippur sind unsere größten Feste.«

»Das schönste Fest ist aber das Chanukkafest«, Esther lächelte Christoph an, »es ist nicht mehr lange bis dahin, wenn erst einmal Rosch ha Schana und Jom Kippur waren.«

»Erst kommt Rosch ha Schana, das Neujahrsfest«, sagte Nachum streng. »Wir haben jetzt das Jahr fünftausendeinhundertneun und in wenigen Tagen werden wir das Jahr fünftausendeinhundertzehn haben. Es ist die Zahl der Jahre nach der Erschaffung der Welt.«

»Wir rechnen die Zahl der Jahre nach der Geburt des Heilands«, sagte Christoph unbekümmert, »heute ist das Jahr dreizehnhundertachtundvierzig. Nach unserem Neujahrsbeginn am Weihnachtstag wird das Jahr des Heils dreizehnhundertneunundvierzig sein.«

»Die Erschaffung der Welt ist wichtiger als euer Heiland.« Nachum rümpfte die Nase.

Esther sah Christoph lange und flehend an. Dann sagte sie: »An unserem Neujahrsfest tauchen wir Äpfel in Honig und schenken sie einander, damit das neue Jahr süß wird. Und einen Tag nach Jom Kippur bauen wir die Laubhütten für das Laubhüttenfest, darin wohnen wir dann zusammen.« Ihre Stimme zitterte etwas.

Nachum sagte laut und fest: »Rosch ha Schana ist die Zeit des Gerichts. Drei Bücher werden an diesem Tag geöffnet: In das Buch des Lebens werden die Gerechten eingeschrieben, in das Buch des Todes die Gottlosen.« Er verzog den Mund. »In das dritte kommen die Mittelmäßigen.«

»Zehn Tage«, sagte Esther leise, »haben die Ungerechten Zeit durch Reue ihr Schicksal zu wenden. Bis zum Jom Kippur Tag, dem Tag der Versöhnung.«

Sie schaute Christoph eindringlich ins Gesicht, dann ging sie schnell hinaus.

Nachum redete weiter: »Zwei Tage feiern wir Rosch ha Schana. Es beginnt damit, dass in das Schofar, ein Widderhorn, geblasen wird. Damit wird zur Umkehr ermahnt. So etwas gibt es bei euch Christen nicht.«

»Doch«, sagte Christoph, »wir können auch zu Gott umkehren, wenn wir gesündigt haben.«

Es dämmerte Christoph erst langsam, warum Esther so schnell gegangen war. Er lag noch lange wach.

Wir gehören zusammen, etwas anderes wollte er nicht denken. Jude sein. So einfach ist das nicht. Er wälzte sich hin und her. Jeder Mensch hat seinen Glauben! Schon als Kind war ihm der Glaube an Jesus Christus den Erlöser gelehrt worden. Chanukka – im Dezember war Weihnachten. Wie konnte man nicht Weihnachten feiern?

Er wollte nicht daran denken. An Esther wollte er denken. Die Mutter hatte Pfefferkuchen gemacht an Weihnachten. Äpfel und Nüsse gab es und Backpflaumen, der Vater hatte einmal für jeden eine gedörrte Feige gebracht. Er starrte in die Dunkelheit. Wenn er sich bewegte, knisterte das Stroh, auf dem er lag. Die Decken waren weich, mit denen er sich zudeckte, der Strohsack, auf dem er lag, war hart.

Esther. Er wollte sich ihr Gesicht vorstellen, wie sie lachte. Er wollte ihren Kuss auf seinen Lippen spüren, aber er sah nur die Schwärze der Nacht. An Esther denken. Er drückte die Bettdecke an sich. Esther – es gab nur eins: Esther. Nichts denken, nicht daran rühren.

Der alte Abraham strich Esther über die Haare.

»Du hast nicht recht gehandelt, und das weißt du. Sonst wärst du nicht zu mir gekommen.«

»Ich habe doch noch gar nichts gesagt. Woher weißt du?«

»Liebes Kind – ich müsste blind sein. Ich müsste taub sein. Ich müsste ein fühlloser Stein sein, wenn ich nicht schon längst wüsste, was mit meinem liebsten Töchterchen geschehen ist.«

Sie drückte ihr Gesicht in die Falten seines dunklen Samtgewandes und sprach fast unhörbar: »Ich liebe ihn. Ich kann nichts dagegen tun. Was soll ich denn machen, wenn es unrecht ist?«

»Wer sagt denn, dass es unrecht ist?«

»Du, Großväterchen, du hast gerade gesagt, dass ich nicht recht gehandelt habe.«

»Liebes Kind. Liebe kann nie unrecht sein. Das musst du dir merken. Sie kommt von Gott und ist das kostbarste Kleinod, das er den Menschen geschenkt hat. Wie kann sie da unrecht sein?«

»Ach, du weißt doch. Quäl mich doch nicht.«

»Wie kann ich dich quälen? Es kann doch nicht wehtun, wenn

ich meinem Enkelmädchen sage, dass ihre Liebe niemals unrecht ist.«

»Aber etwas ist doch unrecht, du hast es doch gesagt!«

»Es ist unrecht, wie du mit Christoph umgehst.«

»Wieso? Wie gehe ich denn –?«

Abraham strich ihr sanft über das Haar: »Du hast zu Christoph gesagt, er müsse Jude werden, und dann wollt ihr heiraten. Du hast ihm die bevorstehenden Festtage erklärt und von den drei Büchern gesprochen und vom Gericht und von Reue und von Jom Kippur, von Versöhnung und von Chanukka –«

Esther hob den Kopf: »Du hast gelauscht – das tut man nicht.«

»Wie kann ich lauschen, mein liebes Kind, wenn ich mich nicht von der Stelle bewegt habe? Muss ich dir Zeugen benennen?«

»Aber woher –?«

»Weil ich mein Mädchen kenne. Ich habe ja ein halbes Jahr Zeit gehabt, um mein Enkelkind kennen zu lernen. Und du bist mir das Licht in der Vertreibung geworden, der Honigapfel, den du mir an Rosch ha Schana schenken wirst für die Süße des nächsten Jahres. Aber du musst nicht weinen.«

»Was soll ich denn machen?«, schluchzte sie. »Er ist doch kein Jude. Aber er muss doch einer sein –«

»Und das hast du einfach so zu ihm gesagt? Und alles andere auch?«

»Ja, aber was denn dann?«

»Er ist von unserer Hilfe abhängig. Also ist er nicht frei. Wir retten ihm das Leben, also muss er uns dankbar sein. Er isst unser Brot und schläft in unserem Bett. Er ist in allem nicht frei. Willst du, dass er unter diesem Druck etwas so Wichtiges wie den Glauben wechseln soll, ohne es wirklich zu wollen?« Er hatte ihr gleichmäßig die Wange gestreichelt.

»Nein, das ist unrecht. Du hast Recht.«

»Dabei habe ich den stärksten Zwang noch weggelassen.«

»Was denn?«

»Die Liebe. Er liebt dich nämlich. Ich weiß es.«

»Heute hätte ich fast Zweifel bekommen«, sie redete schnell weiter, »aber nicht wirkliche Zweifel«, sie verbarg ihr Gesicht, »du glaubst mir doch, Seidele! Aber er redete so, als würde es mich gar nicht geben, als er von seinem Heiland sprach und von der christlichen Zeitrechnung.«

»Deine Wangen glühen ja. Willst du, dass dein Geliebter ein Zweig im Wind ist?«

»Aber was denn dann?«

»Was zusammengehört, muss erst zusammenkommen. Dann darf nichts euch trennen – nicht einmal Nachum.« Er lächelte. »Dein Geliebter, mein liebes Kindchen, braucht Zeit. Er muss frei werden von dem fürchterlichen Zwang, der auf ihm liegt, ich meine die Bedrohung durch die Verbrecher. Erst dann kann er frei werden von dem Zwang, den wir auf ihn legen mussten, um ihn zu retten.«

»Und bis dahin?«

»Bis dahin sollte auch der Zwang, den deine Liebe auslöst, ihn nicht zu sehr einengen. Sei lieb zu ihm, das fällt dir leicht. Sei wirklich lieb zu ihm, Kind, und das ist sehr, sehr schwer. Ich weiß, dass es fast unmöglich ist. Aber ich weiß, dass du klug bist und stark im Herzen, wie es Esther war, die wir am Purimfest feiern, an dem dein Christoph zu uns gekommen ist.«

»Ach, Seidele, du bist so gut.«

»Ich werde mit deinem Vater reden. Aber ich bin sicher, dass er schon längst alles weiß und so denkt wie ich. Und du musst mit Christoph reden. Aber so, wie es die wirkliche Liebe verlangt, die freie Menschen will, und nicht so, wie du mit ihm geredet hast.«

Die beiden höchsten jüdischen Festtage waren vorüber.

Löb hatte mit Esther geredet und Esther hatte mit Christoph geredet. Viel Zeit musste ins Land gehen. Das wussten sie. Inzwischen durften sie sich zwar sehen wie sonst, aber nicht allein miteinander sein.

Esther dachte an das, was ihr der alte Abraham gesagt hatte.

Es war schwer für Christoph, aber er fühlte ihre Liebe in jedem Blick.

Philo und Christoph fuhren mit den zwei Fähren über den Rhein und gingen nach Offenburg. Christoph war nicht mehr so gefährdet, seitdem er als tot galt. Dennoch hatte ihm Esther ein Tuch um die Haare gewunden.

Sie gingen als Lehrjungen – nicht als Bettler.

Nachum musste zu Hause bleiben, worüber er schimpfte.

»Zwei fallen weniger auf«, so hatte es Löb bestimmt.

Der alte Abraham hatte sie gesegnet.

Christoph holte tief Luft, als er aus dem Hause in das Viertel der Juden trat.

Aber der Himmel war hell, die Bäume hatten bunte Farben angenommen, als sie aus dem Stadttor traten, und leuchteten unter einem strahlend blauen Himmel, als würden sie ihn besonders festlich wieder in der freien Natur begrüßen. Ein frischer Wind wehte.

»Wenn er überhaupt noch in Offenburg ist –«, begann Christoph.

Philo hatte ein dickes Bündel über der Schulter hängen: »Hoffentlich!«

Sie standen im klaren Wind auf der Fähre über der freien Fläche des Rheins, sahen die gelben Auwälder an beiden Ufern, die weißen Kiesbänke und dahinter die blaue Mauer des Schwarzwaldes. Christoph brauchte alle Kraft, um nicht ständig an seinen Vater zu denken.

»Löb hat mir sechs Schillinge mitgegeben, davon könnten wir das schönste Leben führen.«

»Ja, Löb ist großzügig wie selten einer. Du hast unerhörtes Glück gehabt.«

»Ich weiß«, sagte Christoph leise und dachte an Esther.

»Wenn wir den Kerl haben, wird es nicht ungefährlich.«

Die Fähre war gedrängt voller Menschen. Es wurde über die Pest geredet und über die Judenplage.

»Was soll man denn tun?«, fragte Philo harmlos.

»Fortjagen!«, meinte eine dicke Marktfrau, die mit ihren Röcken breit auf einigen Körben saß, als wolle sie die ausbrüten.

»Verbrennen!«, sagte ein Schmied, der einen Sack Kohlen vor sich hielt. »Bei euch in Straßburg sind ja nur Judenfreunde im Rat. Da ist der Herr Dopfschütz samt seiner Freunde, der holt sich Berge von Geld von den Juden, da muss er ihnen ja schöntun! Kannst du dir denken!«

»Denken, ja, das sollte man wirklich, wenigstens manchmal!«, sagte Philo.

Das Marktweib kicherte: »Erst holen, dann abschaffen. So würde ich es machen. Wer wird denn die teuren Zinsen bezahlen!«

Christoph konnte kaum an sich halten: »Die Zinsen –«, begann er.

Aber Philo hielt ihn zurück. »Bist du verrückt«, flüsterte er, »wir dürfen nicht auffallen.«

»Jemand muss ihnen doch sagen, dass die Juden die zwanzigfache Steuer der Christen bezahlen müssen, da müssen sie doch hohe Zinsen verlangen. Und Christen dürfen keine Zinsen nehmen und sind auf die Juden angewiesen. Es muss ihnen doch jemand sagen!« Christoph flüsterte hastig und erregt.

In Offenburg war kein dicklicher Herr mit Knopfaugen und falschen Mandragorawurzeln.

Sie fragten die Leute: »Weißt du, wo man Alraunenwurzeln kaufen kann? Unsere Eltern haben uns hergeschickt. Gegen die Pest.«

»Ihr habt wohl kaum genügend Geld«, sagte ein älterer Handwerkermeister, ein Schneider, der sich Äpfel aussuchte. »Aber der Mann mit den Alraunen ist nicht mehr da – schon seit zwei Wochen nicht mehr. Ich habe mich eingedeckt für die ganze Familie. Uns kann nichts mehr geschehen. Aber das war teuer, kann ich euch sagen. Ich würde nach Straßburg oder Speyer gehen oder sonst eine der großen Städte.«

Das Apfelweib mischte sich ein: »Ich bin nur eine einfache Bauersfrau und verstehe nichts von diesen Dingen. Gegen die Pest kann ich mich nur auf mein Gebet verlassen. Aber am besten ist es, wenn ihr euer Geld spart. Da war ein gelehrter Herr, der hat gesagt, dass die Wurzeln falsch sind, und ob die richtigen helfen, weiß man nicht.«

»Ich kaufe meine Äpfel woanders, danke!«, sagte der Schneidermeister und ging rasch weiter.

»Hier, dort drüben hatte er seinen Stand. Er hat Wurzeln verkauft und er hat Geld eingenommen, wie ich es noch nie gesehen habe. Da muss einer jahrelang viele Wagenladungen Äpfel verkaufen, bis er so viel Geld zusammenbringt. Mich wundert nur, dass er nicht nach Straßburg gegangen ist. Da hätte er noch mehr verlangen können.«

»Wie sah er denn aus?«

»Was weiß ich! Klein, dick. Genau genommen sah er aus wie ein Frosch mit breitem Maul. Er hat es sehr geschickt gemacht: Er hatte einen großen Stand mit einem Dudelsackspieler, den er bezahlt hat. Der ganze Stand war bedeckt von Pergamenten – darauf stand angeblich, wie gut die Alraunen gegen die Pest sind. Ich weiß es nicht – ich kann nicht lesen. Aber er hat seine Waren so laut ausgeschrien, dass wir anderen mit unseren Kohlköpfen und Zwiebeln gar nicht mehr da waren.«

»So hat er das Blutgeld also vermehrt, der Mörder«, sagte Christoph leise zu Philo.

Der hatte plötzlich fünf Äpfel in der Hand und wirbelte sie durch die Luft.

Die Apfelfrau hatte große Augen: »Wo hast du denn das gelernt?«

Philo legte die Äpfel in den Korb zurück.

»Du darfst sie behalten. Das war es wert.«

Ein kleines Männlein kaufte Äpfel.

»Er hatte auch eine große, bunt gemalte Tafel, darauf war ein kranker Mann mit lauter Beulen am ganzen Körper, wie er gerade von dieser Wurzel isst, und dann hat er plötzlich keine Beulen mehr und ist ganz gesund. Aber das ist ein Schwindel, hat der vornehme Herr gesagt. Und er ist der Leibarzt des Grafen. Dem glaube ich mehr.«

»Gibt es in Offenburg Juden?«, fragte Philo.

»Es gibt welche, sie haben sogar eine Synagoge. Die armen Menschen! Sie sollen an allem schuld sein. An der Pest und an allem! Es weiß ja niemand, woher die Pest kommt. Woher wollen sie dann wissen, dass sie von den Juden gemacht wird?«

»Aber vergiften sie nicht die Brunnen?« Philo kratzte sich am Kopf.

»Das wird gesagt. Aber ich glaube es nicht. Ich kenne ein paar Juden – die vergiften keine Brunnen, da lege ich die Hand in das Feuer. Man muss nicht jedes Geschwätz glauben. Da gibt es Schlimmere; dieser Mann mit den falschen Wurzeln – der hat mir keinen guten Eindruck gemacht! Unter dem Galgen will er die Wurzeln geholt haben. So viele Galgen gibt es gar nicht, wie der Wurzeln hatte. Wenn er nur nicht selbst an den Galgen gehört. Geschrien haben sollen die Wurzeln. Ich habe noch nie eine Wurzel schreien hören. Aber sein Geschrei! Davon konnte man krank werden.«

Christoph und Philo lachten.

Sie lachte mit: »So, da hat jetzt jeder von euch noch einen Apfel, ihr seid zwei nette Burschen. Werft sie aber nicht in die Luft! Geht nach Hause und sagt eueren Eltern, sie sollen das teure Geld sparen. Äpfel sind gesund und billig, das weiß man gewiss. Ich muss weitermachen.«

»Solche Leute sollte es viel mehr geben«, sagte Philo und biss herzhaft in einen Apfel. »Schmeckt gut.«

»Was jetzt?«, fragte Christoph.

»Was jetzt? Er ist in Lahr, in Speyer, in Worms, in Freiburg, in Staufen. Wir können die ganzen Städte am Rhein auf und ab suchen. Und genau das können wir nicht.«

»Vielleicht ist der Frosch ja sogar wieder in Straßburg.«

»Vielleicht auch in Stuttgart – wer weiß?«

Philo ließ drei Äpfel in der Luft tanzen: »Wart mal.«

Er ging wieder zu der Apfelfrau, Christoph folgte ihm zögernd.
»Wie viele Wurzeln hatte dieser Frosch denn noch, als er zusammenräumte?«

»Ausverkauft. Er war ganz ausverkauft. Das sollte mir einmal passieren! Lieber bleibe ich ehrlich. Dudelsackpfeifer!«

»Da haben wir es: Ausverkauft!«, sagte Philo fröhlich. »Der Mann braucht neue Ware. Und die holt er nicht unter dem Galgen und auch nicht aus Italien vom Berg Galgano und einen schwarzen Hund braucht er auch nicht dazu.«

»Rohrwurzeln«, sagte Christoph zögernd, »man schnitzt die falschen aus Rohrwurzeln, das hat Löb gesagt. Dann bohrt man kleine Löcher hinein und lässt Gerstenkörner darin keimen.«

»Richtig. Wenn wir gar nicht mehr weiterwissen, dann fälschen wir Alraunen. Sehr einträglich.«

»Wo gibt es Rohrwurzeln?«, fragte Christoph.

»Überall, wo es Rohr gibt. Das ist fast überall am Rhein.«

»Schade, dann hilft es uns nicht weiter«, meinte Christoph traurig.

»Eben.«

Am nächsten Morgen war kein Markt, dennoch saß ein einäugiger Bettler vor der Kirche und jammerte zum Steinerweichen.

Christoph saß auf einem Mäuerchen bei der Kirche. Die Sonne schien ihm warm auf den Rücken. Die ersten Blätter fielen.

Esther! Er hatte Sehnsucht nach Esther, seit er in Straßburg zum Tor hinausgewandert war. Sie hatten in den Tagen zuvor miteinander geredet. Der alte Abraham hatte zu Esther gesagt, dass man erst zusammenkommen müsse, um zusammenzugehören. Wir gehören einfach zusammen! Schluss.

Christoph wurde aufmerksam. Ein Bettler hatte sich zu Philo gesetzt. Ein halb lahmer, noch recht junger Mensch. Philo winkte Christoph heran. Endlich gehörte er einmal dazu!

Die beiden Bettler kannten sich: »Das ist Matthes, wie du siehst, ist er lahm, auf welchem Bein doch gleich?«, grinste Philo.

»Auf welchem du willst«, lachte Matthes, »es ist wie mit deinen Augen.«

»He, da tust du meinen Augen Unrecht. Ich bin immer auf dem selben Auge blind.«

»Berufsehre!«

»Das ist Christoph.« Sie reichten sich die Hand.

»Matthes weiß interessante Dinge über den Frosch.«

»Wie war das mit dem Frosch? Dem Mörder und Betrüger?«

»Ich weiß, wo er ist«, sagte Matthes schlicht.

Gegen Abend wurde die Luft dunstig, dann war der Nebel dick geworden, als die beiden aus der Stadt hinausschlichen.

»Wir müssen uns ganz auf den Schreck verlassen«, meinte Philo, »sonst werden wir nichts erfahren.«

»Er wird sich hüten seine Hintermänner preiszugeben.«

»Und diesen Schreck müssen wir sorgsam einteilen.«

»Was heißt das?«

»Das heißt, dass ich es zuerst alleine versuchen muss.«

»Nicht daran zu denken!«, erwiderte Christoph.

Schließlich setzte sich aber Philo durch.

So saß Christoph wieder einmal alleine und schaute in die Nacht hinein. Nicht einmal die allernächste Umgebung war erkennbar. Der Nebel hatte alles verschluckt. Er wartete auf Hundegebell. Nichts rührte sich.

Aus dem Nebel schaute ihn Esther an.

Philo schlich durch die Nacht. Er war auf den Hund gespannt. Denn dass der Frosch hier draußen ohne Hund hausen sollte, das war nicht denkbar.

Aber sind Hunde ein Problem?

Nasses Gras, nasse Sträucher, alles nass. Der Weg mit Steinen gepflastert wie die Auffahrt zu einem großen Herrn. Aber er wusste, dass von der ehemaligen Burg nur noch ein Stall übrig war. Es roch nach faulem Obst und nach verdorbenem Gemüse.

Da, ein Licht. Es sickert heraus wie durch Milch. Er schläft also noch nicht. Das Licht fällt durch einen Spalt in der Türe. Vorsichtig hineingeschaut. Da sitzt er und schläft, und – kein Hund, wie leichtsinnig! Der Kienspan ist gleich heruntergebrannt. Da wollen wir den Herrn doch rechtzeitig wecken!

Ist er alleine? Ein Raum ziemlich groß, soweit man das durch den Spalt ahnen kann. Aber auch ziemlich leer. Wenige Möbel, der Herr! Einiges Gerät steht in der Ecke, ein Spaten, einige Messer. Aha!

»Guten Abend, der Herr, darf man eintreten?«

Wie der hochfährt!

»Die Hand lassen wir jetzt schön vom Gürtel, Herr Frosch! Man kann nicht immer mit dem Dolch arbeiten.«

»Was willst du? Wer bist du?«

Herein mit mir in die gute Stube!

Verdammt, jetzt hat der das Licht ausgeblasen! Nicht ungeschickt. Die Schlacht findet also im Dunkeln statt. Hereinspaziert, meine Damen und Herren! Also in die Knie gegangen und seitwärts abgerollt. Ganz still liegen. Dort drüben ist er. Wie laut der sich bewegt, da hätte er gleich das Licht anlassen können. Trotzdem: Vorsicht – er hat einen Dolch und er kann damit umgehen. Näher, noch näher, ganz, ganz nah, und den Atem schön angehalten. Wenn der wüsste, dass ich ihm jetzt jederzeit eine runterhauen könnte! Sein Atem – hat der Angst! Angst ist ein schlechter Ratgeber, Herr Frosch. Da, hab ihn schon. Wie leicht knickt der Mensch in den Kniekehlen ein, wenn einer etwas davon versteht! Wie fett der ist! Und wie schwer! Da ist ja auch das Messer. Man muss nur den Griff können, dann lässt der andere es auch schon fallen. So, jetzt gehört es mir.

»Wenn ich wieder um Beleuchtung bitten dürfte. Dort drüben ist noch etwas Glut und wir wollen nicht sparen. Es sind sicher auch Kerzen in einem so reichen Haushalt. So ist es recht.«

»Was willst du von mir? Ich habe dich noch nie gesehen.«

»Stimmt nicht. Aber das ist unwichtig. Du hast meinen Freund erstochen und bist jetzt dran, du Frosch!«

»Wer soll das sein?«

»Hast du verschiedene zur Auswahl, du Lump?«

»Ich habe niemand erstochen. Ich bin ein ehrlicher Händler.«

»Das sagen alle.«

»Ich habe noch nie einen Menschen erstochen. Ganz bestimmt nicht!«

»Ich will ihn dir beschreiben: ein Junge, nicht ganz so dünn wie ich, dafür etwas kleiner, aber nicht viel, auch etwas jünger, aber auch nicht viel. Er hat schwarze buschige Haare und blaue Augen. Na, kommt er dir bekannt vor?«

Toll, wie ich mit zwei Bällen und einem Dolch gleichzeitig jonglieren kann! Das sollte jetzt Balthas sehen.

»Wird's bald!«

»Kenn ich nicht!«

Schade, dass das Licht so trübe ist. Aber vielleicht wird er längst nicht mehr rot, wenn er lügt.

»Kennst du nicht? Was könnte denn jetzt dein Dolch aus dir machen? Soll ich dich zur Alraune zerschneiden, du fetter Zwerg?«

»Leute wie du erstechen niemand.«

Leider ein guter Menschenkenner.

»Und jetzt verschwinde. Ich habe mächtige Verbündete. Wenn du mich auch nur anrührst, wirst du es bitter bereuen.«

»Jetzt kommen wir der Sache schon näher. Was würdest du davon halten, wenn morgen ganz Offenburg wüsste, wie du hier Alraunen aus – lass mal sehen – Rübenwurzeln schneidest und sie mit Dudelsackmusik teuer verkaufst? Junge, der Galgen wartet schon.«

Macht er ganz geschickt, diese Alraunen aus Rüben.

»Morgen kann ich weit sein.«

»Ich reise dir nach. Mein Freund ist mir das wert. Ich lasse dir keine Ruhe mehr. Ich erzähle jedem, was du für ein Betrüger bist. Schließlich sorge ich dafür, dass du an den Galgen kommst.«

»Das war nicht ich.«

»Nicht du? – Du hast doch dafür kassiert!«

»Es war ein anderer. Er wurde dafür bezahlt.«

»Nicht du wurdest bezahlt? Woher weißt du denn dann das alles?«

»Ich –«

»Du hast den getötet, dem du das Blutgeld hättest geben müssen. Du hast ihn in der Nacht in Straßburg auf den Gedeckten Brücken erstochen und in die Ill geschmissen.«

»Woher weißt du –? Glaubst wohl –«

»Ich glaube nicht – ich weiß! Ich weiß, dass alles wahr ist, was ich gesagt habe. Und du weißt es auch. Ich will das auch gar nicht von dir wissen, das musst du mit dir selbst ausmachen. Ich will bloß wissen, wo der Junge hingeworfen worden ist. Und ich will wissen, von wem du das Blutgeld hast!«

»Das Erste weiß ich nicht. Er wird ihn auch in die Ill geschmissen haben. Das Zweite kann ich dir nicht sagen.«

»Warum nicht? Du weißt, was ich mit dir mache, wenn du es mir nicht sagst.«

»Ich sage es dir nicht. Du kannst machen, was du willst.«

»Ich bringe dich an den Galgen, wie ich gesagt habe.«

»Wenn es so ist, dann hängst du zuerst dran.«

Der Mann schien verändert, er schien auf einmal sehr sicher zu sein, ein hässliches Lächeln erschien auf seinem Gesicht. Philo überlegte. Da stand auf einmal das nächtlich beleuchtete Haus vor seinen Augen.

»Was weißt du über ein Haus, das nachts beleuchtet ist, als stünde die Ankunft des Herrn bevor – in dem aber kein Mensch zu sehen ist?«

»Wa– was weißt du über den kleinen Turm?«

Mehr war nicht zu erfahren. Philo stand wie vor einer Wand.

Später sagte er zu Christoph: »Das nächste Mal kommt es allein auf dich an. Dann kommt dein großer Auftritt, das kann ich dir fest versprechen!«

Das Haus Löbs war in heller Aufregung. Ein Brief von Elieser war angekommen. Jüdische Kaufleute hatten ihn aus Prag mitgebracht.

Esther weinte, als Christoph sie sah, gab ihm aber einen Kuss auf die Wange, was sie noch nie getan hatte: »Ich freue mich so, dass du wieder da bist.« Sie griff nach seiner Hand und ließ sie lange nicht los. »Hier ist es sehr schlimm. Hannah ist schon abgereist!«

Gegen Abend traf sich die ganze Familie in der Stube, Christoph wurde von einem sehr finsteren Nachum dazugeholt.

Löb begann: »Wie wir anderen bereits wissen, gibt es Schwierigkeiten mit dem Straßburger Bürgerrecht Eliesers. Der kaiserliche Hof hat ihn zuerst lange hingehalten, der Bürgerbrief wird immer teuerer. Kaiser Karl braucht Geld, dazu noch ist er sehr verschuldet bei den Juden in Nürnberg und in anderen Städten. Ich weiß das und Elieser deutet es an. Er schreibt weiter, ein Brief an den Rat der Stadt Nürnberg werde vorbereitet, in dem der Stadt bedeutet werde, sie sei straffrei, wenn es zu Übergriffen gegen die Juden komme! Das ist eine direkte Aufforderung zum Mord an den Juden. Der Kaiser will von seinen Schulden weg! Und das ist so gut wie eine Aufforderung an alle Städte im Reich!«

»Dabei ist der Kaiser zu unserem Schutz verpflichtet. Der Kaiser als Mörder!« Nachums Augen sprühten vor Zorn.

»Woher weiß Elieser von dem Brief an die Stadt Nürnberg?« Christoph war rot geworden.

Nachum funkelte ihn an: »Glaubst du Elieser etwa nicht?«

»Das hat nichts mit Glauben zu tun. Mein Vater hat einmal gesagt, nirgends gebe es mehr Gerüchte als am kaiserlichen Hof. Deshalb –«

»Du brauchst nur mit offenen Augen und Ohren durch Straßburg zu gehen, dann weißt du schnell, was wahr ist!« Nachum warf den Kopf in den Nacken.

»Leider, Christoph. Wir müssen es glauben: Elieser schreibt, er habe es aus einer zuverlässigen Quelle, von einem Juden, der bei Hofe ein und aus gehe und die kaiserliche Kasse mitverwalte.«

Vor allem enthielt Eliesers Brief die dringende Aufforderung an die Familie Straßburg zu verlassen.

Löb las vor: »Der König von Polen bietet den Juden eine Vielzahl von Privilegien. Man weiß in Prag, dass aus dem ganzen Reich schon viele Juden in den Osten fliehen, in die Hauptstadt Krakau, wo das Schloss des Königs steht, und dann noch weiter in den Osten, wo die Menschen bereits russisch sprechen.«

Löb unterbrach sich, dann berichtete er weiter: »Elieser bittet also die ganze Familie dringend Straßburg zu verlassen: Man könne sich in Prag treffen, wo es eine sehr große und reiche jüdische Gemeinde gebe, die aber bei der Einstellung des Kaisers zu den Juden auch bereits gefährdet sei. Dann könne man gemeinsam in den Osten gehen und das Geschäft neu aufbauen, das Kapital könne man durch Briefe nach Prag in Sicherheit bringen, er habe alles vorbereitet. Der König von Polen biete Handelsprivilegien, von denen man im Reich nur träumen könne.«

Löb schwieg.

Nachum war sofort Feuer und Flamme: »Gut so – nach Polen, weg von den Christen!«

»In Polen gibt es genauso Christen wie hier im Reich.« Ein Lächeln huschte über Löbs Gesicht.

Esther schaute Christoph an. Man sah, wie sie dagegen ankämpfte, etwas zu sagen.

Christoph empfand eine eigenartige Unruhe: War das die Lösung? Im Osten war nicht nur die Familie Löbs sicher, dort war auch er sicher. Dort kannte ihn niemand.

Ganz neu anfangen und mit Esther!

Der alte Abraham erhob sich: »Christoph hat uns noch gar nicht berichtet, was die beiden in Offenburg ausgerichtet haben.«

Damit war das Thema Auswandern vorerst beendet.

Christoph begann sehr unsicher: Wie unwichtig erschien das alles auf einmal.

»Leider gibt es nicht viel zu sagen: Er ist wirklich der zweite Mörder, das steht fest.«

»Und – habt ihr herausbekommen, wer hinter den Morden und deiner Verfolgung steht?« Löb hatte sich nach vorne gebeugt.

»Das hätte ich gleich gesagt«, fuhr Christoph fort. »Als Philo ihn zum Geständnis des Mordes gebracht hatte und nun weiterfragte – da war auf einmal eine Mauer. Der Frosch wurde sehr sicher, frech und übermütig und keine Drohung half mehr. Plötzlich war es, als hätte er mächtige Helfer, sodass er vor uns keine Angst zu haben brauche.«

»Was genau hatte denn Philo gefragt, als der auf einmal so sicher wurde?«, fragte Löb gespannt.

»Ich war ja nicht dabei, schade, dass Philo nicht da ist, ihr könnt ihn ja noch selbst fragen. Aber ich habe es so verstanden, dass der Kerl wirklich Angst hatte, als Philo ihm drohte, dass wir sein Geschäft mit den Alraunen zerstören würden. Auch die Drohung, ihn an den Galgen zu bringen, hatte anfänglich offenbar noch Wirkung gezeigt. Aber als Philo nach dem Auftraggeber fragte, schien er wie verwandelt, herausfordernd und selbstsicher.«

»Was heißt das?«

»Vater, haben wir nicht wichtigere Dinge zu besprechen?«, unterbrach Nachum finster.

»Die Jugend kann noch nicht erkennen, was wichtig ist, lieber Nachum. Du musst dich noch ein klein wenig gedulden«, sagte Abraham müde.

»Ich kann es sagen«, antwortete Esther. »Als er persönlich bedroht war, bekam er es mit der Angst zu tun. Als aber der Auftraggeber hineingezogen wurde, da wusste er, dass der ihm helfen würde, weil sich dann der Auftraggeber selbst verteidigt.«

»Und das wohl mit Macht, ich meine mit wirklicher Macht«, sagte Löb, »auch hier ist wieder diese Macht spürbar, vor der wir immer wieder stehen und die so undurchschaubar ist.«

»Man rennt dagegen an wie gegen eine Mauer, von den Zahlen ganz zu schweigen.«

»Hat der Frosch sonst nichts gesagt?«

»Er hat noch etwas von einem kleinen Turm gesagt.«

»Kleinen Turm?«

»Als Philo ihn nach dem leeren Haus gefragt hat, das in der Nacht so erleuchtet war, ist er erschrocken: ›Was weißt du vom kleinen Turm?‹«

»Woraus wir schließen können, dass diese Nachricht mit dem Auftraggeber zu tun hat. Das ist nicht viel, aber es ist das Allererste, das sich mit einiger Sicherheit auf den Auftraggeber bezieht. Was für einen kleinen Turm kann er gemeint haben?«

»Einen Turm in der Befestigung vielleicht«, meinte Christoph, »sagt man zu einem der Türme Kleiner Turm?«

»Ich kenne keinen«, sagte Löb.

»Es kann sich auch um den Turm einer Kirche handeln«, überlegte Nachum.

»Ist an dem einsamen Haus mit den Kerzen so etwas wie ein kleiner Turm?«

»Wenn ich es mir genau überlege, so wissen wir wieder einmal gar nichts.« Christoph schüttelte traurig den Kopf.

»Doch, etwas ist deutlich geworden«, sagte Esther, »wir wissen ganz bestimmt, dass das leere Haus mit den brennenden Kerzen in der Nacht etwas mit dem Auftraggeber zu tun hat.«

Später, als der alte Abraham und die alte Esther zu Bett gegangen waren, bestürmte Nachum Löb: »Wir müssen darüber reden.«

»Es gehört sich nicht, Nachum, der Rat der Alten ist uns heilig!«

»Unsere Zukunft muss uns auch heilig sein.«

»Ich weiß nicht, was ich sagen soll: Ich meine nicht, dass die Lage der Straßburger Juden so schlimm ist, wie Elieser in seinem Brief meint.« Löb blickte vor sich auf den Tisch.

Esther begann unsicher: »Wäre es nicht auch für Christoph besser, wenn wir alle zusammen auswandern würden?«

Nachum fuhr auf: »Das kann aber doch nicht für uns maßgeblich sein.«

»Ich meine, du wolltest auswandern?«, fragte Esther etwas lauter.

»So kommen wir nicht weiter. Da steht Christoph, und ich verstehe gut, dass er dazu nichts sagen kann«, sagte Löb mit scharfer Stimme.

»Ich bin müde und gehe hinauf.«

»Bleib da, Christoph, wenn wir schon darüber reden – und ich möchte meinen Kindern nicht das Reden verbieten – dann solltest du wissen, was gesagt wird, es betrifft ja auch dich.«

»Ich kann dazu nichts sagen.« Christoph mied den Blick von Esther.

»Du sollst auch nichts sagen. Aber du sollst hören, wie ich darüber denke. Ich meine, dass es aus der Entfernung schlimmer aussieht, als es ist. Auf der Straße ist es schlimm wie überall, aber ich habe Zugang zur Kaufmannsgilde, wenn ich auch nicht mehr Mitglied sein darf.«

»Siehst du, Vater!«

»Aber ich habe gute Kontakte zu allen Mitgliedern. Wir machen Geschäfte miteinander wie immer und ich weiß, dass sehr viele und sehr einträgliche Geschäfte ohne uns Juden nicht laufen könnten. Wir können Geld aufbringen, das sie nicht aufbringen können, weil sie keine Zinsen nehmen dürfen; wir haben Verbindungen, die sie nicht haben. Sie sind gescheit genug uns zu schonen.«

»Ich habe so etwas auf der Fähre gehört«, sagte Christoph, »ein Schmied hat gesagt, dass der Rat in Straßburg von den Juden abhängig sei oder so ähnlich.«

»Da seht ihr es. Ich täusche mich da nicht.«

»Vater, du weißt, was für schreckliche Verfolgungen es schon gegeben hat. In anderen Städten sind sie auch vom Handel mit uns Juden abhängig!« Nachum war aufgestanden. »Aus England hat man schon vor hundert Jahren alle Juden vertrieben. Ebenso aus Frankreich, wo sie unsere heiligen Bücher in riesigen Wagenladungen öffentlich verbrannt haben, allein in Paris fast fünfzig Karren voll! Jeder Jude weiß das. Und wie viel Juden wurden seit mehr als dreihundert Jahren in allen Ländern umgebracht, Vater!« Er stampfte mit dem Fuß auf.

»Setz dich wieder, Nachum, du siehst immer alles gleich zu schwarz! Du bist noch zu jung und zu hitzig und du weißt selbst, wie rasch du dich zu etwas hinreißen lässt.«

Esther runzelte die Stirn: »Sind auf der Fähre Namen genannt worden?«

»Nur einer, soweit ich mich erinnere. Dieser Dopfschütz, von dem einmal gesprochen wurde. Jetzt fällt es mir wieder ein: Er bekomme von den Juden sehr viel Geld.«

Löb lachte befreit: »Das Geld bekommt er ja von mir. Es ist wirklich sehr, sehr viel, mehr als ich jemals jemand geliehen habe. Gerade Herr Dopfschütz ist mir der wichtigste Garant, dass den Juden in Straßburg nichts geschieht. Er wäre strohdumm, wenn er anders handeln würde.«

Christoph wurde es wind und weh: »Da war eine Frau auf der Fähre, die hat gesagt –«, er zögerte, »›Und dann abschaffen!‹ Damit man keine Zinsen bezahlen muss, so würde sie es machen. Wenn schon der Kaiser in Prag –«

»Nur keine Panik«, lachte Löb nun ganz sorglos. »Ich kenne Herrn Dopfschütz schon sehr lange sehr gut, ich habe ihn euch ja schon beschrieben. Er ist ein Mensch, der, wie gesagt, streng rechtlich denkt. Ich muss fast lachen: ausgerechnet Herr Dopfschütz, der nur aus Verordnungen und Vorschriften besteht, die er alle auswendig hersagen kann – ich wiederhole es: Wir sind immer sehr gut miteinander ausgekommen. Herr Dopfschütz kann keiner Fliege etwas zuleide tun.«

Gewalt

Wie ein schwarzes Auge war das Fenster in Christophs Zimmer. Er wälzte sich im Bett. Auswandern! Nach allem, was er gehört hatte, war es das Beste für alle, auch für ihn. Aber was hätte sein Vater dazu gesagt? Es war doch seine Pflicht, den guten Namen des Vaters und das Geschäft wieder herzustellen, den Tod des Vaters zu rächen! Und es gab ja auch bereits erste Spuren. Sollte man ausgerechnet jetzt aufgeben? Sein Vater war nicht ehrlich begraben worden. Es war Christoph immer, als könne sein Vater nicht in den Himmel kommen, solange sein guter Name nicht wieder hergestellt war. Es war ihm, als schaue sein Vater von irgendwo zu und warte.

Esther! Freilich, alles war sehr schwer, aber leben ohne Esther, die er fühlte, wie er seinen Atem fühlte – unmöglich! Warum wurde sie nicht einfach Christin und ließ sich taufen? Das war doch auch eine Möglichkeit: Juden, die sich taufen ließen, geschah nichts! Sie konnten hier bleiben.

Mehrmals war es ihm, als höre er Schritte auf der Straße, obwohl seine Kammer auf die andere Seite zum Hof und zum Garten hinausging. Aber die Schritte schienen hartnäckig immer vor dem Hause vorbeizugehen. Er hätte schließlich nicht sagen können, was geträumt und was Wirklichkeit war. Irgendwann pochte es an die Türe und er sah wieder, wie sie seinen Vater geholt hatten. Er sah den Vater vor sich, wie er in der Stube in Stuttgart stand und sich einen Umhang überwarf, wie er erhobenen Hauptes gesagt hatte: Ich bin gleich wieder zurück. Wie dann die Türe ins Schloss gefallen war.

Ein Lärm war, ein Rennen die Treppen auf und ab.

Es war hell. Nachum stürmte in seine Kammer: »Das musst du dir anschauen, diese Lumpen, komm sofort mit!«

Esther weinte. Löb ging in der Stube auf und ab. Sonst sah Christoph niemand von der Familie.

Sie gingen durch die Gassen des Judenviertels: An jeder Türe war mit Blut ein großes J gemalt. Über das Portal der Synagoge war ein Schweinekopf genagelt.

Am Tor zur Mikwe stand etwas mit gelber Farbe hingeschmiert. Es war schwer zu lesen:

»Juden Säue Judensäue.«

Die Schrift war eigenartig schief und mit Haken versehen. Es sollte wohl wie hebräische Schrift aussehen.

Christoph erinnerte sich: Sauber ist man vor den Menschen, rein ist man vor Gott.

Das unreinste Tier für die Juden war das Schwein. Das ganze Viertel der Juden war entweiht.

Christoph fühlte sich beschmutzt wie von der Hand des Henkers. Er getraute sich kaum Esther zu berühren.

Da kam ein Mann durch das Viertel der Juden gegangen. Er hatte eine Schrift bei sich und er stellte sich in die beschmierten Gassen und las: »Kund und zu wissen jedermann, besonders aber den ungläubigen Juden: Alle Juden müssen bei Ungnade des Kaisers und der Stadt von diesem Tag an einen gelben Fleck aus Stoff auf die Kleider heften. Er ist anzunähen über dem Herzen. Wird ein Jude ohne diesen Fleck ergriffen, muss er zwölf Gulden Frevel bezahlen und kommt vierzehn Tage in den Turm. Der Fleck muss aus gelbem Stoff geschnitten sein und er muss so angebracht werden, dass er nicht leicht abzureißen ist. Wer aber einen solchen Judenfleck abreißt, wird ebenfalls mit Strafe belegt! Ein ehrbarer Rat der freien Reichsstadt Straßburg. Gegeben am Tag des heiligen Gorgon im Jahre des Herrn 1348.«

Bei Tageslicht unterschied sich das Haus, in dem die Kerzen gebrannt hatten, sehr von den doch auch vornehmen Nachbarhäusern. Es war viel höher und breiter, ein Steinhaus mit einem Ziegeldach und regelmäßig gehauenen Steinen. Das Erdgeschoss hatte einen großen Spitzbogen als Portal, ein Wappen in Stein gehauen stand darüber. Die Steinfenster hatten ebenfalls die Form eines Spitzbogens. Sie waren mit kleinen Rauten verglast, hinter denen erkennbar weiße Tücher vorgezogen waren. Über dem Erdgeschoss bauten sich mächtige Wohngeschosse auf, alle Fensterläden waren geschlossen. In der gepflasterten Auffahrt zum Hof wuchs Gras.

In der Auffahrt war ein schmales Fenster. Ein Blick in die Runde – weit und breit war niemand zu sehen. Philo zog sich am Gesimse hoch. Das Fenster ging in die große Halle, die sie bei Nacht gesehen hatten. Seine Augen mussten sich an das Dämmerlicht gewöhnen. Es war womöglich noch gespenstischer als in der Nacht: Wie Heerscharen standen überall Kerzen, jetzt aber dunkel, halb herabgebrannt.

Das große Tor war verschlossen, aber eine kleine Pforte konnte Philo öffnen.

Er schlenderte hinein. Der Innenhof war ebenfalls gepflastert, aber auch hier wuchs aus allen Ritzen Gras. Den hinteren Hofabschluss bildeten Ställe, aber alle Tore waren geschlossen.

»He, was hast du hier zu suchen?«

Ein Mann in der Kleidung eines Dieners trat aus der Hintertüre des Wohngebäudes.

»Ich suche den Hausherrn«, sagte Philo möglichst unbefangen. Er sah im Augenblick aus wie ein Geselle aus gutem Haus, der nicht seine beste Kleidung anhat.

»Der ist nicht da! Hau ab!«

»Ich kann nicht wieder gehen. Ich muss ihm etwas ausrichten.«

»Dann sag's mir.«

»Ich darf es nur dem Hausherrn persönlich sagen.«

»Dann lügst du.«

»Was soll das heißen?«

»Bürschlein, wenn dein Herr dir etwas an meinen Herrn aufgetragen hätte, dann hätte er dich nicht hierher geschickt. Jetzt verschwinde! Sonst hole ich den Hund!«

Es gibt ja auch noch Nachbarn, dachte Philo, ich muss morgen wiederkommen.

So war er einen Tag später wieder da, dieses Mal betätigte er den Türklopfer des Nachbarhauses als einäugiger Bettler. Weit und breit war kein Mensch zu sehen.

»Hier gibt es nichts, verschwinde! Sonst hetze ich den Hund.«

Eine unfreundliche Gegend – so viele Hunde!

»Ach, ich habe den ganzen Tag noch nichts gegessen«, weinte er. »Ihr habt doch sicher irgendwelche Abfälle, ich bin mit allem zufrieden.«

»Die Abfälle bekommt der Hund. Hau ab!«

»Meint Ihr, dass ich im Nachbarhaus –«

»Im Nachbarhaus wohnt niemand. Das steht leer.«

Die Türe knallte zu.

Dritter Anlauf am nächsten Tag. Philo sah aus wie der Diener eines sehr reichen Mannes. Er trug ein gesticktes Wappen auf der Brust.

»Ich komme im Auftrag des Grafen von Löffelstelz« – hoffentlich gibt es den nicht wirklich – »und soll fragen, ob das Nachbarhaus mit den geschlossenen Fensterläden zu vermieten ist. Es ist ja offenbar unbewohnt.«

»Das Nachbarhaus? Ich weiß nicht recht. Man sieht niemand außer einem Diener. Das Haus war früher voller Leben, da gehörte es dem Ritter von Hauenstein, es wurde dann verkauft. Wer es gekauft hat, weiß ich nicht. Seit über zwei Jahren steht es leer. Es ist vielleicht schon zu mieten. Ihr müsstet euch an Herrn Dopfschütz, einen Ratsherrn, wenden.«

»Gehört ihm das Haus?«

»Das weiß ich nicht – eher nicht. Wahrscheinlich verwaltet er es nur. Er verwaltet viele Häuser. Den Herrn Wangenbaum, einen

Bäckermeister, der auch im Rat sitzt, habe ich auch schon hier gesehen.«

»Kann es ihm gehören?«

»Jedem kann es gehören – leider, ich weiß es nicht.«

»Wer ist denn dieser Herr Dopfschütz?«

»Das kann dir jeder sagen, er gehört zu den ganz großen Kaufleuten, einer der reichsten Männer von Straßburg. So viel Geld, wie der an einem Tag ausgeben kann, hätte ich gern in einem ganzen Monat.«

»Und ist mit dem Haus alles in Ordnung?«

»Ich denke schon, aber sie tun sehr geheimnisvoll damit. Nun, mich geht es nichts an. Ich will in nichts hineinkommen.«

»Was ist denn damit? Mein Herr ist sehr streng, wenn ich dem nicht alles sage – au Backe!«

»Irgendetwas Geheimnisvolles ist damit. Das Haus steht immer leer. Aber ein-, zweimal war es diesen Sommer in der Nacht von oben bis unten beleuchtet, vielleicht auch öfter, ich war nicht immer da.«

»Beleuchtet?«

»Ja, alle Fenster waren hell, und das noch spät in der Nacht.«

»Sie werden ein Fest gefeiert haben darin. Da ist doch kein Geheimnis.«

»Dann hätte man irgendetwas gehört – ich bitte dich. Aber alles war völlig stumm, keine Musik, kein Laut zu hören. Nur diese Festbeleuchtung, die ja ganz schön teuer ist.«

»Wie lange ging das?«

»Das kann ich dir nicht sagen. Ich bin dann ins Bett gegangen, ich kann mich ja nicht die ganze Nacht an das Fenster stellen.«

»Und am anderen Morgen?«

»Alles wie immer. Ein stummer Diener – ich kann dir sagen! Natürlich habe ich ihn gefragt. Aber schön angegangen bin ich da. Kein Sterbenswort. Hinausgeschmissen hat er mich.«

»Man müsste es vielleicht der Obrigkeit sagen.«

»Das habe ich auch schon gedacht. Aber der Herr Dopfschütz,

der das Haus ja verwaltet, sitzt im Rat der Stadt. Da käme man schön an!«

In Altkirch zwischen Mühlhausen und Basel kehrten die beiden Viehhändler Mendel und Nathan, beides Juden, in ein Gasthaus ein. Sie hatten einander unterwegs getroffen und wollten das letzte Wegstück gemeinsam gehen.

»Die Zeiten sind unsicher«, stellte Nathan fest. Er war der Ältere von beiden, schon mit grauen Haaren. »Du musst froh sein, wenn du dein Geld kriegst und keine Steine mit auf den Weg. Die Bauern sind kaum mehr zu ertragen.«

»Ungeduldig sind sie und störrisch wie die Ochsen, die ich ihnen verkauft habe.« Mendel war rundlicher und hatte viele Lachfältchen um die Augen.

Man kannte die beiden in der Gegend. Sie hatten gute Waren und vernünftige Preise, wenn sie auch manchmal recht stur sein konnten beim Handel. Aber man wusste, Mendel hatte fünf Kinder zu Hause, Nathan war vor einem Jahr die Frau gestorben und nun warteten vier Kinder zu Hause auf den Vater. Beide verstanden einen Spaß, wenn die Bauern einmal unleidlich waren. Mendel konnte die Bauern besonders gut zum Lachen bringen. Beide hatten einen Bart, wie ihn oft Juden auf dem Land trugen.

»He, Jude, was kostet dein Bart?«, rief ein Halbwüchsiger, als Mendel den Gasthof betreten wollte.

»Vier Jahre«, sagte Mendel augenzwinkernd, »vier Jahre, dann wächst er dir auch, vielleicht nicht so schön wie bei mir, aber –«

»Hört euch das an, Judenbart, Judenbart! He, kommt doch einmal her – abschneiden sollte man denen den Judenbart.«

»Was soll das? Bist du verrückt? Dann erkennt man sie ja nicht mehr, die Judensäue.«

Im Gasthof wurden sie ähnlich empfangen: »Juden können wir hier nicht brauchen. He, Wirt, hast du keine anständigen Gäste?«

»Schmeiß das Pack raus!«

Aber einer der Gäste, ein reicher Weinhändler, flüsterte kurz mit dem Wirt und setzte sich zu den beiden, die ihn anschauten: »Ihr dauert mich, ihr beiden – wieder so wenig Geld verdient bei den bösen Christen«, sagte er. »Ja, da wollen wir euch heute einmal so richtig verwöhnen und satt machen. He, Wirt, her mit dem Braten und nur vom Besten. Alles auf meine Rechnung! Aufgetafelt, Herr Wirt, bringt, was die Küche vermag! Aber wehe, ihr beiden esst nicht, was auf den Tisch kommt.«

In der Gaststube war es still geworden. Alle schauten auf den Weinhändler und auf die Juden.

Da trug der Wirt auf. Er brachte eine große Schüssel mit Kesselfleisch, Grieben, Sauerkraut und Blutwürsten: »So, meine Herren, es kommt von Herzen und vom besten Schwein, das jemals in meinem Stall gelegen hat. Hast du es mir nicht selbst verkauft und dabei gelobt und gepriesen, dass selbst der Kaiser von Rom keine besseren Säue gehabt habe?«

Die Gäste bogen sich vor Lachen.

»Meine Herren«, begannen Mendel und Nathan zugleich, »Ihr wisst, dass wir Juden nichts vom Schwein essen dürfen und kein Blut –«

»Was«, schrie der Weinmichel und seine Augen leuchteten. Das konnte man erzählen, wohin man auch kam. Da würde der Wein nur so fließen. »Was?«, schrie er noch einmal. »Habe ich recht gehört, die Herren Juden wollen das nicht essen, was sie den Christen verkaufen, es wird doch nicht vergiftet sein, was ihr uns da verkauft!«

Die ganze Gaststube trampelte, johlte, grölte und pfiff.

Ein Mordsspaß ist das, dass ich darauf gekommen bin – das glaubt mir keiner in ganz Altkirch. Jetzt aber weiter: »Das wird gefressen! So wahr ich Michel heiße. Und zwar jetzt sofort hier auf der Stelle, was glaubt ihr denn!«

»Meine Herren«, begann Mendel noch einmal. Seine Stimme war leise und gleichzeitig ruhig, ein wenig so, wie wenn einer um Verzeihung bittet, und ein wenig so, wie man mit einem kranken Kind spricht. »Meine Herren, man weiß es doch, dass Juden kein

Fleisch vom Schwein und nichts aus Blut Gemachtes essen dürfen, so wenig wie ihr am Freitag Fleisch essen dürft.«

»Ist heute Freitag?«, schrie Michel mit rotem Kopf und leuchtenden Augen. So sollte ihn seine Frau sehen, die ihn immer für einen Duckmäuser hielt, der sich nichts Rechtes traute.

»Ist heute Freitag?«, schrie die ganze Gaststube. »Ist heute Freitag? Die reden immer vom Freitag!« Es war ein herrlicher Spaß. Endlich war einmal etwas los in diesem langweiligen Nest. Da konnte man sogar die Pest für einen Augenblick vergessen. Und hieß es nicht –?

»Heute ist kein Freitag, meine Herren Juden«, fuhr Michel fort. Was sagte man denn nun gleich? Etwas Witziges musste es sein. Die ganze Stube schaute ihn an. Etwas Witziges musste ihm einfallen.

Da war es schon: »Jeder Christ«, sagte er mit einem Glucksen im Hals und sein Mund verzog sich immer breiter, »jeder Christ kann heute Schweinefleisch essen. Vielleicht sind es ja die Bärte, die die Herren hindern. Da können wir doch helfen –«

Jetzt dröhnte die ganze Stube los. Welch ein Einfall! Erst würde man den beiden die Bärte scheren, dann würde man ihnen das Fleisch in das Maul stopfen. Was war das mit dem Vergiften? Was hatte der Michel da gesagt? Vergifteten die Juden nicht die Brunnen, damit die Leute die Pest bekamen?

Man musste es ihnen zeigen, den Juden!

Da rückte Michel auf der Bank zurück wie vor einem Gespenst und streckte eine Hand vor, die andere presste er auf den Mund. Er war der Erste, der ihn sah.

Der Knecht des Wirts war durch die rückwärtige Türe in die Gaststube getreten. Er schritt langsam, fast feierlich. Er ging mit ausgebreiteten Armen und nacktem Oberkörper wie ein Gekreuzigter. Da sahen es alle: Unter seinen Achseln waren dicke Beulen, blauschwarz angelaufen. Sein Gesicht war schweißüberronnen und von einer fürchterlichen Blässe. Er sprach kein Wort und stand nur keuchend da mit seinen ausgebreiteten Armen.

Als Erster rannte Michel davon. Dann gab es kein Halten mehr. Die Gäste schrien und rannten und quetschten sich durch die Türe. Dem Wirt war die Schüssel aus den Händen gefallen und die Scherben und das Essen spritzten durch die Stube und auf die beiden Juden.

Dann war die Stube leer bis auf die Juden, die sich langsam erhoben. Draußen aber wartete die Menge auf sie und schrie auf sie ein: »Schlagt sie tot! Schlagt sie tot!«

Erst wurden sie gestoßen und gepufft, als müssten sich die Leute Mut machen. Die von hinten drückten und drängten. Die beiden Juden wurden eingequetscht, dass sie kaum mehr Luft bekamen, als steckten sie in einem Brei von Leibern.

»Nehmt doch Steine.«

Balthas war wieder da. Er stand mit seinem Prophetenbart plötzlich im schönsten Novembersonnenschein vor Regine, gesund wie immer. Nur der Bart war etwas grauer geworden.

Nach der ersten herzlichen Begrüßung sagte Balthas bedrückt: »Die Pest ist schon in der Gegend von Mühlhausen. Jedenfalls wird gesagt, dort sei der Knecht eines Gastwirts an der Pest gestorben.«

»Wir müssen abwarten. Man kann nur beten.«

»Ich komme eigentlich wegen einer erfreulicheren Sache.« Balthas zog Regine auf die Seite. »Ich meine, das Rätsel der drei Zahlen ist klarer geworden, vielleicht können wir es jetzt sogar lösen.«

Am Abend saßen sie in der Stube bei Löb, der hatte Bücher vor sich auf dem Tisch liegen und fasste zusammen: »Balthas hat herausgefunden, was die Gaukler mit diesen drei Zahlen machen. Die Sache scheint schon recht alt zu sein, ist aber wohl in Vergessenheit geraten. Aus drei Stoffen wird im Verhältnis fünfundsiebzig – fünfzehn – zehn ein Substrat gemacht, das sehr leicht und hell brennt. Gaukler benützen es auf Jahrmärkten, weil der Effekt groß ist, wenn man es anzündet. Er erzählt es am besten selbst.«

»Es leuchtet sehr hell und sprüht auf«, sagte Balthas, »ich habe es in Italien gesehen. Ihr müsst wissen«, wandte er sich an Löb, »dass ich in meiner Jugend weit herumgekommen bin, bis nach Apulien, Neapel, Sizilien, Syrakus. Da habe ich vieles gesehen und habe viel gelernt, von dem dieser Nichtsnutz Philo heute profitiert.«

»Verliebt warst du auch«, lachte Regine, »und nicht in mich.«

»Dich kannte ich noch gar nicht. Die Italiener sind sehr gute Gaukler, sie kennen ein Unmenge von Tricks. Jedenfalls, eines Tages habe ich gesehen, wie jemand eine grauschwarze Masse in einen ausgehöhlten Stock gestopft hat. Der Stock war vorne geschnitzt – ein roter Kopf, der grinste. Dann hat er den Stock mit dem Kopf an einen dünnen Stab gebunden und den Stab in den Sand gesteckt. Am Ende des ausgehöhlten Stockes war eine Schnur befestigt und mit Pech bestrichen. Dann hat er die Schnur angezündet. Ich kann euch sagen – das Ding ist losgegangen, hat gezischt und gefaucht, Funken sind herausgesprüht, und dann –, es war unglaublich, hat sich der Stock mitsamt dem roten Kopf in die Luft erhoben, ist sehr hoch aufgestiegen und dann zur Erde gefallen, es hat gestunken, und alle haben geklatscht. Er hat sehr viel Geld eingenommen. Wenn ich herausbekommen hätte, wie das zuging, wäre ich ein reicher Mann geworden. Das alles hatte ich längst vergessen.«

»Und die Zahlen?«

»Leider nur von denen habe ich damals gehört, aber eben nicht, worauf sie sich beziehen: fünfundsiebzig – fünfzehn – zehn! Aber mit den Zahlen allein konnte ich nichts anfangen und so habe ich alles vergessen und es ist mir erst wieder eingefallen, als vor ein paar Tagen in Freiburg einer einen Feuerteufel machte, wie er das nannte. Das war eine Art Springbrunnen mit diesem schwärzlichen Zeug. Der Gestank ist sehr typisch. Da war alles wieder da! Ich habe damals in Italien überall herumgefragt, es war verlockend. Aber entweder wollte man es mir nicht sagen oder die Leute, die ich gefragt habe, wussten es nicht. Nur einer kannte tatsächlich die drei Zahlen, wusste aber nicht, worauf sie sich beziehen, oder sagte es mir nicht.«

»Der in Freiburg hat dir auch nicht gesagt, wie man das grauschwarze Zeug mithilfe der Zahlen herstellt.«

»Nein – ich kann es ihm nicht übel nehmen. Der Trick ist so gut, dass man damit sorglos leben kann bis an das Ende seiner Tage. So etwas sagt man nicht weiter.«

»Aber ich weiß jetzt, wie man es herstellt. Balthas bringt mich darauf.« Löb hatte eines seiner kostbaren Bücher aufgeschlagen. Er las triumphierend: »Die Römer und Griechen hatten von den Ägyptern ein Feuer. Das nannten sie griechisches Feuer oder auch indisches Feuer. Sie warfen es im Krieg auf Dinge, die sie verbrennen wollten. Sie machten dieses Feuer aus Salpeter, Holzkohle und Schwefel. Der Salpeter ist die Luft, also der Atem des Feuers, der Schwefel ist das Feuer selbst und die Kohle ist die Erde, das Wasser ist feindlich, aber ohnmächtig. So steht es in einem Buch über die Kriege der Griechen und Römer. Das Buch ist hebräisch geschrieben und kommt aus Spanien. Schade, dass die Zahlen nicht dabeistehen – was hätten wir Zeit gespart!«

»Und du meinst?«

»Ja, Christoph«, sagte Löb, »es kann nicht anders sein: Balthas weiß die Zahlen, die sind das Mischungsverhältnis. Das Buch gibt die Stoffe, die gemischt werden müssen.«

»Aber«, fragte Esther, »wenn sogar Gaukler das wissen, weshalb dann die Verfolgung, weshalb bringen sie Menschen um, nur weil sie die Zahlen gelesen haben?«

»Das Substrat ist alt, es kann nur so sein, dass sie eine neue Anwendung gefunden haben. Eine ganz andere, neue – es muss etwas Gewaltiges sein«, fuhr Löb fort.

»Etwas viel Größeres, als nur einen geschnitzten Stock in die Luft zu befördern«, sagte die alte Esther leise.

»Etwas, das Macht gibt, und zwar viel Macht! Unendlich viel Macht!«, sagte Löb.

»Die Macht über die Welt!«, stieß Nachum zornig hervor. »Vielleicht vergiften sie damit die Brunnen und machen die Pest wie wir Juden.« Seine Stimme war rau und klang, als würde er gleich weinen, dann stampfte er hinaus.

»Sie machen in Benfeld einen Tag«, sagte Herr Kropfgans bedrückt, »sie wollen die Juden ausrotten. Auch in Straßburg.«

»Was in Straßburg geschieht, wird nicht in Benfeld beschlossen, sondern in Straßburg, Herr Kropfgans, Herr Eisenhut, ich bitte Sie!«

»Aber der Herr Bischof will es so. Er will, dass die Juden aus dem Elsass verschwinden. Er hat es gesagt, er hat es gesagt.«

»Kaltes Blut, Herr Kropfgans, kaltes Blut.«

»Es ist ja nicht nur der Bischof«, warf Herr Eisenhut ein, »der Adel will es im Elsass und drüben im Markgräfler Land, in Freiburg und im Schwarzwald.«

»Wir in Straßburg wollen es nicht!«, sagte Herr Dopfschütz laut. »Der Adel kann uns ganz gleichgültig sein.«

»Das meine ich nicht«, sagte Herr Eisenhut zögernd, »wir brauchen die Juden, wir brauchen das Geld. Aber der Adel hat kein Geld, sondern Schulden, und die hat er bei den Juden. Das wissen wir doch. Es gibt nichts Besseres für den Adel, als dass die Juden umgebracht werden. Also werden sie auch umgebracht. Alle!«

»Nein. Die in Straßburg nicht!« Herr Dopfschütz stampfte auf.

Herr Kropfgans schaute von einem zum anderen: »Denkt denn niemand an die armen Menschen?«

»Doch, wir drei, das wisst Ihr doch, Herr Kropfgans.«

»Kann man überleben?«, fragte Christoph den alten Abraham. »Wie ist das mit der Pest?« Es wurde viel geredet über den verstorbenen Knecht in Altkirch bei Mühlhausen.

»Das kann ich dir ganz gut sagen«, warf die alte Esther ein. »Hannah hat es mir geschildert. Sie war oft dabei und hat es so genau erzählt, dass es fast ist, als wäre ich selbst dabei gewesen: Zuerst bist du gesund, dann fühlst du dich auf einmal elend und bekommst Kopfschmerzen und Fieber. Bis jetzt ist es noch nicht schlimm, es kann auch irgendetwas anderes sein, etwas Harmloses. Aber jetzt pass auf: In den Achselhöhlen und in der Leistengegend fängt es an zu ziehen, zu drücken und wehzutun. Der Schmerz, ein schneidend stechender Schmerz, wird immer stärker, du kannst die Arme schwer bewegen, Schweiß bricht aus und das Fieber steigt, gleichzeitig wirst du schwach. Jetzt schaust du unter deine Achselhöhlen und in deine Leisten, und dort wirst du dann das Schreckliche sehen: Dicke Beulen, blauschwarz und immer noch anschwellend, beginnen die Höhlen auszufüllen und lassen dich bei jeder Bewegung schreien vor Schmerzen. In den nächsten Tagen bekommst du Beulen auch an anderen Stellen. Schneidet man die Beulen auf, so kommt ein stinkender, breiiger Eiter heraus. Das tut zwar sehr weh, aber es kann dir Erleichterung, ja sogar Heilung verschaffen. Nur musst du jemand finden, der diese Schnitte kann und auch macht. Denn die meisten Ärzte liefen davon, wenn sie die Beulen sahen, hat wenigstens Hannah gesagt. Die Krankheit ist überaus ansteckend und kaum einer hält die Angst vor ihr aus, um jemand zu pflegen.«

»Du hast es sehr genau beschrieben«, bestätigte der alte Abraham, »die Angst vor der Pest ist so tödlich wie die Pest selbst.«

Christoph verstand das nicht ganz: »Kann man wieder gesund werden?« Er presste die Hände zusammen.

»Die meisten sterben«, sagte Abraham ruhig, »von hundert Pestkranken sterben wohl siebzig bis über achtzig, so hat es mir ein jüdischer Arzt gesagt. Und er hat selbst die Pest bekommen und ist am Leben geblieben. Es gibt also Hoffnung.«

»Wenn man die Beulen aufschneidet«, sagt Christoph leise.

Abraham legte ihm die Hand auf die Schulter: »Es haben auch Kranke überlebt, denen die Beulen nicht aufgeschnitten worden sind. Sie brechen dann von selbst auf.«

»Und die meisten sterben?«

»Man wird schwächer, Fieber schüttelt einen, die Beulen vermehren sich, an allen Gelenken schwellen sie an, dick und schwarzblau. Die Schmerzen wachsen ins Unerträgliche. Man glüht vor Fieber und fällt in einen schweren Erschöpfungsschlaf, wenn man Glück hat. Manche bleiben qualvoll schlaflos, wälzen sich vor Schmerzen und merken, wie sie immer schwächer werden. Und dann hört das Herz auf zu schlagen.«

»Schrecklich!« Christoph bekreuzigte sich.

»Es gibt einen schlimmeren Verlauf, zum Glück selten. Die Pest beginnt dann in der Brust. Du hast Schmerzen beim Atmen, die ganze Brust tut dir weh und du fängst an zu husten, ein trockener Husten unter Höllenqualen, bei dem du meinst, dass du erstickst. Dann kommen dicke Klumpen von geronnenem Blut aus deinem Mund. Das Atmen fällt dir immer schwerer. Es ist, als liege ein großer Stein in deiner Brust. Das Fieber steigt sehr schnell, es kann einzelne Beulen geben und nach drei Tagen bist du tot, manche sterben sogar schon nach wenigen Stunden.«

»Und gibt es da Hoffnung?«

»Ich kenne niemand, der diese Pest in der Lunge überlebt hat.«

»Und woher kommt die Pest?«

»Von uns Juden!« Nachum war unbemerkt eingetreten und schrie es fast: »Sie sagen immer und immer, sie kommt von uns Juden.« Er weinte fast. »Wisst ihr, dass sie jetzt Prozesse gemacht haben in der Schweiz am Genfer See? Wisst ihr, dass die Juden gestanden haben unter der Folter? Wisst ihr, dass sie jetzt meinen alles beweisen zu können? Wisst ihr, dass sie die angeblichen Beweise nach Bern geschickt haben, damit sie dort auch die Juden umbringen? Wisst ihr, dass sie die Beweise von Bern nach Basel und Freiburg und Straßburg geschickt haben, dass sie unterwegs sind? Es ist wie in Aragon! Sie werden uns alle umbringen! Wir müssen auswandern, wir müssen auswandern!«

Man sah, wie er die Tränen verschluckte, wie es in seinem Gesicht arbeitete, wie sein Blick auf Christoph fiel.

Löb trat ein und hatte das Letzte noch gehört: »Zuerst, was weißt du? Woher weißt du es? Wer hat es dir gesagt?«

Nachum sprudelte los: »Sie sagen es, die ganze Stadt sagt –«

»Was ist das für ein Beweis, von dem sie reden?«

»Gift; sie haben in einem Haus eines Juden bei Lausanne Gift gefunden. Es ist wie in Aragon. Wir haben die Brunnen vergiftet. Sie haben die Juden so lange gefoltert, bis sie gestanden haben. Wir wollen die Christen ausrotten, um die ganze Welt zu beherrschen, deshalb werfen wir die Pest in die Brunnen!« Seine Stimme zitterte.

»Ich habe das alles auch gehört«, warf Löb ein. »Im Rat der Stadt wird es verhandelt. Herr Dopfschütz hat es mir gesagt: Sie haben aus Bern die Prozessakten hierher geschickt, Beweise für die Behauptungen des Herrn Wangenbaum. Es heißt, Ratsherren aus Bern seien auf dem Weg nach Straßburg, sie führten einen geständigen Juden mit sich als Beweis. Aber, Nachum, der Rat in Köln hat Briefe geschickt, in denen er in dieser Sache zur Vorsicht mahnt. Herr Schwarber hat das bestätigt. Herr Schwarber meint auch, dass die Berner im Rat von Straßburg nicht ernst genommen würden. Er selbst wolle sich für die Juden einsetzen, hat er mir versichert.«

»Weißt du auch, was sie in der Schweiz gemacht haben?« Nachums Stimme schlug um. »Heute wurde es gesagt, sie haben Holzhäuser gebaut und haben die Juden gezwungen hineinzugehen. Dann haben sie die Häuser mit Fackeln angezündet!« Er weinte laut: »Vater, ich will nicht verbrannt werden!«

Der Mensch sah elend aus. Er ging taumelnd und eigenartig steif, die Arme an die Seiten gelegt, als er von den Schergen grob vor den Rat der Stadt Straßburg gestoßen wurde.

Ganz im Gegensatz dazu die Herren aus Bern, die den hinfälligen Mann begleiteten. Sie verbeugten sich artig in ihren kostbaren Gewändern. Der liebenswürdige Herr Einschieß aus der guten und befreundeten Stadt Bern nahm das Wort.

»Sehr geehrte Herren«, sprach Herr Einschieß, »es ist einem Rat der Stadt Bern Ehre und Genugtuung, vor einem ehrsamen Rat der Stadt Straßburg erscheinen zu dürfen.«

»Was wird daraus werden?«, flüsterte Herr Kropfgans zu Herrn Eisenhut, der neben ihm stand und angewidert zuhörte.

Herr Dopfschütz spielte mit der goldenen Kette über seiner Brust: »Pst, lasst sie doch reden, meine Herren, ich bitte Sie.«

Einen Täter führe man vor, einen Geständigen, einen klar Überführten, um die Zweifel an der Schuld und Gefahr der Juden, die ein ehrsamer Rat der lieben und guten Stadt Straßburg noch habe, ein für alle Mal zu beseitigen!

Herr Einschieß machte einen Schritt nach vorne, wobei sich sein weiter, pelzverbrämter Mantel entfaltete wie das Rad eines Pfaus: »Hier dieser Mensch ist ein Jude, den wir auf frischer Tat ertappt haben. Er hat die Brunnen vergiftet. Er hat mit dieser schändlichen Tat die Pest in unsere schöne Stadt gelegt. Wir haben ihn mitgebracht, dass ihr ihn selbst befragt und euch von der Bosheit der Juden überzeugt, zum Schutze der lieben Stadt Straßburg.«

Dann holte er mit den Armen weit aus und wandte sich an einen nicht ganz so prächtigen Herrn neben ihm: »Herr Füegli, seid so nett und gebt es mir.«

Worauf Herr Füegli aus einer Tasche umständlich und mit bekümmerter Miene ein walnussgroßes Säckchen hervorbrachte, das er feierlich auf den Tisch vor den Straßburger Ratsherren legte.

Der Sprecher machte eine lange Pause und sagte dann mit gedämpfter Stimme: »Das Gift, meine Herren.«

Totenstille im Saal.

Herr Einschieß machte eine bedeutsame Miene: »Liebe Herren, wir wissen auch, wie das Gift zusammengesetzt ist: Es enthält Menschenblut, Urin, zu Pulver vermahlene geweihte Hostien, die man aus den Sakramentshäusern der Kirchen gestohlen hat, und einige Zauberkräuter –«

Ein Kaufmann der Stadt Straßburg trat vor, er hatte ein schmales Gesicht und war nicht sehr groß: »Ich heiße Peter Schwarber.« Er schaute die beiden Berner scharf an: »Woher kennt man die Zusammensetzung des Gifts?«

»Ein Aussätziger hat es verraten, der den Juden für Geld geholfen hat.«

»Unter der Folter?«

»Ja.«

»Hat man gesehen, wie der Jude das Gift aus diesem Säckchen genommen und in einen Brunnen geschüttet hat?«

»Man hat das Gift ausprobiert an einem Huhn, an einem Hund, an einem Schwein und an einem Juden. Sie sind alle daran eingegangen«, sprach Herr Einschieß und Herr Füegli nickte.

»Hat dieses Gift dem Juden gehört?«

»Man hat es in seinem Hause gefunden.«

»Herr Einschieß, wart Ihr dabei, als man das Gift gefunden hat?«

»Man hat mich geholt und da war das Gift.«

»War einer von den Herren dabei, die vor unseren Rat gekommen sind?«

»Man hat alle geholt. Und alle haben gesehen, dass das Gift in dem Hause war. Wir beschwören das.«

»Habt Ihr gesehen, wie der Jude das Gift in den Brunnen getan hat?«

»Er hat es gestanden.«

Herr Füegli nickte.

»Unter der Folter?«

»Ja.«

»Bald?«

»Nach fünf Stunden. Vierzehn Grade.«

Herr Schwarber trat zu dem Juden: »Ich, Peter Schwarber, Rat und Kaufmann der freien Reichsstadt Straßburg, frage dich: Bei dem Gott deiner Väter, hast du das Gift in die Brunnen der Stadt Bern geworfen?«

»Ich verwahre mich entschieden dagegen, wie hier in unserem ehrsamen Rat mit der Hilfe einer uns befreundeten Stadt umgegangen wird.« Es war ein dicker Mann mit kostbaren Kleidern, dem aber etwas Mehl am Ärmel hing.

»Herr Bäckermeister Wangenbaum, ich möchte in einer so ernsten Sache nicht –«

»Eben, Herr Schwarber, eben, wenn ich auch nur ein einfacher Bäckermeister bin und Ihr ein großmächtiger Kaufmann, so weiß ich doch, was sich gehört. Da machen die verehrten Ratsmitglieder der Stadt Bern, einer befreundeten Stadt, eine so weite Reise, um uns zu helfen, und Ihr –«

»Es geht nicht um eine weite Reise, es geht um die Frage: Ist es wahr?, Herr Wangenbaum. Es geht um das Leben und die Ehre von vielen Menschen, die unserer Fürsorge anvertraut sind.«

»Eben, Herr Schwarber, eben, es sind uns das Leben und die Ehre der Christen in unserer guten Stadt anvertraut. Ihr müsst blind sein, Herr Schwarber, blind!«

»Die Wahrheit, Herr Wangenbaum –«

»Ja, die Wahrheit, Herr Schwarber, da stehen sechs Mitglieder eines ehrsamen Rates der Stadt Bern und stehen für die Wahrheit ein, und was macht Ihr, Herr Schwarber, Ihr fragt einen überführten und geständigen Juden, Herr Schwarber, ich bitte Euch!«

»Meine Herren, meine Herren, kaltes Blut, ich bitte Sie!«, mischte sich jetzt Herr Dopfschütz ein.

Herr Kropfgans atmete auf.

»Was sagen die Statuten unserer Stadt Straßburg, meine Herren?« Herr Dopfschütz drehte sich um sich selbst und schaute jedem der Ratsherren ins Gesicht. »Ich meine gelesen zu haben, aber bitte, ich kann mich täuschen, dann bitte ich Sie um Nachsicht, meine Herren. Und bitte, Herr Wangenbaum, Ihr wisst, dass ich immer Euer Freund gewesen bin – es soll keine Feindschaft geben zwischen dem Handelsmann und dem Handwerksmann, sage ich immer.«

Herr Kropfgans presste die Hände ineinander.

»Zu den Statuten: Die Statuten unserer lieben und freien Stadt Straßburg sagen, dass nur Geständnisse vor dieses Gericht gebracht werden dürfen, die vor dem Gericht und Rat der Stadt Straßburg gemacht worden sind. Es tut mir Leid, Herr Wangenbaum, Eueren Eifer in Ehren, auch Euch, Ihr Herren aus Bern, bitte ich um Nachsicht, besonders Herrn Einschieß und Herrn Füegli nach ihrer langen Reise. Aber ich bin auf die Statuten der Stadt Straßburg vereidigt und nicht auf die Statuten der schönen, guten und befreundeten Stadt Bern! Und ich meine, das seid auch Ihr, Herr Wangenbaum, so wie jedes Mitglied dieses ehrsamen Rates. Ich glaube nicht, dass wir abstimmen müssen, meine Herren.«

Herr Wangenbaum hatte einen hochroten Kopf.

»Die ehrsamen Vertreter der guten und lieben Stadt Bern lade ich auf meine Kosten zum Essen ein. Ich darf mich empfehlen!«

Herr Kropfgans wischte sich den Schweiß von der Stirn.

»Was wollt Ihr, Löb Baruch?«

»Für den Juden Menli aus Bern bitten, Herr Dopfschütz, und Dank sagen im Namen der ganzen jüdischen Gemeinde Straßburgs für die kräftigen Worte, die Ihr gesprochen habt für uns.«

»Das war nicht ich, das waren die Statuten unserer guten Stadt. Jeder weiß, wie wichtig mir Gesetz und Ordnung sind.«

»Seht, Herr, deshalb möchte ich für den Gefolterten bitten. Die weite Reise hat ihn geschwächt. Er ist krank, Ihr habt ihn gesehen. Ich würde ihn in meinem Hause aufnehmen und für ihn sorgen, bis Weiteres beschlossen ist.«

»Ich sage es ungern, Löb Baruch. Aber auch hier müssen Gesetz und Ordnung herrschen. Der Jude Menli untersteht nicht unserer Gerichtsbarkeit, sondern der Gerichtsbarkeit der Stadt Bern. Ich kann nichts für Euch tun.«

»Eine Ausnahme, Herr Dopfschütz, die Menschlichkeit –«

»Keine Ausnahme, die Statuten lassen keine Ausnahmen zu. Wo kämen wir da hin? Das beweist doch gerade die vergangene Ratsversammlung.«

»Aber Ihr könntet doch die Ratsherren aus Bern bitten –«

»Ich bitte Euch, Löb Baruch, wäre das diplomatisch? Ich sage Euch das sehr ungern, Löb Baruch, vor allem, weil ich viel Geld von Euch gewärtige, sehr viel Geld – ich bekomme es doch nächstens?«

»Ich habe es fast zusammen. Es liegt schon großenteils für Euch bereit. Ihr könnt es in meinem Haus holen. Ich lasse Euch Bescheid sagen.«

»Seht Ihr, da fällt es mir doppelt schwer, Eure Bitte abzuschlagen. Aber nur wegen einem Juden einen diplomatischen Konflikt heraufzubeschwören. Ich bitte Euch, das kann doch Euer Ernst nicht sein. Ich bin auf Eurer Seite, Baruch, das wisst Ihr. Ich habe es vor einer halben Stunde bewiesen. Aber: Es geht nicht!«

Nur wegen einem Juden einen diplomatischen Konflikt – Löb presste die Lippen aufeinander.

»Die Levis sind fort und die Menuchims sind fort und die Mendels sind drauf und dran zu gehen. Wir müssen Straßburg verlassen. Dringend! Elieser hat Recht, Vater, du musst es glauben. Es wird den Juden in Straßburg gehen wie den Juden in Bern und Lausanne.« Nachum stampfte mit dem Fuß auf.

»Ich gehe mit«, sagte Christoph zornig, der das Bild des Schweinekopfes an der Türe zur Synagoge vor sich sah.

Esther hatte Tränen in den Augen.

Der alte Abraham richtete sich auf: »Wenn ihr gehen wollt und gehen könnt, so geht. Wir sind ja auch aus Aragon gegangen. Aber ich gehe nicht mehr mit. Esther und ich, wir sind einmal geflohen, zu euch. Wir gehen nicht ins Ungewisse. Wir sind alt. Wir erwarten das, was Gott über uns verhängen wird. Aber das soll und darf euch nicht halten.«

»Wir bleiben da«, sagte Löb entschieden, »wir lassen Abraham und die alte Esther nicht allein. Das ist das Erste. Wir können aber auch gar nicht gehen, weil ich geschäftliche Verpflichtungen habe, aus denen ich nicht so schnell herauskann. Das ist das Zweite. Es sind diese geschäftlichen Verpflichtungen, deretwegen ich glaube, dass den Juden in Straßburg überhaupt nichts geschehen wird, nichts geschehen kann. Gehen wir aber, dann entfällt der Grund dafür, dass sie uns nichts tun können. Wenn wir also gehen, kommt die Blutschuld für den Tod der schwächeren Brüder in der Gemeinde auch über mein Haus, und das ist das Dritte!«

»Wer sich taufen lässt, dem tun sie nichts«, sagte Christoph unsicher.

Esther blickte ihn an.

»Wer sich taufen lässt, ist ein Verräter!«, warf Nachum ein und verzog die Lippen.

»Wenn die Juden sich taufen lassen, so ist es das Ende des Judentums. Es geht nicht«, sagte Löb.

Nachum weinte, dass es ihn schüttelte. Aber als ihm Christoph die Hand tröstend auf die Schulter legen wollte, stieß er sie mit blitzenden Augen zurück.

Der Berner Jude Menli starrte ins Leere des Gefängnisses, in das ihn die Straßburger Schergen geworfen hatten. Weit oben gab es ein Eisengitter, durch das ein Lichtstreifen an der Steinwand herabstrich. Er sah es nicht. Er lag auf einem Bund Stroh, auf das man ihn geworfen hatte. Die Kleider waren nur noch Fetzen. Sein Gesicht war von einem wilden Bart verdeckt.

Seine Knöchel waren so angekettet, dass er auf dem Rücken liegen musste. Das war sehr unbequem, weil die Kette für die Knöchel zu kurz war und er mit dem Kopf nicht zur Wand reichte, so lag sein Kopf im Dreck. Auch an den Händen waren Ketten, die ihn an jeder Bequemlichkeit hinderten. Es war bitterkalt und feucht. Aber er spürte nichts mehr von alledem.

Bilder huschten an ihm vorbei wie die Ratten an seinem Essnapf. Er konnte sie nicht festhalten. Da war eine Frau. Er sah sie vor sich, er kannte sie nicht. Er sah, wie sie die Frau packten und wegschleppten. Er wusste nicht, dass er weinte, wenn er das sah. Dann glitten andere Bilder vorüber, er konnte sie nicht begreifen. Er spürte furchtbare Schmerzen in den Armen und Schultern – sie zogen jemand hoch an den Armen, die Beine mit Steinen beschwert. Aber er wusste nicht, dass er selbst der Gefolterte war.

Kinder sah er immer wieder vor sich, sechs Kinder. Einen Mann sah er an einem Bett. Ein Kind war krank. Er drückte das kleine Gesicht an seine Brust, wiegte es und sang ein leises Lied. Manchmal flüsterte er Namen, sechs Kosenamen. Er kannte sie nicht. Er weinte, ohne es zu merken. Dann sah er, wie die Kinder und die Frau festgebunden wurden. Die Flammen schlugen hoch und er sah sie nicht mehr. Dann kicherte er wieder und wusste nicht, warum. Wenn er kicherte, fror er so sehr, dass es ihn schüttelte. Aber er spürte nicht, dass er fror.

Er spürte die Stöße des Karrens, auf dem er angekettet lag. Er hörte die Rufe Mörder, Brunnenvergifter, und er hörte immer ein Kichern. Auch Vögel sah er, schwarze Vögel –

»Wir müssen ihn befreien.« Esther war Feuer und Flamme.

»Wie soll das gehen? Es ist sowieso alles zu gefährlich. Da können wir doch nicht hingehen und einen Gefangenen aus dem Gefängnis holen. Dazu einen, der nicht einmal der freien Reichsstadt Straßburg gehört, sondern der Stadt Bern!«

Esther hatte die Hände um die Knie verschränkt und wippte auf und ab: »Es wäre toll, wenn wir es könnten. Du und ich! Wir würden –« Sie hatte ihre schwarzen Augen auf Christoph gerichtet.

Nachum kam zurück, er warf einen schrägen Blick auf Christoph, seine Augen waren wie Kohlen: »Was habt denn ihr für Heimlichkeiten?«

Christoph wollte schnell etwas sagen, aber Esther kam ihm zuvor: »Wir überlegen gerade, wie wir den gefangenen Juden aus Bern aus dem Gefängnis holen können. Es geht ihm so schlecht, hat der Vater gesagt.«

»Es geht nicht. Das geht gar nicht«, sagte Christoph. Dann sah er Nachums Augen und verstummte.

Alle drei schwiegen. Die untergehende Sonne malte hoch auf der Wand des Rückgebäudes ein rötliches Dreieck, von unten kroch die Dunkelheit aus dem Gärtchen.

Nachum pfiff leise durch die Zähne: »Es ist ganz leicht.«

Esther hatte sich ganz zu Christoph gedreht.

Wie schön sie ist, dachte er atemlos.

Sie flüsterte fast, aber ihre Stimme war eindringlich: »Machst du mit? Wir verstecken ihn und pflegen ihn gesund. Nachum macht auch mit. Er sagt, es sei leicht. Bitte!«

Da gab er nach.

Sie schlichen in der Nacht aus dem Haus, was nicht schwer war, da die Kinder das volle Vertrauen der Eltern hatten.

»Das dürfen wir nicht missbrauchen«, hatte Christoph noch gesagt, bevor sie aufgebrochen waren.

»Eben, das rechtfertigen wir ja gerade«, sagte Nachum und seine Stimme klang übermütig. »Vater wollte ja auch, dass der Gefangene zu uns kommt. Er hat es ja erzählt.«

Gewaltig gegen das Licht eines untergehenden Mondes stand schräg vor ihnen die dunkle Masse des Münsters über den Häusern der Juden.

Sie mussten zum Diebsturm, was in der Nacht nicht schwer war. Sie durften sich nur nicht von einer Scharwache oder einem Nachtwächter erwischen lassen.

Nachum schien mehr und mehr von einer übertriebenen Fröhlichkeit und Zuversicht erfüllt, die Christoph nicht verstehen konnte: »Das gibt einen Spaß, wenn wir mit dem befreiten Juden ankommen. Das glaubt uns keiner!«

»Wie stellst du dir das überhaupt vor?«, fragte Christoph, dem es bei jedem Schritt das Herz zusammenzog.

»Lass das meine Sorge sein. Es ist ganz leicht. Was weißt denn du!«

»Du könntest es doch sagen. Wir sind doch alle in derselben Gefahr!«

»Ja, du könntest es uns ruhig sagen.« Die Stimme von Esther klang jetzt doch besorgt, wie sie am Ende einer schwarzen Gasse den Umriss des Diebsturms wie einen dicken Pfahl emporragen sahen.

Das Mondlicht hing noch an den höchsten Giebeln und nur der schwache Schein, der von diesem Licht in die Gasse herabfiel, wies ihnen den Weg. Ab und zu stolperten sie über Abfälle. Vor einigen Tagen hatte es geregnet und in den Gassen, die so eng waren, dass auch am Tag keine Sonne hineinfiel, standen noch Pfützen. Es roch faulig. Christoph spürte, wie Esther zitterte.

»Wir müssen leise sein«, mahnte Christoph.

»I wo, nein, müssen wir nicht!«, sagte Nachum ziemlich laut und kicherte.

Christoph verschlug es den Atem.

Dann rief eine grobe Stimme vor ihnen: »Halt, stehen geblieben! Wer ist da?«

Eine Gestalt mit einem Spieß trat vor die drei.

»Wir wollen den gefangenen Juden befreien«, sagte Nachum hell und deutlich, ja geradezu fröhlich, wie es Christoph schien.

»Was wollt ihr?«

»Den gefangenen Juden befreien.«

»Seid ihr verrückt geworden?«

»Ganz einfach: Wir kaufen dir den gefangenen Juden ab.«

»Was soll das? Wer bist du überhaupt? Der Stimme nach bist du doch nur ein Junge. Und die anderen?«

»Bist du allein?«, fragte Nachum.

Der Wächter streckte jetzt seinen Spieß vor. Christoph sah, wie sein Helm schimmerte.

»Wer wir sind, kann dir gleichgültig sein. Für dich ist bloß wichtig, dass wir reich genug sind, um dir hundert gefangene Juden abzukaufen.«

»Bürschlein, Bürschlein, so ein Vögelchen wie dich spieße ich sonst auf und brate es über dem Feuer als Vorspeise.«

»Sonst! Aber heute nicht. Heute bist du viel zu schlau. Heute spießt du niemand auf. Heute hörst du uns gut zu. Denn heute sollst du reich werden!«

Der andere schnaubte verächtlich.

»Die Judenheit der Stadt Straßburg schickt dir durch uns das hier!«

Man sah nicht recht, was Nachum auf der flachen Hand hielt. Es schien, als halte er ein Feuer mit einem bläulichen Schein in der Hand.

»Weißt du, was das ist?«

Christoph und Esther hörten atemlos zu.

»Das ist ein Diamant! So etwas hast du noch nie gesehen oder gar in der Hand gehabt. Mit diesem Stein brauchst du in deinem ganzen Leben nie mehr auch nur einen Handgriff zu arbeiten!«

»Du musst blödsinnig sein!« Der Wächter stampfte mit dem Spieß auf.

Genau das wollte auch Christoph sagen, aber er brachte kein Wort heraus.

»Hör mal, das ist nichts anderes als ein Lösegeld, wenn auch das größte, das in Straßburg jemals bezahlt worden ist. Es werden doch überall Gefangene mit Lösegeld ausgelöst!«

Man konnte das Gesicht des Mannes nicht sehen. Aber Christoph konnte sich das begehrliche Leuchten der Augen vorstellen.

Der Wächter sagte sehr zögernd: »Er gehört nicht mir. Da kann ich ihn euch auch nicht auslösen.«

»Weshalb nicht?« Die Stimme Nachums wurde ungeduldig. »Du gibst uns den Gefangenen, der ist ja sowieso schon halb tot. Dann nimmst du diesen großen und schweren Diamanten, der vollkommen rein ist und wert in der Krone des Kaisers zu leuchten, und verschwindest aus Straßburg, gehst irgendwohin, nach Speyer, Frankfurt oder Paris oder Rom, verkaufst ihn für hunderttausend Gulden und hast künftig das schönste Leben, das man sich denken kann. Du kaufst dir ein Rittergut, eine Grafschaft, Titel, Ehren, was du willst.«

Es war, als halte der Wächter die Luft an.

Stille.

Dann war es wie ein Ruck: »Nein! Ein für alle Mal: Nein! Ich habe hier Frau und Kinder und will in nichts hineinkommen. Haut schnell ab oder ich rufe die Scharwache, dann könnt ihr dem Berner Juden selbst Gesellschaft leisten!«

Er hielt seinen Spieß gesenkt wie zu einem Angriff und machte einen Schritt vorwärts.

Christoph und Esther zogen Nachum weg, der sich sträubte und nach Christoph stieß.

»Du bist wohl total verrückt geworden: Vaters größten Diamanten. Was glaubst du, was der dir sagen wird!« Esthers Stimme war scharf.

Nachum lachte schon wieder: »Diamant! Der ist nichts mehr wert, sage ich euch. Für uns Juden ist der nichts mehr wert, keinen Heller ist der mehr wert!« Seine Stimme überschlug sich.

Christoph wollte ihn am Arm fassen.

»Und du lass mich los.« Er fasste mit einer Hand nach Christophs Arm und befreite sich mit einem heftigen Ruck.

»Was jetzt?«, fragte Christoph, als sie einige Gassen von dem Turm, dem Gefangenen und dem Wächter entfernt waren.

Der Mond war inzwischen untergegangen.

Esther hielt immer noch Nachums Arm. Sie sagte kein Wort. Sie schlugen nicht die Richtung zum Judenviertel ein.

Das Schweigen war für Christoph unerträglich.

Dann sagte Esther: »Wir sollten heimgehen. Du legst den Diamanten zurück. Vater merkt es nicht. Wenn sie uns erwischen – wir sind Juden!«

»Einer von uns ist kein Jude!« Die Stimme von Nachum wurde wieder laut.

»Er gehört zu uns – er hat sich für uns in Gefahr gebracht.«

»Das ist ganz recht, dass er auch einmal in der Gefahr ist, in der wir Juden sind. Jeden Tag!«

»Er ist auch ohne uns jeden Tag in Gefahr.«

Wieder klang die Stimme von Nachum übermütig: »Jetzt besuchen wir Herrn Dopfschütz – er muss uns den Gefangenen herausgeben. Er sagt doch immer, er sei auf unserer Seite.«

Er sprach viel zu laut. Esther hielt ihm dem Mund zu.

»Der schläft doch längst.« Christoph war besorgt.

»Dann wecken wir ihn.«

»Das ist doch sinnlos«, jetzt wurde auch Esther laut, »wir bringen ihn doch dadurch nur gegen die Juden auf. Glaubst du, er ändert seine Meinung ausgerechnet, weil ein jüdischer Lümmel namens Nachum ihn mitten in der Nacht weckt? Er hat schon Vater jede Hilfe für den Gefangenen abgelehnt!«

Vom Münster kamen drei Schläge.

»In einer Viertelstunde ist Mitternacht.«

Welch ein Gewirr von Gassen. Christoph hätte sich hier nicht zurechtgefunden. Nur die Sterne, die man ab und zu über den ernsten Giebeldreiecken der Häuser schimmern sah, gaben ein sehr schwaches Licht.

Ab und zu huschte eine Ratte über ihre Schuhe und Christoph

war froh, dass er nicht mehr barfuß durch diesen Dreck waten musste.

Die Gassen wurden breiter.

Licht. Ein Haus stand in der Nacht, da waren alle Fenster hell wie im Märchen.

»Das ist das Haus, von dem ich euch erzählt habe«, flüsterte Christoph, »jetzt leuchtet es wieder aus allen Fenstern wie zur Krönung des Kaisers. Ich möchte wetten, dass kein Mensch zu sehen ist.«

Kein Laut war zu hören. Die drei waren stumm in eine Nische getreten und beobachteten das Haus mit seinen leuchtenden Fenstern.

»Ein wenig wie beim Chanukkafest, wenn alle Lichter brennen«, flüsterte Esther.

Zwölf Schläge zitterten durch die Luft. Christoph zählte sie unwillkürlich mit angehaltenem Atem. Auch andere Uhrenschläge fielen ein, die Thomaskirche, das Rathaus, die Stephanskirche, in deren Nähe sie wohnten, Alt St. Peter und viele andere Glocken der großen Stadt.

Sie waren nicht lange verklungen und die Gefährten traten gerade aus ihrer Nische, da war es plötzlich, als würde die drei ein kurzer Luftstoß treffen. Fast im gleichen Augenblick gab es einen Knall, wie ihn keiner jemals gehört hatte. Sie waren heftig zusammengefahren. Er war laut wie Donner, aber kurz und dumpf, nah und doch sehr fern. Es schien, als habe sich ein ganzes Gewitter in einen einzigen Punkt zusammengezogen. Es schien noch durch die Gassen zu rauschen und bevor man darüber richtig erschrecken konnte, war es schon vorbei.

Esther drückte sich an Christoph.

Nacheinander wurden in dem erleuchteten Haus alle Fenster dunkel und es stand da so schwarz wie alle Häuser.

»Was war das?«

Die einsame Festbeleuchtung hatte Philo schon mindestens dreimal gesehen, einmal zusammen mit Christoph. Das war im Sommer gewesen. Immer kurz vor Mitternacht wurden die Fenster nach und nach hell. Alle Läden standen dann weit offen.

Heute war er fast zu spät gekommen – die Lichter brannten schon. Kaum steckte er hinter einer Mauer, als die Türe im Hof knarrte und drei Männer, begleitet von einem Knecht, zum Hoftor herauskamen. Der Diener trug einen Sack, der offenbar recht schwer war, aber nicht sehr groß. Er trug ihn sehr behutsam, als wäre in dem Sack ein kostbares Gefäß aus Glas oder Kristall. Die vier schlichen durch die Stadt, als wären sie das schlimmste Diebsgesindel, und drei waren der ganzen Kleidung nach, die im Mondlicht zu erkennen war, eindeutig Herren!

Er musste sich fast das Lachen verbeißen, wie er, der Gaukler ohne Heimat, den drei ehrbaren Bürgern und ihrem Diener nachschlich.

Leider konnte er ihre Gesichter nicht erkennen.

Herren und Diener gingen zu einer Pforte in der Stadtmauer nicht weit vom Kronenburger Tor. Sie ließ sich von innen leicht öffnen, aber nicht von außen.

Dann waren sie im Freien. Ein Baum und noch ein Baum und noch einer, rennen auf den Ballen, damit niemand etwas hört auf dem nassen Gras – ein Vorteil der Barfußgänger!

Herren und Diener gingen jetzt unbekümmerter – schauten sich aber immer wieder um. So ging es lange Zeit.

Sie wurden erwartet! Einige dunkle Gestalten standen bei einer kleinen Kapelle bei dem Dorf Kronenburg. Von da schritten sie zu einem niedrigen Turm, der einige Steinwürfe weiter an der Straße Richtung Zabern stand. Der kleine Turm des Froschs? Der Turm stand völlig frei, kein Baum war in seiner Nähe. Das Gras war zu dieser Jahreszeit zu kurz, um Deckung geben zu können, und Philo überlegte fieberhaft, wie er es schaffen könnte, etwas von dem zu hören, was die Gestalten redeten, und vor allem zu erkennen, wer sie waren! Er kauerte unter dem letzten Baum vor der freien Fläche, die den Turm umgab.

Philo sah sich um. Im Mondlicht ahnte man gegen Abend die

schwarze Mauer der Vogesen. Nach Morgen hin hatte man einen überraschend guten Blick nach Straßburg hinein. Da! Fast hätte er geschrien: Klar und deutlich hob sich gegen die Schwärze der Stadt das beleuchtete Haus ab. Es waren einige Lichter zu sehen in der großen Stadt, aber das erleuchtete leere Haus war so vollständig sichtbar bis zum untersten Geschoss, dass der Sinn dieser leuchtenden Fenster es sein musste, von dieser höher gelegenen Stelle bei dem kleinen Turm gesehen zu werden. Philo glaubte sich zu erinnern: Waren nicht alle Nächte, in denen das Haus erleuchtet war, solche stillen, klaren Nächte gewesen?

Alle rannten plötzlich auseinander, aber da, wo sie gestanden hatten, sah er einen seltsamen Feuerschein durch das Gras auf den Turm zulaufen. Er richtete sich halb auf, um das Wunder genauer zu sehen.

Dann – eine Säule aus Feuer stieg vor ihm auf.

Eine Welle aus Luft stieß ihn, hart wie Stein – ein Knall, der ihn bis in den Bauch traf. Er spürte den Stamm zittern, an dem er sich festhielt. Steine fielen vom Himmel, als ginge die Welt unter! Am Arm streifte ihn einer. Er war völlig taub, hatte aber einen schrillen Ton in den Ohren.

Der Turm, der gerade noch am Nachthimmel gestanden hatte, war verschwunden. Weg, einfach weg! Er war in die Luft geflogen und dann waren die Steine heruntergefallen, als fiele einem der Himmel auf den Kopf!

Philo zitterte und wartete hinter seinem Baum. Das Schrillen in seinen Ohren ebbte langsam ab. Nach einiger Zeit kamen die Gestalten, die er vor dem Knall gesehen hatte, wieder zum Vorschein. Sie gingen aufgeregt um die Reste des Turms herum.

Er konnte jetzt wieder besser hören, aber er verstand kaum etwas. »Besser als erwartet«, rief jemand.

Einmal hörte er eine dunkle Stimme: »Eindeutig bis in die Stadt –«

Die Lichter in dem leeren Haus waren verschwunden!

Benfeld

In Scharen wanderten die Menschen zu den Resten des kleinen Turmes. In der ganzen Stadt wurde gerätselt, wie ein Turm sich über Nacht in Steinbrocken auflösen konnte. Zudem waren diese Brocken in geheimnisvoller Weise rundum in den Wiesen verstreut gefunden worden. Nur die Fundamente hockten im Boden, darüber waren noch einige kantige Mauerreste.

»Als wären es Riesen gewesen, die mit dem Turm gespielt hätten«, sagte Herr Wangenbaum, »aber das waren keine Riesen! Ist denn niemand aufgefallen, wann der Turm verschwunden ist? Hat denn das wirklich niemand beachtet?«

Und er fuhr fort, als die Zuhörer den Kopf schüttelten: »Es war genau in der Nacht, in der dieser Jude Menli aus Bern in unserem Diebsturm gestorben ist! Hält das jemand für einen Zufall?«

Seine Stimme ging in Flüstern über: »Das sind die Juden, sie haben den Tod dieses sauberen Herrn Menli gerächt.«

Und als jemand einwandte, dass der Tod des Juden doch erst am folgenden Morgen entdeckt worden sei und dass es deshalb kaum Rache gewesen sein konnte, wusste Herr Wangenbaum auch hier eine Antwort: »Zwei Dinge sind sicher: Zunächst hat der Jude Löb Baruch nach der Ratssitzung über den Juden Menli, die für uns und unsere Gäste aus der befreundeten Stadt Bern so schändlich ausgegangen ist, diesen Juden Menli in seine Familie aufnehmen wollen. Einen überführten Verbrecher! Ich habe mit eigenen Ohren gehört, wie er mit dem Judenfreund Dopfschütz darüber gesprochen hat.«

»Die halten doch alle zusammen!«

»Richtig«, fuhr der Bäckermeister fort, »zweitens weiß ich von dem Wächter, der seinen Dienst bei dem Turm hatte«, er machte eine lange Pause und schaute seine Zuhörer an, »dass mitten in der Nacht eine Delegation der jüdischen Gemeinde versucht hat den Wächter zu bestechen und den gefangenen Verbrecher zu befreien, der nicht einmal unserer Stadt gehört!«

»Unglaublich!«

»Der Rat hat es untersucht – und das Schönste, die jüdische Gemeinde streitet alles ab: Der Rabbi weiß von nichts, die Ältesten wissen von nichts! Niemand weiß etwas. Der Wächter muss ein Lügner sein. Und die Christen müssen sich womöglich bei den Juden entschuldigen.«

Es wurde gelacht.

»Ja, lacht nur. Es ist zum Lachen, wie wir uns aufs Kreuz legen lassen; sie haben nämlich Kinder geschickt, um den Wächter zu bestechen und den Juden zu befreien. Kinder!«

»Kinder?«

»Kinder! Der Sinn ist sonnenklar. Sie sagen, dass Kinder eben einfältig seien, dass sie nicht zur Verantwortung gezogen werden könnten. So haben sie sich abgesichert für den Fall, dass es schief geht. Und es ist ja auch schief gegangen, zum Glück. Aber das zeigt, wie schlau und verlogen dieses Pack ist.«

»Das wäre eine schöne Schande gewesen vor den Gästen aus Bern.«

»Das Schlimmste aber bedenkt niemand. Der kleine Turm. Sicher ist es nicht schade um ihn. Aber«, er fasste seine Zuhörer wieder scharf ins Auge, »niemand weiß, wie der Turm eigentlich zerstört worden ist. Bedenkt, in einer einzigen Nacht wurde er vollständig abgetragen, wozu man sonst viele Tage oder Wochen braucht, und er wurde nicht nur abgetragen, sondern auch in alle Winde zerstreut. Ihr habt es mit euren eigenen Augen gesehen: Die Trümmer liegen in weitem Umkreis in allen Wiesen. Wer kann das? Welche Kräfte sind hier am Werk? Ist es Zauberei?«

Die Leute waren beeindruckt: »Was weiß man denn darüber? Zauberer muss man verbrennen, das steht schon in der Bibel!«

»Richtig«, stimmte Herr Wangenbaum zu, »ich sage euch, es sind die Juden. Sie haben, wie schon gesagt, den Tod des Juden Menli gerächt. Aber sie haben uns auch gewarnt.«

»Gewarnt?«

»Gewarnt vor der ungeheuren Kraft, die sie aus ihren alten Schriften schöpfen. Sie können alle lesen und schreiben, sie lernen es in ihren Schulen. Bei uns können fast nur die gelehrten Mönche lesen und schreiben, da weiß man, woran man ist. Aber die Juden sind voller Geheimbündelei. Jetzt haben sie es uns gezeigt: Wer den kleinen Turm in die Luft fliegen lassen kann, der kann auch bald die Gedeckten Brücken zerstören, unser Münster, ja, unsere ganze Stadt Straßburg.«

»Und die Pest?«

»Vorher machen sie die Pest, indem sie die Brunnen vergiften!«

Christoph hatte den besonnenen Löb so noch nie gesehen.

Er tobte: »Es geht nicht um unseren schönsten Diamanten, obwohl die geschäftliche Katastrophe unausdenkbar gewesen wäre, wenn er verloren gegangen wäre. Es hat nichts damit zu tun, dass ich ihn nicht gerne geopfert hätte, wenn wir damit das Leben des Juden Menli hätten retten können. Nein, das war euer Leichtsinn! Und euer Leichtsinn, so gut er gemeint war, hat der ganzen jüdischen Gemeinde geschadet.«

»Vater«, sagte Nachum.

»Du sagst jetzt besser nichts, und auch ihr schweigt«, wandte er sich an Esther und Christoph, die stumm dastanden.

Er ging im Zimmer auf und ab: »Unsere Lage ist ernst, das weiß jeder – sehr ernst! Alles, was wir Juden machen, muss jetzt mit äußerster Vorsicht geschehen. Da ist die rätselhafte Zerstörung des kleinen Turmes, hinter der wir die Drahtzieher der Verbrechen an Christophs Familie vermuten müssen. Aber in der Stadt heißt es bereits, die Juden hätten es getan, und daran seid ihr schuld.«

Er schwieg lange.

Esther trat zu ihrem Vater und küsste ihm still die Hand. Nachum folgte, dann Christoph.

»Wir müssen am Abend über alle diese geheimnisvollen Dinge der letzten Zeit sprechen«, fuhr Löb fort.

»Sehr vieles ist mir nun klar geworden«, schloss Philo, der noch einmal ausführlich über die Zerstörung des kleinen Turms berichtet hatte. »Das leere Haus mit seinen Lichtern war eine Nachricht. Die Lichter sind erloschen, als der Turm zerstört war.«

Löb sagte: »Wer einen Turm in einer Sekunde zerstören kann, wofür man Wochen brauchen würde, der kann auch die Gedeckten Brücken zerstören oder das Münster oder die ganze Stadt, wie Herr Wangenbaum das sagt. Er weiß nur nicht, wer die Urheber sind, und schiebt es auf uns Juden, oder er tut so, als wisse er es nicht. Sie haben ungeheure Macht, und wir wissen, dass sie diejenigen sind, die Christophs Familie verfolgen. Sie sind die Drahtzieher, die wir suchen!«

»Für diese Macht haben sie meinen Vater ermordet! Er hätte nicht mitgemacht. Das weiß ich. Fünfundsiebzig – fünfzehn – zehn! Salpeter – Kohle – Schwefel! Sie haben eine neue Anwendung gefunden. Damit können sie in einem Augenblick riesige Gebäude, vielleicht ganze Städte zerstören. So können sie alles erlangen, was sie wollen. Sie haben eine unvorstellbare Macht. Aber wir wissen nicht, wer sie sind!«

»Aber, Balthas, wie kommt es, dass ein so harmloses Mittel, das auf den Jahrmärkten gebraucht wird, eine solch ungeheure Kraft entfesseln kann?«, fragte Löb.

»Ich weiß es nicht«, antwortete Balthas, »vielleicht sind die Mittel, die man oft für harmloses Spielzeug hält, in Wirklichkeit viel gefährlicher: Wer hätte es gedacht – ein geschnitzter Kopf auf einem hohlen Stecken fliegt in die Luft, und dann ist es vielleicht eine ganze Stadt, die in Trümmern liegt!«

»Was ist eigentlich Salpeter?«, fragte Nachum.

Löb wusste es: »Salpeter wird aus Persien eingeführt. Ich habe schon oft mit ihm gehandelt. Man kann ihn aber auch in unreinerer Form von den Wänden der Ställe kratzen. Er ist ein sehr wichtiger Ausgangsstoff, aus dem man im Bergbau Scheidewasser macht.«

»Scheidewasser?«

»Scheidewasser trennt edle von unedleren Metallen, indem es die unedleren auflöst, die edleren aber verschont.«

»Man sollte es fast ausprobieren. Wir kennen ja die Zusammensetzung –« Nachums Augen begannen zu glühen.

»Nachum, nein«, sagte der alte Abraham ruhig, »unsere Waffe ist das Wort. Wo Worte schweigen und Waffen sprechen, ist nicht unsere Welt. ›Du sollst den Fremdling lieben wie dich selbst!‹, steht in der Thora.«

»Was das alles bedeuten wird, man kann es kaum absehen.« Löb legte Nachum ernst die Hand auf die Schulter.

Der alte Abraham wiegte den Oberkörper: »Die ganze Welt wird sich ändern! Keine Ritterrüstung wird mehr schützen. Keine Tapferkeit, kein Turm, keine Mauer! Das Töten wird leicht werden, denn es geschieht nicht mehr mit der Hand. Kaiser und Könige werden stürzen, denn man wird die Macht kaufen können für Geld: Macht hat, wer Geld für Waffen hat – ganze Völker werden verschwinden! Neues, ganz Anderes wird entstehen, das wir nicht ahnen und das sich auf Zerstörung gründet – und wehe den Menschen, wenn sie diesem Neuen nicht gewachsen sind: Sie werden untergehen.«

Er erhob sich.

»Ich aber bin müde und froh, dass ich das, was kommen wird, nicht mehr erleben muss.«

Langsam und gebeugt wie unter einer großen Last ging er zur Türe.

Dort drehte er sich um: »Kinder, ich segne euch. Dich, arme Esther, und dich, armer Christoph, und dich, armer, reicher Philo, und ganz besonders dich, lieber, lieber Nachum, der du so voller Eifer bist.«

Die Flocken fielen einzeln und still zur Erde. Sie fielen auf die Häuser der Christen und der Juden und machten alle Dächer gleichmäßig weiß. Sie fielen auf Straßen, Plätze und Gassen, wo sie zu einem bräunlichen Matsch wurden. Sie fielen auf die Stege an der Ill und machten ihr Wasser noch schwärzer.

Christoph ging durch die weiß werdende Stadt und achtete kaum auf die Menschen, denen er begegnete.

Er dachte an Weihnachten, wie die Mutter den Kindern, als die Geschwister noch gelebt hatten, am Morgen des Weihnachtstages Geschenke gegeben hatte. Er erinnerte sich an den gemeinsamen Gang zur Kirche, wo man warm zwischen Vater und Mutter saß. Weihnachten, das war zuerst die sanfte Hand der Mutter, die einen morgens geweckt hatte!

Neben ihm ging Esther und erzählte vom bevorstehenden Chanukkafest: »Weißt du, da bekommen wir Geschenke, du bekommst auch welche, ich weiß das schon. Das Schönste aber ist der Chanukkaleuchter, der acht Kerzen hat. Jeden Tag wird eine Kerze mehr angezündet. Es ist die Erinnerung an die Einweihung des zweiten Tempels. Man hat damals eine kleine Flasche mit Öl gefunden, das höchstens für eine Stunde Licht in der Ampel reichen konnte. Aber es hat acht volle Tage lang gebrannt.«

Christoph war stehen geblieben und starrte in einen Arm der Ill. Ein Stück Holz mit einer Haube aus Schnee schaute dort aus dem dunklen Wasser, obwohl das Wasser kaum einen Finger breit darunter floß. Wenn das Wasser auch nur geringfügig wuchs oder eine winzige Welle –

»Sag mal, hörst du überhaupt zu? Ich rede und rede –«

Christoph schwieg. Nach einiger Zeit nahm er ihre Hand und drückte sie lange an sein Gesicht: »Entschuldige bitte, ich war in Gedanken woanders.«

Sie gingen Hand in Hand schweigend über die weißen Felder illabwärts zum Judenfriedhof. Dort zeigte ihm Esther die Gräber ihrer Vorfahren.

Abraham hatte es erlaubt: »Ihr seid nicht allein – die Vorfahren sind mit euch.«

»Es heißt, wir stammen aus dem Geschlecht der Kalomyniden. Mein Urahn Kalomynos ben Mose stammte aus Lucca in Italien, von wo er vor über fünfhundert Jahren von dem großen Kaiser Karl an seinen Hof nach Aachen geholt worden ist, wo er auch begraben liegt. Er war ein Rabbi und ein sehr bedeutender Gelehrter und hat viele Bücher geschrieben«, sagte sie stolz. »Vater soll dir einmal welche zeigen. Wir sind über den spanischen Teil unserer Familie auch mit Maimonides, dem größten Gelehrten der Juden, verwandt«, fuhr sie fort, »eigentlich heißt er Mosche ben Maimon und stammt aus Cordoba in Spanien. Er lebte vor zweihundert Jahren. Vater hat uns einmal aus seinen Büchern vorgelesen und vieles erklärt. Es ist wunderbar, wie klar und vernünftig auf einmal alles erscheint, was in den Schriften steht.«

Esther zeigte ihm die Steine, die auf die Grabsteine der Verstorbenen gelegt waren.

»Es ist ein uralter Brauch, der zeigt, dass wir Juden aus der Wüste kommen. Wenn in der Wüste jemand gestorben ist, so war meist keine Zeit den Toten tief einzugraben. Es ging im Sand wohl auch schlecht. Deshalb legte man Steine über das flache Grab des Toten, einen möglichst großen Haufen. So konnten die wilden Tiere den Toten nicht ausscharren. Wer nun an einem solchen Grab vorüberkam, der legte einen Stein dazu. Diesen Brauch haben wir beibehalten.«

Es gab Grabsteine, die grau waren vor Alter, manche waren schon halb in den Boden versunken. Andere waren ganz neu. Die Grabsteine waren meist aufrecht gestellt und hatten alle hebräische Inschriften, die Christoph nicht lesen konnte. Esther las ihm einige vor und übersetzte sie. Es waren Stellen aus den Psalmen, die er manchmal schon gehört hatte.

Auf alles fiel gleichmäßig der Schnee.

Die beiden legten Steine auf alle Grabsteine, die zur Familie gehörten.

»Es ist auch für meinen Vater«, sagte Christoph leise, »dem haben sie als einem verurteilten Verbrecher ein christliches Grab verweigert. Wir konnten ihn in dem gefrorenen Boden kaum wirklich unter die Erde bringen.«

Esther legte einen Stein dazu.

Dann scharrte sie den Schnee von einem Mäuerchen und setzte sich darauf, sie schwieg lange.

»Was soll aus uns werden?«, sagte sie leise.

»Ich gehe mit euch. Ich habe es gesagt, ist doch keine Frage.«

»Wir gehen ja nicht fort.«

»Umso besser. Ich bleibe bei dir.«

Esther hatte den Kopf an seine Schulter gelegt. Aber sie schwieg und starrte in den Schnee.

Es war nun sicher, dass der Bischof von Straßburg einen Tag in Benfeld, seiner zweiten Residenz, ausgeschrieben hatte.

»Er hält sich meist in Benfeld auf, in Straßburg hat er fast alle Macht eingebüßt«, sagte Löb abends, als die Stube schon dunkel war und nur der Schnee durch die Butzenscheiben hereinleuchtete.

Löb berichtete weiter: »Er hat den ganzen Adel im Elsass eingeladen und alle Räte der Städte. Es geht ausschließlich um die Juden.«

»Vater, noch ist Zeit – wir sollten gehen. Mendels sind vor vier Tagen abgereist und die Familie des Mosche ist dabei, ihre Sachen zusammenzupacken. Vater, was hält uns denn hier?« Nachum war aufgestanden.

»Selbst wenn ich wollte. Es geht nicht mehr. Ich habe es schon einmal erklärt: Wenn wir jetzt gehen, geben wir erst recht einen Vorwand, dass sie über die Brüder herfallen, die bleiben.«

»Alle müssen gehen. Du musst in der Gemeinde einen Aufruf machen. Sie hören auf dich. Vater!«

»Noch einmal. Ich halte die Situation nicht für so gefährlich wie du. Es ist richtig, dass sie hetzen und dass der Bischof von Straßburg gegen uns ist. Aber er hat wenig Einfluss. Die einflussreichsten Persönlichkeiten in Straßburg sind zurzeit Herr Dopfschütz und Herr Schwarber und beide sind auf unserer Seite.«

»Und was ist mit dem Bäcker Wangenbaum, der die Handwerker hinter sich hat, wie man hört?«, mischte Christoph sich ein.

»Der Wangenbaum ist ein Spruchbeutel, die meisten im Rat nehmen ihn gar nicht ernst.«

»Und dein Freund Dopfschütz – als du dem Menli helfen wolltest, da war er nicht bereit irgendetwas zu tun!«

»Er konnte nicht, Nachum, ich habe das schnell eingesehen. Er musste nach den Vorschriften handeln, sonst hätte er uns noch mehr geschadet. Leute wie Wangenbaum warten doch nur darauf, dass Fehler gemacht werden. Am meisten habt ihr geschadet mit eurem Leichtsinn in der Nacht!«

Die drei schwiegen.

»Und der kleine Turm. Wer sind diese Leute, die nach der Macht streben und Christophs Vater getötet haben? Trotzdem, wir müssen wissen, was in Benfeld geschieht. Wir müssen wissen, was sie dort beschließen.«

In der Stube war es nun fast ganz Nacht geworden.

»Ich gehe nach Benfeld«, sagte Christoph, »seit meiner Ermordung bin ich nicht mehr so gefährdet, außerdem kann ich ja meine Haare wieder einmal scheren lassen.«

»Oder du setzt eine Mütze auf«, sagte Esther und sah ihn besorgt an, »oder beides.«

»Philo geht sicher mit dir«, nickte Löb, »ich habe auch gewisse Verbindungen, die mir Nachrichten zukommen lassen werden. Aber viele Augen sehen mehr.«

»Ich gehe auch mit«, sagte Nachum.

Aber der Vater verbot es ihm: »Wir brauchen dich hier.«

Nachum wagte nicht zu widersprechen.

Später sagte Christoph zu Philo: »Das Haus mit den vielen Kerzen – das begreife ich nicht. Du sagst, das sei eine Nachricht gewesen, als die Lichter ausgingen. Aber wer kann denn tausende von Kerzen in so kurzer Zeit löschen?«

Philo schaute ihn an, bis Christoph verlegen wurde und murmelte: »Klar, was soll's, sie haben einfach die Läden geschlossen und die Kerzen nachher gelöscht.«

Blutige Hälften von Schweinen und Ochsen wurden in den Hof der bischöflichen Residenz in Benfeld getragen. Dort brannten große Feuer, über denen von den Knechten des Bischofs an riesigen Spießen Schweine und halbe Ochsen langsam gedreht wurden. Der Schnee zerrann in Pfützen, in denen sich die Feuer spiegelten.

Draußen vor den Gittern des Palastes drängten sich die Bewohner von Benfeld im Schnee und schauten in den rauchigen Hof, wo sich die Diener gegenseitig wegrempelten, um für die Herren die besten Stücke zu ergattern. Die fürstlichen Diener, die mit ihren Herren gekommen waren, wurden bevorzugt bedient.

Auf den Dächern flatterten Krähen und Dohlen und warteten auf ihren Teil.

Philo hatte sich als Diener anwerben lassen.

Schließlich hatte sich auch für Christoph eine Stelle gefunden, bei der er den Saal übersehen konnte. Er half leere Teller und Trinkgefäße wegzutragen.

»Volle sind für dich zu gefährlich«, hatte Philo den Kopf geschüttelt und gelacht.

Früh am Morgen war in der Kirche von Benfeld in einem Gottesdienst des Bischofs um die »rechte Einsicht« gebetet worden. Ein gewaltiges Feuer brannte im riesigen offenen Kamin des großen Saales. Unter den Tischen der Herren standen Pfützen aus Bier und Wein und lagen halb abgenagte Knochen.

Reden wurden gehalten. Berthold II., der Bischof von Straßburg, redete über die Juden.

Es klingt nicht anders als bei Herrn Wangenbaum, dachte Christoph. Herr Wangenbaum saß weit vorne und rieb sich den Bauch nach dem fetten Essen. Neben ihm saßen weitere Mitglieder des Straßburger Rates. Da saßen Herr Dopfschütz, Herr Schwarber, der dürre Herr Eisenhut, der unendlich dicke Herr Kropfgans, der so gemütlich aussah mit seinem wehleidigen Altweibergesicht, wie Philo einmal gesagt hatte. Herr Mühlendamm und Herr Lobsack waren der sechste und siebte der Straßburger Delegierten. Herr Lobsack hatte kein einziges Haar mehr auf dem Kopf.

Philo turnte im Saal herum. Wenn jemand aufgepasst hätte, er hätte eine unglaubliche Gauklervorstellung zu sehen bekommen, und das umsonst: Es war unfassbar, mit wie vielen gefüllten Tellern und Platten gleichzeitig er sich durch den Saal schlängeln konnte.

Der Bischof war noch nicht zu Ende. Aber im Saal war ein Gemurmel und Gesumme, eigentlich hörte ihm niemand richtig zu. Fast an allen Tischen redeten die Besucher miteinander und warfen nur gelegentlich einen Blick auf den Bischof, der mit seinem roten Gewand und goldenem Stab prächtig dastand.

»Sie haben Jesus Christus an das Kreuz geschlagen. Wir können nicht so tun, als wüssten wir das nicht.«

Christoph beugte sich vor, um mitzubekommen, was ein Mann, der wie ein Graf angezogen war, zu seinem Tischnachbarn sagte. Er tat so, als bemühe er sich, möglichst viel Geschirr auf einmal wegzutragen.

»Wann kommt der endlich zur Sache?«, hörte er. »Das interessiert mich alles nicht – für mich zählen nur die Schulden, die ich bei den Juden in Colmar habe.«

»He du, wie lange brauchst du eigentlich noch, um die paar Teller hier wegzuräumen?«, rief sein Nachbar Christoph zu. »Dir tret ich gleich ins Kreuz. Ein bisschen hoppla jetzt!«

Christoph bemühte sich, etwas von den Gesprächen am Tisch der Straßburger zu hören. Aber Herr Dopfschütz saß da stumm wie aus Stein. Herr Schwarber flüsterte manchmal zu seinen Nachbarn, aber davon konnte Christoph nichts verstehen. Herr Wangenbaum redete unbekümmert laut auf Herrn Kropfgans ein. Aber da lohnte sich das Zuhören nicht. Jeder wusste, was Herr Wangenbaum über die Juden zu sagen hatte.

Der Bischof redete immer noch.

Später folgten weitere Redner. Sie sagten fast alle dasselbe: wie es Pflicht eines jeden Christen sei, sich von den Juden fern zu halten oder sie zur Taufe zu bewegen. Ein Mönch sprach lange darüber, dass man den Juden ihre kleinen Kinder wegnehmen müsse, um sie zu taufen und in den Klöstern christlich zu erziehen. Das sei verdienstvoll, und der Himmel sei einem sicher.

»Blödsinn«, hörte Christoph einen Mann sagen, der angezogen war wie ein Ritter, »wer soll denn das bezahlen? Die Juden kosten uns auch so schon genug, wenn wir ihre Zinsen bezahlen sollen. Wen kümmern ihre Bankerte?«

Ein Geistlicher, vielleicht ein Pfarrherr, redete nur kurz. Er begann damit, dass die Juden das auserwählte Volk Gottes seien und dass man dem Urteil Gottes nicht vorgreifen dürfe, dass dies auch die Auffassung des Papstes sei, der Morde an Juden verboten habe – noch alle Päpste hätten Morde an Juden verboten. Schließlich sagte er: »Gott will keine Menschenopfer, Abraham musste Isaak nicht opfern. Wir Christen haben als Erstes die Pflicht der Liebe.« Er hatte mit leiser Stimme gesprochen, so hatten ihn nur die vordersten Reihen hören können. Die begannen jetzt ein solches Geschrei, dass der Redner nicht mehr zu hören war.

Der Bischof, der ihm zornig zugehört hatte, gebot ihm mit einer Handbewegung zu schweigen.

Schließlich redete ein dürrer Herr im schwarzen Talar sehr lange. Er gab einen historischen Überblick: Wie die Juden in allen Ländern versucht hätten sich festzusetzen und wie ihnen das noch nie richtig geglückt sei dank der Wachsamkeit vieler Christen. Vor allem zurzeit der Kreuzzüge sei hier Vorbildliches geleistet worden – gerade auch in den Ländern um den Rhein, wo man die Juden zu hunderten verbrannt habe. Vorbildliches habe aber vor allem der Papst geschaffen anno 1215, als er den Juden jede Arbeit verbot außer Kleinhandel und Geldverleih gegen Zinsen.

»Keine jüdischen Handwerker mehr, keine jüdischen Bauern mehr, fast keine jüdischen Kaufleute mehr, man kann sich ja heute schon kaum mehr vorstellen, dass es das alles einmal gegeben hat.

Das hat sie getroffen bis ins Mark! Der Papst hat auch gute Vorschläge gemacht zum Äußeren der Juden. Aber die Stadt Straßburg hat unverständlicherweise ihre an Gorgon gegebenen Kleiderverordnungen wieder zurückgenommen. Kein Wunder, dass es noch immer Heiraten gibt zwischen Juden und Christen, Ehen, die selbstverständlich vor Gott ungültig sind von Anfang an. Damals, anno 1215, wurde ein Ende eingeleitet, und jetzt muss endlich Schluss sein damit. In Köln stand ihre Synagoge Wand an Wand mit dem christlichen Rathaus, der Bischof von Speyer hat vor vierhundert Jahren Juden in seine Stadt geholt, um den Ruhm der Stadt zu vermehren – das alles muss anders werden. Ich bitte Sie, meine Herren!«

Christoph hatte das meiste schon von Löb gehört und wusste, dass es stimmte.

Aber auch in den letzten Jahrzehnten seien immer wieder großartige Dinge geschehen. Er erinnere nur an die Verdienste des Ritters Rindfleisch in Franken, auf dessen Betreiben vor fünfzig Jahren über hundert Judengemeinden ganz ausgelöscht worden seien, nachdem Juden in Röttingen eine Hostie durchbohrt hätten, um Zauber gegen Christen auszuüben. »Tausende von Juden hat man zu ihrem Heil lebendig verbrannt! Heute wissen wir, dass die Juden die Brunnen vergiften, um die Pest unter den Christen zu verbreiten –«

Herr Wangenbaum sprang auf und klatschte in die Hände.

Christoph sah Philo, der in einer Ecke stand und mit vielen Bällen und Löffeln gleichzeitig jonglierte, auf der Stirn balancierte er dabei einen großen Kochlöffel. Er hatte Publikum. Ein Graf und einige Ritter hatten sich mit dem Rücken zum Redner gesetzt, um dem Jongleur zuschauen zu können.

Herr Dopfschütz hatte das Kinn auf die Brust gesenkt und schlief.

Am Nachmittag wurde unter viel Lärm und Streit ein kleiner Rat bestimmt, der die Beschlüsse zur Abstimmung am Abend vorbereiten sollte.

»Ich glaube kaum, dass ich in diesen kleinen Rat hineinkann«, sagte Christoph zu Philo.

»Das macht nichts«, sagte Philo lachend, »ich bin schon drin!«

Christoph schaute ihn verwundert an: Wie ein Pfau stolzierte Philo plötzlich einher, ein Wappen auf die Brust gestickt.

»Du siehst den Diener eines mächtigen Grafen vor dir.«

»Aber der hat doch seine Diener. Wie –«

»Der Graf von Reichenweiher hat mich eingestellt, auf Lebenszeit. Er will keinen anderen Leibdiener mehr und ich soll ihn mit Gaukeln unterhalten, so eine Art Hofnarr und Hofgaukler gleichzeitig. Er hat mir schon ein Handgeld von drei Gulden gereicht. Dabei musste er sich gegen zwei Mitbewerber durchsetzen. Aber das waren nur Ritter.«

»Und – bleibst du bei ihm?«

»Da kannst du sehen, welch einträgliche Möglichkeiten für eine Lebensstellung ich hätte, aber ich will noch nicht!«

»Und die drei Gulden?«

»Nun, ich denke, er hat die heutige Vorstellung gut bezahlt.«

»Schreckliche Dinge habe ich gehört«, sagte Philo am Abend in der Küche. Als Diener eines Grafen konnte er sich überall unter dem Gesinde frei bewegen.

Christoph hatte den ganzen Nachmittag rußige Kessel geschrubbt. Jetzt verzichtete er auf seinen Lohn und ging mit Philo hinaus. In den Gassen des kleinen Städtchens standen die Leute und warteten gespannt auf Nachrichten von dem großen Tag, der bei ihnen gehalten wurde, wie sie stolz erzählten.

»Es wird schlimm werden für die Juden«, begann Philo bedrückt.

Im kleinen Rat, in dem auch alle Vertreter der Stadt Straßburg saßen, war anders geredet worden als am Vormittag in der großen Versammlung.

»Sie haben fast nur über Geld geredet, wie verschuldet alle seien, der Bischof, der Adel, die Städte, die Zünfte und die Handwerker. Alle müssten den Juden hohe Zinsen bezahlen. Die Juden aber seien reich, man glaube nicht, wie viel Geld in den Vierteln der Juden zu finden sein müsse.«

»Es geht also um Geld?«, fragte Christoph und schnaubte verächtlich durch die Nase.

»Du kannst dir denken, wie der Herr Wangenbaum geredet hat. Er ist ein armes Schwein, das die Juden aussaugen bis zum letzten Blutstropfen, wenn man ihm glaubt.«

»War von der Pest die Rede?«

»Nur am Anfang, auch vom Brunnenvergiften hat niemand mehr etwas gesagt, nicht einmal der Herr Wangenbaum, dessen Lieblingsthema das sonst ist.«

»Geld!«

»Nicht nur Geld. Der Bischof hat sich verraten. Er sei auf der Seite der kleinen Leute in Straßburg, hat er behauptet. Also ist es für ihn eine Machtfrage: Er will die kleinen Leute auf seine Seite ziehen, die Angst haben vor der Pest, indem er die Juden verfolgt. So hofft er seine Macht in Straßburg wiederzuerlangen, die ihm die reichen Kaufleute weggenommen haben.«

»Hast du die Beschlussanträge für heute Abend gehört?«

Philo legte den Arm um Christoph: »Du wirst sie nachher hören, sie sind fürchterlich!«

Christoph setzte sich auf einen Radabweiser.

»Werden sie beschlossen?«

»Insgesamt schon.«

»Und Herr Dopfschütz und die anderen Straßburger Herren?«

»Die haben fast nichts gesagt. Herr Schwarber hat sich einmal zu Wort gemeldet, er wurde aber von Herrn Dopfschütz sofort am Arm gefasst. Sie hecken etwas aus, das hat man gemerkt. Aber ich habe nicht herausfinden können, was. Vielleicht gibt es noch Hoffnung.«

Christoph starrte in den Schnee.

»Sie haben über diesen Beschlussantrag nicht lange gesprochen. Die meiste Zeit wurde darüber geredet, wer die Kosten tragen müsse.«

»Kosten?«

»Ja, sie sind sich einig gewesen, dass die Juden lebendigen Leibes verbrannt werden müssen wie vor ein paar Wochen in Basel. Am längsten haben sie sich gestritten, wer das Brennholz bezahlen muss!«

»Wird es beschlossen?«

»Ich weiß nicht, Herr Dopfschütz hatte so ein schlaues Lächeln.«

Christoph schwieg.

»Der Herr Bischof hat noch lange von der christlichen Verantwortung geredet. Man dürfe nur Juden verbrennen! Wer sich taufen lasse, sei zu verschonen! Ganz kleine Kinder müsse man den Müttern auf dem Weg zum Scheiterhaufen wegreißen, damit man ihre Seelen retten könne.«

Der Himmel war grau an diesem Tag und es wurde rasch dunkel. Vor dem Gitter war es schwarz vor Menschen. Am Abend würde das Gitter für die Bewohner von Benfeld geöffnet und sie dürften sich an den Resten satt essen.

Im großen Saal brannten Fackeln und verbreiteten einen rußigen Qualm, der sich langsam über die Tische zog und unter dem offenen Gebälk des riesigen Raumes lagerte.

Der Bischof trat ein und alle erhoben sich von ihren Plätzen.

»Wir sollten keine langen Reden mehr halten. Das Wichtigste ist schon heute Morgen gesagt worden. Viel Neues wird es nicht geben. Ich verlese jetzt die Beschlussanträge, wie sie im kleinen Rat für alle beraten worden sind:

Ad eins: Die Juden im ganzen Elsass werden aufgefordert sich taufen zu lassen. Alle, die verstockt sind, werden als Ketzer zum Heile ihrer Seelen verbrannt.

Ad zwei: Das Holz zur Verbrennung der Juden wird von den jeweiligen Gemeinden und Herrschaften zur Verfügung gestellt.

Ad drei: Der Besitz der Juden wird zum allgemeinen Wohle verteilt.

Ad vier: Die Herrschaften und Städte am übrigen Oberrhein schließen sich diesen Beschlüssen an.

Gegeben am Sonntag nach Hilarius, am vierzehnten Tag des Monats Januar im Jahre des Heils dreizehnhundertneunundvierzig.«

Raunen im Saal.

Herr Dopfschütz erhob sich langsam und schaute auf die langen Bankreihen, dann hob er die Hand: »Meine Herren, ich spreche für die sieben Deputierten der freien und kaiserlichen Stadt Straßburg.«

Er machte eine lange Pause.

»Die Statuten der kaiserlichen und freien Stadt Straßburg erlauben keine Zustimmung.«

Lärm im ganzen Saal, Rufe, Grölen. Herr Dopfschütz stand mit erhobener Hand. Dann wurde es wieder ruhig.

»Die Statuten der Stadt Straßburg verlangen eigene Beschlüsse der Stadt. Was andere beschließen, geht die Stadt Straßburg nichts an.«

»Dann geht nach Hause und beschließt es«, rief jemand.

»Wir können hier bleiben«, sagte Herr Dopfschütz lächelnd, »wir sind zu einem Beschluss ermächtigt.«

Christoph hatte die Hände ineinander verkrampft, die leeren Becher standen unbeachtet auf einem Tisch.

»Das heißt, wir haben bereits beschlossen: Wir lehnen die Anträge des kleinen Rates in unserer Mehrheit ab. Ich bin ermächtigt auch für die Herren Wangenbaum und Mühlendamm zu sprechen. Sie heißen den Antrag gut, finden aber unter uns anderen Delegierten keine Mehrheit. Da es unsere Statuten verbieten, ist der Beschluss der Mehrheit in diesem Saale, sollte er unserem Beschluss widersprechen, nicht für uns gültig.«

Er wölbte den breiten Leib vor und schwieg, der Saal war erfüllt von Zurufen: »Judenfreund, Judenknecht, Judensau!«

Christoph hatte vor Erleichterung Tränen in den Augen. Dort drüben stand Philo, er sah ihm an, dass er genauso erleichtert war wie er. Am liebsten wäre Christoph hingerannt und hätte Herrn Dopfschütz umarmt.

Ein Ritter erhob sich mit blaurotem Gesicht: »So wahr ich hier stehe, ich erkläre der Stadt Straßburg die Fehde.« Er torkelte.

Es wurde gelacht: »Du kannst ja nicht einmal gerade stehen!«

Einer schrie: »Ist in Straßburg das Brennholz so teuer?«

Herr Wangenbaum erhob sich schwerfällig, sein feistes Gesicht war angelaufen: »Die Vernunft hat nicht gesiegt in Straßburg. Ich frage mich, ob ein verehrter Rat der Stadt sich über die Gefahr im Klaren ist, die von den Juden ausgeht. Die Pest! Sie vergiften die Brunnen und –«

Herr Dopfschütz zog ihn zusammen mit dem dicken Herrn Kropfgans und Herrn Schwarber auf seinen Platz nieder.

»Warum sind denn in Straßburg die Brunnen bewacht?«, rief jemand.

Christoph wusste, dass in Straßburg nur die Brunnen der Juden bewacht waren. Sie waren bewacht, damit keine kleinen Kinder hineinfielen. Am liebsten hätte er es laut in den Saal geschrien.

Ein anderer grölte: »Warum habt ihr dann in Straßburg die Eimer von den Brunnen genommen?«

Christoph wusste, dass das einfach eine Lüge war, aber sie wurde im ganzen Raum aufgegriffen und sinnlos in die Menge gebrüllt.

Der Bischof von Straßburg, der die Versammlung einberufen hatte, saß mit hochrotem Gesicht auf seinem erhöhten Sitz.

Die Anträge des kleinen Rates wurden von den übrigen Teilnehmern am Tag von Benfeld einstimmig beschlossen.

Löb freute sich: »Heute holt Herr Dopfschütz das Geld, die größte Summe, die ich jemals zusammengebracht und ausgeliehen habe. Wehe, wenn der Diamant weggewesen wäre – ich habe ihn beleihen müssen.«

Das Haus wurde seit Tagen auf den Besuch des Herrn Dopfschütz vorbereitet. Obwohl es immer sauber war, wurde jede Ecke gekehrt und gefegt.

»Vergesst nicht, Herr Dopfschütz ist unser Wohltäter. Er ist der

Segen der Juden in Straßburg. Das Geschäft, das ich mit ihm mache, begründet vor allem eure und meine Sicherheit und damit die Sicherheit der ganzen jüdischen Gemeinde!«

Er versammelte die Familie.

»Nachum, du bist höflich, viel höflicher als sonst!«

Er ging in der Stube auf und ab.

»Esther, du begrüßt unseren Gast.«

Am Nachmittag war es so weit. Herr Dopfschütz wurde in das Haus gebeten und begrüßt. Er hatte einen Diener mitgebracht, denn das Geld sollte zum Teil in bar ausgehändigt werden. Herr Dopfschütz war jovial, er lachte mehrfach dröhnend, dass man es im ganzen Haus hörte.

Er fragte Nachum nach seinen Plänen: »Sicher wirst du ein ebenso guter Geschäftsmann wie dein Vater. Du kannst stolz auf ihn sein, ich kenne keinen besseren.«

Als das Geschäftliche abgeschlossen war, bat Löb Herrn Dopfschütz vom Kontor in die Stube. Hier waren Abraham und die beiden Esther.

Abraham erhob sich beim Eintritt des Gastes: »Mein Name ist Abraham. Ich bin der Älteste der Familie und es ist meine Pflicht, Euch, Herr, unserem Wohltäter, den Dank unserer Familie und der ganzen Gemeinde abzustatten. Ich stehe an der Schwelle des Todes und ich würdige, was Ihr für die hiesige Judenheit tut. Es ist schade, dass Eure Großherzigkeit die anderen Gemeinden am Rhein nicht ebenfalls retten kann. Umso mehr bauen wir auf Euch, dass die Gemeinde in Straßburg erhalten bleibe und weiter blühen kann.«

Der alte Mann neigte sich tief und küsste Herrn Dopfschütz die Hand, was dieser geschehen ließ, indem er die Hand mit einem großen Siegelring aus seinem pelzverbrämten Gewand streckte.

Unter die Türe trat Christoph.

Herr Dopfschütz hatte sich Esther zugewandt: »Eine schöne Tochter habt Ihr da, Löb Baruch, bald heiratsfähig. Na, wie heißt denn der Glückliche?«

Er strich ihr über die Wange.

Zum Schluss segnete Abraham Herrn Dopfschütz: »Der Herr segne Euren Eingang und Ausgang, er gebe Euch Glück und Frieden.«

Im Hinausgehen fiel der Blick des Herrn Dopfschütz auf Christoph.

Er sah ihn scharf an: »Wen haben wir denn da?«

Christoph war stumm.

»Ich wusste gar nicht, dass Ihr einen weiteren Sohn habt, Löb Baruch. Warum wird er mir nicht vorgestellt?«

»Das ist kein Sohn von mir. Es ist ein entfernter Verwandter meiner verstorbenen Frau und als Gast vorübergehend bei uns«, sagte Löb sichtlich verlegen.

»Sechzehn? Siebzehn? Ein hübscher Junge«, sagte Herr Dopfschütz und ließ kein Auge von Christoph.

Er wandte sich an Esther: »Das hat man selten.«

Im Abgehen fügte er noch hinzu: »So schöne buschige schwarze Haare und dazu blaue Augen.«

Valentinstag 1349

Christoph starrte auf den Boden, Esther hielt die Hand am Mund, Abraham hatte sein Obergewand über den Kopf gezogen, Löb stand da, kreidebleich.

Nachum stand mitten im Raum, seine Stimme gellte: »Seid ihr taub, seid ihr zugenagelt, habt ihr kein Hirn mehr? Was ist los mit euch? Der allseits verehrte Herr Dopfschütz ist der Jäger Christophs, er ist der Hintermann, den wir suchen. Er ist der Mörder von Christophs Vater, er ist der Mörder der beiden Bettler. – Er ist es, der Türme zerstört und Macht haben wird. Und mit dieser Macht wird er nicht die Juden beschützen! Und Gnade Gott uns Juden in Straßburg, wenn ich Recht habe!«

»Es wäre entsetzlich«, sagte Esther leise.

Abraham hielt den Kopf weiter verhüllt.

Christoph wollte etwas sagen, aber er brachte keinen Ton heraus.

»Ruhe jetzt, Ruhe, nichts überstürzen!«

»Nicht Ruhe, Vater, wir müssen verschwinden, abreisen, nach Osten zu Elieser. Es ist höchste Zeit!«

»Bitte, Nachum, lass uns nachdenken, lass uns alles überlegen. Es ist wichtig. Lass uns nichts überstürzen. Bitte. Wir haben auch Verantwortung für die Brüder.«

»Bitte, Nachum«, sagte Esther tonlos.

»Wir wollen alle Wahrscheinlichkeiten und Möglichkeiten durchgehen«, begann Löb.

»Er hat mich genau so beschrieben, wie ich den Bettlern und dem Gesindel von Straßburg vom Frosch beschrieben worden bin – buschige schwarze Haare und blaue Augen.« Christoph war immer noch wie gelähmt.

»Es kann kein Zufall sein, Vater«, drängte Nachum.

»Gut, gehen wir davon aus, dass es kein Zufall war – dann kennt er diese Beschreibung, und ich muss zugeben, dass dann eine große Wahrscheinlichkeit besteht, dass er selbst der Urheber der Beschreibung und damit der Mörder von Christophs Vater ist. Warum hat er sie uns dann gesagt?«

»Er will mir drohen, das ist klar«, Christoph starrte auf den Boden, »und er fühlt sich sehr sicher dabei. Er spielt mit mir wie die Katze mit der Maus.«

»Richtig«, überlegte Löb weiter, und seine Stimme gewann wieder an Sicherheit, »er hat es in unserer Gegenwart gesagt. Das kann zweierlei bedeuten: Erstens, dass es ihm gleichgültig ist, ob wir es hören, weil er unsere Angelegenheiten davon trennt.«

»Zweitens: Dass er uns warnen will, Christoph weiter zu beschützen«, fuhr Nachum fort.

Esther presste die Lippen zusammen.

»Wenn es so ist, wie Nachum meint«, sagte Löb mit ruhiger Stimme.

»Was will er denn mit dem vielen Geld? Weißt du das, Vater?«

»Er hat es mir nie gesagt, Esther. Ich habe ihn immer wieder darauf zu sprechen bringen wollen, aber da war nichts herauszubekommen. Er wird Ware kaufen. Ich kann mir aber nicht vorstellen, welche –«

»Macht will er – dazu braucht er das Geld! Salpeter, Schwefel und Kohle will er kaufen!« Nachum schrie es heraus.

»Dann wäre Herr Dopfschütz der Mann, der nachts – es kann einfach nicht sein.« Löb hatte seine Stirn mit den Fingern umspannt.

»Aber man muss doch nur zwei und zwei zusammenzählen, Vater. Er hat die Mittel, die Macht zu ergreifen: nämlich das Substrat, das ihn unbesiegbar macht, und er hat das Geld, um diese Machtergreifung durchzuführen! Du selbst hast es ihm gegeben.«

»Es passt alles sehr gut zusammen. Das muss ich sagen. Aber nur unter der Voraussetzung, dass die Beschreibung Christophs nicht einen anderen Grund hat.«

»Einen anderen Grund, Vater?«

»Die Beschreibung lief durch ganz Straßburg, zugegeben, sie war unter den Bettlern besonders verbreitet, weil sie gezielt dort ausgestreut wurde – man hat Christoph unter den Bettlern vermutet. Aber ein Mann wie Herr Dopfschütz, der die Augen und die Ohren überall hat, kann diese Beschreibung auch von einem seiner Diener oder Knechte gehört haben. Kurz – er sieht Christoph, erinnert sich daran und macht sich den Spaß, Christoph genau so zu beschreiben wie bei den Bettlern. Er hat einen eigenartigen Humor – ich kenne ihn ja schon lange, das passt zu ihm. Man muss von den Menschen nicht immer gleich das Schlimmste denken, Nachum.«

»Vielleicht wollte er damit Christoph und uns auch nur erschrecken, zur Strafe, dass wir ihm Christoph nicht vorgestellt haben.« Esther atmete auf und legte den Arm um ihren Vater.

Nachum war nicht mehr so sicher: »Ich kann es nicht so recht glauben, Vater. Man sollte es genau wissen.«

»Der Frosch –«, begann Löb, »aber aus dem ist nichts mehr herauszubringen.«

»Doch«, sagte Christoph.

Die Nachrichten aus dem Gebiet des Oberrheins waren schrecklich. Überall wurden die Juden auf die Straßen gejagt und zu den Holzgerüsten getrieben, wo sie verbrannt wurden, in Basel war es einige Tage vor Benfeld geschehen, in Zürich, in Solothurn, in Schaffhausen, in Konstanz, in Mühlhausen, in Colmar, in Schlettstadt, in Freiburg, in Speyer, in Worms, in Mainz und in vielen kleineren Städten, selbst in Dörfern verbrannte man Juden. Die Morde an den Juden verbreiteten sich vom Oberrhein aus über das ganze Reich.

In Straßburg lebten die Juden wie auf einer Insel.

Scharen von Flüchtlingen aus ganz Deutschland gingen heimlich in der Nacht nach Osten, wurden dennoch unterwegs ertappt, ausgeraubt und beschimpft, mit Steinen beworfen und mit Prügeln erschlagen, in Flüsse und Sümpfe geworfen. Tausende ließen auch hier noch ihr Leben. Nur ganz wenige ließen sich taufen, obwohl Maimonides, der große Vorfahr der Familie Baruch, ausdrücklich geschrieben hatte, dass dies erlaubt sei, wenn man damit sein Leben retten könne.

»Aber dann geht das Judentum unter«, wiederholte Nachum die Worte seines Vaters, »dann doch lieber auswandern.«

In Straßburg gab es Aufläufe der kleinen Leute. Sie schrien und johlten und forderten die Durchsetzung der Benfelder Beschlüsse auch für die Stadt Straßburg.

Herr Wangenbaum hatte große Auftritte.

Aber der Rat, der mehrfach tagte, lehnte die Beschlüsse ab. Herr Schwarber, Herr Dopfschütz, Herr Eisenhut und Herr Kropfgans setzten sich jedes Mal durch, vor allem mit dem Hinweis auf die Macht des Bischofs, die man stütze, wenn die Juden umgebracht oder vertrieben würden.

»Der Bischof hält es mit den kleinen Leuten, er hetzt sie auf, weil er durch sie wieder Einfluss in der Stadt bekommen will«, sagte Herr Schwarber.

»Wir müssen an das Wohl der ganzen Stadt denken!« So redete Herr Dopfschütz und Herr Kropfgans nickte.

Herr Wangenbaum rang die Hände.

In den Wirtshäusern hockten die Männer am Feierabend länger als sonst: »Wir dürfen uns das nicht gefallen lassen! Man muss etwas tun!«

»Die reichen Herren machen, was sie wollen. Sie machen Geschäfte mit den Juden, verdienen in einer Woche mehr Geld, als eine ganze Schmiedewerkstatt mit Meister und Gesellen in einem Jahr auffressen kann, und scheren sich einen Dreck, wie es dem einfachen Mann ergeht! Wenn dann der schwarze Tod kommt, so hauen sie ab.«

In Gruppen standen sie in den Gassen. Herr Wangenbaum bekam von Tag zu Tag mehr Zuhörer.

Der Frosch rieb sich die Hände: diese Pest! Er hätte nie gedacht, dass eine Krankheit so einträglich sein konnte.

Der Kauf der neuen Wurzeln war gut gelungen. Niemand ahnte, dass die Rüben, die er billig bei den Bauern erstand, als teuere, unfehlbare Medizin gegen die Pest auf dem Markt der Stadt Lahr angeboten wurden. Die Herstellung hatte er bedeutend verbessert. Er hatte zwar selbst noch nie eine echte Alraunenwurzel in der Hand gehabt, aber sie sahen irgendwie so echt aus, dass er selbst ganz begeistert war. Er hatte das Verfahren der Herstellung beschleunigt und war sehr zufrieden mit sich. Natürlich konnte das Ganze immer noch verbessert werden. Er steckte voller Ideen.

Seinen Jahrmarktstand hatte er vergrößert. Neue Bilder waren aufgehängt, noch viel eindrucksvoller als die ersten, einen Fiedler und einen Trommler hatte er zu dem Dudelsackpfeifer engagiert. Sie konnten gemeinsam und einzeln spielen, sie konnten sich auch abwechseln. Er musste sie natürlich bezahlen. Aber das waren Hungerleider, Musikanten, die froh um jedes Stück Brot sein mussten, das er ihnen gab. So blieb für ihn selbst genügend übrig, er konnte sich ausrechnen, dass er sich in kurzer Zeit mit einer riesigen, nie geahnten Geldsumme zur Ruhe setzen konnte.

Und die Pest?

Der Frosch hatte vor ihr keine Angst. Er hatte das Gefühl, dass Geld der beste Schutz vor der Krankheit war. Niemals war Blutgeld besser angelegt worden.

Und jetzt folgte die Krönung. Da war dieser Bote aus Straßburg, der ihn einlud zu geschäftlichen Gesprächen. Es schwindelte ihn: Er, der kleine Gauner, der Habenichts, auf dem alle herumgetrampelt waren, sollte womöglich Teilhaber werden! Teilhaber eines der reichsten Männer am Oberrhein. Zumindest würde ein wirklicher Kaufmann Geld in sein Geschäft stecken. Er konnte das Geschäft in großem Stil fortsetzen, vielleicht sogar eines Tages mit echter Mandragora handeln. Sein Erfolg hatte sich in der Geschäftswelt herumgesprochen!

Schade, dass der Diener, der so reich gekleidet war, nicht den Namen seines Herrn verraten hatte. Im Geschäftsleben dürfe man nicht alles an die große Glocke hängen. Noch sei ja kein Abschluss gemacht. Der Diener hatte aber ganz locker mit ihm über geschäftliche Dinge geplaudert und gezeigt, wie gut er sich auskannte. Und er hatte ganz gut mitgehalten bei diesem Gespräch. Er hatte gleich gemerkt, dass ihm der Diener auf den Zahn fühlen sollte, und er hatte sich bestens geschlagen. Der Diener war auch befugt ihn nach Straßburg zu begleiten – ob er nicht überhaupt seinen Stand in Straßburg aufbauen wolle?

So kamen sie nach Straßburg mit Dudelsackpfeifer, Trommler und Fiedler. Den Stand solle er erst nach der Unterredung aufbauen, hatte ihn der Diener angewiesen, er solle sich zuerst sehr unauffällig verhalten, weil sein Herr auf seinen guten Ruf bedacht sein müsse. Deshalb könne er ihn leider vorerst auch nicht in sein Haus aufnehmen.

Der Frosch hatte aber nicht widerstehen können und auf einem kleinen Platz einen kleinen Stand, nur mit den alten Bildern und dem Dudelsackpfeifer, aufgebaut. Er verkaufte recht gut. Man konnte den Umsatz steigern, indem man in die Verkaufsrede die Juden mit einbezog, wie sie die Brunnen vergiften würden, und wie gerade die Alraunenwurzel das beste Mittel gegen dieses Gift sei.

»Es ist erprobt, meine Herren und schönen Damen«, rief er, »es ist erprobt in Italien, Spanien und in der Schweiz mit den besten Erfolgen, freilich ist es nicht ganz billig und nicht jeder kann es sich leisten. So gibt es leider trotz dieses Wundermittels sehr, sehr viele Tote in den genannten Ländern. Und hier in Straßburg wird ja nichts gegen die Juden, diese Brunnenvergifter, unternommen. Kauft, ihr Leute, kauft.«

Welch ein Glück, dass er in Straßburg war, wo den Juden nichts geschah.

Da stand endlich der Diener seines künftigen Geschäftspartners vor ihm. Er solle heute Abend in ein von ihm genau bezeichnetes Haus kommen an der Ill, wo man miteinander reden könne, ohne dass halb Straßburg davon Wind bekomme. Sein Herr bedauere das sehr, aber er lasse ihn grüßen und hoffe, dass der Gang der Geschäfte den Herrn – wahrhaftig, er nannte ihn einen Herrn – völlig zufrieden stellen werde.

Es war keine gute Gegend, wohin der Diener ihn bestellt hatte. Vom Gerberviertel herüber stank es nach Gerberlohe.

Wie er diesen Geruch hasste, der ihn an seine armselige Herkunft erinnerte! Sein Vater war Gerbergehilfe in Pforzheim gewesen und hatte sein bisschen Lohn immer versoffen. Seine Mutter musste sich und ihren Sohn mit Gefälligkeiten für Männer durchbringen, wie sie das nannte. Da war kein Geld für eine Lehre gewesen. Knechtsarbeit hatte er bei den Bauern tun müssen – dann Einbruch, Wegelagerei, Raub –, ein Kumpan hatte ihm Lesen, Schreiben und Rechnen beigebracht. Zuletzt wurden sie erwischt und in den Turm gelegt, angeschmiedet mit einer Kette – Rad oder Galgen?

Bis ihn diese Kaufleute herausgeholt hatten mit dem Mordauftrag.

Und jetzt – welch ein Aufstieg! Er würde vielleicht eines Tages sogar Ratsherr werden –

Da war es: Ein schiefes, baufälliges Haus mit einer schwindeligen Brettergalerie am Giebel, der sich bedenklich über einen Arm der Ill neigte. Gut, dass etwas Schnee lag, man hätte sonst nicht die Hand vor den Augen gesehen. Aus der Ill schien die Kälte heraufzusteigen.

Er solle die Türe öffnen und einfach hineingehen, sie sei nicht abgeschlossen. Das musste wohl ein Witz sein: Diese schiefe Türe hatte noch nie jemand abschließen können. Vielleicht müsse er etwas warten, aber der Herr werde sich beeilen. Freilich sei er viel beschäftigt und nicht immer ganz Herr seiner Zeit.

Wie unangenehm die Türe quietschte!

Finster war es in dem Raum, in den er trat, und bitterkalt.

Es war aber nicht ganz dunkel. Dort auf dem alten Gesimse stand eine brennende Kerze. Er wurde also erwartet. Es war keine Fackel und kein Kienspan. Es war eine teuere Kerze, die da brannte, ohne zu rußen oder zu qualmen. Und sie stand in einem silbernen Leuchterlein! Er konnte beruhigt warten.

Es sah sich um. Das Gebälk zum oberen Geschoss war teilweise heruntergesackt. Eine herabgebrochene Stiege hing halb im Raum.

Hier, im unteren Geschoss, waren die Trümmer des Gebälks zum Teil zur Seite geräumt und der Raum war etwas wohnlich gemacht worden. Ein wackeliger Tisch stand da und eine Bank, die nur noch drei Füße hatte, weshalb eine Holzkiste unter sie geschoben worden war.

Er setzte sich vorsichtig darauf.

Aus der Ferne hörte er den Schlag von Turmuhren, sonst war alles totenstill, höchstens ein Knacken im Gebälk. In einem Luftzug bewegten sich die Spinnwebfahnen schwer von Staub. Die Kälte kroch an den Beinen hoch.

Manchmal ließ ihn ein Rascheln auffahren, aber es war nur eine Ratte, die mit glänzend schwarzen Augen zu der Kerze hochsah und weghuschte.

Nach und nach wurden ihm andere Geräusche bewusst: leises Scharren und Knirschen. Dazu kam von der herabgebrochenen Stiege her etwas wie Stöhnen und Klappern. Ein seltsames Pfeifen und Kratzen setzte ein, schwere Atemzüge. Was bewegte sich da?

Hilf, Himmel, was war da noch in dem Raum außer ihm? Er hörte den schweren Atem immer deutlicher, sein Herz ging wie ein Hammer. Er presste die Hände zusammen, trotz der Kälte brach ihm Schweiß aus.

Langsam erhob er sich von seinem Sitz.

Das Geräusch des Atems, das im Raum hing wie von einem Tier, wurde jetzt zu einem Stöhnen, und da kam es – ein fahler schwarzweißer Schein, eine Gestalt, die langsam hinter den zerbrochenen Stiegen hervorwandelte. Ganz schwarz, nur ein grell kalkweißes Gesicht, darüber wie ein dicker Busch schwarze Haare.

Der Frosch stand wie aus Stein.

Auf der Brust der Gestalt schimmerte etwas. Ein Dolch steckte da!

»Erkennst du mich? Schwarze buschige Haare, blaue Augen?«

Die Stimme hatte nichts Menschliches an sich. Aber er erinnerte sich, er hatte dieses Gesicht schon einmal gesehen, in einer Herberge im letzten Frühjahr –

»Ja, ich bin Christoph Schimmelfeldt. Du hast mich verfolgt, du hast mich ermorden lassen. Du hast das Blutgeld für mich genommen und hast dafür getötet!«

Ein Winseln kam aus der Brust des Beschuldigten.

»Ich bin nicht gekommen, um zu strafen, das werden andere tun. Aber ich finde die ewige Ruhe nur in der Wahrheit.« Die Gestalt schwebte näher: »Wer hat dir das Blutgeld gegeben? Du musst es mir sagen.«

Der Frosch hatte einen trockenen Mund, er versuchte zu sprechen, aber er brachte nur ein Würgen, ein Ächzen heraus.

»Es ist mir Macht gegeben über dich«, redete die furchtbare Gestalt weiter, indem sie näher schritt, »wenn du die Wahrheit nicht sagst, breche ich dir das Genick!«

Da löste sich etwas: »Ich war es nicht, ein Bettler hat dich getötet – er ist schon bestraft«, krächzte er, und als ihn die Gestalt schon fast erreicht hatte, brach es aus ihm heraus: »Es war der Herr Dopfschütz. Herr Dopfschütz hat das Blutgeld bezahlt, ich schwöre es. Er hat mich sogar um das vereinbarte Geld beschissen. Nur darum habe ich –«

Aber schon bewegte sich die geheimnisvolle Gestalt rückwärts unter den Vorsprung der Stiege und verschwand in der Nacht.

Der Frosch begann zu lachen. Er lachte und lachte –

»Es ist unglaublich!« Herr Dopfschütz stapfte im Saal seines großen Hauses herum. »Jetzt, da wir am wenigsten ein Störung brauchen können, kommt es gleich doppelt: Dieser Schimmelfeldt, längst totgesagt, erstochen, in die Ill geschmissen, das Blutgeld für ihn bezahlt, taucht wieder auf – frisch und lebendig, als hätte er nicht tot an einem Fischerpfahl gehangen, wie mir versichert wurde. Und bei wem finde ich ihn? Beim Juden! Und damit nicht genug: Dieser Betrüger, der ihn erstochen gesehen haben will, der das Blutgeld kassiert hat, lässt sich auf einmal wieder mit seinem widerlichen Handel von falschen Mandragorawurzeln in der Stadt blicken.«

»Was können die beiden uns –« Herr Eisenhut fasste nach dem Arm des Herrn Dopfschütz.

»Was können die beiden uns? Herr Eisenhut, höre ich schlecht? Was können die beiden uns? Was musstet Ihr den Betrüger auch mit hinzunehmen in das beleuchtete Haus! Jawohl, der lebt nicht mehr, den habe ich das Schwimmen gelehrt in der Ill, der ist baden gegangen – den habe ich erstechen lassen. Zuverlässig!«

»Und der andere?«, fragte Herr Eisenhut.

»Jetzt sind wir viel weiter, bis jetzt hat er uns ja nicht geschadet. Man wird sehen. Er ist bei den Juden. Dort ist er untergeschlüpft, wir können vielleicht etwas daraus machen.«

»Was soll das heißen?«

»Das soll heißen, Herr Kropfgans, dass wir eins und eins zusammenzählen. Was besagen will, dass wir feststellen, wo wir sind. Das Geld ist da, meine Herren, ich habe es vor zwei Tagen bekommen!«

»Wann kann dann die ganze Sache losgehen?« Herr Eisenhut hatte seinen dürren Hals nach vorne gestreckt, dass er aus seinem pelzverbrämten Gewand ragte wie der Kopf einer Schildkröte. »Wie weit sind wir mit den Versuchen?«

»Wir haben den kleinen Turm in die Luft fliegen lassen und es hat viel Rätselraten in der Stadt gegeben. Herr Wangenbaum hat den Verdacht auf die Juden gelenkt und uns damit sehr geholfen, ohne es zu wissen.«

Er lachte, Herr Eisenhut schloss sich an, während Herr Kropfgans misstrauisch von einem zum andern blickte.

»Wir haben in den Vogesen einige dicke Bäume entwurzelt, und das hat in der Stadt niemand bemerkt. Es sind dort auch einige Felsen zertrümmert worden, wobei zwei Bauern und ein Minenarbeiter um das Leben gekommen sind.«

»Schlimm!«, sagte Herr Kropfgans.

»Es müssen Opfer gebracht werden auf unserem Weg, Herr Kropfgans, das haben wir von Anfang an gewusst.«

»Was ist mit dem Schießen?«, fragte Herr Eisenhut, ohne sich um Herrn Kropfgans zu kümmern.

»Einige Rohre sind fertig«, freute sich Herr Dopfschütz, »die Schwierigkeit ist aber, dass man immer noch nicht genau weiß, wie viel von unserem Schießpulver in das Rohr muss, um das Geschoss hinauszutreiben, ohne dass es das Rohr zerreißt. Auch hier sind Menschen gestorben, meine Herren, aber wir sind auf gutem Wege. Die letzten Versuche waren sehr ermutigend. Man kann mit dickeren und dünneren Eisenrohren Mauern und Menschen zusammenschießen. Eine große Zahl von Schmieden arbeitet für uns. Und wir haben gelernt: Kein Schmied weiß, woran er arbeitet. Demnächst wird auch in Stuttgart für uns geschmiedet. Unsere Verbündeten sind benachrichtigt und leiten alles in die Wege. Haben wir das Elsass und die Grafschaft Wirtemberg, so haben wir fast ganz Schwaben, die wichtigste Voraussetzung, um unser Ziel zu erreichen.«

»Die Rohstoffe?«

»Kein Problem, Herr Eisenhut. Den Salpeter bekommen wir aus Venedig, er kommt aus dem Orient, das Geld liegt dafür am Rialto bereit – einiges gewinnen die Leute auch aus Ställen. Den Schwefel haben wir aus Italien, gut, billig. Die Kohle aus dem Schwarzwald – wir brauchen beste Qualität!«

»Also, Herr Dopfschütz, Herr Kropfgans, wir haben unser Geld in eine gute Sache gesteckt.« Herr Eisenhut nickte befriedigt. »Wir werden dann –«

»Noch nicht, meine Herren, gerade das Finanzielle macht mir Sorgen.« Herr Dopfschütz wiegte bedenklich den Kopf.

»Habe ich recht gehört?«, fragte Herr Eisenhut. »Ihr habt doch das Geld von dem Juden bekommen.«

»Ja«, lächelte Herr Dopfschütz, »alles! Es ist eine riesige Summe, wie ich sie noch nie zusammen gesehen habe, meine Herren. Und mit Ihren Einlagen, meine Herren, vor allem von Herrn Kropfgans, wird es reichen.«

»Dann ist doch alles in Ordnung«, freute sich Herr Kropfgans, und Herr Eisenhut rieb sich die Hände.

»Die Zinsen, meine Herren, ich dächte, Sie wären Kaufleute. Die Zinsen, meine Herren, lassen uns wenig Spielraum, viel weniger, als wir gedacht haben. Sie fressen uns auf.«

Herr Kropfgans fuhr auf: »Soll das heißen, dass wir – ohne mich!«

Herr Dopfschütz hatte Geduld: »Sie müssen dran, die Juden. Es gibt keinen Ausweg. Ihr wisst, ich bin der Letzte, der –«

»Benfeld –«

»Herr Kropfgans, hätten wir in Benfeld zugestimmt, dann hätten wir das Geld niemals zusammenbekommen, das wisst Ihr so gut wie ich.«

»Aber ich meinte, dass die Juden –« Herr Kropfgans kratzte sich am Kopf.

»Auch wir, Herr Kropfgans, auch wir, nicht wahr, Herr Eisenhut, auch wir wollen es nicht. Ihr habt gehört, wie wir in Benfeld alles niedergestimmt haben. Wir haben gedacht, es ginge. Aber wenn ich Euch die Zinssätze sage, Herr Kropfgans – es geht nicht!«

»Dann –«

»Dann wollen wir nichts überhasten, nicht wahr, Herr Kropfgans, die Stimmung im Rat kippt ohnehin, wir sind die Letzten, die für die Juden eintreten, man muss auch an die Angst der kleinen Leute denken. Herr Wangenbaum will –«

»Herr Schwarber –«

»Der Schwarber ist isoliert. Ich schätze ihn ohnehin ein wie den Herrn Schimmelfeldt, und auch da waren wir uns immer einig.«

Herr Kropfgans verzog wehleidig das Gesicht.

»Es geht um das Ziel, meine Herren, ich sage es noch einmal – es geht um den Frieden, den wir herstellen können, wenn wir die

Macht haben. Wir wollen die Macht ja nicht für uns. Darüber waren wir uns einig – leider, Herr Kropfgans, nun auch die Juden!«

»Wann?«, fragte Herr Eisenhut.

»Die Juden gleich, die Macht im Sommer, der ewige Friede, ich würde sagen, in drei Jahren!«

Am Dienstag vor Valentin des Jahres 1349 standen die Herren im Ratssaal der Stadt Straßburg.

»Herr Schwarber, gebt auf. Ihr könnt nichts mehr machen. Wenn Ihr aus dem Fenster schaut –«

Von oben sah es aus, als könne man über die Köpfe gehen, so dicht stand die Menge auf dem Markt.

Wie am Vortag hatten sich die Metzger und die Gerber der Stadt zusammengerottet, die Luft dröhnte von ihrem Ruf: »Juden weg! Schwarber weg! Dopfschütz weg! Juden weg! Schwarber weg! Dopfschütz weg!«

»Verstehe ich recht? Auch Ihr wollt, dass die Juden –« Herr Schwarber sagte es leise.

»Wir können uns nicht immer gegen das Volk stellen, Herr Schwarber, wir sind da, das Wohl der Stadt zu befördern!«, sagte Herr Dopfschütz laut und wiegte bedauernd den Kopf.

»Die Juden sind doch auch das Wohl der Stadt, Herr Dopfschütz. Sie sind doch auch Bürger unserer Stadt.«

»Verbrecher sind das, Brunnenvergifter!«, mischte sich Herr Wangenbaum ein. »Das sind keine Bürger. Verurteilt gehören sie. Die Juden sind unser Unglück! Wie lange muss man das noch sagen.«

Die Lippen von Herrn Eisenhut waren wie zwei Messer.

»Ihr wisst so gut wie jeder andere, dass man das Volk aufgehetzt –«

»Weiß man das, Herr Schwarber? Ihr wisst, ich bin ein Mann der Ordnung und der Gesetze! Ihr seht selbst: Wie wollt Ihr die Ordnung in der Stadt aufrechterhalten, wenn Ihr Euch weiter gegen unsere fleißigen Handwerker stellt!«

Herr Wangenbaum hörte atemlos zu.

»Aufgehetzt sind die Bürger vom Bischof und seinem Anhang.« Herr Schwarber schaute von Herrn Dopfschütz zu Herrn Wangenbaum. »Wir waren uns einig, Herr Dopfschütz, dass die Macht des Bischofs nicht –«

»Ich bin ein frommer Mann, Herr Schwarber, das seid Ihr doch auch, ich gehe jeden Sonntag in die Kirche!«

»Herrgott, darum geht es doch nicht, Herr Dopfschütz, ich bitte Euch. Den meisten geht es doch um das Geld, sie sind verschuldet bei den Juden, auch Ihr, das –«

»Herr Schwarber, ich muss doch sehr bitten! Das ist eine beleidigende Unterstellung, die Ihr nicht beweisen könnt, die ich mir verbitte und die Ihr schnell zurücknehmen solltet!«

»Ihr redet immer von den Statuten der Stadt, Herr Dopfschütz, die Statuten sagen –«

Die Rufe von außen schwollen an.

»Statuten sind kein vom Himmel gefallenes Evangelium, Herr Schwarber. Ihr wisst, ich denke immer rechtlich, aber das Recht muss man manchmal auch den Bedürfnissen anpassen. Und das ist jetzt, ich muss es sagen, Herr Schwarber, das ist jetzt leider der Fall.«

Herr Kropfgans, der neben Herrn Dopfschütz stand, verzog das Gesicht wie ein Kind.

Herr Schwarber war bleich: »Es gibt ein Recht, Herr –«

Ein Bote meldete, auch der ganze Münsterplatz stehe jetzt voller Menschen. Das Gebrüll vom Marktplatz her wurde lauter.

»Herr Schwarber«, sagte Herr Dopfschütz höhnisch, »die Statuten sagen, dass im Rat die Mehrheit regieren soll, ich darf Euch daran erinnern. Wenn Ihr es nicht selbst merkt: Ihr habt die Mehrheit verloren, Herr Schwarber!«

Der Vater hatte Christoph vom Valentinstag in Frankreich erzählt. Junge Leute, die sich liebten, durften an diesem Tag ganz ernsthaft eine Verlobung auf Probe eingehen, die ein Jahr lang galt. Sie durften sich dann ein Jahr lang in aller Öffentlichkeit zeigen und galten als Paar. Das war bei Esther und ihm unmöglich. Sie brauchten noch viel Zeit. Abraham hatte es gesagt, Löb hatte es gesagt. Esther hatte es gesagt.

Esther ging ihm nicht aus dem Weg, aber sie hielt sich zurück – sie lächelte ihm zu. Zum Chanukkafest hatte sie ihm ein kunstvoll mit Goldfäden verziertes Käppchen geschenkt, wie es Abraham, Löb, Elieser und Nachum trugen. Sie hatte es selbst bestickt.

Im goldenen Muster war ein Elefant.

Der Tag des heiligen Valentin würde dieses Jahr auf einen Sabbat fallen. Hatte nicht sein Vater der Mutter einmal am Valentinstag eine Rose mitgebracht, und niemand erfuhr jemals, woher er sie hatte mitten im Winter! Konnte Christoph jetzt im Februar eine Blume bekommen?

Es wurde früh dunkel am Abend vor dem Tag des heiligen Valentin. Und es war viel später als sonst vor dem Sabbatmahl. Christoph fand keine Ruhe. Er hatte sich kein Licht geholt. Er ging in der dunklen Kammer auf und ab, dann schaute er wieder in das letzte Dämmerlicht hinaus. Alles war still. Aufläufe waren gewesen in der Stadt: Am Markt und am Münsterplatz hatten Menschenmassen gestanden und brüllend die Befolgung der Benfelder Beschlüsse verlangt. Aber das war schon ein paar Tage her. Die große Stadt war wieder zur Ruhe gekommen, ohne dass den Juden etwas geschehen war.

Er dachte an ein Gespräch am Vorabend. Nachum hatte wieder dringend die Flucht gefordert. Dabei hatte er gesagt: »Wir sind das auserwählte Volk Gottes. Wir müssen dafür sorgen, dass wir gerettet werden!«

»Wenn er uns retten will, wird Gott dafür sorgen«, hatte der alte Abraham strenger gesagt, als man es von ihm gewohnt war.

Löb lehnte sich zurück: »Die Väter lehren, dass wir das auserwählte Volk Gottes sind, aber das heißt nicht, dass wir besser sind als andere, es heißt nur, dass Gott auf uns ein besonderes Augenmerk hat, dass er unsere Sünden besonders rächt. Auserwähltsein heißt Pflicht, Nachum.«

»Es heißt auch, dass Gott uns dafür ein Land verheißen hat.« Nachums Augen blitzten.

»Und dass er es um unserer Sünden willen wieder weggenommen hat«, sagte Löb trocken.

»Freilich kann er es uns auch wiedergeben, wenn er will«, sagte Abraham leise.

»Denn uns ist der Messias verheißen.« Nachum warf den Kopf zurück.

»Ja, der Friedenbringer. Er soll der Welt den Frieden bringen, Nachum, und nicht den Streit«, sagte der alte Abraham und erhob sich.

»Für uns ist das Jesus Christus«, hatte Christoph zaghaft eingeworfen. »So sagen es die Priester und Mönche.«

»Du darfst das gerne glauben«, erwiderte Löb, »aber den Frieden hat er nicht gebracht, bis jetzt wenigstens noch nicht.«

»Streit bringt er und Verderben.« Nachums Augen blitzten wieder.

»Nicht er«, hatte Abraham kaum hörbar gesagt, »er war ein Jude, sehr sanft und voller Liebe, Nachum.«

In wenigen Minuten würden sich alle begrüßen: »Schabat Schalom!«, und dann zusammen den Beginn des Sabbats feiern. Die Frauen hatten das Essen vorbereitet, den Tisch gedeckt, die Kerzen angezündet, bis die Männer aus der Synagoge zurückkämen. Alle würden sich in der Küche die Hände waschen wie vor jeder Mahlzeit, die linke Hand, die rechte. Die Frauen würden das Essen auftragen und sich zu den anderen an den Tisch setzen. Der alte Abraham würde den Tallit, den Gebetsmantel mit den Gebetsschnüren, tragen. Er würde den Becher mit Wein segnen, das Salz über die Challot streuen, die beiden geflochtenen Brote, von denen Christoph mitessen durfte. Er kannte sogar oft die hebräischen Worte.

Baruch atá, Adonaj Elohejnu, Mélech Ha'Olám,
aschér kidschanu Be'Mitzwotáv we ziwánu,
le'hadlik Ner schel Schabbát.
Gelobt seist du, Herr, unser Gott, König der Welt,
der du uns geheiligt durch deine Gebote und uns befohlen hast,
das Sabbatlicht anzuzünden.

Es klopfte an seiner Türe. Esther? Zu seiner Verwunderung war es Abraham: »Wir brauchen kein Licht.« Er drückte ihn in der Dunkelheit auf einen Stuhl. »Lieber Christoph, Löb bittet dich durch mich. Es ist fast zu viel verlangt, das wissen wir –«

Er redete etwas hastiger als sonst, auch ging sein Atem schwer. Aber seine Stimme, die das Einzige war in der Dunkelheit, war wie immer warm und umgab Christoph wie ein Mantel.

»Es kann doch nichts zu viel sein!« Christoph schüttelte in der Dunkelheit den Kopf.

»Du sollst für uns noch heute einen Botengang nach Schlettstadt machen. Das ist sehr weit.«

»Darauf freue ich mich schon.«

»Es ist aber eilig – du musst sofort aufbrechen.«

»Gleich jetzt?«

»Ja, es ist wirklich sehr eilig, noch vor dem Essen. Wir geben dir Essen für unterwegs mit. Du wirst morgen früh bei Tagesanbruch in Schlettstadt sein und Herrn Twinger, einen Kaufmann, den Schwager des Herrn Schwarber, aufsuchen. Er wird dich schon erwarten. Noch einmal, es duldet keinen Aufschub, du musst jetzt sofort aufbrechen!«

Herrn Twinger solle er ein Päckchen und einen Brief abgeben, auf Antwort warten und mit dieser Antwort wieder zurückkommen. Seine Anstrengung werde belohnt.

»Ich will doch keinen Lohn!«

Abraham drückte ihm ein versiegeltes Bündel in die Hand.

Es war das erste Mal, dass die Familie etwas Größeres von Christoph verlangte.

Ein winziges Schluchzen schien in der Stimme des alten Abraham. »Weißt du, es ist Sabbat«, er legte den Arm um Christoph und drückte ihn lange an sich, »du weißt, dass wir Juden an diesem Tag manchmal ganz auf euch Christen angewiesen sind.«

Christoph solle sich warm anziehen, es liege schon alles bereit, auch neue Sachen. Denn es sei kalt und er müsse die ganze Nacht hindurchwandern, bis er bei dem Geschäftsfreund unterkomme. Der warte schon vor Sonnenaufgang auf ihn, dort könne er sich ausruhen und am Tag zurückwandern. Frühestens gegen Abend oder übermorgen sei er dann wieder in Straßburg.

Schade, dass es am Valentinstag sein muss, dachte Christoph, als er in die warmen Sachen schlüpfte. Aber endlich kann ich etwas für die Familie tun. Es war wie eine Erlösung. Er versuchte noch ein Wort von Esther zu erhaschen, aber die war in ihrer Kammer.

Der alte Abraham segnete Christoph unter der Schwelle: »Der Herr segne deinen Eingang und Ausgang, er behüte dich auf allen Wegen!«

Das Bündel war sehr leicht, er spürte es überhaupt nicht – es waren wohl nur einige Schriftstücke, vielleicht ein Vertrag. Christoph glaubte den festen Kern eines Siegels ertasten zu können.

Die Stadt war eigenartig unruhig –

Er achtete nicht darauf, auch nicht auf die große Zahl von Fuhrwerken, die jetzt noch am Abend in den Gassen fuhren. Er staunte über die vielen Fackeln, deren Licht durch die dunstige Luft flackerte.

Er musste sich wegen einiger Karren eng an einem der Münsterportale vorbeidrücken. Im Schein einer Fackel sah er auf einmal eine Steinfigur, die er noch nie beachtet hatte. Im Licht stand die Gestalt eines Königs, der einen Apfel vor sich hielt. Er hatte einen Blick, als gehöre ihm die ganze Welt.

Aber der erschrockene Blick Christophs fiel auf seinen Rücken: Da hockten im rötlichen Schein des Feuers steinerne Kröten und Schnecken und fraßen sich Würmer hinein.

Er verließ die Stadt durch das Elisabethentor nicht weit entfernt von Philos Versteck. Er hatte kurz gezögert, aber Abraham hatte nichts von Philo gesagt. Eigentlich war er froh, endlich etwas alleine machen zu können. Der Torwächter hatte nach seinem Ziel gefragt und zu seiner Antwort laut gegähnt.

Schnell war es dunkel geworden, aber der Weg war leicht zu finden.

Auf halbem Weg lag Benfeld.

Hoffentlich wird der Nebel nicht zu schlimm, dachte Christoph.

Es war eigenartig, in dem dünnen Nebel so alleine zu wandern. Wegsteine und hohe vertrocknete Distelgruppen kamen ihm langsam entgegen und glitten vorbei. Wie Schatten lösten sich Bäume und Wegkreuze aus der Dunkelheit. Irgendwo musste der Mond sein. Sonst wäre es ganz dunkel gewesen. So waren wenigstens die vielen Wagenspuren und die in den Boden gedrückten Schotterflächen etwas zu erkennen.

Vor einigen Tagen hatte es geregnet und der Schnee war vergangen.

Die Müdigkeit, die ihn überfallen wollte, überwand er leicht. Zuerst war er an einigen Herbergen vorbeigekommen, aus deren Toreinfahrten Licht schimmerte. Dann war er lange auf freiem Feld. Durch einige Dörfer würde er kommen, dann nach vielen Stunden Benfeld erreichen, dann weitere Dörfer, und nach über zehn Stunden wäre er in Schlettstadt.

Vielleicht überholt mich ja ein Fuhrwerk, auf dem ich aufsitzen kann, dachte er und griff bei jedem Schritt weit aus, aber offenbar wollte jetzt zu Beginn der Nacht niemand mehr nach Schlettstadt fahren. Viele Fuhrwerke kamen ihm entgegen und strebten dem Schutz der Stadtmauern zu.

Meist aber war er allein.

Dörfer durchquerte er, deren Namen er nicht kannte. Die Häuser kamen aus dem Dunkel und zogen vorbei, Hundegebell, Klirren und Schnauben aus den Ställen.

Er wusste, dass es auf der ganzen Strecke keinen einzigen Berg gab, so war das Wandern in dieser windstillen Nacht nicht schlimm.

Eine Geschichte fiel ihm ein, die Regine einmal erzählt hatte, den Schluss wusste er nicht mehr, hatte sie ihn nicht erzählt? Oder gab es keinen?

Jeden Tag stieg der Gaukler auf das Seil und tanzte. Er war ein großer Seiltänzer, dem die Leute zujubelten. Er verdiente viel Geld. Und er konnte viel auf dem Seil, vielleicht war er der Beste. Aber er wollte noch viel lernen: die Purzelbäume noch schneller schlagen, das Seil noch höher spannen, die Sprünge noch weiter machen. Eines Tages sah er von seinem Seil aus einen Mann in der Menge stehen, der jubelte nicht und lachte nicht. Mit unbewegtem Gesicht blickte er zu ihm herauf.

Ich bin der Tod, sagte der Mann, der auf ihn gewartet hatte, ich bin gekommen, dich zu holen!

Was kann ich machen, dass du mich nicht holst?, fragte der Gaukler.

Nichts, sagte der Tod, ich hole dich auf jeden Fall. Aber du kannst mit mir wetten, dass ich dich nicht hole, da hast du immerhin Hoffnung.

Der Gaukler schlug eine Wette vor: Du holst mich nicht, wenn ich auf dem Seil ein Rad schlage.

Ich hole dich, wenn du es nicht kannst.

Der Gaukler schlug ein Rad.

Nach sehr langer Zeit – ihm war es gewesen, als hätte er eine weit entfernte Kirchturmuhr viele Stunden schlagen hören – wurde es heller und ein milchiger Mond war zu ahnen. Kein Stern war zu sehen. Das Land um ihn weitete sich, ganz rechts glaubte er die schwarze Masse der Vogesen zu sehen. Bald musste er in Benfeld sein. Die Beine waren schwer und er trottete fast im Schlaf. Über den Feldern lag eine flache Nebelschicht, die sich manchmal über seinen Weg dehnte, dann befand er sich in einem Zwielicht und sah kaum die Hand vor den Augen. Es war kalt geworden, seitdem der Mond schärfer hervortrat.

Dann, als er fast ganz aus dem Nebel trat, sah er vor sich, offenbar an einer Wegekreuzung, eine Gruppe von drei Kreuzen aufragen. Zu ihren Füßen war eine Steinbank, auf der eine Gestalt kauerte. Christoph erschrak und verzögerte unwillkürlich den Schritt. Im Nähertreten sah er, dass die Gestalt auf den Knien lag und betete – ein Mönch, wie ihm schien.

Der Mönch betete, seine Stimme war undeutlich, als spreche er im Schlaf: »Herr Gott, des die Rache ist, erscheine. Erhebe dich, Du Richter der Welt; vergilt den Hoffärtigen, was sie verdienen.«

Die Gestalt richtete sich auf, als Christoph an ihm vorbeiging.

»He, du!«

Christoph ging rascher. Der Mönch war aufgestanden und begann hinter ihm herzulaufen. Christoph ging noch schneller – was wollte der von ihm? »Ich habe keine Zeit!«, schrie Christoph und begann zu laufen.

»Wir müssen zum Bischof«, hörte er. »Du musst mit mir zum Bischof.«

Zum Bischof! Wie konnte man in der Nacht zum Bischof wollen, wenn alles schlief? Es war ja am Tag kaum möglich, wenn man kein Graf oder wenigstens ein Ritter war.

Das war ein Wahnsinniger. Es konnte nicht anders sein, jetzt mitten in der Nacht auf freiem Feld!

Christoph hörte das Rufen noch lange. Es verlor sich erst, als er die Mauern von Benfeld erreichte, die er umging, weil es ihm viel zu lange dauerte, bis der Torwächter die Pforte öffnen und ihn nach endloser Fragerei durchlassen würde. Er sah die Kirchtürme und das hohe Dach der Residenz des Bischofs wie Silber glänzen und dachte an das, was in diesem Hause Grausiges beschlossen worden war. Er dachte an den schrecklichen Herrn Dopfschütz, der seinen Vater verfolgt hatte und vielleicht auch ihn noch verfolgte, Herrn Dopfschütz, der offenbar die Macht hatte einen steinernen Turm mit einem Knall in die Luft zu jagen und der das Geheimnis, wie er das machte, mit Mord und Totschlag verteidigte, und der seltsamerweise der Beschützer der Straßburger Juden war.

Viele Stunden später war der Mond untergegangen und ein fahles Licht von Morgen her kündigte den Sonnenaufgang an. Es war bitterkalt geworden. Auf den Feldern ringsum lag der Reif wie Asche. In der Ferne hoben sich graue Türme über den Dunststreifen, die sich über die Felder zogen – Schlettstadt.

Er konnte kaum mehr stehen, als er die Torwache nach dem Haus des Kaufmanns Twinger fragte.

Christoph wartete frierend, bis ihm geöffnet wurde. Die Füße brannten, er konnte die Augen schwer offen halten. Als Herr Twinger endlich verwundert die Türe öffnete, sah er nicht aus, als hätte er jemand erwartet.

Es schien Christoph, als lese der Kaufmann den Brief, den er ihm mit dem Bündel gab, erstaunt und dann sehr bedrückt. Einige Male schaute der Kaufmann ihn über den Brief hinweg mitleidig an.

Es sei sehr, sehr wichtig, und Herr Twinger, der seltsam unsicher wirkte, sei dankbar, dass er den weiten Weg in der Nacht gemacht habe. Die Antwort an seinen Freund Löb Baruch brauche viel Zeit.

Frau Twinger kam und wurde von ihrem Mann am Arm auf die Seite gezogen, worauf er mit ihr flüsterte. Sie blickten dabei mehrfach zu Christoph. Sie war eine rundliche Frau mit mütterlichem Gesicht. Zuerst schaute sie Christoph nicht recht in die Augen, war dann aber besorgt um ihn – ob der Weg nicht zu weit gewesen sei und dazu in der Nacht, ob er denn keine Angst gehabt habe. »Jakob, wir müssen –« Sie stockte mitten im Satz.

Er bekam zu essen und zu trinken, er durfte sich ausruhen: »Du hast noch viel Zeit, bis alles vorbereitet ist und du nach Straßburg zurückwandern kannst. Ruh dich aus, du kannst den verlorenen Schlaf in der Kammer nachholen, dann hast du Kraft für den Rückweg.« Frau Twinger strich Christoph über die Haare, als sie die Türe zu einer kleinen Kammer öffnete.

Christoph schlief ein, während er noch kaute.

Er sah den Mönch, der bei Benfeld im Mondlicht unter den drei Kreuzen gebetet hatte. Der Mönch selbst war der Gekreuzigte und es war, als wolle er ihm mit den ausgespannten Armen etwas zeigen. Christoph war es aber unmöglich, dorthin zu blicken, wohin der Gekreuzigte deutete. Etwas Entsetzliches, etwas völlig Unerträgliches musste dort sein.

Sein Herz klopfte so stark, dass er erwachte. Das Grauen, das er im Schlaf empfunden hatte, war geblieben.

Er hatte nicht lange geschlafen, kaum eine Stunde, wie Frau Twinger besorgt feststellte.

Aber um keinen Preis wollte er noch einmal zurück in die Kammer. Er sei nicht mehr müde und habe genug geschlafen, sagte er mit brennenden Augen und steifem Genick und unterdrückte ein Gähnen. Er wolle sich in Schlettstadt umsehen, meinte er schließlich, als Herr Twinger von einigen Stunden sprach, die er noch warten müsse.

Der Himmel war weiß. Nur wenige Menschen waren unterwegs. Die Gassen waren grau. Christoph fror so sehr, dass er die Zähne zusammenbeißen musste, damit sie nicht klapperten, als er zur Kirche und zum Rathaus schlenderte. Dabei war der Reif schon wieder getaut. Er nahm wenig wahr von der Stadt. Der prächtige Eindruck der Kirche verflog gleich wieder; es fiel ihm schwer, seine Gedanken auf etwas Bestimmtes zu richten. Er schob es auf die Müdigkeit; es war schließlich keine Kleinigkeit, eine ganze Nacht hindurch ohne Schlaf zu wandern. Abraham und Herr Twinger konnten mit ihm zufrieden sein.

Obwohl er fror, setzte er sich auf eine steinerne Bank beim Rathaus und schlief offenbar sofort wieder ein.

Als er frierend erwachte, fuhr er heftig zusammen. Ein Mönch saß neben ihm. Er wollte sofort aufspringen und weggehen. Aber eine eigenartige Neugier zwang ihn auf seinem Platz zu bleiben.

Der Mönch beachtete ihn nicht. Er flüsterte vor sich hin.

Christoph, der ihn von der Seite ansah, war überzeugt, dass es der nächtliche Mönch war, den er auch im Schlaf gesehen hatte. Die Kutte war braun, die bloßen Füße verkrustet von Schlamm und Staub; er hatte einen Stab neben sich liegen. Sein Gesicht, das er im Mondlicht bei Benfeld deutlicher gesehen hatte, konnte er jetzt nicht recht erkennen, weil dem Mann die Haare ins Gesicht fielen, auch hielt er den Kopf gesenkt. Sein wirrer Bart lag auf einer Kutte, die speckig war und voller Flecken.

Christoph versuchte das Gemurmel zu verstehen – das meiste war lateinisch, was Christoph nicht so schnell übersetzen konnte. Dazwischen waren deutsche Brocken gemischt: »Herr, wie lange sollen die Gottlosen prahlen? Witwen und Fremdlinge erwürgen sie und töten die Waisen und sagen: Der Herr sieht es nicht und der Gott Jakobs achtet es nicht.«

Seine Stimme blieb leise, als er sich zu Christoph drehte: »Sie hören nicht das Weinen der Kinder und nicht die Schreie der Mütter. Was hören sie überhaupt? Sie hören nichts!«

Sein Gesicht war ungesund weiß und voller Falten. Aber es war nicht mehr unheimlich wie in der Nacht. Die Augen waren blutunterlaufen.

Er ließ den Kopf wieder fallen und sagte leise und wie erschöpft: »Sie reißen die Säuglinge den Müttern von der Brust. Sie schichten Holz auf, sie schleppen die Menschen, jetzt, jetzt –«

Christoph überlief es: Wovon redete der?

Der Mönch sprach weiter sehr leise: »Alle verstehen es, wenn sie nur guten Willens sind – bonae voluntatis.«

Christoph zwang sich sitzen zu bleiben.

»Sie kreuzigen Jesus Christus ein zweites Mal.« Er machte eine lange Pause, der Kopf blieb gesenkt, dann flüsterte er: »Sie morden für sich selbst. Und sie sagen, es sei für Gott. Sie hören nicht das Wimmern der Säuglinge, sie hören nicht das Weinen der Kinder, sie hören nicht die Schreie der Mütter, sie achten nicht die Leiden der Väter. Sie quälen, wo sie lindern sollten. Sie fluchen, wenn sie Erlösung predigen. Sie streuen Hass, wo sie Liebe säen sollten. Sie ernten Tränen statt Lachen. Und alles geschieht beim Schein der Sonne!«

»Wo?« Christoph schrie es. Er war aufgesprungen. Es war, als hätte ihn eine gewaltige Faust gepackt. »Wo schichten sie Holz auf? Jetzt! Wo ist das?«

Freilich, das konnte am ganzen Oberrhein sein. Aber gab es überhaupt noch eine Stadt, wo das nicht schon geschehen war?

»Straßburg?« Er schrie es mit fremder Stimme.

Der Mönch fasste ihn am Arm: »Die Macht und das Geld«, sagte er vertraulich, seine Stimme hatte nichts Ungewöhnliches mehr, »es gibt viele wie mich in der Kirche Gottes. Aber sie hören uns nicht, sie sagen, wir seien schädlich –«

Er schaute Christoph voll ins Gesicht: »Ich war Abt in einem Kloster bei Colmar. Dann haben sie in Benfeld beschlossen die Juden zu ermorden. Der Bischof selbst hat es vorgeschlagen.«

Seine Stimme wurde etwas lauter: »Ich habe dagegen gepredigt und Berthold von Buchegg, dem Bischof von Straßburg, einen Brief geschrieben: Die Juden sind Ungläubige, aber die Liebe ist größer als der Glaube – die Liebe ist das Größeste unter allem, sagt Paulus. Christus war sehr sanft und voller Liebe – die Liebe ist duldsam, die Liebe ist langmütig, die Liebe eifert nicht, die Liebe tötet nicht. Der Herr Bischof hat mich abgesetzt und sie werden mich als einen Ketzer verbrennen. Ich wollte heute Nacht zu ihm. Sie morden, wo sie Leben bringen sollten.«

Es konnte nicht sein, es durfte nicht sein. Es war nicht möglich.

Von den Türmen der Stadt hörte man den Stundenschlag.

Von Entsetzen geschüttelt packte Christoph den Mönch: »Wo ist das? Wo geschieht das alles?«

Aber er wusste es ja, es war ja keine Stadt mehr übrig am Oberrhein. Er wusste es, als er zum Hause des Herrn Jakob Twinger rannte.

Er hatte es ihnen ins Gesicht gesagt. Er hatte gehofft, dass sie es verneinen würden, aber Herr Twinger hatte ihm die Hand auf den Kopf gelegt und Frau Twinger hatte ihm die Wange gestreichelt. Sie hatten Tränen in den Augen.

Sie hatten ihm das Bündel wiedergegeben.

Er kümmerte sich nicht um die Torwache, die nach dem Wohin fragte.

Frau Twinger hatte ihm zu dem Bündel ein leinenes Säckchen in die Hand gedrückt, darin sei Essen. Er hatte nicht darauf geachtet. In seinem Kopf war ein schriller Ton. Eine Glocke läutete unentwegt. In seinem Hals würgte Weinen.

Streckenweise rannte er, dann ging er wieder atemlos. Er würde kaum vor Einbruch der Dunkelheit in Straßburg sein. Er rechnete es aus, als es ihm langsam gelang, seine Gedanken zu ordnen. Er musste sich mit Gewalt zwingen die Bilder abzuweisen, die sich ihm aufdrängten – die Juden in den Gassen der Stadt, wie sie, eingequetscht in die johlende, höhnende und spottende Menge, stumm dahinzogen. Esther!

Weshalb war er nach Schlettstadt geschickt worden? Erst langsam stellten sich die Fragen ein.

Allmählich wurde klar: Abraham hatte ihm das Leben gerettet! Und es war sicher, dass dies im Einvernehmen mit Löb geschehen war. Aber weshalb ihm, weshalb nicht Esther und Nachum? Weshalb hatte sich nicht die ganze Familie gerettet, da sie doch offenbar am Vorabend vor dem Valentinstag von dem bevorstehenden Unheil wussten? Wusste es auch Esther? Sie hatte sich nicht von ihm verabschiedet! War ihr das zu schwer gefallen?

Schmerzlich sicher war, dass er ausgegrenzt worden war. Er sollte nicht mit ihnen sterben.

Als der Hunger überhand nahm und er vor Schwäche kaum mehr gehen konnte, aß er im Gehen. Der Himmel war weiß. Er hörte nur sein eigenes Keuchen.

Straßburg war die einzige Stadt am Oberrhein, in der die Juden verschont worden waren. Herr Dopfschütz und andere hatten die Juden geschützt. Die Aufläufe! Was war geschehen?

Die Fuhrwerke, die ihm auf der Straße entgegenkamen, und die Menschen, die er überholte, sah er kaum.

Manchmal verzögerte er den Schritt: Es hilft ja doch nichts. Bis ich in Straßburg bin, ist alles vorbei!

Dann rannte er wieder los.

Kurz hinter Benfeld, als die Beine längst zu Bleiklumpen geworden waren und er im Gehen fast einschlief, überholte ihn ein Fuhrwerk, das ihn mitnahm. Der Fuhrmann wies mit dem Peitschenstiel nach hinten auf die Ladung aufeinander gestapelter Tierhäute, die zum Gerber gefahren wurden. Hier konnte er die wunden Beine ausstrecken und schlief sofort ein.

Als er erwachte, war tiefe Nacht. Der Fuhrmannskarren stand im Hof einer Herberge.

Nicht lange nach Sonnenaufgang war er in Straßburg.

Die Luft war erfüllt von Glockenklang, die Gassen lagen friedlich im Morgenlicht. Richtig, heute war Sonntag. In der Spitalkirche sangen Mönche, über die Ill herüber trug die laue Luft Gesang aus der Thomaskirche, die Portale der Nikolauskirche standen offen, die Leute trugen Sonntagskleidung und gingen zum Gottesdienst. Aus den Häusern hörte man Lachen und Kinderweinen, es roch nach frischem Gebäck und nach heißer Milch. Die Schornsteine rauchten. An den Ufern der Ill schnatterten die Gänse und plusterten sich die Enten, die Weiden hatten bereits einen grünen Schimmer, silberne Kätzchen traten an den Zweigen hervor.

Alles war gut! Nichts war geschehen. Die guten Mächte hatten sich durchgesetzt und hatten die Juden behütet. Die Erzengel und Propheten waren von ihrer Säule im Münster herabgestiegen und hatten sich vor die Synagoge gestellt. Das Auge des Münsters hatte wie seit hundert Jahren über der altehrwürdigen Stadt gewacht.

Niemand hatte den Juden ein Leid zugefügt.

Esther würde ihm zulächeln, Abraham und Löb würden ihn loben.

Er tastete nach dem Bündel, das er dem alten Abraham zurückbrachte, es war sehr leicht – sicher ein wichtiger Brief, ein Vertrag vielleicht, den Herr Schwarber unterschrieben hatte und der sehr eilig gewesen war, man konnte den Knoten eines Siegels spüren. Die Geschäfte gingen weiter. Der Magen knurrte.

Alles würde sein wie immer!

Unter einem Baum spielten Kinder.

Zwei kleine Jungen und ein noch kleineres Mädchen rauften um etwas Buntes. Die Jungen schrien und zogen sich an den Haaren. Das Mädchen weinte, einer der Jungen trat nach dem anderen mit den Füßen: »Gib das sofort her! Es gehört mir!«

Christoph trat näher. Die Kinder stritten sich um ein großes abgerissenes Stück Pergament. Zeichen waren darauf, kostbare goldene, blaue und rote Schriftzeichen. Die Schrift war hebräisch! Die Welt begann sich zu drehen –

Totenstille. Rauch stand in den Gassen im Judenviertel. Im Dreck lag eine winzige Holzpuppe. Die Pergamentfüllungen der Fenster waren eingedrückt, die Türen eingeschlagen. Vor der Synagoge verkohlte Fetzen von Pergament – halb verbrannte Bücher, die Türen zerhackt, die bunten Fenster knirschten unter den Schuhen.

Im Hause Löbs kein Laut – die Wände waren kahl, Stühle und Tische umgestürzt, Truhen offen und leer. Überall Rauch und Kalkstaub. Mitten in der großen Stube schwelte ein Aschenhaufen – die Dielen waren verkohlt, halb verbrannte Gegenstände waren verstreut, überall Fetzen von Büchern. Das Bücherbord war von der Wand gerissen. Die Thorarolle lag zerfetzt. Der Leuchter war umgestürzt. Die Fenster waren eingeschlagen, das Geschirr zertrümmert – Scherben mit vertrauten Mustern, Scherben. Die Wandvertäfelung war an vielen Stellen herausgerissen, aufgebrochen, zerhackt. Seine Augen brannten.

Christoph hockte auf dem Boden und starrte vor sich hin.

Irgendwo steckte ein Klotz, der seine Fäuste zusammenballte. Schreien, schreien! Seine Lippen formten nur ein Krächzen.

Ein Luftzug spielte mit Asche und verkohltem Stroh.

Es war kalt.

Nach langer Zeit ging er die Stiege hinauf zu seiner Kammer. Auch hier war alles um und um gekehrt. Die Füllung des Bettes herausgerissen, seine Kleider verschwunden. Die Truhe hatte man zerhackt. Selbst der Putz der Wände war an vielen Stellen aufgeschlagen. Die Tonplatten des Fußbodens waren überall aufgebrochen.

Die Türe zur Kammer Esthers war die einzige unversehrte im ganzen Haus, ihr Anblick war so vertraut, dass er unwillkürlich anklopfte, bevor er hineinging. Aber innen war es wie überall, auch bei Nachum und in den anderen Kammern.

Kein Laut, kein Mensch. Rauch und das Rascheln von Stroh auf dem Fußboden, wenn der Durchzug durch die zerschlagenen Fenster stärker wurde.

Eine schwarze Ratte hockte mitten in der Stube und nagte an einem Fetzen eines Buches. Christoph schrie sie an, er trat mit den Füßen nach ihr. Sie wich seinen Tritten aus, indem sie zur Seite glitt, dann nagte sie weiter. Er trampelte, er brüllte, er warf nach ihr, er schlug mit einem Stuhlbein. Aber die Ratte wich immer aus.

Philo berichtete: Löb, Abraham und die alte Esther seien tot. Von Esther und Nachum wisse er nichts.

Er erzählte, wie schon vorgestern gegen Abend die Unruhe in der Stadt zugenommen habe, wie er sich zuerst gewundert habe über die vielen Holzkarren, die seit dem Nachmittag in die Stadt gekommen seien. Wie er noch spät zum Hause Löbs gerannt sei, um sie zu warnen, denn es sei jetzt auch geredet worden in der Stadt: Die Leute hätten sich die Hände gerieben und sich gefreut wie auf ein Fest. Wie aber die Türe bei Löb nicht geöffnet worden sei und wie ihm eingefallen sei, dass es der Vorabend zum Sabbat war, an dem nur ungern Besuch empfangen wurde. Wie er in seiner Verzweiflung gerufen und mit Fäusten gegen die Türe getrommelt habe und mit den Füßen gegen die Türe getreten sei. Nichts habe sich gerührt im Hause, in den Fenstern aber sei Licht gewesen. Wie er gedacht habe, dass die Familie bereits geflohen sei und Christoph mitgegangen sei, wie er immer gesagt habe. Er habe geglaubt, dass sie das Licht im Hause zur Täuschung hätten brennen lassen. Zu denken, dass sie sein Klopfen und Rufen gehört haben mussten –

»Weißt du, ich war traurig, dass du ohne Abschied gegangen bist. Vielleicht wäre ich ja sogar mitgegangen – wir Gaukler lieben das Wandern. Aber letztlich war ich froh, dass ihr alle wenigstens in Sicherheit seid.«

Christoph lächelte trüb.

»Das haben sie sich gut ausgedacht im Rat dieser altehrwürdigen Reichsstadt! Die Juden waren alle in ihren Häusern – dieser Tag des heiligen Valentin war ja ein Sabbat. In der Nacht haben sie das Viertel der Juden mit Barrikaden verrammelt.

Am Morgen des Sabbats haben sie die Juden aufgefordert herauszukommen, der Rat würde sie vor dem Pöbel schützen, wie es in den Statuten der Stadt vorgesehen sei, und ihnen die Flucht zuerst auf Schiffen über den Rhein und dann nach dem Osten ermöglichen. Es sei alles vorbereitet, sie müssten nur Vertrauen haben. Herr Dopfschütz und Herr Eisenhut haben das gesagt, von denen man wusste, dass sie die Juden immer beschützt hatten. Ich habe es selbst gehört. Sie haben sich auf die Barrikade gestellt und zu den Ältesten der Gemeinde gesprochen; bei denen war auch Löb.

Aber ich war ja außerhalb der Barrikade und habe gesehen, wie sich der Pöbel bereithielt. Weißt du, sie haben sich zusammengerottet wie gegen Räuber. Wie gegen Diebe mit Schwertern und mit Stangen sind die Leute vor das Viertel der Juden gezogen, die Gassen waren schwarz vor Menschen. Die Leute waren ausgelassen wie bei einem Volksfest. Es wurde gejohlt, gegrölt und gelacht. Einige führten Fässchen mit Bier und Schnaps auf Karren bei sich. Es wurde gesoffen, gebrüllt und getobt, Schandlieder wurden gesungen. Eine Gruppe schrie immer im Takt: Juden raus! Juden raus! Juden raus!«

Christoph presste sich die Fäuste ins Gesicht.

»Noch schlimmer waren die Frommen, die unter der Anführung von schwarzweißen Mönchen Lieder sangen und Litaneien beteten. Sie führten sogar Fahnen mit Heiligenbildern mit sich.«

»Und weiter?«

»Dann sind die Juden still aus ihren Häusern herausgekommen. Sie hielten sich an den Händen und gingen ruhig, viele sangen oder beteten Psalmen. Familie um Familie kam. Viele weinten leise vor sich hin, nur die Kinder schrien und weinten laut, die Augen weit aufgerissen.

Ich nehme an, dass die meisten wussten, was jetzt kam.

Johlend und jubelnd wurden die Juden von ihren Mitbürgern auf der anderen Seite der Barrikade begrüßt. Ich hätte so etwas nie für möglich gehalten. Wie Tiere haben sie sich auf die armen Menschen gestürzt, die Familien auseinander gerissen, ihnen die Kleider vom Leib gezerrt und nach Geld durchsucht! Es gab Betrunkene, die sich an den Händen gefasst hielten und um die Juden herumtanzten. Straßenjungen schrien Schimpfwörter und spuckten sie an. Faulige Eier flogen, verdorbenes Gemüse prasselte auf sie herunter. Andere schrien auf sie ein und viele ganz entsetzliche Menschen schlugen mit Prügeln und mit Stangen und Latten auf sie los.«

»Und die Familie Löbs?« Christoph weinte.

»Der alte Abraham ging aufrecht und so voller Würde, dass ihn niemand anfasste, es entstand ein freier Raum um ihn. Ähnlich war es mit der alten Esther. Anders war es bei Löb, bei ihm hatten viele Schulden –«

Philo schwieg.

»Esther und Nachum –«

»Ich bin den ganzen schrecklichen Zug auf und ab gegangen, oft und oft, aber ich habe beide nicht gesehen. Ich bin sicher, dass sie nicht dabei waren.«

»Ganz sicher?«

»Ich habe gehört, dass sich einige in der Mikwe, dem Bad tief unter der Erde, versteckt hatten. Aber Männer sind hinabgestiegen und haben sie herausgeholt.«

»Waren Esther und Nachum nicht dabei?«

»Sicher nicht. Ich habe zwar die Menschen, die sich in der Mikwe versteckt hatten, nicht gesehen – es seien vor allem Frauen gewesen –, aber Esther und Nachum waren nicht dabei, ich hätte sie sonst in dem Todeszug wieder sehen müssen. Das ist die Wahrheit.«

Er schwieg.

»Du verschweigst mir etwas.«

»Es gibt etwas, das kann man kaum erzählen. Man schämt sich: Sie haben junge Mädchen und Frauen aus dem Zug herausgeholt und trotz ihres Sträubens in Hauseingänge geschleppt –«

Er schwieg wieder.

»Aber auch sie wurden dann meist umgebracht. Manche haben vielleicht überlebt. Vor allem, wenn sie sich taufen ließen.«

Es war wie in den anderen Städten.

»Kann Esther nicht bei diesen Frauen gewesen sein?«

Sollte man es wünschen?

»Nein. Ich stand zuerst direkt an der Barrikade nicht weit vom Haus der Familie und habe gesehen, wie sie herausgekommen sind. Ich habe den Rabbiner David Walch gesehen, den du kennst, und den Kantor Meiger, den du auch kennst. Auch sie schritten mit großer Würde, dennoch wurden beide beschimpft und sehr misshandelt. Esther und Nachum waren nicht dabei! Auch Rebekka, die Freundin Esthers, habe ich nicht gesehen.«

Er schwieg wieder lange.

»Fast schlimmer als alles andere waren die Frommen mit ihren Fahnen und Litaneien – wie Geier stürzten sie vorwärts, wenn sie einen Säugling sahen, und rissen ihn seiner Mutter aus dem Arm. Sie wollen sie taufen und in Klöstern christlich erziehen. Es gab richtige Kämpfe um die Kinder. Sie halten es für ein gottgefälliges Werk.«

»Und –«

»Das Ende kam nach Stunden voller Quälereien und Gemeinheiten, die man nicht erzählen kann. Wie das Vieh haben sie die armen Menschen nach Rotenkirchen getrieben, dort bei dem Haus der Aussätzigen hatten sie in der Nacht Scheite und Reisigbüschel geschichtet und darüber auf Holzgerüsten Hütten aufgeschlagen. Du kennst das ja alles, wie es aus Basel berichtet worden ist. Sie haben die Juden, Männer, Frauen und Kinder, in die Hütten gesperrt und bei lebendigem Leibe verbrannt. Als das Feuer aufloderte, krochen manche mit rauchenden Kleidern aus der aufflackernden Glut. Sie wurden vor meinen Augen mit Äxten und Prügeln totgeschlagen.«

Philo weinte.

»Weißt du, es gab sehr viele, die nicht einverstanden waren mit dem, was da geschah – manche weinten. Aber keine Hand hat sich gerührt für die armen Menschen.«

Er schwieg lange.

»Auch ich habe keine Hand gerührt.«

Am Tag darauf verkündigte der Rat, dass alle Schulden an die Juden nichtig seien. Das Geld der Juden werde an die Zünfte verteilt. Aber es gab noch lange Streit darüber, ob die Schulden an die Juden jetzt von der Stadt oder vom Bischof eingetrieben werden durften. Viel von dem Geld der Juden bekamen die schwarzweißen Mönche.

Während die Juden zum Tode geführt wurden, hatte man ihre Häuser ausgeraubt. Manche waren angezündet worden, auch die Synagoge und die Cheder. Aber es kamen Männer vom Magistrat, die sofort befahlen zu löschen, damit das Feuer nicht auf die umliegende Stadt übergriff.

Wenige Wochen später war ein Fest in Straßburg: Ein Brief des Kaisers, der sich gerade in Speyer aufhielt, gewährte allen Bürgern der Stadt Straßburg Straffreiheit für den Mord an den Juden. Er wurde auf allen Plätzen der Stadt vorgelesen und die Menschen jubelten und schrien: »Jetzt ist es gewonnen, jetzt kann uns nichts mehr geschehen!« Ihre Stimmen waren grell, ihre Gesichter verzerrt.

Nachrichten kamen aus dem ganzen Reich – überall hatten die Bürger in den Städten ihre jüdischen Mitbürger, mit denen sie meist Jahrhunderte friedlich zusammengelebt hatten, ermordet. Hunderte jüdische Gemeinden waren ausgerottet worden, so wurde triumphierend berichtet.

Man stieß in den Wirtshäusern darauf an.

Nur in Mainz, so hörte man, hatte der Bischof die Juden schützen wollen, aber der Pöbel, aufgestachelt von Adeligen, Schuldnern der Juden, hatte den Palast des Bischofs gestürmt und die Juden erstochen, verbrannt, im Rhein ertränkt. Die Männer an den Biertischen und die Leute auf der Straße johlten und klatschten Beifall, wenn solche Dinge von Fahrenden in Liedern besungen wurden.

In Regensburg freilich waren die Leute verblendet: Der Rat und der Bischof hatten beschlossen die Juden zu schützen. Ähnlich war es wohl in Prag, wo die Juden auch geschützt wurden.

Die armen dummen Menschen, hörte man in Straßburg.

Christoph und Philo zogen wieder in die alte Behausung an der Ill mit der schiefen Holzgalerie. Das Judenviertel war abgesperrt worden.

Sie erfuhren, dass in einigen der ärmsten Häuser noch die wenigen Juden hausten, die sich hatten taufen lassen. Versteckt hatten sich dort auch einige Frauen und Mädchen, die vergewaltigt worden waren.

»Das heißt, dass man sie erst missbraucht, dann getauft und jetzt ausgestoßen hat«, sagte Philo grimmig.

Aber die wenigen Juden, die vom Feuer verschont geblieben waren, konnte man nicht ansprechen, scheu drückten sie sich in der Judengasse an die Seite. Es war sinnlos, sie nach Esther oder Nachum zu befragen.

Christoph hatte lange gewartet, bis er eines der unglücklichen Geschöpfe traf, Tochter, Braut oder junge Mutter – sie hatte Kopf und Gesicht mit einem langen schwarzen Tuch verhüllt. Er sah einen winzigen Augenblick verschwollene und verängstigte Augen. Es war ein junges Mädchen, das Esther mit Sicherheit gekannt hatte. Aber das Mädchen blieb stumm.

Die Synagoge werde zu einer Marienkapelle gemacht, hieß es, in die größten Häuser zögen jetzt reiche Leute.

»Diebe!«

Löb hatte Christoph einmal gezeigt, wie die Judengasse genau auf den Nordturm des Münsters zuführe, das Viertel der Juden sei schon vor tausend Jahren Mittelpunkt der Stadt gewesen. Es werde gesagt, in der alten Römerstadt sei die Judengasse die Hauptstraße gewesen – schon damals hätten Juden als wichtige Leute darin gewohnt.

»Die reichen Mörder wollen in die alte Mitte der Stadt, auf die sie immer neidisch waren!«, sagte Philo.

Christoph gab keine Antwort. Er hatte seit dem Valentinstag noch wenig geredet. Er grübelte viel.

Die beiden standen am dunklen Mühlkanal, in dem – wie lange war das schon her? – der tote Bettler gefunden worden war.

Es war kalt geworden.

»Weißt du«, sagte Philo, »wenn Abraham und Löb einen Weg gefunden haben, dich zu retten, dann haben sie auch einen Weg gefunden, Esther und Nachum zu retten.«

»Aber warum nicht sich selbst und Löb und die anderen?«

»Viele Juden sterben für ihren Glauben.«

Christoph sagte: »Löb hat einmal erklärt, sonst gehe das Judentum unter. Ich glaube, ich verstehe jetzt ein wenig, was er gemeint hat.«

Es gab so viele Fragen. Unten zog langsam das schwarze Wasser.

»Warum haben sie mich getrennt von den anderen? Warum haben sie uns nicht gemeinsam gerettet?«

Einzelne Schneeflocken begannen herabzusinken.

»Das Bündel hat mir das Leben gerettet. Ich möchte wissen, ob es überhaupt etwas Wichtiges war. Herr Twinger und seine Frau haben miteinander geflüstert, beide hatten nasse Augen, als ich wegging.«

Christoph trug das Bündel an seinem Gürtel immer bei sich. Man spürte das Gewicht ja kaum.

Sie zogen ein kleines versiegeltes Päckchen aus dem Bündel. Als sie das Siegel gebrochen hatten, fanden sie ein vielfach gefaltetes Pergament, das mit einer abermals versiegelten Kordel umwunden war. Auf dem Pergament stand mit großen lateinischen Buchstaben: Für Christoph.

Christoph bebte die Hand, als er auch dieses Siegel brach und die Kordel löste. Er hielt den Atem an.

Aber es folgte nichts Geschriebenes mehr.

Etwas Hartes fühlte er in ein Seidentuch eingeschlagen, dessen Muster ihm schmerzlich vertraut war: Ein regelmäßiger, rundlicher Klumpen aus sehr klarem Glas, der sich schwer anfühlte, lag in seiner Hand.

Christoph stand verblüfft. Was sollte er mit diesem Glas? Er suchte in dem Tuch. Aber es war nichts mehr darin verborgen. So fasste er keinen Gedanken und starrte auf beides, das Glas und Esthers seidenes Tuch.

»Mensch!«, sagte Philo.

Christoph begriff nicht.

»Der Diamant!«

Christoph erschrak: Es war der Stein, mit dem Nachum den gefangenen Juden Menli aus Bern hatte auslösen wollen! Unendlich wertvoll war dieser Stein! Er war das Wertvollste gewesen, was Löb Baruch besessen hatte.

Sein Glanz!

»Deshalb waren in allen Räumen des Hauses die Böden und die Holzvertäfelungen der Wände aufgebrochen. Diesen Stein haben sie gesucht. Herr Dopfschütz kennt ihn. Er ist kostbarer als alles zusammen, was er hat.«

»Er gehört nicht mir«, sagte Christoph leise, »er gehört Nachum und Esther oder Elieser in Prag, aber nicht mir.«

»Es steht darauf: Für Christoph.«

»Auserwähltsein heißt Pflicht, hat Löb gesagt.«

»Warum haben sie ihn dir und nicht Nachum und Esther mitgegeben? Er hätte ihnen doch unendlich hilfreich sein können auf ihrer Flucht und zum Neuanfang im Osten«, überlegte Philo.

Christoph presste die Hände zusammen: »Der Gedanke ist schlimm, dass es ihnen wahrscheinlich zu unsicher war.«

»Ja, das könnte es auch sein«, sagte Philo und setzte sich auf einen Holzpflock; die Flocken fielen dichter. »Sie wollten auf keinen Fall, dass er einem ihrer Peiniger in die Hände fiel.«

Sie schauten lange in den wirbelnden Schnee.

»Ich muss sie finden.«

Die Stadt drüben wurde unsichtbar.

Das seidene Tuch war von Esther, der Stein hatte ein wunderbares Leuchten. Er war wie eine schöne Melodie in der Schneeluft, so klar, so rein!

Der Speicher

Wenn du den Stein zurückgeben willst, musst du deinen Fall in Straßburg bald lösen, oder wir gehen gleich gemeinsam in den Osten, wo man dich nicht kennt. Wir kommen schon durch. Aber du darfst nicht mehr stundenlang den Stein und das Tuch anschauen.« Philo hatte seine Bälle in der Hand.

Sie beschlossen nach langem Hin und Her, dass sie vorerst in Straßburg bleiben sollten: »Mein Vater ist dafür gestorben.«

Vieles war seit dem letzten Frühjahr erreicht worden: Sie kannten die Mörder des Vaters, nämlich Herrn Dopfschütz und seine Verbündeten. Sie wussten, warum alles geschehen war – dass Herr Dopfschütz und einige andere Macht erringen wollten mit einem Substrat, mit dem sie ganze Türme bis auf den Grund zerstören konnten, mit dem sie vielleicht noch weitere schreckliche Dinge anrichte konnten. Sie kannten auch das Substrat und hätten es nach den damals so rätselhaften drei Zahlen und den Zutaten sogar herstellen können. Sie wussten, dass Herr Dopfschütz für diese Macht sehr viel Geld bei Löb aufgenommen hatte und sie vermuteten, dass die Juden in Straßburg wegen dieses Geldes geopfert worden waren.

»Die Zinsen! Sie haben es alle wegen dem Geld und wegen der Macht getan«, sagte Christoph müde. »Der Bischof wegen seiner Macht in der Stadt und wegen seiner Schulden, der Adel und die Städte am Oberrhein wegen ihrer Schulden, Kaiser Karl IV. wegen seiner Macht und seiner Schulden. Herr Dopfschütz und sein Anhang, weil sie Löb ihre Schulden samt Zinsen nicht zurückzahlen wollten. Auch ihnen ging es um die Macht. Nur die kleinen Leute, die haben es wegen der Pest getan.«

»Weil man sie angelogen hat. Ob die kleinen Leute vergiftet werden, ist den großen Herren gleichgültig.«

»Mein Vater ist auch verleumdet worden.«

Philo schaukelte hin und her und bewegte seine Bälle: »Wie willst du die Verleumdung beweisen? Du brauchst einen Beweis, mit dem –«

»Einen Beweis, mit dem ich nach Stuttgart gehen, die Ehre meiner Familie wiederherstellen kann und mit dem ich das Erbe meines Vaters zurückbekomme.«

»Ja«, sagte Philo, »und es ist nicht sicher, dass es überhaupt einen Beweis gibt, und es ist ebenso wenig sicher, dass sie den Beweis – wenn du ihn findest – auch anerkennen. Denn es geht auch hier um sehr viel Geld.«

»Ja, unser Besitz gehört jetzt dem Grafen von Wirtemberg. Und der wird alles tun, um den Fall zu seinem Vorteil zu entscheiden.« Christoph winkte müde ab. »Aber ich werde den Beweis trotzdem suchen. Auch wenn es keine Hoffnung gibt, ich kann einfach nicht anders. Als Kaufmann könnte ich dann im Osten leichter suchen. Niemand weiß, wie alles weitergeht.«

Wo konnte man einen Beweis finden? Wie konnte ein solcher Beweis aussehen? Ein Schriftstück? Ein Brief mit verräterischem Inhalt? Ein Brief, in dem etwa stand: – bitten wir die Herren in Stuttgart, die Gewichte des Herrn Schimmelfeldt auszutauschen, ohne dass er es merkt –.

Aber ein solcher Brief wäre dann nicht in Straßburg, sondern in Stuttgart. Und wer würde einen solchen Brief aufbewahren?

Philo hatte herumgehorcht. Es gab einen Speicherknecht des Herrn Dopfschütz, Korbinian hieß er, den sie auch Goliath nannten. Er war ein Hüne und galt als strohdumm. Einen Sack mit Mehl lud er sich wie nichts auf den Rücken.

»Nimmst du mich einmal mit in den Speicher?«, fragte Philo.

»Was willst du denn dort? Ich darf niemand mitnehmen. Der Herr hat es verboten.«

»Ich möchte einmal sehen, wie Gold gelagert wird. Ich habe noch nie einen Goldbarren gesehen. Es heißt, Gold sei so schwer.«

»He, du spinnst wohl. Da ist doch kein Gold!«

»Ich glaube, du weißt viel nicht! Du weißt auch nicht, dass manche Leute Geld spucken können.«

»Geld spucken?«

»Weißt du das nicht aus den Märchen, dass Esel Geld scheißen, dass Vögel Goldeier legen, dass es Menschen gibt, die Geld spucken?«

»Und ich soll –«

»Lass mal sehen – du hast noch nie Geld gespuckt. Pass auf – so, da!« Er hatte dem Goliath blitzschnell in den offenen Mund gegriffen und zeigte ihm einen Heller.

Korbinian griff nach seiner Zunge und suchte mit dem Finger in den schwarzen Zahnlücken herum: »Wo?«

»Erst lässt du mich in den Speicher.«

»Wann?«

»Heute Nacht schließt du mich ein!«

Philos Füße knirschten im Kot der Fledermäuse, die unsichtbar über ihm in Trauben an den Dachlatten hingen. Er war mit einer Fackel Leitern hochgestiegen und über Balken des Dachstuhls geturnt. Er war über hochgetürmte Ballen geklettert. Er balancierte über Balken und Bretterlagen, auf denen dicke Schichten von Vogel- und Fledermauskot lagen – manchmal rutschten seine bloßen Füße aus und er konnte sich gerade noch an irgendeiner Stange festhalten. Einmal musste er abspringen und landete auf einem Ballen. Wie hart Leder sein konnte!

Er durchstöberte hier oben alle Verschläge und Winkel, quetschte sich mit angehaltenem Atem zwischen Warentürmen hindurch, rutschte über staubige Bretter abwärts, hangelte sich an Stangen entlang, ließ sich an Seilzügen herunter und hing einmal kopfüber an einem Gestänge, das über die Ballen gelegt war. Manchmal fetzte er mit dem Gesicht durch ein Gestrüpp von

Spinnweben und wirbelte ständig solche Wolken von Staub auf, dass er kaum Luft bekam.

Aber nirgendwo war etwas Verdächtiges. Er zählte die Glockenschläge vom Turm der Thomaskirche, in einer halben Stunde würde der Goliath die drei vereinbarten Klopfzeichen am Tor machen und ihn wieder hinauslassen – und dann? Er würde dem Goliath zeigen müssen, wie man Geld spuckt – davor hatte er keine Angst. Aber er hatte nichts gefunden.

Oder doch?

Im vierten Quergang ganz unten auf dem gepflasterten Grund angefügt an eine Holzsäule war ein Verschlag, ein Gitter aus starken Latten, das mit einer Kette und einem Vorlegeschloss gesichert war. Dahinter konnte er eine massive eisenbeschlagene Holzkiste erkennen. Sie war umspannt von zwei sich überkreuzenden Schnüren, die mit einem Siegel verbunden waren.

Es klopfte vom Tor her drei Mal und man hörte ein leises Pfeifen: Goliath.

Jetzt schon? Konnte es wirklich schon so spät sein?

Er brauchte Werkzeuge. Korbinian musste ihn ein weiteres Mal – Er klopfte leise ebenfalls drei Mal am Tor. Durch die Ritzen schimmerte ein seltsam heller Lichtschein. Das schwere Tor öffnete sich langsam – da stand der Goliath und hielt eine Fackel und daneben stand mit einem seltsamen Lächeln Herr Dopfschütz.

Wie zerfetzte Fahnen nach einer verlorenen Schlacht, schwer von Staub, hingen die Spinnweben vom Gebälk herab. Manchmal wurden sie von einem Luftzug träge bewegt. Christoph ging auf und ab – der Tisch mit den drei Beinen, die beiden wackeligen Stühle, ein Talglicht. Die herabgebrochene Stiege, die in den Raum hineinhing. Überall Schmutz, Ratten, Gestank und Abfall. Wenn es regnete, tropfte es durch das Dach, nur ein schiefer Zwischenboden aus dicken Bohlen hielt noch dicht.

Es war endlich wärmer geworden, mit dem März war die Sonne gekommen, aber damit stieg auch die Angst vor der Pest.

Seit vier Tagen war Philo verschwunden. Spurlos. Es gab niemand, den er hätte fragen können. Beim Haus des Herrn Dopfschütz konnte Christoph sich nicht blicken lassen.

Er bückte sich plötzlich nach einem Mörtelbrocken, der aus der Wand gefallen war, und schleuderte ihn mit aller Kraft nach einem verschobenen Ständer. Eine Wolke von Staub flog auf.

Nach einiger Zeit stand er auf und ging hinaus. Im schwarzen Mühlkanal stand das aufgestaute Wasser. Illabwärts hockte das dunkle Schiff der Thomaskirche. Das Stampfen der Mühlen ließ den Boden dumpf vibrieren. Der Gestank der Tierhäute kam mit einem Windstoß über die Ill. Christoph ging über die Schindbrücke mit ihren verschlossenen Buden und vorbei am rötlichen Stumpf des Münsters.

Er begann mit sich selbst zu reden.

Das Viertel der Juden war leer. Einige bleiche Gesichter schauten aus den Türeingängen der getauften Juden. Christoph trat auf die Pflastersteine, als wäre es das Gesicht des Herrn Dopfschütz. Lange stand er vor dem Hause Löbs. Die Türe war versiegelt. Die Fenster waren mit Brettern zugenagelt. Der Türpfosten war aufgehackt, die Mesusa herausgerissen, der Segen des Hauses – Du sollst den Herrn, deinen Gott –

Er scharrte in den Splittern der zerstörten Fenster der Synagoge –

Er blickte trostlos durch die Fensterlöcher in die verwaiste Cheder hinein mit ihren Tischchen und Bänkchen, die alle Kindergröße hatten und über die man so herzlich hatte lachen können. Jetzt waren viele der kleinen Möbel zerhackt und teilweise als Brennholz neben der eingeschlagenen Türe aufgestapelt –

Er sah den Brunnen, den jetzt niemand mehr bewachte. Die Eimer hingen daran noch in Reihen –

Auf dem Markt begegnete ihm ein seltsamer Zug. Feierlich schritten Männer in einer langen Prozession, sie trugen kuttenartige Gewänder, von deren Gürtel eine lange Peitsche mit vielen Riemen herabhing.

Nun hebet auf eure Hände,
dass Gott das große Sterben wende.
Nun hebet auf eure Arme,
dass Gott sich unser erbarme.
Kyrieleis!

Ihr Gesang hallte dumpf von den Häusern wider. Ganze Trauben von Menschen standen um sie herum oder zogen neben ihnen her. Frauen liefen mit, ihre Kinder auf dem Arm.

In der Menge wurde Schluchzen hörbar. Rufe wurden laut, wie Herr erbarme dich. Verschone uns vor dem schwarzen Tod!

Weshalb haben sie Angst?, dachte Christoph zornig. Sie haben doch die Brunnenvergifter umgebracht. Es kann doch gar keine Pest mehr geben!

Der Älteste der Geißler, ein riesiger, hagerer Mensch, der den Zug anführte, erhob die Stimme zu einem heiseren Singsang: »Lasset uns beten zu dem Ende, dass Gott das große Übel gnädig von uns wende. Ihr habt zwar die Juden verbrannt, aber ihr habt eure Sünden nicht bekannt. Tut Buße, damit der Herr euch nicht schlägt und der Engel nicht den schwarzen Tod erregt! Der Untergang der Welt ist nah! Wie die Sintflut ist er da. Hebet die Arme zu Gott, dass er uns verschone vor Weltuntergang und dem schwarzen Tod!«

Nun hebet auf eure Arme,
dass Gott sich unser erbarme.
Kyrieleis!

Sein langer, dünner Bart wehte im Wind.

Dann schritten die Geißler langsam im Kreis mit erhobenen Armen. Sie sangen ein Lied, das endete:

Jesus, der ward gelabt mit Gallen.
Des sollen wir alle an Kreuze fallen.

Sie warfen sich so auf den Boden, dass immer zwei kreuzförmig übereinander zu liegen kamen. Mit Gebärden zeigten sie verschiedene Laster an, zu denen sie sich damit schuldig bekannten. Der Älteste der Geißler schritt über sie hinweg und schlug ihren Rücken mit seiner Geißel und sprach:

Stand auf durch der reinen Marter Ehre.
Und hüte dich vor der Sünden mehre.

Worauf sie wieder aufstanden. Als alle im Kreis standen, begannen sie sich zu peitschen, dass es schauerlich klatschte. Sie geißelten sich, bis das Blut herunterlief.

Der Älteste forderte die Bürger Straßburgs auf in seinen Orden einzutreten. Viele ließen sich einschreiben.

Christoph glaubte erstaunt Herrn Kropfgans bei den Geißelbrüdern gesehen zu haben.

»Wir müssen alles verschieben.« Herr Dopfschütz wanderte in seiner Stube auf und ab.

»Ist denn nichts zu machen?«, fragte Herr Eisenhut. »Es ging doch bis jetzt alles nach Wunsch.«

»Die Leute laufen weg, alles ist unzuverlässig. Wo ist denn der Kropfgans? Da habt Ihr es schon! Schlag drei wollten wir uns hier treffen. Aber er kommt und kommt nicht, jetzt hat es schon vier geschlagen!«

»Wie gesagt, zu den Geißlern sei er gelaufen. Ich wollte es zuerst nicht glauben, aber es wird schon stimmen, er ist ein Schwächling.«

Herr Dopfschütz blieb mit einem Ruck stehen: »Aber reich!«

Dann setzte er seinen Schritt fort: »Man sollte diese Brut verbieten. Sie machen die Leute vollends verrückt. Was die Angst vor der Pest nicht schafft, das schaffen sie. Ich bitte Euch, ein gestandener Kaufmann – einer der reichsten und angesehensten Männer – rennt zu diesem Volk und peitscht sich womöglich den Rücken blutig. Ich bitte Euch, Herr Eisenhut. Ich bitte Euch.«

Herr Eisenhut verzog die Lippen: »Er ist ja nicht der einzige Schwächling unter den Kaufleuten. Ich sage nur: Rulmann Merswin!«

»Richtig, der Merswin! Zu dem Bettelpack von kleinen Leuten ist er gelaufen und hat sein Geschäft ruiniert. Juden und Anhänger Mohammeds könnten auch in den Himmel kommen, nicht nur

Getaufte, sagt er. Freunde Gottes nennt sich dieses Gesindel. Ich bitte Euch, Herr Eisenhut. Schöne Freunde, die sich der liebe Gott da aussuchen soll!«

»Der Bischof hat ihm verboten zu predigen. Aber er lässt es nicht. Jetzt die Geißler, dasselbe Pack.«

»Wo soll das alles hinführen? Die Kirchen sind voll heulender Weiber und die Wirtshäuser voller saufender Männer. Jede Ordnung zerfällt. Es geht nicht anders, Herr Eisenhut, bis die Seuche vorüber ist, müssen wir unseren Plan verschieben. Das wird im Herbst sein, wenn die Gelehrten Recht behalten.«

Herr Dopfschütz nahm die Wanderung durch die Stube wieder auf: »Da war ein seltsamer Vorfall. Ihr wisst, dass ich den großen Speicher im Viertel der Gerber mit Waren belegt habe, bis wir ihn als Arsenal brauchen. Seit alles so unsicher ist, lasse ich ihn bewachen. Ich habe vor ein paar Tagen ausgerechnet in diesem Speicher einen komischen Vogel erwischt. Er hat sich in der Nacht von einem Speicherknecht einschließen lassen. Er muss ihm mit irgendeiner Dummheit das Maul wässrig gemacht haben. Der dumme Kerl, sie nennen ihn Goliath, hat ihn am Abend in den Speicher gebracht und am Morgen wieder herauslassen wollen. Aber die Wache hat einen Lichtschein gesehen und mir gemeldet. Ich habe den Kerl, den er eingelassen hat, morgens tatsächlich im Speicher erwischt und erst einmal eine Woche bei Wasser und Brot eingesperrt, um ihn weich zu kochen. Dann habe ich ihn verhört.«

»Im Speicher ist doch noch nichts, was uns verraten könnte?«

»Noch kein einziges Eisenrohr, auch kein Körnlein Schießpulver. Aber die Schnüffelei wollen und können wir nicht dulden, Schaden hin, Schaden her. Ich habe den komischen Vogel verhört. Ich habe ihn also gefragt, was er in meinem Speicher zu suchen habe und dazu noch in der Nacht. Oh, das sei leicht zu erklären, hat er geantwortet, übrigens mit einer erstaunlichen Sicherheit – nach einer Woche Eingesperrtsein ist das keine Kleinigkeit. Er heiße Philo – habt Ihr schon einmal einen solchen Namen gehört? –, er sei eigentlich Gaukler und lebe vom Seiltanzen und davon, den Leuten Dinge aus der Nase zu ziehen, die gar nicht darin seien, und dergleichen Sachen. Es sei schon fast Frühling und er habe dieses Jahr nicht mit seinen Freunden in ein Winterquartier gehen können, aber ein Gaukler müsse in Übung bleiben. Was es in meinem Speicher zu üben gebe?, habe ich gefragt. Das Gebälk und die Stangen, die über den Ballen lägen, auch die Seilaufzüge und noch vieles, das es in anderen Gebäuden nicht gebe, das alles sei für ihn zum Üben geeignet. Gerade in der Dämmerung verschaffe man sich besondere Sicherheit. Sogar in der Nacht könne man viele Dinge üben, wenn man wirklich gut sei. Er könne mir gerne eine Gratisvorstellung geben – bei Nacht, sagte er grinsend, und mir zeigen, wie er mit einer Fackel in der Hand über Seile und Stangen gehen könne, so hoch ich wolle, und dabei noch einen Purzelbaum machen mit der Fackel in der Hand oder im Mund.«

»Und Ihr – Ihr habt ihm doch nicht geglaubt?«

»Was soll ich sagen – während er noch redete, hat er einige bunte Bälle aus der Tasche gezogen und sie alle gleichzeitig in die Luft geworfen und gefangen und durcheinander wirbeln lassen, wie ich es noch nie gesehen habe. Kein Ball – es waren wenigstens sechs – ist auf den Boden gefallen; dabei hat er mit völlig normaler Stimme weitergeredet. Zwar halte ich nichts von derlei brotlosen Künsten, aber glaubt mir, ich konnte die Augen nicht abwenden. Es war unvorstellbar.«

»Aber, Herr Dopfschütz, die Betrügereien der Gaukler! Da sollten wir –«

»Gut, habe ich zu ihm gesagt, aber um das mit den Bällen zu üben, dazu brauchst du keinen Speicher, und habe ihn in den Speicher geführt. Du bist ein Dieb, habe ich gesagt, der mich bestehlen wollte, und du wirst hängen. Herr Eisenhut, vergesst alles, was Ihr jemals auf Jahrmärkten an Gaukeleien gesehen habt. Freilich brotlose Künste! Aber wie der Kerl kopfüber und kopfunter an den Balken und Stangen hängt, wie er plötzlich an einem Seilzug herunterschnurrt, wie er über die dünnsten Gestänge läuft, als wäre es der Marktplatz, und dabei noch mit Bällen jongliert, wie er auf den

Händen in schwindelnder Höhe über meinem Kopf über einen Querbalken rennt, wie er darauf – so wahr ich lebe, haushoch über dem Steinpflaster ein Rad schlägt! Wie er unvermittelt eine Flöte aus dem Gürtel zieht und auf einer Stange, dünner als mein Arm, nach seinem eigenen Spiel anfängt zu tanzen – vor – zurück – Drehung – und dabei herunterruft, das sei noch gar nichts, auf einem Seil sei das viel schwerer! Wie er auf einmal aus schwindelnder Höhe abstürzt, sich dabei an einem Strick, den ich gar nicht bemerkt hatte, wieder fängt, wie er – ach, man könnte stundenlang davon reden und man hätte stundenlang zusehen können.«

»Aber Herr Dopfschütz, Ihr seid ja –«

»Richtig, Herr Eisenhut, richtig. Der Kerl gehört an den Hof des Kaisers! Und das habe ich ihm auch gesagt. Aber ich glaube, er war schließlich froh, dass ich ihn laufen ließ.«

»Ihr habt ihn …?«

»Zum Abschied hat er mir höflich meine eigene Geldkatze überreicht, die wohl verwahrt an meinem Gürtel hängt. Wie er darangekommen ist, weiß ich freilich nicht. Man müsste schon – wisst Ihr. Aber, Herr Eisenhut – die bevorstehende Pest –, es ist vielleicht besser, wenn man erst einmal nachsichtiger ist.«

Herr Eisenhut schüttelte den Kopf und lenkte das Gespräch wieder auf Herrn Kropfgans: »Ihr habt Recht, ohne sein Geld werden wir kaum durchhalten. Wir müssen mindestens fünfhundert Männer bezahlen und nicht nur bezahlen, sondern auch ausrüsten, und das ist erst der Anfang!«

»Im Herbst sehen wir weiter, wir haben das Geld des Juden, zinslos und ohne Tilgung, vergesst das nicht. Ein Jahr Aufschub tut der Sache keinen Abbruch, Herr Eisenhut, wir sind schon sehr weit. Im Herbst wird der Kropfgans wieder vernünftig.«

»Und die Pest?«

Gegen Abend war ein Auflauf auf dem Münsterplatz. Christoph hörte grelle Stimmen, Johlen und Schreien: »Betrüger, Zauberer! Verbrennt sie, hängt sie auf!« Zwei Stadtwachen drängten sich durch die Menge. Christoph, von einer plötzlichen Unruhe ergriffen, drängte nach: Eingekeilt zwischen schimpfenden und höhnenden Menschen, sah er zu seinem Entsetzen Balthas und Regine. Eine ganze Traube von Straßenjungen hatte sich an sie gehängt. Drei Schmiede hielten beide an den Armen und Händen fest.

»Es sind Betrüger!«, schrie eine Frau mit einem Pelz um die Schultern und hielt sich ein Tuch vor Mund und Nase.

»Zauberer sind es. Ich habe gesehen, wie der Dicke einem Kind Geld aus den Ohren gezogen hat. Steine sollte man nehmen!«

»Verbrennen sollte man sie – Zauberer gehören verbrannt!«

Balthas wirkte ruhig, Regine hatte runde Augen, ihr Mund war offen. Christoph sah, wie sich ihr Mund bewegte, aber ihre Stimme ging im Geschrei unter.

»Beide mitkommen!«, sagte der eine der beiden Stadtknechte und griff nach ihren Schultern. Der andere senkte seinen Spieß und zielte vor allem auf die Brust von Balthas.

Der drückte den Spieß ruhig auf die Seite: »Du brauchst den Spieß nicht, wir gehen auch so mit, lasst vor allem die Frau los!«

Seine tiefe Bassstimme klang wie immer.

»Wir haben nichts anderes getan, als wir es schon seit Jahren machen, jeder konnte es sehen in Straßburg. Es ist keine Zauberei und kein Betrug: Die Dinge, die wir finden, tragen wir bei uns. Niemand verliert etwas und wir nehmen niemand etwas weg.«

Man hörte lachen. Ein Straßenjunge pfiff auf den Fingern und streckte die Zunge heraus.

Christoph ging in der Menge mit, welche die beiden zum Rathaus begleitete. Dort aber stand eine Doppelwache am Portal und kreuzte die Spieße.

Der Rattenschwanz von Menschen war immer länger geworden, als sich der Zug das kurze Stück vom Münsterplatz zur Pfalz, dem Rathaus der freien Reichsstadt Straßburg, bewegt hatte. Christoph stand eingezwängt und wartete.

»He«, flüsterte es da neben ihm, »he, du kannst ruhig zu mir herblicken, was ist hier eigentlich los?«

Es war Philo, der nach seinem Arm griff.

»Wo warst du denn?«, fragte Christoph atemlos und froh.

»Das dauert länger, erzähl erst du.«

Er schüttelte den Kopf, als er erfuhr, weswegen sich die Menge vor dem Rathaus staute: »Das ist doch Unsinn. Die machen das seit Jahren hier in Straßburg. Wenn ich bloß wüsste – so früh im Jahr waren wir noch nie hier.«

Stunden vergingen. Der trübe Tag ging in Dämmerlicht über. Die Menge hielt aus, obwohl ein feiner Nieselregen eingesetzt hatte.

»Als hätte niemand etwas zu tun als zu gaffen«, sagte Christoph und stampfte mit dem Fuß auf. Von unten herauf kroch die Kälte. Gut, dass er noch die Schuhe hatte, welche Hannah ihm gegeben hatte. »Aber erzähl endlich.«

»Viel ist nicht zu erzählen«, sagte Philo leise. »Ich war Gefangener unseres Herrn Dopfschütz, er hat mich bei Wasser und Brot eine ganze Woche lang eingesperrt in einem winzigen Dachkämmerlein.«

Christoph schaute ihn entsetzt an.

»Nicht so schlimm. Ich hätte nur ein paar Dachziegel anheben müssen, dann wäre es eine Kleinigkeit gewesen, über das Dach zu verschwinden, aber dann hätte das Verhör nicht stattgefunden. Und niemand verrät sich mehr als einer, der einen anderen verhört, sagt Balthas immer. Es kam aber nichts dabei heraus.«

»Warum warst du denn gefangen?«

Philo berichtete.

»Ich hatte nur Angst davor, dass er mich foltern lässt.«

»Und alles wegen mir. Du hast unglaubliches Glück gehabt.«

»I wo, ich war sehr gut!«

»Das war Herr Dopfschütz, der meinen Vater umgebracht hat, Herr Dopfschütz, der die Juden verraten hat!«

»Aber Herr Dopfschütz hat jetzt Angst wie alle«, sagte Philo.

»Vor der Pest?«

»Er ist ein Mörder, denk an die Juden. Im Sommer kommt der schwarze Tod – er hört die Hölle schon pfeifen!«

Der Nieselregen war zu einem richtigen Landregen geworden, als sie am nächsten Morgen wieder vor der großen Freitreppe standen, die zum Gerichtssaal hinaufführte.

Nur wenige Leute standen auf dem Markt. »Hinausgepeitscht werden sie, das ist das Mindeste.« Die Frau, eine Marktfrau mit einem Sack über dem Kopf, sagte es, als hätte sie einen persönlichen Anspruch darauf, dass Balthas und Regine aus der Stadt gepeitscht wurden.

Eine Strafe, die mit ewigem Stadtverweis verbunden war. »Ich kenne mich da aus«, sagte Christoph.

Philo war unruhig: »Wenn man sie nur nicht foltert. Folterung und dann Stadtverweis – das ist tödlich: Kein Gefolterter kann in unserem Beruf weiterarbeiten!«

Das Portal öffnete sich. Zuerst traten Wachen heraus.

»Das sieht nicht gut aus«, flüsterte Christoph.

Dann kam Balthas. Er sah aus wie immer, breit auf der Brust lagerte sich sein Prophetenbart; ja er schien etwas zu lächeln. Nach ihm kam Regine die Treppe herab. Unten wurden beide von den Wachen in die Mitte genommen. Schon standen Philo und Christoph bei ihnen.

»Wegen euch sind wir so früh in die Stadt gekommen«, redete Balthas mit seiner lauten Bassstimme. »Jetzt haben sie uns wegen Zauberei und Betrug auf ein Jahr der Stadt verwiesen. Danke schön, wir wollten sowieso gehen und erst in einem Jahr wiederkommen.«

»Aber wir sind hergekommen, um euch mitzunehmen«, fuhr Regine fort, »wir warten alle gemeinsam im Schwarzwald die Pest ab. Dort ist es am sichersten.«

Sie waren nicht mitgegangen.

»Ich bleibe bei dir, ich bin ja nicht der Hellste. Weiß der Teufel, warum ich bleibe und dir helfe, aber versprochen ist versprochen, du kannst dich darauf verlassen, trotz Pest und Dopfschütz.«

Vor wenigen Tagen war der Ofen zusammengebrochen. Er hatte

im Winter gequalmt und gestunken, aber doch etwas Wärme abgegeben. Der April war kalt und sie froren. Aber es war besser als unter einer der Brücken, unter denen die Bettler an ihren Feuern hausten, und viel besser als in Philos nasser Höhle an der Ill.

»Warum haben sie Balthas und Regine nicht hinausgepeitscht oder auf ewig aus der Stadt gewiesen wie meinen Vater und mich?«

»Sie haben sich selbst angelogen und jetzt merken sie es. Sie haben die Juden verbrannt, damit die Pest nicht kommt, sie haben dennoch Angst vor der Pest, jetzt haben sie aber dazu noch ein schlechtes Gewissen. Deshalb haben sie zwar Balthas und Regine verjagt, aber sie haben sich nicht getraut wirklich hart durchzugreifen.« Philo versuchte einen Laden mit einem Holzkeil zu befestigen.

Draußen prasselte ein Graupelschauer gegen die brüchigen Wände. Vom Dach tropfte es herab, obwohl sie versucht hatten die Löcher zwischen den Ziegeln zu verstopfen. Philo hatte sogar einige Dachziegel angeschleppt, aber nur auf dem kleinsten Teil des Daches waren Ziegel. Der größere Teil war mit vielen Lagen von zerfetztem und fauligem Stroh gedeckt und hier war jede Mühe vergebens. Sie hatten an manchen Stellen Bretter dazwischengeschoben, der Regen rann durch die Spalten.

Bald würde mit dem Mai die warme Jahreszeit beginnen. Aber mit der Wärme komme die Pest, hieß es.

»Vielleicht schaffen wir es ja noch vor der Pest. Dann gehen wir zu Regine und Balthas und warten dort ab«, sagte Christoph zuversichtlich.

»Ich bin überzeugt, dass der Beweis, den wir suchen, im Speicher des Herrn Dopfschütz ist, und zwar in dem verschlossenen Lattenverschlag, von dem ich dir erzählt habe. Also müssen wir in den Speicher.«

»Was kann es sein?«

»Keine Ahnung. Auch mein Verhör hat darüber keinen Aufschluss gebracht.«

»Vielleicht sind es Briefe von den Stuttgarter Kaufleuten, die meinen Vater verraten haben.«

»Würde er die in einem Speicher aufbewahren?«

»Würde er sie überhaupt aufbewahren?« Christoph überlegte. »Ja, ich glaube schon. Mein Vater hat immer gesagt: Ein guter Kaufmann wirft niemals etwas weg, vor allem nichts Geschriebenes.«

»Vielleicht ist es etwas Schweres oder etwas Sperriges, etwas, das man in einem Haus nicht leicht verstecken kann, wenn es notwendig wird.«

Wie sehr sie auch grübelten, sie konnten sich nicht vorstellen, was sie in dem Speicher finden könnten.

Manchmal stand Christoph allein auf der morschen Brettergalerie ihres schiefen Hauses. Stimmen waren dann zu hören, die leise Stimme Abrahams, die ernste Stimme Löbs, die trotzige von Nachum und das Lachen von Esther. Wenn man die Augen zumachte, war dieses Lachen ganz nah. Esther sagte: ›Christoph, mein weißer Elefant‹. Spürte er nicht ihre Hand und ihren Atem! Ganz still musste man stehen. Man konnte mit diesen Stimmen reden. Man konnte die Menschen sehen: Lächelnd kamen sie um die Ecke bei der Synagoge und beim Judenbad. Sie saßen am Vorabend des Sabbats um den Tisch in der großen Stube und tranken ihm zu, auch sein Vater saß dabei, fröhlich und mit erhobenen Armen. Es war dann auch manchmal das Klingen der Goldstücke im Rauschen des Regens zu hören.

Oft konnte er nur einschlafen, wenn er Esther fest an sich drückte, wenn er ihren Atem hörte, wenn er still weinte.

Es gab auch Tage, da konnte er nicht hören, wie Esther ›Christoph‹ sagte. Er horchte dann und horchte und formte ihre Worte mit seinem Mund, aber er konnte sie nicht hören.

Wenn er sie nie mehr sehen würde –

Die Leere in ihm war dann wie eine offene Wunde.

Der Mai war regnerisch und kalt und kam und ging, und die Pest blieb aus. Aber mit der steigenden Sonne stieg die Angst. Der Juni brachte einige glühend heiße Tage, welche die Angst aufkochten, aber dann kam die Schafskälte und hielt die Pest fern.

Wie unter einem unausweichlichen Schlag, der nicht fallen wollte, war die Stadt geduckt.

Die Geißler waren allgegenwärtig. Auf allen Straßen waren Gruppen von ihnen mit ihrem Singsang, umstanden von weinenden Frauen mit ihren Kindern. Es hieß, ihre Zahl gehe bereits in die Tausende.

Die Kerzenmacher und Wachszieher machten große Geschäfte: Die Kirchen waren überfüllt und voller Kerzenqualm und Weihrauch. Es gab Menschen, die auf einmal so fromm wurden, wie es niemand von ihnen gedacht hätte, und es gab Fromme, die nur noch in den Wirtshäusern hockten und ihr Geld verspielten.

Viele Häuser waren leer – viele Menschen waren geflohen: in die Vogesen, in den Schwarzwald, nach Speyer, Worms, Freiburg, Basel, obwohl jeder wusste, dass dies Unsinn war, weil die Pest in alle Städte kommen würde.

Wer nicht geflohen war, nicht im Wirtshaus saß oder nicht in einer Kirche betete oder abwechselnd das eine und das andere versuchte, den litt es trotzdem nicht zu Hause. Man trieb sich auf den Straßen herum, immer begierig das Neueste zu hören. Mit Herzklopfen wartete man auf die ersehnte Nachricht, die Pest sei jetzt heilbar. Und man hörte diese Nachricht jeden Tag in immer anderer Gestalt an jeder Straßenecke, aber niemand glaubte sie wirklich. Dennoch stand man gleich darauf schon wieder an der nächsten Ecke und hörte einem Wichtigmacher zu: So und so könne man den schwarzen Tod leicht heilen.

Berge von Gold hätte der Frosch mit seinen falschen Alraunen verdienen können. Christoph und Philo hielten vergebens nach ihm Ausschau.

Von Menschen wurde berichtet, die von der Pest befallen und wieder gesund geworden seien. Alle hörten gebannt zu, alle wollten es glauben, niemand glaubte es wirklich und doch klammerte sich jeder daran.

Christoph wusste von Abraham und der alten Esther, dass in Spanien tatsächlich von der Pest befallene Menschen wieder gesund geworden waren.

Auf allen Straßen und Plätzen der Stadt drängten sich die Massen wie bei einem Jahrmarkt. Nachts wälzten sich die einen schlaflos im Bett, die anderen lagen bewusstlos im Alkoholrausch. Die Stadthuren in der Paradiesgasse hatten Zulauf wie noch nie.

Die Leute standen in langen Reihen vor den Buden der Wahrsager. Jeden Tag wurden Wahrsager vom Rat aus der Stadt gewiesen, aber am anderen Tag waren sie wieder da und lasen den Leuten aus der Hand, aus gläsernen Kugeln oder aus Ruß. Hoffnung hatte, wer sie verließ – aber am nächsten Tag war diese Hoffnung schon vergangen und der Verängstigte hockte bei einem anderen Wahrsager.

Wer Schuhe zum Flicken gab, wusste nicht, ob sein Flickschuster am anderen Tag noch in der Werkstatt war, ebenso war es bei den Bäckern und Metzgern. Die Metzig, das große Schlachthaus an der Schindbrücke, auf der es immer nach Blut roch, hatte tageweise geschlossen. Das Kaufhaus war verrammelt. Die Brotbänke beim Rathaus standen zum großen Teil leer, die Buden auf der Schindbrücke waren fast alle geschlossen. Die Wirtshäuser waren überfüllt, der Rat erließ immer neue Verbote, die niemand mehr beachtete und die kaum mehr kontrolliert wurden. Betrunkene taumelten durch die Gassen.

Die Bettler bekamen ganze Hände voll Geld, Silber und Gold, als wollten sich die Reichen vom Tod freikaufen.

Nachts, so hörte man, wurde in die Häuser der Geflohenen eingebrochen. Die Diebe hatten eine große Zeit. Die reichen Kaufleute ließen ihre Speicher bewachen, denn die Speicher waren gefüllt, weil der Handel durch die drohende Pest zunehmend zum Erliegen kam. Aber oft liefen die Wachen davon oder sie selbst plünderten die Speicher aus, die sie bewachen sollten.

Prediger standen an den Ecken der Gassen und Straßen, Mönche, Bettler, Bürger, und verkündeten das Ende der Welt.

Im Gewimmel der verängstigten Stadt wirkten die Gassen um den Speicher des Herrn Dopfschütz wie ausgestorben. Bewaffnete schritten langsam auf und ab. Immer zwei standen am Tor und wurden in der Nacht abgelöst.

»Herr Dopfschütz ist vorsichtig«, nickte Christoph anerkennend, »bei ihm ist nie eine Wache allein, so können sie sich gegenseitig kontrollieren.«

»Für uns ist das schlecht. Aber wir müssen in diesen Speicher hinein, und mit Goliath geht es nicht mehr.«

Tags war es unmöglich. Aber auch nachts war es gefährlich. Christoph konnte sich überhaupt nicht vorstellen, wie man in ein so festes und bewachtes Gebäude kommen konnte. Philo schlug vor die Umgebung genau zu betrachten.

Der Speicher stand im übelsten Teil des Gerberviertels, einem kleinen tief gelegenen Areal, das oft überschwemmt wurde und das der Rat deshalb abreißen lassen wollte, um das ganze Gebiet aufzuschütten und neu zu bebauen. Er lag auf bereits aufgefülltem Grund und war ein grauer, massiver, recht hoher Steinbau mit einem steilen Dach, das von langen Reihen unzähliger Gauben besetzt war. Er war ganz vergittert, die Fenster hinter den Eisengittern oft mit Brettern verschlagen.

Es hieß, Herr Dopfschütz habe ihn vor kaum zwei Jahren von der Stadt gekauft. Jeder habe sich gewundert, weil er für die Zwecke eines Kaufmanns viel zu groß sei.

Eine kurze gepflasterte Gasse führte als Zufahrt aufwärts zu seinem eisenbeschlagenen Portal. Hier stand die Doppelwache.

»Von hier aus ist nichts zu machen.«

Dieselbe Gasse ging dann an der Längsseite des Speichers entlang und mündete auf der Rückseite des lang gestreckten Gebäudes in eine andere Gasse. Beide Gassen waren dunkel, umstanden von längst unbewohnten Häusern, in deren Fensterhöhlen Unkraut wucherte, von Bretterverschlägen und Gerberschuppen. Überall waren noch die Stangen und Seile zu sehen, an denen einst Tierhäute zum Trocknen aufgehängt worden waren, aber alles war längst unbrauchbar geworden, die Stangen durchgebrochen, zerfetzte Seile hingen herab. Abfälle und Kot hatte man bedenkenlos hingeworfen, überall faulte es, wuchsen Gras und Unkraut, Ratten huschten durch die Nässe. Nur die Zufahrt zum Speicher war gesäubert.

Dunkel war auch der Hof, der sich auf der anderen Längsseite des Speichers zu einem finsteren Gebäude hinzog. Es war die Rückseite eines sehr großen, baufälligen Hauses, das mit seinem Giebel fast rechtwinklig so an die Seite des Speichers stieß, dass die Dächer der beiden Gebäude miteinander verbunden waren. In dem Hof, in den das ganze Jahr kein Sonnenstrahl fallen konnte, stand allerlei unbrauchbar gewordenes Gerät.

Sie wussten, dass hinter diesen Gassen nach wenigen Reihen ebenso verfallener Häuser Gemüsegärten kamen, die sich bis an die Stadtmauer zogen.

Der Vordergiebel des finsteren Hauses schaute auf eine ganz andere Gasse. Sie war gepflastert und viel breiter, hier waren die Häuser in besserem Zustand, die meisten bewohnt. Hier in der Nähe der Ill war Leben. Die düstere Vorderseite des leeren Hauses mit seinen vernagelten Fenstern passte nicht zur freundlicheren Umgebung. Man sah, dass es ursprünglich ein Adelssitz, ein Kaufmannshaus und erst dann wohl ein Gerberhaus gewesen war: Am steinernen Torbogen war ein verwaschenes Wappen eingemeißelt.

Im Giebel waren Holzgalerien, die aus irgendeinem Grund zugemauert worden waren. An einer Stelle war die Last der Steine zu schwer geworden und das morsche Gebälk war heruntergebrochen, die Mauer war nachgerutscht, sodass an dieser Stelle eine Menge Steine in der Wand fehlten, die wohl auf die Gasse gestürzt waren.

Seile und Stangen gingen von den vermauerten Galerien über die Gasse hinüber zum Nachbarhaus, von wo aus sie mit Tierhäuten behängt wurden.

Christoph und Philo waren von den Wachleuten misstrauisch

beäugt worden, als sie mehrfach um den Speicher strichen. Aber keiner hatte sie angesprochen.

»Ich hätte schon eine Ausrede gewusst«, sagte Philo. »Ich hätte einfach erzählt, dass meine Tante hier im letzten Sommer eine kostbare Schmucknadel mit Juwelen verloren habe und immer noch suchen lasse. Natürlich gegen Belohnung, und da ich gerade kein Geld hätte –«

»Hör auf«, lachte Christoph und hielt sich die Ohren zu.

»In dem hinteren Hof mit dem Gerümpel und dem verlassenen Haus müssen wir ansetzen«, schlug Philo vor.

»Vielleicht gibt es einen Zugang von diesem Haus zu dem Speicher, sie sind ja zusammengebaut.«

»Es ist möglich. Wir werden sehen, heute Nacht gehen wir in das verlassene Gerberhaus und versuchen von dort in den Speicher zu kommen.«

»Denn da vorne an der breiten Gasse steht keine Wache.«

Die Pest

Werkzeuge wollte Philo beschaffen, aber er war nicht wiedergekommen.

Christoph war unruhig. Gerüchte schwärmten durch die Stadt: Die Pest sei ausgebrochen in der Stadt am achten Tag des Monats Juli, am Fest des heiligen Kilian. Im Viertel der Müller gegenüber dem Gerberviertel habe ein Kind Fieber bekommen, schwarzblaue Beulen hätten sich gebildet. Der Rat habe Nachforschungen anstellen lassen, es habe sich aber niemand gefunden das kranke Kind zu untersuchen.

Andere sagten, Ärzte hätten das Kind wirklich untersucht, und es sei ohne den geringsten Zweifel die Pest, die Beulenpest, die man aus Italien und Spanien kenne, der schwarze Tod. Niemand betrete mehr das Viertel der Mühlen. Andere sagten, das Kind sei schon gestorben gewesen, als die Ärzte in das Haus des Müllers gekommen seien.

Es wurde auch gesagt, der Müller habe einen Gesellen aus Luzern beherbergt, der habe die Pest mitgebracht.

Rasch vermehrten sich die Gerüchte. Der schwarze Tod sei jetzt schon im Viertel der Bäcker. Der Rat habe verboten, dass die Viertel der Mühlen und der Bäcker verlassen werden dürften. Niemand dürfe auch diese Viertel betreten. Wie das aber geschehen sollte, wisse niemand: Wie sollten die Gesunden mit Brot versorgt werden?

Andere sagten, das sei alles falsch, die Pest sei jetzt auch in anderen Stadtvierteln aufgetreten, und der Rat habe die Verordnung wieder zurückgenommen. Auch wurde gesagt, die Verordnung, dass einzelne Stadtviertel nicht mehr betreten werden durften, habe es nie gegeben.

Auch über die Krankheit selbst hörte Christoph die unterschiedlichsten Meinungen: Manche sagten, sie beginne mit Fieber und dann kämen erst die Beulen und die Schmerzen unter den Achseln und in den Leisten. Andere sagten, es sei alles genau umgekehrt, und wieder andere sagten, die Pest beginne mit Husten und Niesen, und erst ganz zum Schluss, wenn das Fieber schon ganz unerträglich sei, träten die Beulen auf.

Christoph hörte einen sagen, das sei alles unwichtig, jeder werde ja selbst sehen, wie die Pest verlaufe. Er mache aber die größte Wette, dass dies dann jedem völlig gleichgültig sei.

Christoph war zuerst wie gelähmt, als vom Auftreten der Pest berichtet worden war. Er hockte in seinem schiefen Haus und zählte die Spinnweben. Aber der Hunger und seine Ungeduld trieben ihn wieder hinaus in die Stadt, auch hoffte er endlich Philo zu finden, der jetzt schon seit Tagen verschwunden war.

Wie hatte sich die Stadt verändert! Öde wie ausgefegt waren die Gassen und Plätze. Nur an der Ill und vor dem Münster hockten wie Schatten einzelne Bettler. Niemand hätte ihm jetzt einen Platz streitig gemacht. Menschenleer waren der Münsterplatz, der Fischmarkt, der Holzmarkt, der Weinmarkt, der Krautmarkt, die Spießgasse, die Blauwalkergasse, der Fischerstaden, der Metzgergraben, das Viertel der Gerber und das der Mühlen. Die Schläge der Turmuhren klangen laut wie nie, die Schritte hallten. Das Gebimmel der Totenglocken nahm kein Ende.

Die wenigen Menschen wichen einander aus.

Christoph machte einen Bogen um die Menschen wie sie um ihn. Woher kam die Pest? Niemand wusste es. Aus der Luft? Aus dem Wasser? Aus der Nahrung? Von anderen Menschen? Keiner konnte es sagen. Ein Erdbeben in Italien sei die Ursache, war von einigen schon vor dem Mord an den Juden gesagt worden, als Herr Wangenbaum von den vergifteten Brunnen gesprochen hatte. Ungünstige Stellung der Sterne, unreine Säfte im Menschen, widrige

Südwinde und viele andere Dinge wurden verantwortlich gemacht.

Man könne die Pest bekommen, nur weil man Angst vor ihr habe. Ja, das bloße Reden von der Pest könne die Krankheit auslösen.

Dass die Seuche sehr ansteckend war, wusste jeder.

Woher kamen die Gerüchte, die durch die Stadt gingen wie die Seuche selbst? Kaum jemand redete mit dem anderen, und dennoch: Der eine flüsterte im Vorübergehen, der andere nickte stumm und flüsterte es dem nächsten zu. Zeichen, mit den Händen gemacht, wurden verstanden und weitergegeben. Durch vorgehaltene Tücher, die man in Essig getaucht hatte, wurde getuschelt und geschwatzt. Bei den Brunnen, bei den wenigen Bäckern, die noch arbeiteten, und an den dünn besetzten Fleischbänken stieß man auf Menschen, vermummt und stumm, und dennoch liefen die Gerüchte immer weiter durch die Stadt.

Laut verlesen wurden die Verordnungen des Rates – es gab jeden Tag neue: Zwiebeln könnten gegen die Pest helfen. Man solle ausgehöhlte Zwiebeln auf die Beulen legen, dann würden sie weich und könnten sich öffnen.

Die Toten durften nicht mehr in den Kirchen aufgebahrt werden, sie durften auch keine vierundzwanzig Stunden mehr in einem Hause sein, sie mussten sofort begraben werden. Die Totengräber kamen mit ihrer Arbeit nicht mehr nach: Die Standesgenossen mussten die Toten begraben.

Es hieß aber, in vielen Häusern lägen unbeerdigte Tote, die vergifteten die Luft weiter. Nicht einmal die nächsten Verwandten würden sich um sie kümmern: Es wurde erzählt, Familienmitglieder ließen Pestkranke allein, wenn sie die Krankheit bemerkten, mit dem Vorwand, sie holten einen Arzt. Dann schlössen sie die Türen ab und kämen nicht mehr wieder. So müsse der Kranke an der Pest sterben oder verhungern.

Es wurde auch berichtet, dass mancher einen Pestkranken versorgt habe und dann selbst einsam und unversorgt an der Pest gestorben sei.

Viele Kinder waren in der Stadt, die niemand mehr haben wollte – elende Gestalten, halb verhungerte Gesichter, bleich, hohläugig und zerlumpt, lebten sie, ganz ausgesperrt, vom Betteln und Diebstahl. Niemand war mehr da, der für sie sorgte, wenn sie die Seuche bekamen. Unter Brücken oder in verlassenen Häusern fand man dann ihre Leichen. Kaum jemand war da, der sie begrub.

Es gab Pesthäuser, in denen alle gestorben waren. Der Rat ließ mit Kreide große Kreuze auf Türen und Fenster malen.

Mit der Zeit wurden die Verordnungen des Rats seltener. Viele Ratsherren seien gestorben und noch mehr seien geflohen.

Christophs Angst wuchs täglich, dennoch litt es ihn nicht in der Einsamkeit seiner schiefen Behausung.

Es hieß, man merke es erst nach Tagen, wenn man angesteckt sei. Erst dann breche die Krankheit aus, bis dahin trage man sie bei sich wie ein heimliches Todesurteil und stecke andere an. Man könne mit einem gesunden, rotwangigen Menschen reden, lachen und fröhlich sein, der sei aber vielleicht bereits angesteckt. Vier Tage später sei er krank und weitere vier Tage später sei er tot und schon zeigten sich die ersten Beulen bei einem selbst.

Man hörte nachts aus Häusern gespenstisches Singen und Johlen. Dort feierten ganz gottlose Menschen, hieß es, die sagten, lieber noch einmal richtig gelebt und das Geld durchgebracht, als in den Kirchen auf den Knien liegen und dann doch sterben – und alles den Erben hinterlassen! Der immer machtlosere Rat hatte solche Feste in den öffentlichen Wirtshäusern verboten, aber es geschah dennoch öffentlich oder heimlich, und es hieß, ganze Saufrunden hätte man nach einigen Tagen tot gefunden, von der Pest geholt – dies sei die Strafe Gottes für ihre Freude an der Lust.

Die Geißler zogen immer noch täglich über die Gassen und Plätze und sangen und lagen auf dem Boden, um Gott zum Frieden zu zwingen. Das Klatschen ihrer Geißelhiebe hallte von den Hauswänden wider. Aber auch sie wurden täglich weniger: War es die Seuche, die auch die Zahl der Geißler verringerte? War es ihr offensichtlicher Misserfolg, dass ihnen die Brüder davonliefen? Das wehleidige Gesicht des Herrn Kropfgans sah man immer noch, wie er sich fett und schwitzend mit der Geißel auf den Rücken klopfte.

Nur noch in den Kirchen waren die Menschen in Massen zu finden. Ein alter Bettler sagte zu Christoph und grinste dabei mit seinem zahnlosen Mund: »Dort stecken sie sich genauso an wie überall.«

Was sollte man glauben? Was sollte man tun?

Wären wir mit Balthas und Regine in den Schwarzwald gegangen, dann wäre vielleicht alles gut, dachte Christoph, der sich vorstellte, wie Philo irgendwo mit schwarzen Beulen in einem Winkel lag und starb. In seiner Höhle war er nicht. Die wenigen Bettler, denen er Philo so beschrieb, wie er als Bettler aussah, hatten ihn schon seit langer Zeit nicht mehr gesehen.

Ein paarmal war er zu dem Speicher gegangen, in dem sie die Beweisstücke vermuteten, aber der Speicher wurde immer noch streng bewacht. Er hatte sogar einen der Wächter angesprochen, aber der hatte mürrisch gesagt: »Was glaubst du, wie viel in diesen Tagen gestohlen wird! Ob ich hier die Pest bekomme oder zu Hause, ist mir gleichgültig. Hier wird die Warterei wenigstens gut bezahlt. Vielleicht überlebe ich ja.«

In den Kirchen predigten schwarzweiße Mönche immer noch gegen die Juden: Die getauften Juden vergifteten die Brunnen, um ihre verbrannten Glaubensbrüder zu rächen.

Nach einigen Tagen war das Judenviertel erneut gestürmt und die wenigen getauften Juden waren umgebracht. Christoph begegnete der johlenden Menge – es waren nicht sonderlich viele –, als sie wie betrunken die Spießgasse heruntergetanzt kamen.

»Die waren doch getauft!«

»Die haben sich nur taufen lassen, um sich rächen zu können. Du glaubst nicht, wie rachsüchtig die Juden sind und wie schlau.« Ein fetter Mann mit einer Lederschürze sagte das. Er hatte ein blaurotes Gesicht, vor das er ein Tuch hielt.

Wenn sie Recht hätten – dann wäre die Pest jetzt aus!

Aber er wusste es ja besser: »Es waren doch meist Frauen, die sie zur Taufe gezwungen haben, nachdem sie –«

»Glaubst du auch an diese Gräuelmärchen. Das erzählen die Juden doch nur, um uns einzuwickeln.«

Es war sinnlos, weiterzureden.

Hungrig saß Christoph gegen Abend im schiefen Haus. Der Tag war heiß gewesen. Die Luft war noch drückender geworden.

Er würde betteln gehen müssen, wenn Philo nicht mehr kam, er hatte nur noch wenige Heller. Wie sollte es weitergehen? Er sah die Spinnwebfahnen. Die Balkenständer, die einmal die Stiege gehalten hatten, rutschten immer weiter nach vorne. Demnächst wird das Haus mich erschlagen! Wenn mich nicht vorher die Pest holt. Allein in den bewachten Speicher einsteigen?

Er wusste ja nicht einmal genau, wo er suchen musste.

Das Quietschen der Türe schreckte ihn freudig auf. Die Türe öffnete sich aber nur einen Spaltbreit – nicht Philo stand da, es war eine winzig kleine Gestalt.

»Du sollst mitkommen«, sagte der Junge, dessen zerlumpte Kleider jetzt deutlicher sichtbar wurden – ein Betteljunge, kaum acht Jahre alt. Er sprach mit einem eigenartig fremden Tonfall.

Christoph schaute ihn verwundert an und nickte.

Der andere machte zwei winzige Schritte vorwärts und blieb dann stehen: »Du sollst mitkommen.«

»Wohin?«, fragte Christoph unwillkürlich.

»Du sollst mitkommen.«

»Wie heißt du denn?«

»Du sollst mitkommen.«

Der Junge stand im Türspalt, seine Augen waren dunkel und groß, Angst stand darin, gleichzeitig hatten sie einen bittenden Ausdruck.

»Jemand schickt dich doch. Du kannst mir doch sagen, wer das ist.«

»Du sollst mitkommen.« Nur noch der Kopf war zu sehen.

»Kannst du gar nichts anderes sagen?«

»Du sollst mitkommen.« Er würde gleich anfangen zu weinen.

Gefährlich konnte der Junge ja nicht sein: »Also gut, ich komme mit dir, wenn du auch offenbar nur drei Wörter sagen kannst.«

»Du sollst ein Tuch mitnehmen«, sagte da der Junge überraschend.

»Du kannst also doch richtig sprechen.«

Aber der Junge schwieg.

Auf einem Holzsteg überschritten sie die schwarze Ill. Es war schwül, man erwartete unwillkürlich den Schein eines Wetterleuchtens über den Türmen der Gedeckten Brücken, die sich noch vom Abendhimmel abhoben. Ganze Wolken von Krähen kreisten um die Dächer und über den Bäumen bei den Gedeckten Brücken.

Christoph hatte plötzlich die Hoffnung, dass der Betteljunge ihn zu Philo führen würde.

Sie kamen an einer angefangenen Kapelle vorbei, deren Mauern eines Chores noch kaum über Mannshöhe aufstiegen. Behauene und unbehauene Steine lagen daneben. Da sagte der Junge plötzlich: »Kapelle Heiliger Sebastian. Wird nicht mehr fertig.«

Überrascht antwortete Christoph: »Weshalb – was sind das für Mauern?«

»Herr Wangenbaum«, sagte der Junge, »letzte Woche gestorben an Pest.«

Der dicke Bäckermeister Wangenbaum war tot, der immer etwas Mehl in seinem Gesicht oder an seinem Ärmel gehabt hatte und der ein Mörder war!

Der heilige Sebastian war ein Nothelfer gegen Seuchen. Die Pest hatte Herrn Wangenbaum trotz der Kapelle geholt, die er gestiftet hatte, um verschont zu werden.

Christoph hatte schon oft für die Familie Löbs gebetet. Es hieß, Juden könnten nicht in den Himmel kommen. Es könnten überhaupt nur Getaufte in den Himmel kommen. Aber das konnte nicht sein und das durfte nicht sein!

Man sollte nicht schadenfroh sein – aber irgendwie war es für

Christoph wie Gerechtigkeit, dass die Kapelle nicht fertig geworden war, bevor Herrn Wangenbaum die Pest geholt hatte.

Auf dem ganzen Weg vermied der Junge es ängstlich, Christoph zu berühren.

Christoph erkannte das Haus, vor dem der Junge stehen blieb. Es war das riesige, verlassene Haus, das mit seiner Rückseite im hinteren Hof an den Speicher des Herrn Dopfschütz stieß. Das heruntergekommene Gerberhaus sah in der Dunkelheit, die jetzt fast ganz hereingebrochen war, noch unheimlicher aus als damals, als er es mit Philo zusammen am helllichten Tag gesehen hatte. Die Türe des Hauses und viele Fenster waren mit Brettern vernagelt, andere Fenster sahen aus wie schwarze Löcher.

Der Junge legte einen Finger auf den Mund und ging voraus in eine Hofeinfahrt neben dem verlassenen Haus, die einst wohl zu einem Stall geführt hatte.

Der Junge zeigte zu einem vernagelten Fenster hoch, dessen hellere Bretter in der Dunkelheit gerade noch erkennbar waren. Er stellte sich auf einen Stein, ehemals ein Radabweiser. Eines der Bretter ließ sich auf die Seite schieben, auch ein zweites, wodurch ein Spalt entstand, der auch für Christoph weit genug war.

Über den Radabweiser stiegen sie in das Haus, in dem man nicht mehr die Hand vor den Augen sehen konnte.

Er konnte dem Jungen nur folgen, weil dieser immer wieder sagte: »Hier, du sollst mitkommen!«

Es wäre einfacher gewesen, wenn der Junge ihn an der Hand geführt hätte. Aber der Junge vermied jede Berührung.

Er hat Angst vor der Pest, dachte Christoph, der mehr über das Ziel als über den Jungen nachgedacht hatte.

Zuerst war Steinboden unter den Füßen, dann ging es durch eine niedere Türe, an der sich Christoph den Kopf anstieß, obwohl der Junge gesagt hatte: »Vorsicht, mitkommen.«

Ein faulender Bretterboden knirschte jetzt unter ihren Füßen. Mehrmals stolperte Christoph über ein fehlendes Brett. Auch lag wohl allerlei Unrat herum.

Der unsichtbare Junge vor ihm sagte: »Jetzt Stiege, mitkommen.«

Er stolperte die schief abgetretenen Holztritte hoch, von denen wohl ab und zu einer ausgebrochen war.

Ein weites gerades Stück, wohl ein Ern, schloss sich an. Überrascht bemerkte Christoph einen Lichtschimmer. Der Boden war wieder aus Steinplatten und war deutlich zu sehen.

Der Lichtschein fiel aus einer Türe, die links von dem Gang abging. Christoph stand in einem großen, vollkommen leeren Raum, auf dessen Dielen eine helle Bahn aus dem Nachbarraum fiel.

Er machte einige Schritte vorwärts.

»Bleib dort stehen, wo du stehst! Komm keinen Schritt näher!«

Die Stimme war schwach und rau.

Auf einem Bett lag Philo!

Der Raum, in den er blickte, war von drei oder vier Talglichtern und einer Kerze sehr hell. Ein Bett stand da, ein richtiges Bett mit einem Strohsack und einer Decke. Neben dem Bett stand ein großer Wasserkrug, daneben konnte Christoph einen Käse und einen Brotlaib erkennen.

Philo hatte sich etwas aufgerichtet: »Habe ich dir nicht gesagt, dass du bleiben sollst, wo du bist! Willst du auch die Pest?«

Philos Gesicht sah abgemagert und elend aus, die Augen lagen erschreckend tief in den Höhlen und schienen fast schwarz.

»Um Himmels willen, bleib wenigstens jetzt, wo du bist!«

»Was ist mit dir los? Wie kommst du hierher? Wo warst du? Was kann ich für dich tun?«

Philo lächelte müde: »Mit mir ist es aus. Aber hat der Junge nicht gesagt, dass du ein Tuch mitbringen sollst? Also dann halt es vor dein Gesicht. Reg mich nicht noch auf. So ist es recht.«

Es wäre nicht nötig gewesen, dass Philo ihn dazu aufgefordert hatte: Christoph wurde von einer zunehmenden Panik ergriffen. Er ertappte sich dabei, dass er nur noch auf den Todkranken starrte und an die Ansteckung dachte. Er atmete dieselbe Luft wie Philo, es hieß, die Luft sei vergiftet – aber es ist doch mein Freund Philo, der dort im Sterben liegt! Entsetzt spürte Christoph, wie ihn dennoch ein einziger Drang ergriff – weglaufen, nichts wie weg hier!

Philos Stimme war schwach und heiser. Er erzählte leise und hastig. Wie er von den Wachen gefangen genommen worden war, als er den Weg durch das verlassene Haus in den Speicher gerade erkundet hatte. Wie das halb von ihm beabsichtigt war. Wie Herr Dopfschütz ihn nach zwei Wochen zum zweiten Mal verhört hatte, weil er nicht mehr an die Gauklerübungen glaubte. Wie in diesem Verhör deutlich geworden war, dass Herr Dopfschütz keinen Verdacht hatte, was sie wirklich suchten: »Er ist völlig ahnungslos und meint, wir wollten seinen Speicher ausrauben. Die Wachen haben ihm von einem zweiten Räuber erzählt, den er auch noch haben will. Weißt du, der Speicher ist prallvoll mit Leder, Seidenballen und Gewürzen. Er war aber so aufgeregt, dass es auch noch einen weiteren Grund geben muss – die Sache mit dem kleinen Turm vielleicht? Wollen sie hier ihre Gewaltmittel lagern?«

Philo berichtete weiter, wie er schließlich in dieser Kammer, in der er jetzt sterben müsse, eingeschlossen worden sei, wahrscheinlich, um den anderen Dieb anzulocken.

»Das Schloss ist unversehrt, du kannst es sehen. Sogar ein Bett war da, und das war der Fehler: Regine hat mir einmal aus der Hand gelesen, dass ich in einem Bett sterben werde. Hätte ich mich nur niemals hineingelegt. Das erste Mal in meinem Leben in einem Bett und schon habe ich die Pest.« Er grinste matt.

»Aber dann bin ich krank geworden, die Pestbeulen wurden sichtbar und die Wachen sind verschwunden, die Türe haben sie aufgelassen. Sie haben mich behandelt wie einen Toten. Huny, der Junge, der dich geholt hat, ein Betteljunge, hatte mich schon in der Gefangenschaft mit Essen versorgen müssen. Er ist wiedergekommen, weil ich ihm immer wieder einige Münzen aus der Nase gezogen habe, hat mir Essen und Trinken und Lichter gebracht und an die Türe gestellt, und ich konnte ihn zu dir schicken.«

Tränen stiegen hoch. Aber Christoph konnte nicht zu dem Pestkranken hingehen.

»Ich bin sehr schwach. Das Fieber ist hoch. Die Schmerzen sind schrecklich. Es geht wohl nicht mehr lange. Lass mich nicht zu viel sagen müssen.« Er atmete heftig. »Kurz: Durch dieses Haus hier musst du in den Speicher steigen.«

Er beschrieb ihm den Weg sehr sorgfältig.

Er hustete, seine Stimme war leise und aus der Entfernung kaum mehr zu verstehen: »Wie gerne hätte ich bei diesem Einbruch mitgemacht –«

»Kann ich denn gar nichts für dich tun?«

»Nein! Und jetzt muss ich schlafen – ich bin todmüde. Der Junge versorgt mich, lange wird es wohl nicht mehr dauern. Du sollst die Pest nicht auch noch bekommen! Und vor allem nicht von mir, also geh jetzt und komm nicht wieder. Und vergiss nicht: Einbrecher sind immer barfuß.«

Er hatte es fast unhörbar gesagt.

Nach wenigen Tagen ertrug Christoph ihre alte Behausung nicht mehr. Alles erinnerte an Philo. Seine Flöte lag noch auf dem Tisch.

Es gab jetzt sehr viele leer stehende Häuser in Straßburg, Christoph hätte sich das schönste aussuchen und sich leicht Zugang verschaffen können. Aber man sah diesen Häusern kaum an, ob die Bewohner geflohen oder an der Pest gestorben waren. Denn die Flüchtlinge malten zur Abschreckung meist ebenfalls die weißen Pestkreuze auf die Türen, und Christoph hütete sich ein solches Haus zu betreten.

Er fand ganz in der Nähe des schiefen Hauses eine leer stehende Bretterhütte. Philos Flöte nahm er mit.

Nach einer Woche kam Huny, dem er seine neue Behausung gesagt hatte, und brachte ein Stück eines starken Drahtes, den er zu einem Z geformt hatte – ein Dietrich, um Schlösser zu öffnen. Es sei wichtig, dass er das Schloss des Verschlags unversehrt hinterlasse, hatte Philo ihm geraten – was immer er finde, er müsse es so mitnehmen, dass Herr Dopfschütz den Diebstahl nicht bemerke, sonst würde er womöglich wieder verfolgt.

Auf die Frage, wie es Philo gehe, begann Huny zu weinen. Auf einmal seien die Bretter an dem Fenster, durch das sie eingestiegen seien, vernagelt. Da wusste Christoph, dass Philo nicht mehr lebte.

Der Schmerz um Philo war groß und bitter.

Die Erinnerungen waren übermächtig: das gemeinsame Üben im Schwarzwald, der Tag, an dem er Philo als Bettler in Straßburg getroffen hatte, all die Dinge, die sie zusammen gemacht hatten, und der Vater und Balthas und Regine und die Juden, Nachum, Löb, Abraham – Esther!

Er machte tagelang sinnlose Wanderungen durch die öde Stadt.

Nein, Huny machte bei dem Diebstahl nicht mit. Huny hatte Angst.

»Aber du bist doch auch heimlich zu Philo und hast ihm Essen und Trinken gebracht.«

Aber da hatte Huny auch Angst gehabt.

Schließlich schämte sich Christoph vor dem kleinen Jungen: Ich werde es doch auch alleine schaffen!

In das Haus müsse er nachts eindringen mit einer Fackel. Die Fackel müsse er aber ausmachen, bevor er in den Speicher gelange, weil man den Schein von außen sehe. Er müsse dann im Speicher warten, bis es hell werde. Das Siegel auf der Kiste müsse er aufbrechen und zum Schluss wieder so zusammenfügen, dass von außen nicht zu erkennen sei, dass es aufgebrochen worden war. Es könne dann Jahre dauern, bis jemand den Diebstahl bemerke.

Christoph hatte eine dunkle Nacht ohne Mond und Sterne abgewartet. Er brach auf, nachdem die Turmuhren die Mitternacht geschlagen hatten. Streifenden Stadtsoldaten solle er erzählen, bei seinem Herrn sei die Pest ausgebrochen, er brauche einen Arzt. Niemand würde ihm dann eine zweite Frage stellen.

Wie sorgfältig Philo trotz seiner Schmerzen alles geplant hatte!

Die Luft war unruhig. Einzelne Regenspritzer schlugen Christoph ins Gesicht, als er hinüberging in das Viertel der Gerber. Der

Wind zerrte an seiner Fackel, dass die Funken stoben. Die schweren Tierhäute, die an den Seilen und Stangen über der Gasse hingen, schwankten in irrwitzigen Bewegungen. Es gab große Lücken, viele Stangen und Seile waren nicht mehr beladen.

Auf dem ganzen Weg begegnete er niemand als ein paar weinenden Kindern.

Das Licht der Fackel sprühte über die verrammelte Türe und die Bretterverschläge an den Fenstern des verkommenen Gerberhauses.

Christoph fand den Radabweiser, schaute sich noch einmal herzklopfend um und setzte ein Stück Eisen an, das er an einer der Schmieden mitgenommen hatte, drückte die Bretter krachend auf die Seite, kletterte in das Innere des Hauses, und das Herz begann schneller zu klopfen.

Es war, als sei Philo bei ihm, der in diesem Hause gestorben war. Die Fackel musst du vorsichtig austreten, wenn du den Übergang zum Speicher gefunden hast – womöglich lässt du sonst das ganze Haus samt dem Speicher in Flammen aufgehen!

So weit war Christoph noch lange nicht. Erst musste er den Weg durch das Haus finden.

Und geh ja nicht in die Kammer, in der ich jetzt liege, hatte Philo hinzugefügt, damit ich dich nicht noch anstecke, wenn ich schon tot bin.

Die Fackel warf ein rötliches Licht auf die kahlen, spinnwebverhangenen Wände der leeren Räume. Unter seinen bloßen Sohlen spürte er Steinplatten und aufgeworfene Dielen. Es roch brandig nach Gips und nassem Stroh.

Bald war die Stiege erreicht, an der einige Tritte fehlten. Die anderen waren ausgetreten.

Die Fackel machte ihn halb blind.

Bis jetzt war Christoph einigermaßen ruhig gewesen. Aber jetzt kam er in den langen Gang, von dem eine Türe in Philos Kammer abging.

Das Bett war leer.

Er müsse den Ern einfach weitergehen und komme dann an eine Stiege. Vorsicht! Die Tritte seien hier morsch, weil es vom Dach hereinregne! Wenn er oben sei, schließe sich eine Leiter an, die ihn auf den Dachboden führe. Auch diese Leiter sei morsch.

Was waren das für Geräusche? Waren ihm nicht schon von Anfang an Schritte gefolgt? Die Fackel hatte so eigenartige Schatten in die leeren Räume geworfen: Warum war dieses riesige Haus verlassen worden? War es verflucht? War ein Verbrechen geschehen? Hausten nicht die unerlösten Seelen ehemaliger Bewohner in verlassenen Häusern? Nachts würden sie lebendig, stürzten sich auf Eindringlinge und saugten ihnen das Blut aus!

Zögernd stieg er weiter. Wirklich war da ein eigenartig hohles Schnarren und Scharren, auch etwas wie ein leises Trippeln. Er klammerte sich an eine Sprosse, die Beine wurden steif.

Da! Wie er die Fackel weit nach oben in die Schwärze des Dachraums hineinreckte – ein tausendfaches Schwirren, Knallen, Klatschen und Flattern um seinen Kopf, eine Wolke von Staub, die ihn einhüllte, Kot rieselte herab – einen wahren Höllentanz von Tauben hatte er mit seiner Fackel aufgescheucht. Er hielt sich krampfhaft an der Leiter fest. Das Herz raste. Au! – Beinahe hätte ein Bund Stroh, das zwischen Balken und Brettern herausquoll, Feuer gefangen.

Er senkte die Fackel und zwang sich ruhig zu atmen – niemand kam von unten. Das Ticken, das er ständig in den Ohren hatte, waren die Holzwürmer, die Totenuhr, die auch in dem schiefen Haus an der Ill tickte.

Er biss die Zähne zusammen: Wie sollte es weitergehen?

Er musste zum Giebel des Hauses vordringen, der an den Speicher stieß.

Hier oben war es eng und heiß. Immer wieder bogen sich die morschen Bretter, auf denen er ging, knirschend und knackend, dass er glaubte abzustürzen. Er musste in dem engen Gebälk höllisch aufpassen, damit seine Fackel nicht den Dachstuhl in Flammen setzte. Die Schatten verwirrten ihn. Er war halb erstickt vom Staub, die Augen waren verklebt von Spinnweben.

Endlich war da der Giebel mit seinen weiß gekalkten Balken.

Jetzt wurde es ernst!

Es gab eine alte, längst vermauerte Türe, die vom Haus zum Speicher geführt hatte, sie war aber weit unter ihm in einem der ehemaligen Wohngeschosse.

Er aber musste über eine schmale Leiter hinunterklettern zum ersten Absatz des Dachstuhls und von dort zu der ehemaligen zweiten Aufzugsluke des Giebels, die als einzige nicht vermauert war. Die Aufzugsluken, die man wahrscheinlich noch lange gebraucht hatte, führten direkt in den mächtigen Dachraum des Speichers.

Sollte er die Fackel wirklich löschen? Warten, bis es hell wurde?

Er wollte so rasch wie möglich wieder aus diesem unheimlichen Haus. Sicher, der Schein der Fackel konnte von einem aufmerksamen Wächter gesehen werden, aber war Warten nicht noch gefährlicher?

Er entschied sich die Fackel anzulassen.

Die Aufzugsluke öffnete sich mit einem ächzenden Laut in den Speicher hinein. Dabei löste sich offenbar ein Stück Putz und es dauerte eine ganze Zeit, bis der Aufschlag von unten zu hören war.

Der Anblick des riesigen, kirchenartigen Speicherraumes im Licht seiner Fackel war überwältigend.

Niemals würde ich das ohne Fackel schaffen!, dachte er, als er sah, wie schwer der Weg auf den Fußboden des Speichers hinunter war. Der Dachstuhl, der sich riesig und steil im Schein der Fackel über ihm erhob, stand auf drei Reihen von Säulen quer zu ihm, die vom Grund des Gebäudes aufstiegen und sich im Schein der Fackel zu bewegen schienen. Ganz hinunter konnte er nicht sehen, weil ein Holzboden den Blick versperrte. Auf diesem Absatz lagerten Waren in mächtigen Ballen, reichten aber bei weitem nicht bis zu ihm herauf.

Querbalken trugen in allen Dachgeschossen ein Gewimmel von schmalen Bretterböden, die sich über ihm in der Nacht verloren und oft untereinander mit Stangen und Seilen verbunden waren.

Zu jedem dieser ehemaligen Trockenböden des Gerbers führten an jeder einzelnen Säule Leitern hinauf bis fast zur Schwärze des Firsts. Auf einer solchen Leiter musste er in die Tiefe steigen.

Schlimm war, dass die Zwischenböden vor jeder einzelnen Luke eine Fläche aussparten, für die Waren, die an dem Seil zu den Luken hochgezogen worden waren – er musste über diese leere Fläche springen. Weit war das nicht, kaum mehr als ein Klafter. Dennoch grauste es ihn, über den schwarzen Abgrund zu springen. Drüben war eine der vielen Leitern, über die er in den Speicherraum hinabsteigen konnte, und die Leiter war an einer Säule befestigt, die seinem Sprung Halt geben konnte.

Hoch über ihm ragte der alte Aufzugsbalken aus dem Giebel, der den Rollenzug für die Luken trug. Aber das Seil, das in greifbarer Weite mit einem Haken hing, oder der Balken da oben konnten morsch sein. Sonst hätte er sich vielleicht an dem Aufzugsseil hinunterlassen können.

Auf der anderen Seite des Daches war fast in gleicher Höhe eine der unzähligen Dachgaupen, durch die der Schein seiner Fackel von außen gesehen werden konnte.

Er musste schnell springen.

Ruhe jetzt, nur Ruhe, hörte er den alten Balthas mit seiner Bassstimme sagen, Ruhe und dann frisch gesprungen – es ist nicht weit und es ist nicht schwer. Denk dir den Sprung auf ebener Erde, dann ist er ein Kinderspiel. Du bist schon viele tausend Mal über eine so kleine Entfernung gehüpft!

Jetzt! Mutter! Esther!

Hatte er die Augen geschlossen? Fast zu hart traf er mit den Händen auf die Säule, die ihm augenblicklich blutige Schrunden riss und ihm Splitter in die Handteller jagte. Er klammerte sich mit aller Kraft fest. Als er die Augen öffnete, war es Nacht: Die Fackel war hinuntergefallen und würde dort unten die Ballen der Waren oder einen Balken oder einen Sack voll Pfeffer oder Nelken und dann den ganzen Speicher in Brand setzen. So jagte er besinnungslos die Leiter hinunter und spürte kaum, wie das alte Holz weitere Splitter in seine Hände trieb.

Die Fackel hatte bereits einen Teil der äußeren Hülle eines Ballens erfasst, als Christoph sie hochriss. Er trat die glimmende und schwelende Fläche auf dem Ballen aus und trampelte so lange darauf herum, bis sie nicht mehr rauchte. Dann ging er nach Luft schnappend über die Ballen weiter, die alle die Handelsmarke des Herrn Dopfschütz trugen – einen Bogenschützen, der auf einem Topf stand.

Der Rest des Abstiegs war leicht. Eine Leiter führte ihn vollends in die Tiefe und auf den gepflasterten Boden des Speichers. Als er in die gewaltige Höhe leuchtete, die von hier unten kaum mehr erkennbar war, hätte er sich fast übergeben.

Der Verschlag war schnell gefunden, aber das Schloss wollte und wollte mit seinem Dietrich nicht aufgehen. Er stocherte in dem Schloss herum und suchte verzweifelt nach dem Riegel: Es muss doch gehen! Es muss doch gehen! Die Fackel brannte nieder. Plötzlich öffnete sich die Tür des Verschlags ganz leicht von selbst – er war gar nicht abgeschlossen gewesen! Als Christoph aufsah, war ein steinernes Licht im Speicher, das von den Dachgauben bis zu ihm auf den Grund niedersickerte. Den rauchenden Stumpf der Fackel trat er auf dem Steinboden aus.

Sie haben die Fackel von außen nicht gesehen, dachte er hoffnungsvoll und wandte sich der Kiste zu. Sie trug wie alle Dinge in diesem Speicher die Handelsmarke des Herrn Dopfschütz, die bereits deutlich zu erkennen war. Eine dicke Staubschicht lag auf dem Verschluss, außerdem zeigten Spinnweben, dass er lange Zeit nicht mehr geöffnet worden war.

Das Herz schlug ihm bis zum Hals, als er jetzt vorsichtig das Siegel löste, welches den verschnürten Verschluss der Kiste sicherte.

Vielleicht ging ihn der Inhalt der Kiste überhaupt nichts an!

Der Deckel der Kiste ließ sich dann leicht öffnen – Schriftstücke fielen ihm als Erstes auf, darunter lag etwas wie Gefäße. Atemlos entfaltete er einen der Briefe, schaute aber vorher noch hinab auf das, was er für Gefäße hielt. Es war zwar heller geworden, aber das Licht reichte noch nicht aus. Er ließ das Blatt in seiner Hand sinken und hob eines der runden Gefäße heraus. Es war klein, dafür ungewöhnlich schwer, er musste mehrfach nachfassen, weil kein Platz war, es richtig zu umspannen. Endlich brachte er es hoch. Der Atem setzte aus, eine plötzlich aufwallende Wärme, Tränen traten ihm in die Augen: Eine große Vier und darüber ein springendes Pferd: die Handelsmarke seines Vaters! Ein Gewicht aus dem väterlichen Gewichtssatz lag in seiner Hand!

Dieses Gewicht war gegen ein gefälschtes vertauscht und nach Straßburg gebracht worden. Dieser Tausch hatte seinen Vater das Leben gekostet. Hastig griff er nach den anderen Gewichten – sie waren alle da! Fein säuberlich ineinander gestapelt, vom kleinsten bis zum größten Gewicht, der ganze Satz, alle mit der Vier und dem springenden Pferd darüber. Sein Vater war wirklich ermordet worden, kein Zweifel war mehr möglich, jedes Gericht der Welt musste den Vater freisprechen, wenn Christoph diesen Gewichtssatz aus einem Speicher in Straßburg vorlegte. Der Betrug war bewiesen. In seinen Ohren war ein großes Rauschen.

Es war fast taghell!

Panik überfiel ihn. Nichts wie weg! Er stopfte zwei Schriftstücke und das kleinste der Gewichte in seine Tasche. Er warf den ausgebrannten Fackelstumpf weit weg. Er streute Staub und Abfall über den Ruß auf dem Pflaster.

Sie dürfen nicht feststellen, was du gesucht hast. Sie sollen denken, dass du Seide, Pelze, Leder oder Gewürze stehlen wolltest, wenn sie überhaupt etwas merken. So hatte Philo ihm geraten.

Deshalb fügte er die zerbrochenen Siegel auch wieder vorsichtig so zusammen, dass von außen nichts zu sehen war, und streute Staub über den Verschluss, den er wieder einhakte.

Seine Hände waren fiebrig und nass, als er versuchte Spinnweben über den Verschluss zu ziehen. Sein Herz jagte – die Zeit lief ihm davon. Wie komme ich zur Luke hinüber? Er dachte voll Entsetzen an den nächtlichen Sprung über den Abgrund, bei dem ihm die Fackel hinuntergefallen war.

Da hörte er von draußen einen Pfiff!

Eine Stimme schrie: »Es ist jetzt hell genug. Er kommt uns nicht davon! Ist alles bereit? Stehen überall Wachen, auch vorne auf der Gasse und auf dem Hof?«

»Kannst du noch lauter schreien?«, sagte eine tiefe Stimme.

»Soll er uns doch hören«, sagte der Erste, »der kann uns nicht entwischen!«

Es folgten weitere Pfiffe.

Christoph war es, als packe ihn eine fürchterliche Hand im Genick. Sie hatten den Schein seiner Fackel gesehen! Sie hatten gewartet, bis es hell war und er nicht mehr entkommen konnte. Es war alles umstellt – der Eingang zum Speicher und das Bretterloch zum verlassenen Haus und vielleicht andere Stellen, die er gar nicht kannte. Einen Moment hockte er da wie gelähmt. Dann sprang er hoch. Er brachte sogar die Ruhe auf, die Kiste von außerhalb des Verschlags noch einmal anzuschauen, und er zog die Türe des Verschlags, die klemmte, kräftig zu.

Er biss dabei auf die Zähne: Es darf nicht sein! Sie dürfen mich jetzt nicht noch kriegen – der Vater! Esther! Schon jagte er die Leiter hoch, da hörte er unten einen Schlüssel im Tor des Speichers rasseln, dass es in dem weiten Raum hallte.

Er hastete über die Ballen des Herrn Dopfschütz zu der letzten Säule vor dem Hausgiebel, der von hier unten fast drohend in den Dachraum des Speichers hineinragte. Er hörte, wie das große Tor des Speichers rasselnd und knarrend aufging. Er stieg die zweite Leiter hoch und klammerte sich in einer aufsteigenden Schwäche mit beiden Armen an die Säule. Dort, fast mit den Händen konnte man sie greifen, war die Luke, durch die er gekommen war, mit dem schräg zu ihm hin geöffneten Laden. Wie ein Galgen ragte sehr hoch darüber der Balken für die hölzerne Aufzugsrolle mit dem Seil.

Er riss sich mit Gewalt zusammen: Konnten sie ihn von unten sehen? Es war noch sehr dunkel hier oben unter dem Dach.

Philo!

Dann stieß er sich ab. Er knallte mit der ganzen Wucht des Sprunges mit Kopf und Schulter gegen die Innenseite des schräg stehenden Ladens. Der öffnete sich mit einem laut krächzenden Ton und Christoph fiel polternd in den Dachraum des leeren Hauses hinein. Kopf und Schulter taten weh und er war halb blind vor Staub.

Von unten aus dem Speicher hörte er Stimmen: »Dort oben ist er!«

»Im Vorderhaus.«

»Vorne ist alles besetzt, da kommt er nicht hinaus!«

Christoph hatte beide Hände um den Beutel auf seiner Brust mit dem Gewicht verkrallt. Seine Gedanken jagten wie im Fieber, wohin? Gleichzeitig rannte er schon zur Leiter und kletterte hinab. Ohne zu wissen, was er eigentlich wollte, jagte er durch den oberen Ern zur Vorderseite des Hauses. Kammern, Gänge, eine große Stube, leer und kahl – alles im Dämmerlicht der vernagelten Fenster. Dort – ein Strom von Licht, das sich durch eine Mauer ergießt: die vermauerte Galerie mit ihrer halb hinabgebrochenen Wand.

Drüben gegen das schräge Licht der aufgehenden Sonne war das Nachbarhaus, dazwischen die Stangen und Seile, an denen die Tierhäute den Blick hinab in die Gasse versperrten. Ohne recht zu überlegen, was er tat, ließ er sich durch den Mauerspalt hinab. Konnte er von hier mit den Füßen eine der Stangen erreichen? Er konnte. Er richtete sich auf – trug sie ihn?

Da war wieder die tiefe Stimme des alten Balthas: Ganz ruhig atmen, ganz ruhig. Die Arme ausstrecken, dein ganzes Gewicht liegt auf den Fußsohlen. Gut, dass du barfuß bist. Die Arme halten das Gleichgewicht, auch wenn es schwankt wie jetzt, da ist nichts dabei, wenn man ganz locker in den Hüften ist. Ein Schritt und wieder ein Schritt, einer nach dem anderen. Den Blick nur auf deinen Weg richten. Auf der ganzen Welt gibt es jetzt nichts als diesen Weg. Es ist keine Stange, es ist nichts als ein Weg, auch wenn er wippt und sich jetzt sehr durchbiegt. Nichts wird brechen, nasse Tierhäute sind viel schwerer als du.

Ein winziger schrecklicher Blick in die Tiefe!

Das geht dich nichts an. Du gehst wie in einem Trichter. Ruhig atmen. Die Stimme war gleichmäßig, man konnte sich anlehnen an diese warme Stimme wie an einen Baum. Es geht jetzt bergauf, erst unmerklich, dann immer steiler. Du kannst es, siehst du, du kannst es. Es ist ganz leicht. Schritt für Schritt, gleich hast du es geschafft. Schritt für Schritt. Ich weiß doch, dass du ein guter Seiltänzer bist, einer der besten Schüler, die ich je hatte.

Hatte er zum Schluss die Augen geschlossen? Er wusste es nicht.

Schritt für Schritt.

»Da oben! Seht ihr ihn? Ganz schön frech!«

»Ohne mich. Der geht geradewegs in ein Pesthaus. Seht ihr die weißen Kreuze an der Tür?«

»Da verreckt er auch ohne uns.«

Christoph lehnte an einem Fensterladen, der sich auf die Seite schieben ließ. Er atmete tief wie im Schlaf. Der Vater war ganz nah. War da eine Flöte?

Dann war er im Haus.

Hinter dem Haus war ein Garten und die Ill, weiter hinten waren wieder Häuser und Gärten und dahinter ragten grau die Türme der Stadtmauer.

Christoph schritt durch die Gartenpforte hinaus, ohne auf jemand zu achten. Dann war er am Illufer, hatte plötzlich das Gefühl doch noch verfolgt zu werden und ging in Philos Höhle. Dort legte er sich auf den Boden wie ein krankes Tier, beide Hände um den Gewichtsstein mit der Handelsmarke seines Vaters geschlossen.

Zwei Schreiben mit gebrochenem Siegel hatte er in der Eile aus der Kiste mitgenommen. Beide waren aus Stuttgart, beide hatten seinen Vater zum Inhalt. Im ersten Brief wurde der Erhalt der Bitte bestätigt Johann Heinrich Christoph Schimmelfeldt zu ruinieren. Der Austausch der Gewichte wurde vorgeschlagen und im zweiten Brief, der ein Begleitschreiben zu dem Gewichtssatz war, bestätigt. Wie es mit der Sache stehe, wurde gefragt, ein gewisser Schwefellieferant aus Italien vorgeschlagen.

Es lag alles offen. Und es war alles bewiesen. Mit dem Gewicht in Stuttgart und den beiden Briefen würde er seine Ehre und sein Erbe zurückbekommen. Was der Vater erhofft hatte, war eingetreten. Wenn es Gerechtigkeit gab vor dem Gericht in Stuttgart, so hatte er es geschafft.

Dennoch blieb die große Freude aus: Mit einer Klarheit wie noch nie, seitdem er in Straßburg war, stand ihm das Bild des gefolterten Vaters vor den Augen – das schweißüberronnene, bleiche Gesicht, die herabhängenden, hölzernen Arme. Er hörte wieder die schweren, pfeifenden Atemzüge.

Da war Esther.

Nachts träumte er von riesigen Gerüsten, endlosen Stangen, Seilen und Balken, über die er gehen musste, Leitern, die bis zum Himmel reichten. Dort warteten sie alle auf ihn: die Mutter, der Vater, der alte Abraham, Löb, Nachum, Philo, Esther –

Das große Sterben in der Stadt Straßburg ging weiter.

Der Orden der Geißler war vom Rat verboten worden. Dennoch hörte man ihren Gesang und das Klatschen ihrer Hiebe noch immer in der Stadt.

Nun hebet auf eure Hände,
dass Gott das große Sterben wende –

Gespenstisch war es, als nach und nach das Geläute der Totenglocken verstummte, das Tage und Wochen hindurch zu hören gewesen war, nur nachts war es ausgeblieben. Jetzt war wohl niemand mehr da, der die Glocken hätte läuten können. Auch auf die meisten Uhren an den Türmen war kein Verlass mehr, weil sie nicht mehr aufgezogen wurden. Nur noch wenige dünne Stundenschläge waren zu hören und auch sie wurden immer weniger.

Wie der Sand, der aus einer Sanduhr rinnt, dachte Christoph.

Den dicken Herrn Kropfgans hatte nun ebenfalls die Pest geholt, obwohl er einer der eifrigsten Geißler geworden war mit seinem wehleidigen Gesicht. Er habe Blut gehustet und sei sehr schnell gestorben, wurde gesagt.

Auch Herr Eisenhut mit seinen dünnen Lippen war tot.

Herr Dopfschütz sei auf viele Wochen verreist, erfuhr Huny, als er ihm angeblich eine wichtige Botschaft persönlich ausrichten wollte. Geflohen, dachte Christoph. Er hat lange ausgehalten.

Sein Speicher wurde immer noch bewacht.

Wenn er auch noch stirbt –

Nein, dachte er, dann machen es andere. Zu viele wissen von den neuen Waffen. Es lässt sich auf die Dauer nicht verbergen.

Alles kommt so, wie es der alte Abraham gesagt hat.

DER STEIN

Was hielt Christoph noch in Straßburg? Er könnte schon längst wieder in Stuttgart sein, in seinem väterlichen Erbe. Er hatte alles erreicht, was sein Vater und er sich erträumt hatten.

Aber der Vater war tot.

Er träumte oft von Esther, als wäre sie noch bei ihm. Er hörte, wie sie sagte: ›Mein weißer Elefant!‹, wenn sie ihm durch die Haare strich und einzelne Büschel seiner schwarzen Haare betrachtete. Sie lachte dann so hell, dass er davon erwachte und nicht mehr einschlafen konnte.

Die alte Esther hatte einmal ein Märchen erzählt, das er nicht verstanden hatte.

»Ein Mann ging auf seinen Acker, um zu säen. Das Saatgut trug er in einem Sack auf der Schulter. Der Weg zum Acker war weit. Als er schon ein großes Stück gegangen war, stürzten sich Krähen auf seinen Sack. Ihr Krächzen war so laut und das Schlagen ihrer Fittiche so heftig, dass er betäubt zu Boden stürzte. Als er wieder zu sich kam, hatten die Krähen das ganze Saatgut aufgefressen. So ging er wieder nach Hause, um anderes zu holen. Als er aber zu seinem Acker kam, war da ein Wald gewachsen. Ein dichter Wald mit vielen Blumen und Schmetterlingen. So dicht war der Wald, dass kein Plätzchen blieb, auf das er hätte säen können. Was soll ich mit Schmetterlingen und Blumen!, sagte der Mann. Ich will nach Hause gehen, meine Axt holen und den Wald fällen. Als er aber wieder an seinen Acker kam, war der Wald verschwunden. Stattdessen war da eine Wüste, in der es nur Steine gab und Staub und Sand und keinen Tropfen Wasser. So konnte er auch jetzt nicht säen.«

Die alte Esther hatte das Märchen erklären wollen. Aber etwas war dazwischengekommen, später hatte man nicht daran gedacht, und jetzt –

Christoph glaubte jetzt das Märchen besser zu verstehen, aber er hätte es nicht sagen können.

Es war die Angst vor der Pest, die ihn in Straßburg festhielt. Er müsste sich nach Stuttgart durchbetteln und er sah sich, wie er nach wenigen Tagen in irgendeinem Graben lag, mit Beulen unter den Armen, glühend vor Fieber.

Nie wusste man ja, ob man die Pest nicht schon in sich trug.

Also blieb er und wartete einsam auf das Ende der Seuche. Er hatte aber das Gefühl, als könne der Gewichtsstein seines Vaters, den er immer bei sich trug, die Pest verhindern.

Mit den ersten Frösten erlösche die Seuche. Die Leute sagten es mit zunehmender Spannung, weil es jetzt, Anfang Oktober, nicht mehr lange war bis dahin. Niemand wollte zum Schluss, kurz vor der Rettung, doch noch von der Pest geholt werden. Ein erstes Zeichen für die aufkeimende Hoffnung war, dass sich die Gassen der Stadt langsam wieder zu beleben begannen.

Aber die Krankheit dauerte an. Noch starben jeden Tag viele Menschen, es hieß sogar, die Zahl der Toten nehme wieder zu. Die Friedhöfe reichten längst nicht mehr aus, Gruben wurden ausgehoben und die Toten einfach hineingeworfen.

Gleichzeitig hörte man immer mehr Gerüchte über Heilungen und unverhoffte Rettungen: Wie Kranke, die man aufgegeben hatte, morgens plötzlich sehr schwach, aber fieberfrei nach Essen und Trinken verlangt hätten und in der Folge wirklich gesund geworden seien. Niemand wisse, warum. Sie bräuchten aber manchmal Wochen, um wieder einigermaßen zu Kräften zu kommen.

Das Betteln war immer leichter geworden. Nur sehr wenige Bettler gab es noch in Straßburg – kein Stand sei von der Pest so sehr heimgesucht worden wie die Bettler, hieß es. Der Stelzenklaus sei tot, wurde gesagt. Und die Angst vor der Krankheit machte die Menschen immer noch freigebig.

Brot und Fleisch waren freilich sehr teuer geworden, weil viel mehr Bäcker, Metzger und Müller starben als zum Beispiel Schmiede oder Gerber, hörte Christoph einmal sagen. Niemand konnte es erklären.

In den Kirchen lag das Abendmahl öffentlich aus. Jeder konnte es sich nehmen, weil keine Geistlichen mehr da waren, um es auszuteilen – sie waren entweder geflohen, die meisten aber bereits gestorben, weil sie einem Kranken die Beichte gehört oder mit ihm gebetet hatten. Der Bischof hatte alle Menschen in Straßburg auch ohne Beichte im Augenblick ihres Sterbens von ihren Sünden losgesprochen.

Einmal noch war Christoph im Viertel der Juden gewesen. Mit leerem Blick war er durch die Gassen gegangen. Es hatte sich kaum etwas geändert seit dem Valentinstag. Einige der reicheren Steinhäuser hatten neue Türen bekommen, offenbar hatten neue Besitzer begonnen die Häuser wieder herzurichten, auch das Haus Löbs. Aber jetzt standen die Arbeiten still, die Häuser waren alle leer.

Die Cheder, die Mikwe, der öde Brunnen mit den Eimern, die zu rosten begannen, die Synagoge – hier war es noch viel einsamer als auf den leeren Gassen und Plätzen der übrigen Stadt.

Christoph ging langsam zurück in die Christenstadt und beschloss nun nicht mehr hierher zu gehen.

Einmal ging er auf den Friedhof der Juden, auf dem er mit Esther gewesen war. Unkraut wucherte, Grabsteine waren umgestürzt. Christoph versuchte einen der kleineren wieder aufzurichten, aber er war zu schwach.

Dann sah er die große, neu aufgefüllte schwarze Fläche, auf der schon Wildblumen wuchsen. Tränen stiegen auf: Der Rat habe, so wurde gesagt, die Asche der verbrannten Juden aus Rotenkirchen überführen, hier einfüllen und mit Erde zudecken lassen. Schlechtes Gewissen? Oder sollte es heißen, die Juden seien auf ihrem Friedhof verbrannt worden?

Trostlos nahm er einen großen Stein und legte ihn darauf.

Der Nebel lag über dem Strom, als Christoph auf der Fähre über den Rhein setzte. Wie Mehltau lag der Reif auf dem Strauchwerk, das sich aus dem Ufer löste, weiß verlor sich die Ebene um ihn, als er von der Fähre stieg. Weiß traten die Bäume aus dem Nebel, als er auf der Straße von Kehl aus abwärts wanderte. Gegen Mittag hellte der Nebel auf und zeigte rechts die dunkle Mauer des Schwarzwalds, dessen oberste Kante schon weiß war.

Der mächtige weiße Rücken ist die Grinde, dachte Christoph und schaute im Gehen lange hinauf.

Die Pest war, wie vorhergesagt worden war, mit den ersten Frösten zu Ende gegangen. Die letzten Toten waren begraben worden und Christoph musste nicht mehr damit rechnen, am Morgen irgendwo mit Pestbeulen aufzuwachen. Er war nicht allein auf der Straße. So viele Fuhrwerke, Bauern und Wanderer waren unterwegs, dass man meinen konnte, alles Versäumte sollte jetzt im Spätherbst noch nachgeholt werden.

Freilich, auf sehr vielen Äckern stand das Getreide jetzt noch im Oktober auf dem Halm, schwarz und verschimmelt. Obstbäume brachen beinahe unter der Last des ungeerntet faulenden Obstes.

Häuser sah er, an denen Fenster und Türen vernagelt waren. Oft sah er auch noch das weiße Pestkreuz an den Türen.

Bei jeder Rast schaute er den kleinen Gewichtsstein mit der Handelsmarke seines Vaters an: das wohl vertraute glänzende Messingrund mit der großen Vier und dem springenden Pferd darüber.

Die Pest hatte ihn verschont. Das musste ein gutes Zeichen sein!

Er machte Pläne: Er war alt genug, das Geschäft seines Vaters wieder aufzubauen. Er hatte viel gelernt, solange er noch im Kontor des Vaters gearbeitet hatte, bei Löb hatte er noch einiges dazugelernt. Vielleicht nahm er auch einen zuverlässigen und erfahrenen Geschäftspartner auf. Wenn er vorsichtig genug war, konnte er den unvorstellbar wertvollen Diamanten beleihen, es genügte ein winziger Bruchteil seines wirklichen Wertes – freilich durfte er kein großes Risiko eingehen, denn der kostbare Stein, eingeschlagen in Esthers seidenes Tuch, gehörte nicht ihm.

War das Geschäft wieder in Fluss – er kannte die Geschäftsverbindungen seines Vaters –, dann würde im Osten die Suche nach Esther und Nachum beginnen. Er wollte nicht daran denken, dass ihnen die Flucht nicht geglückt sein könnte. Wenn es keinen Herrn Dopfschütz und keinen Herrn Wangenbaum mehr gab, dann konnten Esther und er ohne Schwierigkeiten heiraten. Der Gedanke war süß im Gehen, so schritt er schneller aus.

Er versuchte sich das Gesicht Esthers vorzustellen, aber es wollte nicht immer richtig gelingen, auch ihre Stimme, die er meist hören konnte, wann er wollte, stellte sich nicht immer sofort ein.

Er musste nicht mehr heimliche Wege über den Schwarzwald gehen. Die meisten seiner Feinde waren tot. Von dem geflohenen Herrn Dopfschütz hatte er nichts mehr gehört. Und wenn es schlimm kam: Mit den Beweisen, die er in der Tasche trug, brauchte er jetzt weder die Gegner in Straßburg noch die in Stuttgart zu fürchten.

Und – verfolgte Herr Dopfschütz seine Pläne noch weiter? Wenn nicht er, so werden es andere tun. Aber denen bin ich gleichgültig.

Oft nahmen ihn Fuhrwerke mit, aber die Fuhrleute hatten wenig Freude an dem wortkargen Jungen, der bleich und mit einer steilen Falte in der Stirn auf ihrem Wagen saß und kaum ein Wort sprach.

In Pforzheim fragte er nach den Juden – er wusste, dass es hier eine Gemeinde gegeben hatte. Es seien nicht viele Juden gewesen, aber sehr reiche, wurde ihm gesagt. Sie seien aber alle geflohen, als im Reich die Maßnahmen der Behörden gegen die Juden losgegangen seien.

Maßnahmen der Behörden gegen die Juden!

Ein paar, die nicht rechtzeitig fortgingen, seien umgekommen. Ein Jude, ein uralter, sei aber noch in der Zeit der Pest wieder zurückgekehrt, der alte Löw, er hause jetzt in einem winzigen Hüttchen an der Stadtmauer, nachdem er vorher in einem wahren Palast gewohnt hatte. Der Mann, den Christoph gefragt hatte, grinste schief. Was er denn von dem alten Juden wolle?

Christoph war bei dem Namen Löw zusammengezuckt.

Als er sich auf den Weg zu dem Häuschen machte, ging eine ältere Frau ein Stück weit mit ihm und sagte leise zu ihm: »Es ist eine Schande, wie sie mit den Leuten umgehen. Der alte Löw hat niemals einer Fliege etwas zu Leide getan. Aber sie haben ihm alles weggenommen, alles! Sodass er nicht mehr richtig im Kopf ist. In seinem Haus, das er schon vor vielen Jahren hat bauen lassen und in dem seine Frau und seine Kinder nach und nach gestorben sind, wohnt jetzt ein anderer, der bei ihm hoch verschuldet war. Dabei stehen sehr viele Häuser leer jetzt nach der Pest. Ihm haben sie ein Häuschen an der Stadtmauer gegeben. Ich frage: Ist das recht?«

»Nicht mehr richtig im Kopf?«

»Sonst wäre er ja nicht ausgerechnet während der Pest wieder zurückgekehrt! Hier musst du weiter, dann links und erst die dritte Gasse rechts, du siehst es dann schon.«

Eine baufällige Hütte lehnte sich an die Stadtmauer. Christoph klopfte mehrfach, bis er ein hüstelndes Geräusch hörte. Ein Riegel wurde umgelegt, ein zweiter zurückgeschoben. Kurzsichtige Äuglein über einem weißen Bart wurden sichtbar.

»Was willst du, verschwinde!«

»Seid Ihr der Jude Löw?«

»Verschwinde!«

»Ich habe eine wichtige Frage, bitte lasst mich hinein.«

Eine Kette klirrte, der Türspalt ging ein wenig weiter auf: »Wer bist du? Was willst du?«

»Ich komme aus Straßburg und möchte nach zwei Kindern fragen.«

»Was für Kinder?«

»Juden, ein Junge und ein Mädchen, Freunde von mir.«

»Bist du ein Jude?« Der Blick war freundlicher geworden.

Christoph schlüpfte hinein: »Nein, ich bin kein Jude, aber ich habe in Straßburg bei Juden gelebt, bei Löb Baruch, den müsst Ihr kennen, wenn Ihr Kaufmann wart. Und ich möchte –«

Der Alte unterbrach ihn, indem er sich vorbeugte und ihm ganz nah in das Gesicht blickte: »Dann bist du Christoph Schimmelfeldt. Ich habe deinen Vater gut gekannt. Er ist tot, nicht wahr?«

»Woher wisst Ihr?«

»Man hat in den Judengemeinden von dem Christenjungen gesprochen, den die Familie Löb Baruchs aufgenommen hat. Ich habe auch von der Verfolgung deines Vaters gehört. Genaueres aber weiß ich nicht.«

Er fuhr Christoph über das Haar: »Du hast den Mord an den Juden in Straßburg überlebt – lebt auch Löb noch? Und lebt seine Familie? Wohl nein, sonst wärst du nicht hier.« Er wiegte den Kopf und strich sich mit beiden Händen durch den Bart, der ihm weit über die Brust reichte.

»Deshalb bin ich hier. Löb und der alte Abraham, von dem Ihr wohl auch wisst, haben mir das Leben gerettet. Ich weiß, dass sie umgebracht worden sind und die Frau Abrahams, aber ich weiß nichts von den Kindern Nachum und Esther. Es gibt Zeichen, dass sie gerettet wurden. Wisst Ihr etwas – sind sie auf der Flucht durch Pforzheim gekommen? Habt Ihr sonst von ihnen gehört?« Christoph hatte die Hände verkrallt.

Der alte Löw wiegte bedauernd das Haupt: »Nichts weiß ich, nichts. Über Pforzheim konnten sie nicht kommen, weil hier die Juden ebenfalls umgebracht worden sind. Ich und wenige andere konnten rechtzeitig fliehen. Aber wo sollte ich bleiben? Mein Leben war hier in Pforzheim, hier sind die Gräber meiner Frau und meiner fünf Kinder.«

Christoph starrte ihn entsetzt an.

»Nein, sie sind nicht ermordet worden. Der Tod war gnädiger als die Menschen und hat sie viele Jahre vorher geholt.«

Christoph fühlte die Hand des Alten auf seiner.

»Ich habe damals gemeint, ich müsse sterben vor Schmerz. Aber es war ein Segen, wenn man weiß, was vergangenen Winter geschehen ist.«

Er sprach sehr leise: »Hunderte von Judengemeinden sind im Winter ausgerottet worden im ganzen Reich wie in Pforzheim, Stuttgart und Straßburg. Wer nicht fliehen konnte, und das konnten nur wenige, wurde bei lebendigem Leib verbrannt, zu Tausenden. Viele von den Geflohenen wurden von den Bauern ausgeraubt und totgeschlagen. In Speyer haben sich die Juden in ihrer Verzweiflung in ihren eigenen Häusern selbst verbrannt, so wird gesagt.«

Der alte Mann hatte beide Hände auf sein Käppchen gelegt und wiegte den Oberkörper vor und zurück.

»Und Ihr?«

»Wo sollte ich hin mit meinen dreiundachtzig Jahren? In den Osten? Nein, als die Pest kam, bin ich zurückgekehrt, sollten sie oder die Pest mich auch umbringen. Aber sie haben ein schlechtes Gewissen und haben mir dieses Häuschen gegeben, mein großes Haus bewohnen andere. Es macht mir nichts aus.«

Ein trockenes Hüsteln unterbrach ihn.

»Es reicht zum Sterben. Sie halten mich für verrückt, weil ich zurückgekommen bin. Ich weiß. Sie fühlen nichts und sie denken nichts. Aber sie haben ein schlechtes Gewissen.«

Er drückte Christoph die Hand und sagte singend: »Nichts weiß ich von Nachum und Esther, den Kindern Löb Baruchs. Nichts weiß ich. Armes Kind, du hast den Weg umsonst gemacht.«

»Seid Ihr jetzt der einzige Jude in Pforzheim?«

»Die Welt hat sich verändert und sie wird sich nun nach der Pest noch mehr verändern. Ob es wieder Juden in Pforzheim geben wird?«

Seine Augen gingen über Christoph hinweg.

»Sie haben im Jahre 1260, am Freitag nach Johannes dem Täufer, wie ihr Christen sagt, in Pforzheim ein kleines Mädchen gesucht, das nicht nach Hause gekommen ist. Das Mädchen hieß Margarete. Als es nicht mehr gefunden wurde, haben sie gesagt: Die Juden haben es umgebracht, sie haben ihm das Blut ausgesaugt, obwohl sie wissen, dass kein Jude Blut zu sich nehmen darf.«

Christoph nickte. Die Geschichte war nicht neu.

»Dann haben sie einige Juden verhaftet und gefoltert, bis sie gestanden haben. Diese Juden wurden umgebracht und die anderen ausgewiesen. Für das angeblich ermordete Kind hat man eine Kapelle gebaut. Du kannst die Margaretenkapelle heute noch sehen.«

»Und dann sind wieder Juden nach Pforzheim gekommen?«

»Ja, mein Großvater und mein Vater und andere. Die Christen haben die Juden geholt, weil sie die Juden brauchten. Siehst du, es werden wieder Juden kommen nach Pforzheim. Auch nach Straßburg werden wieder Juden kommen. Aber es wird alles anders sein«, er sprach weiter mit singender Stimme, »wir Juden sind jetzt arm und die Juden, die in den Osten gegangen sind, werden noch ärmer sein. Die Verbote des Papstes anno 1215: keine Juden als Bauern, Handwerker, Kaufleute, nur noch Kleinhändler oder Geldverleiher – die werden jetzt viel strenger durchgesetzt: Arm werden die Juden sein. Und wenn einer reich wird durch den Geldverleih gegen Zinsen, dem Einzigen, was ihm geblieben ist, so wird der Neid kommen und sagen: Wucherer, Geizhals, Leuteschinder! Alles wird sich ändern bei den Juden, und auch bei den Christen.«

»Bei den Christen?«

»Du musst nur rechnen«, er sagte es mit Bestimmtheit, »sehr viele Menschen sind an der Pest gestorben. Sie lassen viel Geld zurück, das die Überlebenden bekommen. Geld wird künftig eine ganz andere Rolle spielen als früher. Wer Geld hat, wird künftig die Macht haben, nicht mehr, wer das Land hat.«

Christoph dachte an den alten Abraham: Alles wird anders. Wer Geld hat, kann sich die neuen Waffen kaufen –

»Es wird sich noch viel mehr ändern bei allen: Die Pest hat es gezeigt. Vieles, was Jahrhunderte galt, hat versagt. Die Guten sind gestorben wie die Bösen. Frauen haben ihre kranken Männer, Männer ihre Frauen verlassen, Eltern ihre Kinder, Kinder ihre Eltern. Die ärztliche Kunst hat ebenso versagt wie die der Priester und Rabbiner. Alles wird anders werden. Ich aber werde tot sein.«

Am Abend, als Löw ein Talglicht angezündet hatte, fasste Christoph Mut, er entfaltete Esthers seidenes Tuch und zeigte dem alten Juden den Diamanten.

Der alte Mann schwieg und beugte sich lange darüber, er hielt ihn vor das Licht und brachte ihn nahe an sein Auge, das andere war geschlossen. Lange blieb er stumm. Dann flüsterte er, dass es kaum zu verstehen war: »Adamas, der Unbezwingbare. Ich kenne diesen Stein sehr gut. Unzählige Diamanten habe ich gesehen in meinem langen Leben. Der hier ist der Schönste. Ganz rein ist er, ohne Makel.«

Wieder schwieg er und brachte dann sein Gesicht und den Stein ganz nah an das Gesicht von Christoph: »Ich bin dir dankbar, dass ich ihn noch einmal sehen durfte. Weißt du, es gibt nichts Vollkommenes auf der Erde, aber dieser Stein ist ein Bild der Vollkommenheit Gottes.«

Sie schwiegen über den Stein gebeugt.

Später erzählte Christoph. Er schloss: »Ganz verstehe ich es nicht, warum sie den Stein mir gegeben haben. Ich verstehe nur, dass er nicht mir gehört.«

»Es lässt sich vieles denken. Das Einfachste ist, dass er nur bei dir sicher war. Sie haben großes, großes Vertrauen zu dir.« Der alte Mann legte seine Greisenhand auf die Christophs.

Er durfte über Nacht bleiben und lag lange in der Dunkelheit und hörte den alten Mann beten.

Es geschah mit einem Ruck: Esther! Er verstand plötzlich alles. Es war so deutlich: Esther war für ihn verloren! Man musste die Zähne zusammenbeißen und die Fäuste ballen, um es zu ertragen.

Er sah sie klar vor sich. Er hörte ihre Stimme.

Es war schwarz und bitter. Auch wenn sie noch lebte mit ihrem Bruder Nachum, auch wenn sie im Osten gerettet war – vielleicht bei Elieser und Hannah, auch wenn er sie dort fand: Sie waren nicht zusammengekommen! – Die Zeit und die Menschen waren gegen sie gewesen. Der Stein hatte nichts damit zu tun.

Er hätte es längst sehen müssen: Der alte Abraham hatte sie nicht gemeinsam gerettet!

Er hatte auch keine Nachricht von Esther mitgegeben, nicht einmal einen Gruß. Er hatte sie beide mit einem scharfen Schnitt getrennt, weil ein kurzer Schnitt am wenigsten wehtat.

Esther war mit diesem schmerzhaften Schnitt einverstanden gewesen. Das war ganz deutlich. Wenn sie gewollt hätte, dann hätte ihr Seidele, wie sie ihn nannte, jeden Wunsch erfüllt. Sie war viel gescheiter gewesen als Christoph.

Es hatte ihr aber genauso wehgetan wie ihm. Das wusste er – ihr Tuch! Abraham hatte den Stein in ihr Tuch eingeschlagen. Ein stummes Zeichen hatte sie ihm zum Abschied geben dürfen.

Am Morgen war die Erkenntnis noch so schmerzhaft wie in der Nacht. Aber er war ein wenig stolz darauf, dass der alte Abraham ihm nichts erklärt hatte. Er hatte ihm vertraut es selbst zu finden. Freilich – sehr lange hatte er dazu gebraucht.

Alles war vor dem Gericht in Stuttgart anders. Er wurde sofort vom Schultheiß empfangen. Einer der Stuttgarter Kaufleute, die an dem Betrug beteiligt gewesen waren, hatte pestkrank im Sterben ausgesagt, dass die Gewichte des Herrn Schimmelfeldt vertauscht worden waren. Auch der andere Kaufmann war an der Pest gestorben. Christoph hätte seine Gewichte und die Briefe nicht vorzulegen brauchen: Es war alles längst entschieden.

Er hätte sogar ohne dies alles zurückkehren können und der Kaufmann hätte kein Geständnis machen müssen: Die Stadt hatte gleich nach dem Ende der Seuche eine allgemeine Begnadigung ausgesprochen. Die Stadt brauchte Menschen.

»Dass dein Vater tot ist, haben wir schon erfahren. Aber jetzt müssen wir dich zuerst ehrlich machen.«

Es geschah kurzerhand und ganz unfeierlich, indem ihm der Schultheiß die Hand auf die Schulter legte, dorthin, wo die Hand des Henkers geruht hatte: »Wir werden es noch heute öffentlich bekannt machen.«

»Wisst Ihr«, sagte der Schultheiß, »Ihr seid sehr willkommen, wir brauchen jeden Mann. Stuttgart ist entvölkert, wie Ihr es Euch gar nicht vorstellen könnt. Fast die Hälfte der Häuser steht leer!«

Mit Ihr und Euch redete ihn der Schultheiß jetzt an!

Der Schultheiß gab ihm die Schlüssel zu seinem Haus, lud ihn dann zum Sitzen ein und sagte noch viel Lobendes über seinen Vater.

»Euch konnten wir während der Pest nicht suchen. Wir hätten in Straßburg Nachforschungen angestellt, wenn Ihr jetzt nicht gekommen wärt. Es deutete einiges darauf hin, dass Ihr nach Straßburg gegangen wart.«

Als Christoph von sich und den Juden erzählte, hörte er kaum zu. »Die Juden. Sie wurden auch bei uns vertrieben, leider einige auch umgebracht«, sagte er. »Es war natürlich ein Fehler. Es war die Angst vor der Pest, man muss das in diesem Zusammenhang sehen. Wir brauchen sie. Wir werden einige zurückholen müssen.«

Über Benfeld wollte der Schultheiß nicht reden.

»Ihr habt jede Unterstützung der Stadt, wenn ihr das Geschäft Eures verewigten Vaters, Gott hab ihn selig, wieder aufbaut, wie Ihr sagt«, verabschiedete ihn der Schultheiß.

Ein seltsames Gefühl der Leere empfand Christoph, als er aus dem Rathaus trat. Dennoch klopfte ihm das Herz, als er mit den schweren Schlüsseln die Gassen aufwärts schritt.

Die schwarze Gestalt einer Aussätzigen, die er früher oft in Stuttgart gesehen hatte, kam ihm entgegen. Er schüttelte den Kopf: Halb Stuttgart ist tot, aber du klapperst noch immer mit deinem Holzteller, als wärst du unsterblich!

Hier war er aufgewachsen. Er ging wie im Schlaf.

Aber dort. Das Bunte auf der Treppe seines Hauses?

Es war keine Täuschung. Es war ein Traum!

Da saß Philo in der Sonne und spielte mit seinen Bällen. Er war bleicher als sonst und viel dünner.

»Ich bin kein Gespenst. Du darfst mir die Hand geben.«

Christoph liefen die Tränen über die Wangen, als er Philo umarmte.

»Nicht jeder stirbt an der Pest. Auch wenn er zum ersten Mal in einem Bett liegt.«

Er war sehr schwach gewesen, als er eines Morgens erwacht war. Die Beulen hatten sich über Nacht geöffnet und taten höllisch weh, das Fieber war vergangen. Taumelnd vor Schwäche hatte er Christoph gesucht, aber das schiefe Haus war leer.

Als er ein wenig bei Kräften war, ging er sehr mühsam in den Schwarzwald zu Balthas und Regine.

Dieses Versteck hatte die Pest nicht gefunden.

»Ich hatte geglaubt, dass du längst nach Stuttgart zurückgekehrt bist. Dass dich die Pest geholt hat, das konnte ich nicht glauben, nachdem sie sogar mich hat laufen lassen.«

Christoph schaute und schaute.

»Kaum war die Pest vorbei und ich von Regine wieder aufgepäppelt – weißt du, es ist noch nicht ganz so geworden wie vorher –, da bin ich dir nachgereist. Aber ich war vor dir in Stuttgart! Es war wunderbar zu erfahren, dass du längst wieder zu Ehre und Ansehen gekommen warst. Und unsere Einbruchpläne waren für die Katz. Ich habe mich halb totgelacht.«

Christoph konnte endlich wieder reden, er setzte sich zu ihm auf die Treppe vor die verschlossene Haustüre: »Es wird schwer werden, dich im Hause unterzubringen, ohne dass du wieder in einem Bett liegst.«

»Keine Angst. Das erste Bett habe ich überlebt. Und der Tod will auch eine Chance.«

Philo wollte noch auf der Treppe bleiben: »Es ist so schön, mit dir in der warmen Sonne zu sitzen.«

Christoph erzählte lange. Er schloss wehmütig, wie er über sein Verhältnis zu Esther dachte – er werde sie suchen im Osten: »Der Diamant gehört nicht mir! Und wenn ich Esther und Nachum nicht finde: Wir sind es den Juden schuldig.«

Philo nickte, er saß da in der Sonne und spielte mit den bunten Bällen.

Die Deutsche Bibliothek – CIP-Einheitsaufnahme

Bentele, Günther:
Schwarzer Valentinstag/Günther Bentele. –
Stuttgart; Wien; Bern: Thienemann, 1999
ISBN 3 522 17270 1

Einbandtypografie: Michael Kimmerle, Stuttgart
Texttypografie: Marlis Killermann, Winnenden
Schrift: Stempel Schneidler
Satz: KCS GmbH, Buchholz/Hamburg
Reproduktion: Die Repro, Tamm
Druck und Bindung: Franz Spiegel Buch, Ulm

6 5 4 3 2 1* 99 00 01 02 03

Thienemann im Internet: www.thienemann.de